Comment cuire un ours

DU MÊME AUTEUR

Le goût du baiser d'un garçon, *Actes Sud, 2004*

Mikael Niemi

Comment cuire un ours

roman

Traduit du suédois
par Françoise et Marina Heide

Stock
la cosmopolite

TITRE ORIGINAL :
Koka Björn

SWEDISH
ARTSCOUNCIL
Traduit avec le soutien du Swedish Art Council

Jaquette : © Raphaëlle Faguer

ISBN : 978-2-234-08605-0

Kengis

1852

I

J'écris des vers
Au fond des bois.
De ma bergère
J'entends la voix,
Si douce et claire,
Chanter la joie.
Je percerai
Jusqu'à ton cœur,
Car l'amour est
Une douleur
Et dans ses rets
Tu tomberas.

1

Je me réveille dans un immense silence. Le monde attend la Création. Seuls m'entourent les ténèbres et le ciel. Je suis couché, les yeux ouverts comme des puits, dirigés vers l'espace, mais il ne contient rien, pas même de l'air. Au milieu de ce silence, ma cage thoracique tressaille, se met à trembler, de plus en plus fort. Quelque chose pousse au-dedans de moi, qui cherche à s'expulser de mon corps. Mes côtes se distendent comme les barreaux d'une cage. Je ne peux rien y faire. Juste m'abandonner à cette force terrifiante, comme un enfant se traînerait au sol devant le courroux paternel, sans savoir où tombera le prochain coup. Je suis l'enfant et le père à la fois.

Avant que le monde ait eu le temps d'être tout à fait façonné, je m'échappe dans le jour naissant, muni de mon sac à dos et de ma hache forgée à la main. Je m'arrête à quelque distance de l'étable, me réfugie à la lisière du bois. Comme on pourrait m'apercevoir et s'en étonner, je feins de m'affairer sur mes habits, noue sans fin un lacet de soulier, vide mon bonnet de poussières de lœss invisibles que je fais mine de renverser sur les rejets acides de la fourmilière. Du coin de l'œil, je fixe la cour de ferme. Les premières fumées s'élèvent au-dessus du faîte, signe que les domestiques sont levés.

Puis elle sort, tenant à bout de bras des seaux vides qui ballottent. Son fichu blanc luit dans l'aube tel le plumage de la perdrix des neiges en hiver, son visage est rond et clair, comme sont clairs ses yeux sous les sourcils bruns. Je devine le velouté de ses joues et sa petite bouche aux lèvres rosées qui fredonnent, forment à voix basse des syllabes moelleuses. Les bêtes prêtent l'oreille, impatientes, le pis gonflé, mugissent quand elle ouvre la lourde porte de l'étable et se glisse à l'intérieur. Tout se passe si vite, beaucoup trop vite. Je m'efforce d'aiguiser mes sens pour mieux conserver l'image et pouvoir y repenser sans cesse. Mais cela ne suffira pas. Demain, il faudra que je la revoie encore. Le balancement de ses hanches sous le tablier, la douce rondeur de son corsage, ses mains qui saisissent le loquet. Je me rapproche en catimini, traverse la cour à petites foulées comme un voleur et m'arrête près de la porte. Mes doigts entourent la poignée. Mes doigts maigres et nerveux, juste où étaient les siens. Ses tendres menottes qui, dans l'étable, serrent les grosses mamelles d'où le lait fuse à grands jets dans les seaux. Un instant, je tire sur la poignée, comme pour entrer, mais fais aussitôt volte-face et me hâte de partir, en craignant d'avoir été vu. J'emporte dans ma main, pour le reste de la journée, la chaleur de sa peau.

2

Quand vient l'heure du repas, je m'arrange pour être servi le dernier. Je me cache dans un coin, tandis que la femme du pasteur pose sur la table la lourde marmite pleine de bouillie. L'extérieur du récipient est noirci et fumant comme s'il sortait tout droit de l'enfer. Mais à l'intérieur, la bouillie est joliment dorée, crémeuse et un peu grumeleuse autour de la large spatule de bois que Brita Kajsa utilise pour la mélanger. Elle plonge l'ustensile jusqu'au fond puis remonte, crève la pellicule qui s'est formée à la surface, répandant ainsi dans toute la maison des parfums de foin et de pollen. Les enfants et les domestiques attendent, assis, leurs visages si pâles alignés en un mur de faim muette. Elle prend les bols avec une mine sévère, distribue de grosses louchées aux plus grands, de petites portions aux plus jeunes, elle en donne aux servantes et aux visiteurs de passage, personne n'est oublié. Puis les fronts s'inclinent et les mains se croisent sur la table. Une fois que tout le monde s'est tu, le pasteur, à son tour, baisse la tête et remercie d'un air pénétré pour notre pain quotidien à tous. Après quoi, ils mangent en silence. On n'entend que les bouches qui moulinent et lèchent les cuillères. Les plus grands en redemandent et ont droit à un surplus. On rompt le pain, on découpe avec des doigts habiles la chair du brochet froid, les arêtes posées sur le plateau de la table brillent comme des aiguilles. Lorsque tous sont sur le point de finir, la maîtresse de maison jette un coup d'œil vers le coin où je me suis installé.

– Viens manger, toi aussi.

– Ne vous gênez pas pour moi.

– Assieds-toi donc. Les garçons, faites une place à Jussi.

– Je peux attendre.

Le maître se retourne à son tour. Son regard est transparent comme le verre. J'y vois le tourment et ce qu'il lui en coûte de le supporter. D'un signe de tête, il me convainc, et je m'approche sans bruit de la table. Je tends mon écuelle, celle que j'ai creusée là-haut, à Karesuando, et qui m'accompagne depuis toujours. Au début, elle était blanche comme la peau d'un nourrisson, mais elle a foncé avec le temps, à cause du soleil, du sel et des rinçages par milliers. Je sens le poids de la bouillie tomber dedans lorsque la maîtresse de maison y vide sa louche, je la vois racler les bords de la marmite pour en récupérer un peu plus, mais je suis déjà de retour dans mon coin, assis en tailleur par terre. J'enfourne rapidement la bouillie au goût de blé. Elle a eu le temps de tiédir et ne me brûle pas la bouche. Je la sens glisser dans mon œsophage, s'engouffrer entre les muscles de mon ventre où elle devient force et chaleur, pour m'aider à vivre. Je mange goulûment, en restant sur mes gardes, comme un chien.

– Tu peux en prendre encore, m'encourage la maîtresse de maison.

Mais elle sait que je ne reviendrai pas. Je ne me fais servir qu'une fois. Je mange ce qu'on m'a donné, jamais plus.

Mon écuelle est vide. Je passe le coussinet de mon pouce sur la paroi courbe et je lape, suce et léchouille jusqu'à ce qu'elle soit propre. Puis je fourre doucement l'objet dans ma poche. C'est mon écuelle qui me nourrit. C'est elle qui attire ce qui se trouve de comestible dans les parages. Bien des fois, la faim m'a rendu si faible que j'étais près de défaillir. Mais dès que je sortais l'écuelle, elle se remplissait d'une tête de poisson. De sang de renne. De baies gelées trouvées sur un escarpement. Sans plus d'effort. Il suffisait que je mastique un peu pour retrouver mes forces. Jour après jour, on reçoit ce qu'il faut pour survivre. Je n'espère rien de plus, c'est ainsi que j'ai fait mon chemin. Voilà pourquoi je m'assieds par terre. Pour rien au monde je ne voudrais me mettre en avant, réclamer, happer ce qui passe à ma portée comme le corbeau ou écumer de rage vorace comme le glouton. Je préfère me tenir à l'écart. Si personne ne me repère, je reste parmi les ombres. Mais la maîtresse, elle, me voit. Je ne demande rien, et elle me sert quand même. Elle a cette bonté sans manières, elle se soucie de toutes les créatures, des vaches comme des chiens. Il faut bien que tout ce qui est vivant vive. Ou à peu près.

Je pourrais disparaître n'importe quand. Ainsi font les vagabonds. Tantôt je suis ici, tantôt ailleurs. Je saute sur mes pieds, j'attrape mon sac à dos et m'en vais. C'est tout. Quand on est pauvre, on peut mener cette existence-là. J'ai sur moi tout ce que je possède. Mes vêtements sur le corps, mon couteau à la ceinture. Mon briquet et mon écuelle, ma cuillère en corne, mon sachet de sel. L'ensemble pèse trois fois rien. J'ai le pas rapide et léger, je suis dans la vallée suivante avant qu'on ait pu s'attacher à moi. Je ne laisse pas de traces. Pas plus qu'un animal. L'herbe et la mousse que mes pieds écrasent se redressent derrière moi. Si je dois allumer un feu, je choisis un emplacement déjà tapissé de cendres, celles que je laisserai s'y mêleront et seront invisibles. Je fais mes besoins dans les bois, en découpant une motte de tourbe que je retourne ensuite. Le prochain promeneur pourra s'asseoir au même endroit sans s'apercevoir de rien, seul le renard y devinerait peut-être l'odeur de l'homme. En hiver, mes skis tracent leur piste sur la douce poudreuse qui recouvre le paysage, je vole quelques aunes au-dessus du sol, et quand le printemps arrive, les marques de mon bâton fondent et s'effacent. L'homme peut vivre de cette manière, sans abîmer ni détruire. En se contentant d'exister. D'être comme la forêt, les feuillages de l'été, le terreau de l'automne, comme la neige au cœur de l'hiver et la multitude des bourgeons que le soleil printanier fait éclore. Et quand, pour finir, on vient à mourir, c'est comme si l'on n'avait jamais été sur terre.

3

Mon maître se retourne. Je vois sa bouche se contracter, goûter, suçoter des mots qui ne veulent pas franchir ses lèvres. Ses ennemis se rapprochent, il n'est pas un jour sans qu'ils lui assènent de nouveaux coups, de nouveaux sarcasmes. L'écriture est sa seule arme. Face aux glaives et aux gourdins, il brandit la plume, mais le langage se dérobe. Chaque fois, je voudrais me frapper moi-même, me pincer violemment en espérant le délivrer. Je ferais n'importe quoi pour que la lumière lui vienne. Il aurait pu être mon père. C'est comme cela que je le vois, mais quand j'y ai fait allusion, il s'est mis en colère. J'ai compris que sa joue en feu se détournait de moi. Alors, je me couche sur le tapis, comme un chien. J'attends fidèlement, heure après heure, le nez entre les pattes, prêt à le suivre d'un moment à l'autre.

Il a le front marqué d'avoir réfléchi au long de toutes ces années, le visage souillé par le jus de tabac, peut-être, ou la suie de la lampe. Ses longs cheveux s'agglutinent en mèches grasses qu'il repousse de temps en temps comme on écarterait des feuillages dans la forêt. Il se fraie seul son chemin à travers des terrains obscurs, des marécages broussailleux où personne avant lui ne s'est aventuré. Mais solitaire, il ne l'est pas tout à fait. Je le suis en silence, le museau sur ses traces, flairant le cuir goudronné de ses bottines, leur bourre de foin froufroutante, la laine humide de son pantalon. Il affronte tête baissée les obstacles et avance vers l'inconnu, mais je suis là, constamment. J'ai beau avoir le ventre vide, je ne me plains pas. Je l'accompagne comme son ombre, collé à ses talons.

Un jour où nous marchions ainsi, nous nous arrêtâmes près d'une source. Pendant que nous nous désaltérions l'un et l'autre, il me regarda de côté, l'air pensif.

– Comment devient-on un homme bon ? finit-il par demander.

Je ne trouvai rien à répondre.

– Comment devient-on bon, Jussi ? répéta-t-il. Être bon, qu'est-ce que cela veut dire ?

– Je ne sais vraiment pas, bégayai-je.

Le maître persistait à me dévisager. De toute sa personne émanait une clarté, une vraie chaleur.

– Regarde-nous donc, Jussi. Toi et moi. De nous deux, lequel est bon, à ton avis ?

– C'est vous, maître.

– Ne m'appelle pas « maître » quand nous sommes dans les bois.

– Je veux dire… vous, monsieur.

– Et pourquoi ça ?

– Parce que le pasteur guide le troupeau. Vous nous transmettez la Parole de Dieu, vous pouvez apporter aux pécheurs le pardon du Seigneur.

– C'est mon travail. Est-ce que le travail de quelqu'un peut suffire à le rendre bon ? Est-ce qu'il n'existe pas des pasteurs mauvais ?

– Ça, non, je ne peux l'imaginer.

– Des pasteurs qui boivent. Qui forniquent. Qui battent leur femme comme plâtre. J'en ai connu, je te le dis.

Je ne répondis rien. Je fixais le champignon fumant que nous avions mis à brûler pour chasser les moustiques.

– Regarde-toi, Jussi. Tu ne te goinfres pas. Tu ne bois pas.

– C'est parce que je suis pauvre.

– Tu ne te vantes pas non plus. Quand quelque chose se présente dont tu pourrais profiter, tu es le dernier à t'avancer, et si quelqu'un te complimente, tu balaies ce qu'on te dit du revers de la main.

– Non, monsieur, c'est seulement que...

– Souvent, je ne sens même plus ta présence. Je dois me retourner pour m'en assurer. Tu fais si peu de bruit que tu disparais, alors comment pourrais-tu être mauvais ?

– Mais des bonnes actions, vous en faites bien plus.

– Est-ce que cela me vient de Dieu, Jussi ? Réfléchis, réfléchis bien. C'est peut-être le démon de l'ambition qui me les souffle, en me faisant miroiter les louanges et la gloire d'ici-bas ? Quand je mourrai, j'espère qu'on se souviendra de moi comme d'un grand homme. Alors que toi, Jussi, tu seras effacé comme une vague silhouette, et ce sera comme si tu n'avais jamais existé.

– Je suis content de ce qui m'est donné.

– Vraiment ?

– Mmh.

– C'est cela qui te rend bon. Tu es le garçon le plus gentil et le plus fin que j'aie jamais rencontré.

– Non, monsieur...

– Si, mon petit, c'est la vérité. Mais écoute-moi : est-ce que cela fait de toi un homme bon ?

– Je ne crois pas.

– Eh bien, tu suis peut-être simplement ta nature. Toi et moi sommes si différents, au fond. C'est pour cela que je nous compare si souvent. Lequel de nous deux se trouve sur la Voie ? Comment doit-on vivre, après tout ? Je fais souvent le bien, c'est vrai. Mais aussi du mal. Je m'attire des ennemis, je blesse mes adversaires et les piétine. Alors que toi, tu tends la joue gauche.

Me voyant prêt à protester, il leva la main.

– Attends, Jussi. Est-ce que cela te rend bon ? Est-ce là ce que le Créateur a voulu ?

Pendant un long moment, je regardai un taon qui se promenait sur sa jambe de pantalon, roulant ses yeux de mouche aux éclats verts, en tentant vainement de le piquer à travers le tissu.

– Je t'ai appris à lire, Jussi. Tu m'empruntes des livres, tu te perfectionnes et je vois que tu penses, mais à quoi te servent tes pensées ? Dès que quelqu'un se dresse contre toi, tu l'évites, tu prends ton sac à dos et tu t'en vas. Tu t'enfuis vers le nord, vers la montagne. Est-ce de cette façon que nous devons agir face à la folie du monde ? Réfléchis-y, Jussi. As-tu raison de ne jamais résister ?

– *Pauvre marcheur, vermisseau misérable sur les cahoteux chemins de la vie...*

En m'entendant citer son cantique favori, le pasteur ne put retenir un sourire.

– Tu es observateur, Jussi. Je l'ai bien compris : tu étudies le monde qui t'entoure, n'est-ce pas ?

– Oui, mais...

– Tu veux comprendre comment sont conçus l'univers et les hommes. Mais que fais-tu de tes talents ? C'est la question que je te pose, Jussi. Que fais-tu pour combattre le mal qui habite ce monde ?

Je ne savais que répondre. Ma gorge s'était nouée. Je me sentais injustement accusé. J'eus envie de le quitter, de décamper. Mes pas agiles auraient pu me mettre hors de portée en un clin d'œil. Il vit mon angoisse. Il se pencha vers moi et posa sur mon bras une main qui sut me retenir. Comme s'il avait bridé d'un bout de ficelle l'aile d'un passereau furieux, pour l'empêcher de se débattre.

C'est le pasteur qui m'a appris à voir. C'est grâce à lui si je sais qu'un regard peut transformer ce qui nous entoure. Toute mon enfance, j'avais sillonné des vallées et des bois de bouleaux, traversé des landes parsemées de pins et pataugé dans des marais au sol fuyant. Ce paysage était le mien. Je la connaissais par cœur, cette maigre terre du Nord, les berges caillouteuses de ses rivières, les sentiers sinueux empruntés par les troupeaux.

Et pourtant, je n'avais presque rien vu.

Je me souviens de cette première fois où le pasteur m'emmena en excursion. J'avais rempli mon sac à dos de provisions, de matériel de dessin et de liasses d'épais papier gris, et nous avions parcouru une belle distance. Au soir tombant, nous nous arrêtâmes dans un bosquet cerné par la mosaïque humide des marécages. Nous étions tous deux fatigués. Je fis un feu et commençai à préparer notre campement pour la nuit. Le pasteur rompit quelques pains, découpa de la viande séchée en lanières, et nous reprîmes des forces, assis sur le tapis de brindilles. Les moustiques bruissaient et passaient à l'attaque. Le pasteur me proposa de l'huile de pin, mais je préférai extraire la tige que je portais au plus près du corps, j'en ôtai une poignée de minces feuilles, que je broyai et frottai entre mes poignets. Aussitôt, leur parfum épicé fit fuir les insectes.

– Lédon des marais, lâcha-t-il.

– Comment ?

– Cette plante dont tu viens de t'enduire la peau. C'est du *Ledum palustre*.

Comme je murmurais : « Du *Ledum*… ? », il se releva d'un bond, les yeux brillants.

– Suis-moi !

Nous abandonnâmes nos sacs. Dès le sortir de la pinède, la terre aride se muait en prairie spongieuse. L'enthousiasme avait gagné mon guide. Accélérant le pas, l'échine courbée, il portait son regard dans toutes les directions.

– Il y a si longtemps que je voulais visiter ce jardin, s'exclama-t-il. M'y voici enfin, quelle richesse !

Devant mes yeux s'étendait la surface détrempée du marécage.

– Que vois-tu, Jussi ?

– Rien.

Il se tourna à demi, avec une esquisse de sourire.

– Rien ? Et tout cela ?

– De l'herbe.

– Non, Jussi. Ce n'est pas de l'herbe. Ce sont des laîches.

– Ah bon, des laîches. Je vois des laîches, alors.

Il prit une grande inspiration, se tourna vers les tourbières.

Ce serait donc là notre but. En ce début du mois de juillet, l'eau était encore haute. Nos vêtements couvrants et nos écharpes enroulées autour du cou nous protégeaient des nuées d'insectes carnivores qui venaient d'éclore dans chaque mare.

– D'ici, je distingue plus d'une dizaine d'espèces, Jussi. Et je ne parle que des laîches. Il y a aussi les saules, cette mystérieuse famille, que de variétés différentes… Les vois-tu ?

– Non.

– Et par là-bas ! Celles-là, nous irons les examiner demain, regarde ces couleurs !

– Vous voulez parler des fleurs ?

– Des orchidées, Jussi. Des orchidées dans nos rudes contrées nordiques. Regarde, devant toi !

Je baissai les yeux. À mes pieds se dressait une petite tige que j'avais failli écraser.

– Regarde bien, Jussi, penche-toi. Un orchis. La fleur est irrégulière, avec six pétales et une lèvre.

Comme il tenait précautionneusement entre les doigts la tige recouverte de corolles rose foncé, je m'agenouillai dans la végétation humide, pour mieux voir.

– Plus près, Jussi, plus près. Et maintenant, sens-la.

J'approchai mes narines et respirai : un faible parfum sucré, à peine perceptible et sitôt disparu.

– Tu as senti ? Tu as senti quelque chose ?

– Un peu…

– Je crois que ce doit être ça, l'odeur de Dieu.

Là où je n'avais jamais vu que des arbres, de l'herbe et de la mousse, j'ai rencontré depuis ce jour des espèces par milliers. Où que se dirigeât mon regard, des surprises m'attendaient. Et toutes ces découvertes avaient un nom, une entrée dans l'immense encyclopédie divine. Pouvoir observer les multiples variantes de chaque plante, aussi minuscule fût-elle, m'émerveillait – découvrir à travers la loupe les cils argentés dont s'habillaient les tiges, les découpes, ondulations et dentelures dont s'ornaient les feuilles, et constater que ces caractéristiques n'étaient pas le fait du hasard, mais faisaient bel et bien partie de chaque espèce de la Création.

C'est le pasteur qui m'a expliqué que toutes les plantes sont classées en espèces et familles. Que les monocotylédones présentent des feuilles aux nervures parallèles, comme les graminées ou les lys, tandis que sur les dicotylédones, les nervures rayonnent à partir d'un axe central, comme sur les feuilles de bouleau. C'est lui qui m'a appris pourquoi certaines plantes arborent les couleurs les plus vives sur leurs inflorescences, par exemple les nénuphars ou les épilobes en épi : elles sont fertilisées par les insectes, quand d'autres floraisons à peine visibles, comme les formations grises ou verdâtres sur les branches d'aulne ou les brins d'herbe, répandent leurs nuages de pollen au moyen du vent. Les fleurs composées de quatre pétales sont nommées crucifères, me disait-il, celles qui ressemblent à un balai sont des ombellifères, il en existe en forme de corbeille, sans oublier celles des fabacées, qui évoquent des papillons. Le pasteur pouvait rester figé de respect à la vue d'un marais fleuri, et regretter en soupirant que la vie fût si courte, bien trop étriquée pour pouvoir embrasser toute cette richesse. Puis il se mettait à genoux et sortait sa loupe devant la plante à peine grosse comme un doigt qu'il venait de repérer.

C'est mon maître qui m'a enseigné le secret de la mémoire. Le savoir qui s'y grave passe par les yeux. Lorsqu'on tombe sur une espèce que l'on n'a encore jamais aperçue, on doit d'abord en faire le tour, la regarder sous tous les angles. Puis on se baisse et l'on observe minutieusement les parties les plus infimes de la feuille, le pétiole, la forme de la tige, les sépales, la teinte du pollen, chaque détail doit être pris en compte. On en garde ainsi l'image au fond de soi. Et lorsqu'on revoit le même spécimen la fois suivante, même dix ans après, on a la joie de le reconnaître. J'eus plus de mal avec les noms — tout ce latin. Pour les retenir, il me fallut rabâcher. Quand le pasteur, désignant l'écume blanche de la reine-des-prés, prononça *Filipendula ulmaria*, je m'efforçai de répéter intérieurement ces syllabes vingt fois, peut-être cent. Peine perdue : quelques heures plus tard, elles avaient disparu.

Au bout d'un bon nombre d'équipées à ses côtés, mon regard avait changé. Les arbres et les plantes étaient devenus des amis, des individus que j'avais appris à connaître comme autant d'êtres vivants. « Te voilà qui te dores au soleil, dis-moi. Et ton frère et ta sœur sont là, eux aussi. » La joie des retrouvailles venait avec l'été. Je me réjouissais d'avance de la rencontre avec chacune des espèces, en essayant de retenir à quel moment les unes et les autres seraient en fleurs. Et comme les plantes m'étaient devenues familières, mon œil distinguait désormais la moindre différence. J'étais devenu capable de voir, au beau milieu d'une forêt de sapins, quelque chose de nouveau et d'inconnu que j'aurais auparavant piétiné sans vergogne. À présent, je m'arrêtais, le doigt pointé vers ma découverte. Le pasteur approuvait de la tête, surpris.

– *Corallorhiza trifida*, énonçait-il. Racine de corail. Pas si courant sous nos latitudes, bien, Jussi, bien.

Ses encouragements me faisaient rougir. Je me baissais aussitôt, pour mieux reconnaître la forme typique de l'orchidée, avec ses six pétales, la lèvre si particulière, et je commençais à réciter : *Corallorhiza trifida, Corallorhiza trifida*…

Bientôt, celle-là aussi serait de mes amies.

4

Un soir, le pasteur et moi nous affairions dans son bureau à mettre en presse nos dernières découvertes. Nous les avions dénichées dans une tourbière, non loin de Kengis, où mon maître était tombé en arrêt, tremblant d'émoi, devant certaines tiges de laîche à l'apparence des plus communes. J'en avais emporté un exemplaire avec maintes précautions dans sa boîte d'herboriste, après en avoir soigneusement dégagé la racine et l'avoir enveloppé dans un tissu souple, et je l'aidais à présent à remplacer les papiers gris humides par des buvards secs, de manière à conserver les plantes au mieux. Nous nous aidions mutuellement autour de la presse, serrant la pièce ronde jusqu'à faire gémir la courroie, avant de bloquer l'ensemble avec les goupilles de bois.

Nous étions en plein travail quand nous entendîmes la porte d'entrée s'ouvrir bruyamment, puis une voix que je ne connaissais pas appeler le pasteur. Sitôt après, on frappait à la porte du bureau. Selma, la fille de mon maître, jeta un regard prudent dans l'entrebâillement.

– Père ?

Le pasteur, après s'être essuyé les mains dans un chiffon, recueillait les brisures de la chique que je venais de découper pour lui sur sa tresse de tabac.

– J'arrive.

Au même instant, la porte s'ouvrit en grand, et une silhouette trapue franchit le seuil d'un pas lourd. Le visiteur avait quelque chose de déplaisant, un regard absent, une allure inquiétante. Tous mes sens étaient soudain en alerte, et je compris pourquoi.

Cet homme avait peur.

– *Monsieur le pasteur,* bégaya-t-il en finnois, il faut que vous veniez.

Mon maître l'observait avec calme. Le mécontentement d'avoir été dérangé ne se laissait pas déchiffrer le moins du monde sur son visage. Pourtant, je le savais très jaloux de sa tranquillité quand il se trouvait dans son cabinet de travail. L'homme qui se tenait là avait la chemise trempée comme s'il avait couru longtemps, et la sueur lui dégouttait du nez. Il s'appliquait à souligner l'urgence de sa requête avec de grands gestes saccadés, comme s'il frappait l'air.

– Qu'est-ce qui s'est passé ?

– Elle est... on ne sait pas... elle était dans la forêt avec les vaches.

– De qui parles-tu ?

– Hilda, notre servante... Hilda Fredriksdotter Alatalo.

En entendant ce nom, je dressai l'oreille. Je connaissais cette femme. Elle louait ses services dans une ferme des environs, je l'avais souvent vue à l'église parmi les domestiques. Une fille potelée à la peau claire et au nez en trompette, un peu lambine. Elle avait toujours un mouchoir à la main, comme les vieilles. Il lui servait à se sécher les yeux et se moucher quand les oraisons venaient à l'émouvoir.

– Eh bien ?

– Cette fille… Elle a disparu. Il faut que vous veniez tout de suite.

Le pasteur me jeta un regard. L'heure était avancée et nous ressentions tous deux la fatigue après une longue journée de marche. Mais la lumière estivale, de toute la nuit, ne cesserait de couler à flots. L'homme avait vu notre hésitation et piétinait sur place. On l'eût dit prêt à saisir le pasteur au collet et à l'emmener de force.

– On y va, trancha mon maître. Jussi, donne-lui à boire, s'il te plaît.

Je me hâtai de sortir de la pièce, rapportai la timbale à notre visiteur dégoulinant, et il but à grands traits comme un cheval.

Il se faisait déjà tard quand nous atteignîmes notre but. L'homme qui était venu nous chercher se nommait Albin. C'était le fils aîné de la maison. Tout le long du chemin, il nous avait précédés d'une trentaine de mètres, nous attendant de temps à autre avant de se remettre à galoper, tandis que le pasteur et moi, coutumiers que nous étions des longues randonnées, conservions la même allure. À notre arrivée dans la cour, les gens de la ferme, qui devaient nous guetter par la fenêtre, sortirent tous à notre rencontre. Il y avait là le fermier et son épouse, et derrière eux une flopée d'enfants somnolents aux tignasses ébouriffées. Sans plus attendre, ni même prendre le temps de nous offrir quoi que ce soit, le fermier et son fils s'engagèrent dans un sentier menant en direction de la forêt. Nous les suivîmes tant bien que mal. Tandis que nous nous faufilions derrière eux à travers les fourrés, le soleil, au nord, approchait de l'horizon. Le fermier,

Heikki Alalehto, ne cessait de raconter que la jeune Hilda s'était rendue le matin dans les bois avec les vaches, comme d'habitude. Mais qu'à l'heure de la traite, elle n'était pas revenue. La plupart des bêtes étaient rentrées d'elles-mêmes, on les avait vues arriver d'un pas lent dans la cour, mais de la servante, on n'avait pas la moindre trace.

– Peut-être est-elle allée à la recherche d'une vache égarée, suggéra mon maître.

C'était une possibilité, admit Heikki, mais jamais auparavant il n'était arrivé qu'elle restât absente si longtemps.

De temps à autre, ils appelaient la fille à pleine voix, et l'écho de son nom leur revenait, renvoyé par quelque rocher lointain. Le pasteur et moi marchions en silence, je vis son regard s'arrêter sur une graminée inconnue, le surpris à la cueillir subrepticement et à la fourrer dans son sac.

Nous avions déjà bien avancé dans la forêt, quand notre chemin déboucha sur un lieu de campement des plus frustes. Quelques branchages noircis y figuraient les restes d'un feu.

– C'est ici qu'elle se repose d'ordinaire.

Comme notre guide voulait s'approcher du foyer éteint, le pasteur le retint par le bras. Il demeura un bon moment muet, à étudier la scène. Ses yeux passaient des branches brûlées aux rameaux de sapin dont elle s'était fait un siège. Un petit bidon à lait gisait renversé, le couvercle s'était ouvert, laissant échapper dans la mousse un fond de liquide à la blancheur presque lumineuse. Mon maître pencha la tête de côté vers moi.

– Qu'est-ce que tu vois, Jussi ? me demanda-t-il tout bas.

– Eh bien, que... Hilda s'est assise là pour se reposer. Elle a fait du feu. Et ensuite, elle a renversé le pot à lait.

– Es-tu sûr que ce soit elle qui l'ait renversé ?

– Non... je ne suis pas sûr.

– Sers-toi de tes yeux. Raconte-moi ce qui s'est passé, Jussi.

Le son de sa voix était à la fois feutré et intense. Il rabattit d'un geste agacé la mèche qui lui retombait constamment devant la figure, tandis que je m'appliquais à noter chaque détail en tâchant d'imaginer la jeune fille.

– Hilda était en train de se reposer à côté du feu. Ce devait être vers le milieu de la journée, quand le soleil était au plus haut. C'est à ce moment-là qu'on a faim. Mais quelque chose d'inattendu s'est passé, et elle est partie en courant. Ou alors... eh bien, je ne sais pas si c'était en courant, mais il me semble. J'ai cette impression. Et ensuite, peut-être... oui, peut-être qu'elle s'est perdue. Qu'elle n'a plus retrouvé son chemin pour rentrer. Ce sont des choses qui arrivent. Du moins, c'est ce que je crois.

– Ne te fonde que sur ce que tu vois, me répondit mon maître en se pinçant la lèvre inférieure. Tu dois t'en tenir aux faits, à ce que nous avons devant nous !

Comprenant qu'il n'était pas satisfait de moi, je m'efforçai longuement d'étoffer mes conclusions.

– Son fichu est resté suspendu à un buisson. Elle n'a pas eu le temps de le reprendre en partant. C'est donc qu'elle était pressée.

– Bien, Jussi.

Heikki passait d'une jambe sur l'autre, manifestement impatient. Que ne cessions-nous de parler pour entamer les recherches… Mais le pasteur comptait de toute évidence nous faire attendre encore. Il fermait à demi les yeux et plissait les paupières.

– Elle a accroché son fichu au buisson pour le faire sécher, reprit-il. Ce devait être vers midi, quand il faisait assez chaud pour qu'elle transpire. Malgré la chaleur, elle a fait un feu pour éloigner les moustiques. Quand elle est partie, il brûlait encore, mais il s'est éteint entre-temps. Le bois s'est consumé au centre, les cendres se sont envolées et ont été rabattues sur les touffes d'airelles, vers l'est. Maintenant, le vent est retombé, mais il venit d'ouest cet après-midi. Plusieurs heures ont dû s'écouler depuis qu'elle a disparu. Était-elle seule ?

– Euh… oui, je crois. Ou plutôt j'en suis sûr.

– Pourquoi cela ?

– Si elle avait eu de la visite, elle aurait remis son fichu, c'est une fille comme il faut.

– Possible. En tout cas, elle était assise et mangeait quand l'incident s'est produit. Le pot à lait s'est renversé et elle a perdu son pain dans la mousse.

– Perdu son… ? Mais ici, il n'y a pas de pain…

Le pasteur désignait une branche sèche, à nos pieds.

– Tu vois ce bout de bois ? Ces paillettes blanches. C'est du lait séché. Des oiseaux ont dû barboter dans la flaque et revenir se poser ici, plusieurs fois. Il devait y avoir quelque chose de comestible près du pot, sans doute un morceau de pain.

– Mais oui, bien sûr ! m'écriai-je, impressionné.

– Donc, la fille s'en est allée précipitamment. Regarde ses empreintes dans la mousse. Ce sont des pas longs, comme on en fait en courant.

Je n'avais pas encore remarqué les renfoncements à peine visibles qu'il me désignait du doigt.

– Mais il y a… Est-ce qu'il n'y a pas aussi d'autres traces, plus grandes ?

– Bien, Jussi. Les traces de quelqu'un de plus grand qu'elle. Et de plus lourd : tu vois qu'elles se sont imprimées plus profond.

Heikki nous écoutait et se mit soudain à geindre. Avant que mon maître ait pu le retenir, il se tenait près d'un tronc de pin qu'il nous montrait du doigt. L'écorce en était abîmée, des marques toutes fraîches. Heikki passait le doigt sur les entailles.

– *Karhu !* souffla-t-il, avec un regard épouvanté.

– L'ours ! articulai-je, effrayé à mon tour.

Le pasteur examinait avec attention les traces de griffes.

– Il faut rassembler des gens pour une battue, dit-il. Et faire porter un message au commissaire Brahe. Je crains qu'un malheur ne soit arrivé à cette pauvre fille.

Heikki, terrorisé, opinait. Après avoir balayé du regard les alentours baignés par la nuit estivale, il reprit à toutes jambes le sentier menant jusqu'à la ferme. Mon maître, en revanche, s'attardait. Je le vis soulever prudemment le pot, l'examiner de tous côtés. Puis il trempa le doigt dans le lait renversé, le remua, l'étala, et finit par attraper quelque chose de long et de presque invisible. Je compris que c'était un cheveu. Il l'essuya, l'enroula dans un bout d'étoffe et le mit dans sa poche. Il s'intéressa ensuite de près au sac à dos de la servante, resté appuyé contre une touffe d'herbe, le lacet encore noué. Sans commentaire, mon maître regarda de nouveau les griffes sur le bois. Et nous commençâmes à suivre les traces de pas, en y mettant tout notre zèle. Je remarquai que le pasteur s'était baissé pour ramasser quelque chose, mais nous continuâmes. Les traces demeuraient nettes sur une cinquantaine de pas, après quoi, le terrain se faisant plus dur et pentu, il devenait plus difficile de les suivre. Nous les perdîmes bientôt pour de bon.

Pris d'une inquiétude croissante, nous repartîmes vers la ferme de Heikki. Je lançais à la ronde le nom de Hilda et scrutais les alentours, mais me sentais mal à mon aise. L'épaisseur des bosquets de saules semblait brusquement receler une menace. Une silhouette de haute taille pouvait s'y cacher. À n'importe quel moment, elle pouvait en émerger et planter ses mâchoires dans les tendons de ma nuque. Les lèvres de mon maître bougeaient, peut-être était-il en conversation avec lui-même, à moins qu'il ne communiquât avec les puissances d'en haut. Pour ma part, je m'étais armé d'une grosse branche à brandir dans les airs. À intervalles réguliers, je la cognais contre les troncs d'arbres devant lesquels nous passions, et j'entendais le bruit de mes coups rouler vers les lointains, entre les voiles de brume nocturnes.

5

Le dimanche suivant, les fidèles se retrouvèrent devant l'église de Kengis. Mêlé aux paroissiens, je cherchais furtivement des yeux ma bien-aimée. Elle venait habituellement accompagnée d'autres jeunes filles, un bouquet de fleurs d'été parmi lesquelles elle était de loin la plus belle. D'ordinaire, je les suivais lorsqu'elles entraient dans l'église, me tenant à quelques pas de distance, assez près tout de même pour deviner son parfum. Il arrivait qu'on se bousculât sous le porche, ceux de derrière poussaient, et je pouvais alors me retrouver tout proche d'elle, jusqu'à effleurer l'étoffe de ses vêtements. Cette trame toute fine entre sa peau et la mienne, rien d'autre entre mon corps et la chaleur de sa nudité. Dimanche après dimanche, j'espérais que ce hasard se reproduisît.

Le maître de forges ne s'était pas encore montré. Les notables ne se joignaient d'ordinaire à l'assistance que parmi les derniers, sans nul doute pour marquer leur hostilité au pasteur. Sohlberg avait voté contre la nomination du prophète de Laponie, puis fait appel de la décision. À cette personnalité controversée, il eût préféré le brave vicaire Sjöding. Ce qui n'avait pas empêché mon maître d'annoncer la couleur dès le premier prêche :

– Finnois et Suédois sont à genoux devant le tonnelet, ils rampent à quatre pattes, faute de pouvoir tenir debout, et c'est la tête pleine d'eau-de-vie qu'ils implorent la gloire du Seigneur.

À Karesuando, ses paroles avaient porté. Il était quasiment parvenu à assécher la paroisse, celui qui s'était rebiffé le plus longtemps n'étant autre que le sacristain. Même les cabaretiers avaient vidé leurs barils d'eau-de-vie et s'étaient amendés. Mais à Pajala, il en allait tout autrement.

– Un tiers de cabaretiers, un tiers d'ivrognes et un tiers de pauvres hères incapables de vivre sans soutien, avait constaté le pasteur.

Ce dimanche, les bourgeois enclins à le critiquer formaient de petits groupes tout vibrants de murmures. Il y avait le négociant Forsström et le bailli Hackzell, entourés de leurs familles et de leurs cliques respectives. Ces messieurs en avaient appelé au chapitre de la cathédrale, dénonçant l'atmosphère intolérable qui régnait durant les offices. Des gens debout dans la nef, qui criaient ou dansaient en couples, et l'officiant lui-même, dont le langage grossier et choquant n'avait pas sa place dans une église. Quand l'évêque aurait connaissance d'un tel chaos, nul doute que le pasteur aurait de ses nouvelles.

Beaucoup le disaient tout simplement fou. La rumeur de son passage à Karesuando avait largement dépassé les frontières du Norrland. Mais si elle en effrayait certains, elle n'en attisait que davantage la curiosité des autres. Qui n'eût pas été friand des sermons d'un pasteur fou ? Aussi les fidèles venaient-ils de loin pour goûter le spectacle.

Au débouché de la grand-rue venait d'apparaître un équipage, celui du corpulent commissaire Brahe, qui arrivait de Pajala, revêtu de son uniforme. Après être descendu de voiture et s'être essuyé la nuque dans son mouchoir à carreaux, il s'approchait d'un pas massif et chaloupé, évoquant la démarche du bœuf. Conscient de son importance, il adressait de négligentes salutations à droite et à gauche. Il dirigeait depuis plusieurs jours les recherches consécutives à la disparition de la jeune Hilda Fredriksdotter, et les curieux s'agglutinaient autour de lui pour avoir le fin mot de l'affaire. Sur ces entrefaites, le garde champêtre Michelsson, d'une tête plus petit que lui et beaucoup moins bâti, était descendu du siège du cocher. Il serrait dans sa main sa simple coiffure à visière, et tirait de temps en temps sur ses lèvres trop fines, leur donnant la forme d'un museau. Malgré son jeune âge, Michelsson avait déjà le cheveu rare, une couronne d'un blond roux qui ceignait le sommet de son crâne particulièrement pâle. M'étant glissé de leur côté, j'entendis Brahe mettre en garde les ouailles contre l'ours tueur qui rôdait dans les parages. Au cours de la battue, des traces du monstre avaient été découvertes, des os de jeunes élans dispersés dans les prairies, des fourmilières déchiquetées par des pattes puissantes. Mais l'infortunée fille de ferme n'avait pas été retrouvée. L'animal n'en avait sans doute fait qu'une bouchée. Et Brahe d'inciter les villageois à éviter de se rendre seuls en forêt, à moins de se munir d'une bonne hache en guise de défense.

On entendait maintenant des voix de femmes venues du presbytère :

– *Pappi, pappi...*

Des mains se levaient. Les gens commencèrent à se presser vers l'entrée de l'église, et je compris que le pasteur était en route. Il était si petit de taille qu'il pouvait se frayer un chemin parmi la foule comme un nageur avancerait en brassant l'eau. Une jeune fille se précipita vers lui, lui jeta les bras autour du cou et éclata en pleurs convulsifs. À présent, il lui chuchotait quelque chose à l'oreille, mais elle ne le lâchait pas, et ceux qui faisaient cercle autour de lui l'aidaient à se protéger de l'intruse. Les notables échangèrent des regards entendus. Toutes ces femmes en adoration devant le pasteur, mais comment donc, on se doutait bien de ce qui se passait derrière le huis clos de la direction spirituelle.

Mais voici que surgit encore une voiture. Le maître de forges, Karl Johan Sohlberg, en descendit, escorté de son jeune fils. Sohlberg était vêtu d'un costume sombre, d'une chemise et d'un gilet. C'était un homme diligent. Arrivé de la région de Karlskoga en tant qu'inspecteur, il avait repris par la suite toutes les parts de la fonderie. Sur son passage, les gens s'inclinaient, le saluaient d'une révérence et retiraient leur bonnet. Sohlberg rejoignit le groupe des notables, et leur cénacle se fendit d'un signe de tête en direction du pasteur, qui se trouvait un peu plus loin. La froideur entre eux était palpable. Le commissaire Brahe, après avoir adressé ses respects au maître de forges, lui tint un discours dont je ne pus saisir la teneur. Mais je vis Sohlberg sortir son imposante bourse et en retirer quelques billets.

– Ceci ira en récompense à qui tuera l'ours, déclara-t-il à haute voix.

Son dialecte du centre de la Suède, inhabituel par nos contrées, déclenchait la perplexité sur bien des visages.

– *Kyllä se hyvân rahan saapi joka karhun tappaa*, traduisit aussitôt le commissaire.

Il plaça l'argent dans le chapeau de son uniforme et jeta un regard circulaire, visiblement satisfait d'être au centre de l'attention. Forsström et Hackzell s'étaient entre-temps hâtés de sortir leur portefeuille. Le commissaire confia à Michelsson le soin de procéder à la collecte parmi le commun des paroissiens, et l'on entendit bientôt cliqueter les pièces de cuivre que les petites gens laissaient tomber dans sa casquette.

– Monsieur le pasteur souhaite peut-être contribuer ?

Michelsson l'observait de son regard bleu délavé.

– Je n'ai pas d'argent sur moi.

– Pas du tout ?

Michelsson n'avait pu réprimer une inflexion sarcastique. Que le pasteur fût gentil, personne n'en doutait. Mais les plus fervents des fidèles ne faisaient-ils pas don de sommes conséquentes, dont la majeure partie devait atterrir dans la poche de l'homme d'Église ? Ainsi médisait-on au village.

Le pasteur se retourna et franchit le porche, suivi de près par ses émules. Je vis comme il en exhortait un certain nombre, qui se montraient trop familiers, à se garder de l'idolâtrie — « rappelez-vous que je ne suis qu'un instrument dans la main du Seigneur ». Mais lui-même ne pouvait contenir la flamme qu'il avait éveillée chez ces gens. Et au moment de prêcher la Parole, cette fois encore, il ne pas mâcha pas ses mots.

– Les pasteurs que vous avez connus jusqu'ici annonçaient l'Évangile pour les riches. Pour les femmes de mauvaise vie qui n'ont pas de regrets et les voleurs qui persistent à voler. Ils ont reçu en partage un évangile si mensonger que partout ruisselaient le lait des prostituées et les larmes de serpent versées par les marchands d'eau-de-vie. Moi, je prêche pour les pauvres, les affligés, ceux qui pleurent, doutent, ceux que le sort accable, pour tous ceux qui ont perdu espoir. À quoi sert-il de souffler au cabaretier qu'il est bon et honnête ? C'est le pousser sur la voie de l'enfer. Le pasteur se doit au contraire de dire : « Votre père à vous, hommes et femmes qui péchez, c'est le Diable. Vous agissez contre l'Esprit, et si vous ne vous convertissez pas, personne ne pourra vous extirper des Géhennes. »

Le pasteur s'exprimait d'une voix sonore et recueillie. Son parler populaire, dans un finnois sans fioritures, pénétrait impitoyablement les oreilles. Les premiers cris percèrent bientôt le silence de l'assemblée. Un bras ondulant se dressa au-dessus des têtes. Une vieille femme se leva, suivie d'une autre. Des corps se mirent à se balancer, le mouvement se répandait de banc en banc, une pulsion de plus en plus forte, les gens sortaient des travées pour bouger plus librement. Leurs visages étaient effrayants à voir, le regard fixe, les mâchoires tendues et marmonnantes, des mots incompréhensibles se mêlaient aux exclamations de remords et aux plaintes. Je sentis sur moi les yeux de mon maître, je courbai la tête et commençai à osciller d'avant en arrière comme mes voisins, dissimulant mon visage pour mieux lorgner du côté des femmes. Elle était là. Celle que j'aimais. Elle respirait fort et sa poitrine se soulevait, ses paupières étaient mi-closes, ses lèvres murmuraient des mots. Je sentis le désespoir m'envahir tant était violent mon besoin de sa présence. Mon visage se plissa sous les larmes, et je fis comme tous les autres, je le levai à la lumière, montrant au pasteur mes affreuses joues mouillées.

Le maître de forges se tortillait sur sa chaise, la mâchoire crispée. Hackzell sortait un papier, écrivait quelque chose. Ils étaient assis là-bas, entourés des clameurs de leurs ouvriers, les filles et les garçons de Kengis et de Pajala, et des journaliers, le poing levé vers les nues. La force qui émanait de cette masse avait de quoi les inquiéter, il ne sortirait rien de bon de tout ceci.

Mais le pasteur poursuivait imperturbablement son blâme, poussant toujours plus loin le troupeau des fidèles. Bientôt, ils se balanceraient sur le bord de l'abîme infernal, ils y verraient de leurs yeux les flammes et les lacs de soufre, ils sentiraient la puanteur monter des profondeurs de la terre. Alors seulement l'orateur se tairait et reprendrait son souffle. Puis il laisserait filtrer la lumière. D'abord une lueur de l'épaisseur d'un rai, puis une clarté qui fuserait comme un glaive, enfin l'éclat d'un brasier. Et bientôt le Sauveur en personne flotterait au-dessus de l'autel, couronné d'épines et le flanc ensanglanté. Le Fils de l'Homme lui-même tendrait la main. Les poings fermés des ouvriers s'ouvriraient comme des fleurs, leurs doigts mués en corolles blanches se tendraient à leur tour, frémissants d'espérance, vers la Rédemption. De sa surhumaine dextre, le Seigneur saisirait les membres de l'assemblée, les soulèverait et les recueillerait dans son giron, comme des oisillons affamés nourris au miel de l'Évangile. Tels des enfants apeurés, ils trouveraient protection auprès du Père céleste.

De tous côtés, on ne voyait plus que des époux, des frères et sœurs, des voisins et même des ennemis tomber dans les bras l'un de l'autre et se demander pardon pour leurs fautes, tandis qu'était dressée la table où nous communierions à la chair et au sang du Sauveur. Je m'agenouillai contre la barrière d'autel, avec les servantes et les garçons de ferme, au plus près de leur moiteur, et j'accueillis dans ma bouche ce qu'on disait être Jésus.

Vers la fin de la grand'messe, le pasteur lut la promesse de récompense offerte à qui tuerait l'ours. Quiconque en saurait davantage sur la disparition de la jeune Hilda Fredriksdotter Alatalo était prié de s'adresser au commissaire Brahe, ajouta-t-il. L'office terminé, beaucoup de paroissiens se pressèrent autour de mon maître, pour le remercier, le toucher, s'assurer de la réalité de son existence. Il suivit les villageois sur le parvis et se retrouva vite cerné de leur ardeur. Il y avait là des néophytes, d'autres que taraudait leur état de péché, d'autres enfin que poussait surtout la curiosité. Tous voulaient un petit bout du pasteur. Moi-même, je m'attardai dans le chœur et, me sentant à l'abri des regards, je m'assis du côté de la nef où s'installaient les femmes. Les bancs avaient eu le temps de refroidir, mais c'était bien ici sa place. Je tombai à genoux, posai mon nez contre le bois et respirai son parfum.

L'instant d'après, j'entendis quelqu'un tousser. Je me relevai d'un bond et jetai autour de moi des yeux effrayés. C'est alors que je découvris une forme humaine allongée sur l'un des bancs. C'était une vieille femme en noir, elle respirait d'une manière étrange, un liquide à l'aspect collant écumait au coin de ses lèvres.

– *Haluaisin... haluaisin puhua...* Je voudrais parler au pasteur... Dites au pasteur qu'il me bénisse...

Quand elle tendit les bras vers moi, je sentis son haleine repoussante de dents cariées. Elle luttait pour se redresser, mais ne parvint qu'à se retourner, et aussitôt tomba du banc. Son crâne, en frappant le sol, émit un bruit sourd. Tout était allé si vite que je n'avais pas pu intervenir. Je tentai tant bien que mal de l'aider à se relever, son nez saignait, des bulles rouges s'échappaient de sa bouche. Je l'attrapai en toute hâte, un bras sous la nuque et l'autre au creux des genoux, et soulevai ce corps désarticulé. Ses vêtements empestaient l'urine. Elle était plus lourde que je ne l'avais imaginé. Je la portai à grand-peine vers la sortie. En haut des marches de l'église, le soleil était éblouissant. La vieille femme toussa de nouveau, et je sentis la mouillure sur ma figure. Aux regards des témoins, je compris que j'étais éclaboussé de sang. Que pouvais-je faire d'autre que rester là, ce paquet sombre entre les bras, que tenir ce corps mourant devant toute la paroisse qui me dévisageait ?

– Regardez le petit *noaidi* ! les entendis-je s'écrier. Mais qu'est-ce qu'il fait donc ?

Je me hâtai de déposer mon fardeau sur les marches et de rentrer dans l'obscurité de l'église.

6

Ma mère me disait mauvais. Pour un enfant, le mot est dur à entendre. Elle affirmait que je me livrais à des méchancetés, que je volais du pain ou battais ma sœur. J'étais coutumier des mauvaises actions, et j'avais conscience d'agir mal en les faisant. Se montrer désobéissant et recevoir des gifles qui vous laissent la joue en feu, c'est une chose. C'en est une autre, bien pire, d'entendre parler de son mauvais fond, et du Diable, dont viendrait votre vraie nature. Si on vous le répète jour après jour depuis le plus jeune âge, si on vous l'assène suffisamment, il vous en reste une blessure. La plaie cicatrise, puis se rouvre, guérit de nouveau et s'ouvre encore, suppure, dure et durcit en une croûte épaisse. Souvent, je l'imagine comme un gant de cuir très usé, dont les poils de renne sont tombés depuis longtemps, tout plissé par les rudes tâches accomplies à longueur de temps, tour à tour humide de sueur, d'excrétions diverses, et desséché jusqu'à se craqueler, jusqu'à ne plus ressembler qu'à un poumon épuisé, sec et ratatiné. C'est ainsi que je vois mon âme, mon chagrin.

Quand je croise d'autres gens, je me rends compte à quel point ils prennent la vie du bon côté. Ils mettent de la chaleur dans leurs rencontres, ils sont capables de converser sur des choses toutes simples et de rire de petits déboires, au lieu d'en ressentir de la contrariété. Un garçon dira par exemple à une fille qu'il lui trouve le pas bien léger – reviendrait-elle par hasard d'un rendez-vous galant ? Ce genre de bagatelles. Et la fille ne s'en offusquera pas, peut-être lui répondra-t-elle que celles qui traînent en chemin n'arrivent jamais à remplir leur seau. Et pendant qu'ils continueront de badiner de la sorte, quelque chose d'invisible se nouera entre eux, qui les rendra tous deux joyeux, les réchauffera, et qu'ils emporteront dans le cœur en repartant chacun de son côté. Ou bien encore dans l'échoppe du village. Vous vous y rendez pour acheter trois fois rien, un sac de gros sel ou du tabac, et le marchand y va tout de suite de ses bavardages, parle du temps, de la végétation ou des gens qui vont et viennent, et vous ne pouvez répondre que par oui ou par non. Mais il y a chez moi quelque chose qui rebute les autres. Peut-être est-ce lié à ma nature honteuse, à cette blessure que ma mère m'a infligée. Ou peut-être étais-je destiné de toute façon à devenir ce qu'elle disait.

Je n'ai pas de charme. Personne, en me voyant, ne se met à sourire ni ne ressent cette gaieté que j'ai observée chez d'autres. Aucune femme ne répond à mon regard par un sourire, au contraire, elles se renferment et se détournent. Dès que je m'adresse à la jeune fille de la boutique, elle me répond laconiquement, par monosyllabes. C'est ce qui rend ma vie solitaire, mais je comprends qu'il doive en aller ainsi. Les rares fois que j'ai tenté de paraître enjoué ou badin, je n'y suis pas arrivé, j'ai juste eu l'air bizarre.

– Du tabac, dis-je. Donnez-moi un peu de tabac royal, s'il vous plaît.

La fille, derrière son comptoir, ne me sourit pas. Pas de regard taquin, aucune remarque rieuse sur l'existence du tabac royal dans ces contrées suédoises les moins royales qui soient, ni pour déplorer que la livraison de cette marchandise n'intervienne que la semaine prochaine, quand le fournisseur principal passera dans son landau à quatre chevaux. Je ne reçois en guise de réponse qu'un regard tourné vers les rayonnages.

– Alors je prendrai une tresse de tabac ordinaire, dis-je dans un murmure, en fouillant pour trouver ma bourse. Je renverse des pièces, elles s'en vont rouler comme des yeux sur le plancher de l'échoppe. Je les cherche à quatre pattes comme une truie, ramasse les petits ronds de cuivre dur et les laisse tomber sur le comptoir.

Si le silence vient à me peser, je descends à la rivière. De préférence le soir, quand j'en ai fini avec les occupations de la journée, à l'heure où les hommes et les bêtes se reposent. Je reste debout sur les pierres redevenues apparentes après la crue de printemps. Le flot s'écoule devant moi. On dirait du verre, me dis-je souvent, en pensant aux vitres dont sont habillées les fenêtres du presbytère. Un plancher de verre qui n'en finit jamais de glisser, jusqu'à la cascade où il se fracasse en débris et lambeaux d'écume. La surface de l'eau, sensible comme une peau, se déchire et s'ouvre sur le bouillonnement de profondes entrailles. Le bruit de la cascade est inquiétant, il avertit d'un danger. On entrevoit dans les tourbillons le crâne noir des rochers, les quilles de bateaux qui pourraient les frôler. Puis tout s'aplanit, et le flot s'étale, élargit son cours en une sereine embrassade. La voix bouleversée se calme, les entailles écumantes se referment et se lissent. Et pourtant tout est encore là, par-dessous.

La rivière chasse tout ce qui est laid. En équilibre sur les pierres de la plage, je laisse ruisseler mon angoisse. Je m'abandonne, j'abandonne au fil de l'eau les plus intimes de mes pensées, elles partent et disparaissent. La rivière est peut-être la plus belle image de la vie. Une âme qui ne naît ni ne meurt jamais, mais se contente d'être. Ses pensées sont dirigées vers moi. Elle m'aide à tenir bon. Si je me sens cloué sur place, elle me répond que tout est mouvement et que rien ne perdure. Et si je la regarde assez longtemps, je me transforme en eau. C'est un sentiment puissant. Rivière je suis, et c'est moi qui me calme, tandis que les rives se mettent à bouger. Je suis étendu de tout mon long, le paysage défile de part et d'autre, avec ses forêts sauvages et ses bourbiers marécageux. Je laisse tout couler et j'accueille en mon sein le ciel d'été.

C'est le tableau auquel je pense les soirs où l'inquiétude me harcèle. De doux nuages passent, pendant que je repose et somnole, immobile. Le sommeil de la rivière, si bon, qui soigne, guérit, couvre de son tranquille murmure le vrombissement des moustiques à la nuit tombée.

Souvent, je me le rappelle : c'est à mon maître que je dois la vie. C'est lui, un jour, qui m'a fait. Il m'a ancré dans le temps qui passe, et je suis enfin devenu un homme. Depuis ce jour, j'existe dans le livre où il m'a inscrit. Plus jamais mon nom ne pourra être oublié. Car être oublié, n'est-ce pas le pire, quand on vit encore ? Traverser sa propre vie sans qu'elle soit jamais justifiée par des lettres. Les lettres sont comme des clous forgés, sortis brûlants de la forge, qui tiédissent puis rougissent peu à peu, avant de devenir noirs et résistants. Dans mes pensées, je les vois semblables à des plantes, aux troncs recourbés d'arbres martyrisés, des sapins souffreteux qui poussent dans les marais, ou des bouleaux tortueux qu'on trouve sur le flanc des montagnes. Les lettres se cachent dans leurs ramures. Parfois, je m'arrête et j'y découvre un *k*, la volute d'un *a*, quelquefois un *r*. Les contours sombres des branches écrivent dans l'air comme sur un papier gris. On peut les déchiffrer. Si on en prend le temps, on peut y décrypter de curieuses légendes.

L'été où le pasteur m'inscrivit dans le livre, je me tenais là, à croupetons sur le bord de la grand'route, battu, couvert de plaies et le ventre vide. De temps à autre, les gens de passage me donnaient un bout à manger, un peu de gras ranci du jambon qu'ils venaient de découper, une chique recrachée que je pouvais sucer pour oublier ma faim. Je vis de loin sa silhouette, et j'eus presque peur. Il y avait dans sa démarche quelque chose de dur et de pressé. Avec ses vêtements de gros drap et ses cheveux longs qui retombaient en mèches, on l'eût pris aisément pour un vagabond. Mais son regard était attentif. Il scrutait en permanence les alentours, son regard se promenait d'un côté à l'autre, remontait parfois jusqu'à la cime des arbres, pour redescendre ensuite à ses pieds, où il ramassait subitement un brin d'herbe. Je sentis monter ma crainte et je reculai dans les herbes du fossé, tentant de m'y cacher. Mais bien sûr, il me découvrit tout de même. Je serrai les mâchoires, prêt à décamper. Et puis je m'essayai à tendre ma menotte pour mendier.

– *Onkos sulla nälka ?* me demanda l'étranger en finnois.

Et comme je ne répondais pas, il répéta en same :

– *Lea go nealgon ?* As-tu faim ?

Je comprenais les deux langues, mais la peur des coups me retenait. Ma petite paume crasseuse tremblotait, je me forçais à la garder tendue. Il chercha un instant dans son sac et en retira une boîte en bois noircie. Puis il plongea la main, fouilla à l'intérieur. Quand il la ressortit, son pouce était tout jaune. Il le tenait levé, son gros pouce d'homme adulte devant mes yeux, chapeauté d'une matière collante. Il m'adressa un signe de tête, l'air grave. Je tentai d'attraper cette chose avec la main, mais il esquiva mon geste. Alors il avança doucement son pouce vers mes lèvres serrées. Je les sentis coller et, par réflexe, me léchai les babines. Une lueur s'alluma. Mon palais se mit à chanter. L'homme attendait. Je rouvris la bouche. Cette fois, j'aspirai tout le morceau. Un soleil de ravissement. Je goûtais, le sentant fondre, me remplir de sa couleur jaune. Cette fois, plus rien ne pouvait m'arrêter, comme un veau à la mamelle je léchai son pouce jusqu'à le nettoyer complètement.

– C'était bon ? demanda-t-il.

Dieu, que le mot était faible. Jamais je n'avais rien goûté de semblable. J'ignorais même que cela pût exister, que le monde pût receler pareil délice.

– Ça s'appelle du beurre, me dit-il. *Voita.*

– Encore, chuchotai-je en finnois.

Il me considérait de ce regard intense et inquisiteur qui est le sien.

– Comment t'appelles-tu ?

– Jussi.

– Comment s'appelle ton père ? *Mikäs sinun isän nimi on ?*

Je gardai les yeux rivés au sol.

– Quel âge as-tu ? Tu dois bien avoir neuf ans ? Dix, peut-être ?

– Je sais pas.

– Tu ne sais pas ?

Il se pencha plus bas, et je crus qu'il allait me frapper. D'instinct, je fermai fort les yeux et me recroquevillai entre mes épaules. Mais le coup ne vint pas. Je sentis à la place ses doigts dans mes cheveux, qui descendaient le long de ma petite oreille.

– Sais-tu qui est bienheureux ? À qui appartient le Royaume des Cieux ?

Je hochai la tête.

– Aux enfants.

Jamais non plus je n'avais entendu dire une chose pareille. Lorsque je levai prudemment les yeux, son visage était tout près du mien. Il m'observait en silence. Ses iris bleu pâle étaient éclaboussés de vert. Le vert lapon. Celui des ruisseaux et des montagnes.

Ce soir-là, je dormis pour la première fois dans une vraie maison. Jusqu'à présent, j'avais passé la nuit dans des chalets, des huttes au fond des bois, des tentes et toutes sortes de cabanes, ou simplement abrité par les branches pendantes d'un sapin. Mais je n'avais jamais dormi dans une maison. Je commençai par refuser, je m'échappai et me faufilai dans l'étable, et je tentai de me creuser une tanière dans le foin. Mais il vint m'y chercher avec autorité. Je ne voulus pas me coucher dans le lit, je me débattis à grands coups de pied, me contorsionnai en tous sens, jusqu'à ce qu'il finît par savoir comment s'y prendre, et m'installât une couche par terre. La maison était habitée par un vieux couple, des connaissances du pasteur. Ils continuèrent de discuter avec lui longtemps après le repas. Leurs voix calmes étaient gorgées de tendresses et de mots du quotidien. Enroulé dans la couverture de feutre piquante qu'ils m'avaient donnée, je sentais la nourriture me réchauffer l'intérieur comme une lampe. Durant toute la soirée, le pasteur avait essayé de me faire parler de mes parents, de ma famille, et je lui avais seulement répété que j'étais en route. Il avait compris que je venais du nord. Il se disait, au vu de mes vêtements, que j'étais lapon, mais rien ne l'en assurait. « Jussi » était un nom finnois, et je comprenais les deux langues.

Je glissai dans le sommeil sans m'en rendre compte. C'était pour moi une façon très inhabituelle de s'endormir, sans avoir froid ni écouter son estomac crier famine, sans avoir à se protéger le visage des piqûres d'insectes. Je n'avais même pas mon bâton près de moi, celui que je gardais d'ordinaire à portée de la main, pour le cas où un chien furieux viendrait à s'approcher. J'avais l'impression de voguer sur un large cours d'eau, les mains croisées sous la nuque, le regard tourné vers le ciel. Les nuages, là-haut, voyageaient comme moi, tels de gros navires, cap vers l'horizon. Quelqu'un, un ange sans doute, faisait avancer ma barque à grands coups de rames. J'osai dormir sur le dos, la position pourtant la plus dangereuse, celle qui laisse à découvert le ventre, la partie la plus vulnérable de l'homme, si facile à percer d'un coup de couteau ou de dents. Ici, nul danger. J'étais loin des plages peuplées de prédateurs. Personne ne me voulait de mal. Le rameur à la lumineuse silhouette me mènerait sans encombre à travers les rapides écumants.

Je m'endormis comme l'enfant que j'étais, et j'entrai doucement, au rythme tranquille des rames, dans un paysage où grossissait la rivière. J'ignore combien de temps s'écoula ainsi. Tout était lisse, tout s'estompait, et soudain j'ouvris grand les yeux. Une indescriptible terreur s'empara de moi. Sans bouger un membre, je sentais la menace du plus grand des dangers, face à moi. La maison était plongée dans le clair-obscur, ici le plafond, là les murs, et tous ces meubles les uns sur les autres. Et puis un animal sauvage, un lion, qui ouvrait grand sa gueule toute noire, sa patte prête à s'abattre sur ma tête.

– *Rauhotu*, entendis-je chuchoter.

Une main caressa ma joue, une main presque irréelle, tant elle était chaude et vivante. Le bout de ses doigts m'effleurait.

– Sage, sois sage...

Le pasteur approcha son visage, tout près. Il s'était allongé à côté de moi. Je devinai la chaleur de son corps. En cherchant à tâtons, il posa son bras sur moi, et me tint serré.

– Tu as crié, me dit-il tout bas. Tu te tournais et te retournais, et tu as crié.

– Aa... ahh... faisait encore ma voix.

– Je suis là, maintenant. Personne ne viendra.

– C'était... rien...

– Tu as vu un ours ? Tu as eu peur ?

Je tremblais. J'aurais voulu fuir, me lever d'un bond, les membres en feu, et me précipiter hors de la maison, courir à travers bois et marais jusqu'à faire éclater mon cœur dans ma poitrine. Mais il me tenait fermement, de toute la force de ses bras.

– Allons, mon garçon.

Son haleine sentait le hareng et le tabac. Il changea de position pour se mettre à son aise, son poids tout contre moi était celui d'un bœuf. Je ne pouvais pas bouger.

Au matin, quand la maîtresse de maison commença à fourbir du bois et préparer la bouillie, j'étais seul sur ma couche. Je m'assis, et compris à son regard interrogateur que j'avais dû faire du tapage, les tenir éveillés. Le chien de la ferme vint me flairer les commissures des lèvres, le sexe, puis les rotules, et je me dépêchai de sortir dans la cour. Le pasteur arrivait tout juste des latrines en se reboutonnant.

– Viens avec moi, me dit-il sans ambages.

Je ne répondis pas.

– Nous allons d'abord manger, ensuite je t'emmène chez moi.

Nous n'atteignîmes le presbytère de Karesuando qu'au bout d'une longue marche. Il me fit entrer, puis me conduisit dans son cabinet de travail. Je n'avais jamais rien vu de tel. Des étagères longeaient les murs, remplies d'objets revêtus de cuir, de forme plate. Je voyais des livres pour la première fois.

Il tendit la main vers l'un d'eux et l'ouvrit, se mit à feuilleter les pages couvertes d'une écriture dense.

– Quel âge peux-tu avoir ? Et t'appelles-tu seulement Jussi ? Peut-être t'a-t-on baptisé Johan, ou Johannes ? Tu dois bien être baptisé ?

La blancheur brillante du papier donnait envie de le toucher. Des figures noires y dessinaient leurs courbes sur de longues colonnes, page après page. Le pasteur feuilletait dans un sens, puis dans l'autre, les sourcils froncés. Changeait de livre, cherchait ailleurs.

– Comment s'appellent tes parents ? Ton père et ta mère ? Tu dois bien connaître au moins leurs prénoms ?

Je secouai la tête.

– Où as-tu grandi ? Qui s'est occupé de toi ?

– Une sorcière, répondis-je.

Il marqua un arrêt, leva les yeux de son livre et me regarda avec étonnement.

– Une sorcière ?

– Oui.

– Mais comment s'appelait-elle ? Même les sorcières ont un nom.

– Sie. Sieppi…

– Sieppi ? Une Lapone ?

J'avais soudain froid, un frisson me traversait.

– C'est pas des hommes, lâchai-je.

Le pasteur se racla la gorge. Ses doigts s'étaient mis à tripoter un couteau à tabac, puis des ustensiles d'écriture. Il recommença à parcourir son livre.

– Tu m'as l'air d'avoir dix ou onze ans. Mais je ne te trouve nulle part, déclara-t-il. Ça ne peut pas rester ainsi.

Je restai silencieux. Que pouvais-je répondre à une telle déclaration ?

– Tu t'appelleras Johan. On pourra continuer de te dire « Jussi », mais ton nom de baptême sera Johan Sieppi.

– Non, pas Sieppi !

– Bon : Sieppinen. Johan Sieppinen.

À présent, il souriait. Il ouvrit l'encrier et y trempa la plume. Puis il attrapa une carafe et versa de l'eau dans une coupe en verre.

– Veux-tu entrer dans la foi chrétienne ?

– Mais…
– Tu dois répondre oui.
– Oui.
– Alors, je te baptise, au nom du Père… du Fils… et du Saint-Esprit.

L'eau me dégoulina sur le crâne, un filet froid glissa sous mon col. Tout en m'essuyant du revers de sa manche, il me regardait avec une telle douceur que j'en eus le cœur tout réchauffé.

– Et maintenant : quand veux-tu être né, Jussi ? Il n'y a pas tant de gens qui puissent choisir eux-mêmes leur date de naissance. Disons : hier, le 29 juin ? Le jour où nous nous sommes rencontrés ? Il nous faut aussi une année : tu pourrais avoir eu onze ans hier ? Est-ce un âge qui te convient ?

Sans attendre de réponse, il tourna les pages jusqu'aux toutes dernières du livre, encore vierges.

– Je t'inscris avec la mention sans domicile, séjournant provisoirement dans la paroisse. Donc : Johan Sieppinen… né le 29 juin… 1831.

Il souleva le livre et désigna une ligne de signes recourbés, dont l'encre était encore humide.

– Tu es là, Jussi, dit-il. Maintenant, tu existes.

7

Ma bien-aimée. Je la vois arriver de loin sur la grand'route, elle vient à ma rencontre. Je suis essoufflé d'avoir longtemps couru à travers prés dans l'espoir de couper son chemin, mais je fais de mon mieux pour avoir l'air détendu, un sourire banal aux lèvres. J'ai dans l'idée de lui adresser la parole sur un ton léger, peut-être d'obtenir qu'elle s'arrête, ou du moins ralentisse le pas. Qui sait, de rencontrer brièvement son regard, de plonger dans ses yeux bleus si clairs, de faire apparaître sur ses joues toujours si lisses le creux d'une fossette. Elle avance, et je m'aperçois qu'elle porte une lourde charge, elle tient d'une main un seau fermé par un couvercle, la poignée trop mince lui scie les doigts. Elle change constamment de bras et son buste se recourbe du côté opposé, pour faire contrepoids. Je tâche de trouver quelque chose à lui dire qui soit le plus naturel possible, mais mon cœur cogne si fort que je me sens mal. Plus elle s'approche, plus mon malaise empire. Ma vue se brouille et ma gorge se serre, je respire à peine, il n'y a qu'à l'église, ou presque, que je puisse la voir d'aussi près, dans la nef, après la messe, quand tout le monde se presse pour sortir. Je voudrais m'enfuir, et c'est pourtant ici que je désire le plus me trouver, précisément sur cette route, avec celle que j'aime. Maintenant, elle est toute proche, nous allons nous croiser d'un instant à l'autre. Elle m'aperçoit, mais tourne la tête vers le fossé et, sans doute pour cette raison, ne saisit pas mes mots confus de salutation. De nouveau, elle fait passer son seau d'une main dans l'autre, et j'y vois ma chance. Je vais l'aider à porter son fardeau et pourrai ainsi l'accompagner sur un bout de chemin. Je tends le bras, attrape la poignée coupante.

– Permettez-moi... réussis-je à murmurer.

Mais elle pousse un cri aigu, retient le seau à toute force, et ses yeux, quand je les rencontre enfin, ne sont plus que noirceur. Dans son visage crispé, sa bouche s'étire, tranchante comme une estafilade. Troublé, je lâche prise. Elle perd l'équilibre, trébuche et le seau se retourne, versant dans le gravier un flot de poissons. Des poissons tout brillants, fraîchement nettoyés, des brochets, des perches et quelques ombres, ils se répandent à nos pieds en une coulée d'argent. Je sens mon visage bouillir de honte, je me baisse en toute hâte pour les remettre dans le seau. Mais au moment même, elle me décoche un violent coup de pied qui me touche en pleine poitrine, et je vacille en arrière.

– Dis donc, toi, qu'est-ce que tu fabriques ? jette une voix peu amène.

– Il m'a accostée ! s'écrie-t-elle, le doigt pointé vers moi, alors que je me tiens accroupi, une grosse perche à la main.

– Ouste, décampe, me hurle un gaillard qui s'approche en ôtant sa ceinture et en la brandissant devant lui.

Je laisse tomber la perche dans le seau. Et je reconnais Roope, un des ouvriers de Sohlberg. Jeune, large d'épaules, il arbore une moustache blond roux et me dépasse d'une tête. Roope a beau être craint pour sa brutalité, mon sang ne fait qu'un tour. Tout se passe si vite que je n'ai pas le temps de réfléchir. Je ne sais qu'une chose : je vais l'écraser. Le renverser de tout mon poids, lui frapper la figure de mes poings, encore et encore, jusqu'à le mettre en pièces. Toute la laideur de mon âme, tout mon chagrin, toute ma honte se muent en une haine sans limites. Debout devant moi, il comprend, je le vois qui se tâte, il balance la ceinture si fort que la boucle de métal fait siffler l'air, peut-être aura-t-il le temps de me porter un coup, mais ensuite il sera mort.

– Il mendie, c'est tout, lance Roope. Regardez-le planté là !

Comme j'aurais voulu la trouver, la répartie cinglante, pleine d'audace, qui l'aurait blessé. Mais elle ne m'est pas venue. Tout n'est plus que silence à l'intérieur de moi, un trou où rien ne bouge. J'hésite un instant, tandis que ma bien-aimée soulève le seau malodorant, prête à s'en défendre comme d'un bouclier. Je ne dis toujours rien. Puis je tourne les talons et m'en vais. Quand je regarde derrière moi, je les vois qui s'en vont ensemble. Roope porte le seau. Ils marchent côte à côte, au plus près l'un de l'autre, comme s'ils faisaient la paire, et bavardent. Il éclate de rire, se retourne, me jette un coup d'œil plein de rancune, et elle en fait autant. Je sens ma main toute visqueuse d'avoir touché la perche. J'ai dans la poitrine une douleur sourde, son coup de pied m'a touché juste au-dessus du cœur. Mes côtes me font mal. Je lève la main, un effluve de poisson me frappe les narines. Je n'en pose pas moins les lèvres sur mon petit doigt, au bout, juste à la jointure, côté externe. C'est là que ce sont rencontrés nos corps. C'est là que je l'ai frôlée en saisissant la poignée, au point le plus extrême de ma douceur aimante.

8

Je remarquai d'abord ce parfum étranger, si différent des odeurs du quotidien. Au milieu de tout ce gris et ce brun qui m'entouraient montait une couleur de fleur. Elle semblait venir du presbytère. La chienne Tjalmo se tenait sur le perron, avec une expression inquiète, piétinant tête baissée, comme si elle s'était fait réprimander. Je commençai par me dire que quelque chose avait dû brûler aux forges, il y avait dans cette senteur des aiguilles de pin chauffées, une once de goudron, peut-être un soupçon de poudre à fusil. Je regardai la porte du presbytère. Il était encore temps de faire demi-tour, de m'éloigner au trot comme le fait l'élan quand il flaire l'inhabituel, de disparaître comme le silence dans la brume des marais. Mais je ressemble au renard. Le nouveau m'attire, je balance entre peur et curiosité. Mon museau chatouillé par la convoitise pointe vers l'inconnu, précédant le reste de mon corps. Je n'hésitai qu'un instant avant d'ouvrir, et j'entrai en tapinois. À l'intérieur, le parfum m'assaillit avec force, et je compris : du tabac. La fumée ne venait pas de la pipe du pasteur, comme je m'y attendais, mais d'un bâton brunâtre à l'extrémité d'un rouge étincelant. C'était la première fois que je voyais un tel outil. La tige brune était ceinte de doigts d'une longueur remarquable, larges, plus articulés que ceux du commun des paysans. Un poignet épais s'engouffrait dans une manche de manteau bleu indigo, laquelle menait à un buste incliné en arrière, dont les formes rebondies tenaient à la fois du muscle et de la graisse. Le ventre s'imposait avec évidence au milieu d'une silhouette de grande taille. On lui avait attribué le meilleur siège de la maison, le fauteuil, celui où personne d'autre que le pasteur ne s'asseyait d'ordinaire. Le visiteur affalé y goûtait un bien-être manifeste, tirait parti de toutes ses commodités, le dossier confortablement chanfreiné, les accoudoirs, le repose-pieds où ses talons tout en rondeur reposaient lourdement. Il tenait l'objet fumant de la main gauche, et de la droite déployait d'élégants gestes recourbés comme on en fait pour dévider un écheveau. Mais le plus curieux était sa bouche, une bouche de demoiselle, aux lèvres rouge sang, et qui pourtant n'était pas peinte. Le dessin contourné de la lèvre supérieure se plissait volontiers en entonnoir, tandis que luisait sa lippe mouillée, sombre comme un foie qu'on vient d'extraire. Ces lèvres bougeaient sans cesse. Et à travers la fumée, cette exhalaison parfumée qui emplissait tout l'espace, montait une voix d'homme extraordinaire, presque angélique.

J'ai rarement entendu un son aussi plaisant. Les hommes des villages avaient des voix très différentes, pour la plupart graves et mal dégrossies. Soit grondeuses et tranchantes pour commander aux chevaux ou réprimander les enfants. Soit faibles et lasses, à l'heure du repas ou après le labeur du jour. Elles ne trouvaient jamais la tonalité, inconnue de moi, employée par cet homme. J'avais commencé par croire qu'il chantait, une mélodie ondulant en spirale. Mais il n'y avait pas de rimes, ce ne pouvait être un cantique, pas plus qu'un joik, puisque les mots n'étaient ni du same, ni du finnois. Le visiteur parlait la langue du roi et de l'évêque. Celle qu'on entendait sur le marché de Kengis ou au passage des attelages venus de loin. Cette langue pétillante, pleine d'allant qu'on appelait le suédois.

Le pasteur écoutait sans dire grand-chose. De temps en temps, il lançait un bref commentaire, posait une question ou formulait une objection. Il y avait alors une pause des plus courtes, le temps d'une rapide inspiration, et la voix repartait de plus belle, accélérant un peu la cadence, sans rien perdre de sa magnifique sonorité.

J'aime écouter les femmes quand elles parlent bas, d'une voix pleine. Dès qu'elles se pavanent devant des regards masculins, les filles donnent dans l'aigu, pépient et gazouillent comme des moineaux. Pour les hommes, c'est l'inverse, les timbres les plus graves sont ceux qui m'ennuient. Ils me font l'effet de bois broussailleux où le soleil pénètre à peine. Mais cette voix-là ouvrait des clairières, révélait la splendeur des panoramas de montagne. Elle s'élançait de haut comme un oiseau de proie pour planer dans la lumière. Des images d'aigles et de buses me venaient à l'esprit, le cri presque irréel de ces princes au royaume des oiseaux. À côté, le simple villageois n'était qu'un vulgaire pinson, et son vilain parler un crachotement de jus de chique.

Pendant que l'homme jouait sans fin de ses cordes vocales, une tige de cendres s'était formée au bout du bâton incandescent. Je la voyais qui s'allongeait, s'allongeait encore, jusqu'à éclater et retomber sur le plancher en une pluie d'argent. L'homme, tout en devisant, dirigeait son regard au plafond, comme s'il y puisait sa force. Selma était assise, totalement immobile, devant cette apparition tout aussi surprenante pour elle que pour moi-même. Brita Kajsa, elle aussi, semblait intimidée, car elle avait pris place près de l'âtre et se tenait à demi tournée. Contrairement à moi, les gens de la maison comprenaient le parler suédois, ils en suivaient toutes les nuances et toutes les menues drôleries qui réussissaient à les faire rire.

Mais une sorte de tremblement s'empara soudain de ce corps massif. Il changeait de position, arrachant un craquement au fauteuil. Après avoir posé son étrange ustensile de fumeur en équilibre sur le bord de l'assiette de porcelaine qui avait contenu son repas, il s'étira vers son bagage, non pas un sac à dos, mais une valise rectangulaire, de couleur marron. Il la plaça sur ses cuisses et entreprit d'en défaire la fermeture, le tout avec des gestes nobles et bien pesés qui ne manquaient pas d'attiser l'intérêt. Puis il souleva le couvercle, très lourd semblait-il, le repoussa avec précaution en arrière pour l'appuyer sur le bord de la table, et sortit de la valise un long rouleau maintenu par un ruban de satin rouge, sitôt dénoué du bout de ses doigts agiles. Alors, tenant le rouleau levé, il fit lentement apparaître ce qu'il renfermait. Qu'était-ce donc, une surface plane et lustrée qui s'étendait de plus en plus, des couleurs vives, des taches chatoyantes sur un fond plus sombre, puis des yeux braqués vers les miens.

Effrayé, je constatai qu'il y avait là un visage. Plus qu'un visage : elle avait les cheveux relevés en un gros nœud et ornés d'un bijou précieux, la peau de son cou était si claire qu'elle en paraissait blanche, et ce cou de femme se coulait dans un vêtement. Quel vêtement ! L'étoffe rouge sombre enveloppait la dame des plis et découpes les plus raffinés, caressait ses bras qui tenaient un encombrant instrument à cordes. Je n'en connaissais pas le nom, mais il était constitué d'un corps arrondi laqué brun qu'elle frottait d'un archet. Et puis ses yeux, dirigés droit vers qui les regardait, et pourtant voilés comme dans un rêve. La dame était plongée dans sa musique. Mais cette musique, ses yeux la donnaient à entendre et à vivre, disaient ce que la musicienne ressentait dans cet autre monde qui était le sien.

Il avait peint cette femme à Härnösand, là-bas, dans le Sud. J'avais saisi cette phrase, malgré la pauvreté de mon suédois. Elle avait joué pour lui, et elle était exactement ainsi, tenant cet instrument qui s'appelait *violonsel*, un mot dont je m'imprégnai aussitôt dans le but de l'emporter pour toujours, *violonsel, violonsel, violonsel*.

Poussant un soupir involontaire, je compris que l'homme qui se tenait devant nous était un génie. Sa visite, la conversation puis le tableau avaient fait impression sur nous tous. Il nous avait révélé un univers dont je croyais à peine qu'il pût exister. Son habileté avait su le rendre visible, même pour moi. Et j'avais entendu le frou-frou de la robe.

Mais il en venait enfin à son affaire, posait sur le plateau en pin de la solide table finlandaise une bouteille contenant un liquide translucide de couleur jaune, la débouchait, la donnait à renifler aux enfants qui riaient l'un après l'autre avec un mouvement de recul. La forte odeur qui s'en dégageait parvint jusqu'à moi. Puis il ajouta au flacon une coupelle contenant des pinceaux fins, une mince tranche de bois tachée de restes de couleurs séchées, et une série de boîtes marquées de petites étiquettes. Un nouveau rouleau apparut. Cette fois, il s'ouvrit sur une surface vierge et blanche, bientôt survolée du bout d'un pinceau sec. La hampe du pinceau et la main de l'artiste semblaient avoir fusionné pour former un sixième doigt proéminent, tout droit sorti de sa chair. Il peignait avec l'air, et je vis au-dedans de moi naître le portrait. Il jeta sur la feuille les traits d'un visage, un monsieur de belle prestance, dans une attitude digne, manipulant… un fusil de chasse ? Non, un objet plus petit, peut-être un livre de cantiques, un recueil de sermons ? À présent j'avais sous les yeux l'ensemble du motif, et je savais d'avance que le résultat serait magnifique, qu'il saisirait l'image du pasteur dans toute sa grandeur. Naturellement, il serait représenté en plein travail sur son herbier. Dans sa main, ni fusil ni plume. Quelque chose d'apparemment insignifiant, mais qui importait plus que tout : une laîche récemment découverte par ses soins, l'une des espèces les moins voyantes de la flore sauvage, que l'on avait baptisée de son nom : *Carex læstadii.*

Mon maître était visiblement admiratif. Le charisme de l'artiste avait prise sur lui, constatai-je. La beauté du tableau y était déjà. Il ne manquait plus que l'auteur y mît son savoir-faire pour l'immortaliser. Contre une certaine somme, naturellement. Une somme raisonnable pour cet humble artisan issu de l'illustre cénacle des peintres. Toutefois non négligeable, et même assez conséquente, s'avéra-t-il, une fois le montant enfin précisé. Bien plus que n'auraient pu se permettre de dépenser la plupart des gens du village. Mais quel est le prix de l'éternité ? me dis-je. Quoi de plus précieux pour le pasteur que de perdurer à jamais ?

L'homme rangea son attirail dans la valise en quelques gestes gracieux. Ses mains ne ressemblaient à rien que j'aie vu auparavant. Leurs longs doigts savaient modeler, exprimer, s'arrêter en un point précis. Suivre la courbe d'une mèche, capturer sur le vif l'éclat d'un regard.

Dans un grand échange de politesses, le pasteur prit congé de l'artiste, qui priait qu'on l'appelât Nils Gustaf. Tous deux se comportaient déjà comme des amis proches. Je compris que le pasteur s'était vu accorder un temps de réflexion avant de conclure l'affaire. Mais l'occasion serait bientôt perdue, soulignait Nils Gustaf. Sitôt terminé son séjour aux forges de Kengis, il quitterait ces contrées, et n'y reviendrait peut-être jamais. Comme toujours dans l'existence, il s'agissait de saisir le moment au vol.

Quand Nils Gustaf passa devant moi, je le retins. Je mimai de la main le mouvement d'un objet qu'on porte lentement à la bouche.

– Comment… s'appelle… ça ?

Il parut d'abord ne pas comprendre. Puis son visage s'éclaira et il rit, d'un rire bref, aussi beau que sa manière de parler. Et il me répondit.

J'avais appris deux mots. Le premier : « *violonsel* ». L'instrument dont jouait la femme sur l'image. Et puis cet autre objet, cette chose longue et marron que le peintre tenait coincée entre les lèvres, et qu'il suçait.

Cela s'appelait « *sicar* ».

9

Mon maître était nerveux. Assis par terre dans un coin, je le regardais lire une lettre arrivée le matin même. Il se redressa soudain sur son siège, s'aperçut avec une grimace que sa grande pipe s'était éteinte. Tandis qu'il s'escrimait à la récurer, les bouffées de nicotine se mirent à enfler comme monte une fièvre. Entre-temps, il avait approché la feuille de la fenêtre pour mieux voir. Il se plaignait depuis peu que sa vue baissât inexorablement. Je m'empressai de découper un morceau de la grosse tresse posée sur son bureau, et avec un zèle gourmand, il s'appliqua à tasser les flocons de tabac dans le foyer de sa pipe.

– Voilà que l'évêque Juell entre dans la danse ! Sais-tu qui c'est, Jussi ?

– Non.

– L'évêque norvégien, celui qui est en place de l'autre côté de la frontière. Le réveil des consciences est à l'œuvre là-bas aussi, mais cela ne fait pas plaisir à tout le monde.

– Ah bon ?

– C'est que les gens arrêtent de boire, Jussi ! Et quand les cabaretiers ne voient plus rentrer l'argent des ivrognes, ils n'y perdent pas qu'un peu. Beaucoup de pasteurs sont de leur bord, comme cet Andreas Qvale dont on me parle ici.

– Je ne le connais pas.

– Un ennemi de l'Éveil, un de ces pasteurs gagne-pain. Avant le début de la Mission, ceux de son espèce pouvaient faire la loi, mais plus maintenant. L'autre jour, quand il officiait à l'église de Skjervøy, il est venu des fidèles de Kautokeino pour protester. Ils ont crié en pleine messe qu'il devait s'amender, qu'il était temps que le pasteur lui-même vive en chrétien. Au lieu de se le tenir pour dit, il a fait jeter dehors les perturbateurs. D'après ce qu'on me raconte, c'étaient Aslak Haetta, Ole Somby, Rasmus Spein, Ellen Skum et quelques autres. Ces noms te disent-ils quelque chose ?

– Des familles d'éleveurs de rennes, par là-haut.

– Eh bien, le lendemain, Qvale devait célébrer l'eucharistie. Mais des Lapons s'étaient rassemblés devant le porche pour dissuader les gens d'entrer.

– À cause du pasteur ?

– Bien entendu. Qvale les a fait enfermer dans une salle attenante à l'église le temps de la cérémonie. Et ensuite, il les a tous dénoncés au bailli.

Mon maître s'assit à son bureau dans un nuage de bouffées enthousiastes, et commença à écrire le prêche du dimanche. Il modifiait et raturait à mesure en marmonnant, les lèvres en perpétuel mouvement. J'y voyais naître et s'affûter les mots. Au-dedans de lui-même, il était déjà en chaire. La fumée de sa pipe jaillissait au rythme où se remplissait le papier. Puis il marqua une pause, et me lut son texte à voix haute :

– Vertueux fornicateurs, honorables voleurs, buveurs pétris de tempérance, et vous, probes taverniers. Vous tous qui êtes assemblés devant la croix après vous être abreuvés d'urine de putain sur le parvis de notre église, croyez-vous donc que Dieu n'en sache rien ? Ne sentez-vous pas les serpents noirs et luisants qui se contorsionnent dans vos entrailles, en agitant leurs langues bifides…

Je ne pouvais qu'approuver de la tête. Ses paroles avaient le tranchant d'une broche, les mots, pour lui, n'étaient pas que des sons. Ils étaient ses outils, ses instruments, des clous dont il usait pour construire les escaliers menant aux portes du Ciel, mais aussi des couteaux de boucher devant lesquels tremblaient et transpiraient les pécheurs. J'avais vu de mes yeux l'ivrogne sortir de l'église pour s'en aller vomir de remords dans la neige, tant était puissant l'art oratoire de mon maître. Ses mots parvenaient à fendre les blocs de pierre les plus durs et faire éclater en larmes des sauvages taiseux.

La page fut bientôt remplie. Il la retourna, mais quelque chose d'autre y était déjà écrit. Il fouilla fébrilement sur son bureau, mit la main sur une quelconque quittance, et entreprit d'en remplir les marges. Il lui arrivait souvent d'être à court de papier, les livraisons en ces lieux reculés prenaient du temps, coûtaient cher et restaient incertaines. Si j'avais voulu faire un cadeau au maître, c'eût été du papier. J'aurais posé près de son encrier une belle pile de feuilles blanches, bien découpées, prêtes à recevoir la trace de ses pensées. L'encre, elle aussi, laissait à désirer. Il la fabriquait souvent lui-même, avec de la suie ou de la rouille qu'il grattait çà et là, parfois même à partir de myrtilles. Le roi de Stockholm n'eût-il pas pu lui envoyer un peu de teinture ? Mais le pasteur, sans une plainte, sortait son couteau pour tailler la pointe de sa plume, de manière à faire disparaître les plus gros grumeaux. Il se leva de nouveau et regarda l'étendue des prés derrière la fenêtre. Puis il sortit de la pièce sans dire un mot, le visage tendu. Il avait toujours quelque poids au fond de l'âme. C'était souvent l'état de sa paroisse qui le souciait. La vie dissolue qui sévissait en permanence dans ce pays de Pajala, le désespoir des pauvres. Dimanche après dimanche, il montait en chaire et semait le bon grain à même la roche. Peut-être en avait-il assez d'être là, à sermonner toujours la même communauté, les mêmes femmes geignardes qui, chaque semaine que Dieu faisait, tombaient en *liikutuksia* et demandaient pardon en versant des pleurs toujours malodorants, même si au sein du troupeau elles comptaient au nombre des brebis les plus blanches. Le Réveil, semblait-il, commençait à faiblir, l'incendie allumé à Karesuando paraissait contenu et l'ardeur tiédissait. Il ne disait toujours rien, mais enfila ses brodequins lapons. Je ne savais s'il souhaitait ma compagnie mais, comme toujours, je me tenais prêt. Je le vis s'emparer de sa musette et de la boîte dont il se servait pour conserver les plantes ramassées pour l'herbier. Combien de temps s'absenterait-il ? s'enquit Brita Kajsa, mais il ne répondit que d'un geste évasif. L'irritation de son épouse était visible. En ces jours de plein été, il y avait beaucoup à faire à la ferme. Il ne releva pas sa contrariété. Son regard portait au loin, il n'était déjà plus là, et lorsque je le vis saisir son bâton de marche, je compris que la journée serait longue.

Nous traversâmes rapidement le village, les gens vaquaient à leurs occupations et le saluaient au passage, en s'inclinant obséquieusement. Il s'efforçait de leur retourner leurs saluts, mais son attitude tout entière disait son intention de ne pas se laisser retenir par les conversations. Quand nous atteignîmes la grand'route, il s'apaisa tout de suite, s'arrêtant quelquefois pour examiner des saules marsaults, effleurant le bord de leurs feuilles et observant à la loupe leur villosité. Mais il avait autre chose en tête. Les pauses qu'il marquait nous laissaient tout juste le temps de nous désaltérer et de mieux nous défendre contre les sempiternels moustiques, à coups d'huile de poix. Il y avait mieux à faire que de lui demander où nous allions. Durant un de nos arrêts, je réussis à lui subtiliser son sac à dos, qui n'était point si léger, et à le charger sur mes épaules. Ses pas s'accélérèrent encore alors que nous quittions les chemins de roulage pour pénétrer dans la forêt.

Un franc malaise me prit quand je compris où il se rendait. Nous suivions le sentier qu'avait emprunté Hilda Fredriksdotter avant que l'ours ne l'emporte. Le pasteur s'arrêta près des restes de feu où nous avions trouvé son fichu. Il s'essuya le front et les yeux, comme pour s'éclaircir le regard. Les traces, cette fois, étaient difficiles à distinguer, l'herbe s'était redressée et les menus objets appartenant à la pauvre victime avaient depuis longtemps été enlevés. Seul tranchait dans la verdure le cercle charbonneux.

Le pasteur se pencha et passa la paume sur le sol, comme s'il pouvait encore percevoir la chaleur corporelle de la jeune fille. La ride entre ses sourcils se creusa tandis qu'il explorait des yeux les bois alentour. Je pensais qu'il se demandait de quel côté l'on avait au juste cherché en battant les taillis, mais au bout d'un moment, son regard se tourna vers moi.

– *Maa vettää*… La terre attire, murmura-t-il. Tous ceux qui ont marché dans les bois, comme nous, connaissent sans doute ce phénomène étrange. On croit déambuler au hasard, au gré de ses pas. On laisse ses pieds prendre la direction qu'ils veulent, tu me comprends ?

– Oui.

– On se promène sans but, sans idée particulière. Et tout à coup, quand on baisse les yeux, on se rend compte qu'on avance sur un sentier de renne. Comment cela se fait-il ?

– *Maa vettää*, ai-je répondu.

– C'est bien ça, elle attire. C'est comme un magnétisme. Le paysage vous emmène où il veut. Les rennes, les vaches, les élans, les hommes et tout ce qui bouge, nous sommes orientés sur les mêmes voies sans y penser.

Son corps décrivit lentement un quart de cercle comme l'aiguille d'une boussole. Il leva le bras et pointa l'index d'un côté tout différent de celui où s'était déroulée la battue.

– Qu'y a-t-il par là ? Dans cette direction ?

– Des marécages, répondis-je. Des tourbières et des fourrés.

Il avança de quelques pas hésitants. Du bétail avait piétiné ici, des sabots s'étaient enfoncés dans le tapis broussailleux, les bêtes avaient brouté les feuilles des buissons. Courbant le buste, le regard aux aguets, il entreprit de suivre leurs traces et, sur ses instructions, je l'imitai, à une dizaine de pas sur sa gauche, de manière à couvrir une surface plus étendue. Quant à savoir ce que nous cherchions, je l'ignorais toujours.

La terre était de plus en plus gorgée, la forêt de sapins de plus en plus clairsemée. Elle s'effaça bientôt devant la prairie. On y avait fané tout récemment, les signes ne pouvaient mentir, des laîches coupées jonchaient le trajet de la faux. Une grange aux planches disjointes se profilait un peu plus loin, sur une hauteur. Le pasteur avança en pataugeant dans la boue, et je m'y engageai à sa suite. Faute de skis, nous nous enfoncions jusqu'aux genoux et sentions le sol se mouvoir sous nos pieds, menaçant à tout moment de céder et nous engloutir. Le pasteur repéra une piste un peu moins détrempée, et nous finîmes par pouvoir nous asseoir et respirer un peu, près de la grange. On y voyait les traces des faneurs. Ils y avaient mangé et fait du feu. Des branchages de sapin, dont les aiguilles avaient commencé à tomber, leur avaient servi de sièges. Des claies à foin étaient appuyées contre le pignon, dans l'attente de l'été suivant. La grange était fermée. De larges planches emboîtées dans une fente lui tenaient lieu de porte. Nous les soulevâmes à deux, avant de poser nos pas mal assurés sur les rondins qui faisaient office de plancher. Entre les murs assemblés à claire-voie, pour laisser passer l'air, étaient entreposés de gros tas de laîches sèches, dont montait un parfum suave et tiède. Un délicieux morceau d'été que l'on pourrait venir chercher pour le rapporter à la ferme, tant que passeraient les traîneaux, l'appoint de fourrage qui pourrait sauver les vaches vers la fin de l'hiver.

Je m'apprêtais à ressortir quand le pasteur me saisit le bras. Il me montra un trou tassé dans le foin.

– Quelqu'un a été assis là, commentai-je.

– Ou s'y est couché.

Il observa le creux sous plusieurs angles.

– Allonge-toi donc là-bas, me dit-il en désignant un autre tas.

J'obéis et restai un moment couché dans le foin, qui était empilé presque jusqu'au toit. Puis il me demanda de me relever, et se mit à examiner l'empreinte.

– Regarde ! s'écria-t-il avec fougue.

Je me penchai pour mieux voir :

– L'autre creux est plus profond que le mien, remarquai-je.

– Et comment cela s'explique-t-il ?

– Celui qui était couché là-bas était plus lourd que moi.

– Remets-toi au même endroit, m'enjoignit-il.

De nouveau, je m'étendis dans le foin. Comme je venais de m'y installer, il s'affala sur moi. Il pesait davantage que je n'imaginais. Son poids ne fut pas loin de me couper le souffle. Par réflexe, je tentai de le repousser, mais il me saisit les poignets et me maintint en place, sous un effluve de sueur, de goudrons de tabac, de cuir chevelu graisseux, au contact râpeux de sa barbe naissante. Puis, sans aucune explication, il me lâcha.

– Qu'est-ce qui vous prend, maître ?

– Regarde un peu, Jussi.

J'étais fâché, en nage, je sentais le foin encore accroché dans mon dos, mais il ne semblait rien en voir. Tranquillement, il s'était penché, et mesurait le trou avec la main.

– Est-ce que tu vois, Jussi ?

– Non.

– Les deux creux, maintenant, ont la même profondeur ! J'en conclus que *deux* personnes étaient couchées dans le foin !

Je ne comprenais pas qu'il y eût là matière à s'échauffer. Deux faneurs couchés ici à l'heure du repos : certes, on pouvait y voir un indice de luxure, un garçon célibataire avait dû y cajoler quelque donzelle. Mais nous savions l'un comme l'autre que ce genre de péché était monnaie courante. Le pasteur était tombé à genoux, saisissait des poignées de foin et en examinait les tiges à la lumière qui filtrait entre les rondins. Quelque chose arrêta subitement son regard. En me penchant, je constatai que certains brins étaient marqués d'une couleur sombre. Le pasteur cracha. Lentement, il s'appliqua à dissoudre la tache sèche en l'imbibant de salive, puis porta prudemment la pointe de sa langue au bout de son pouce, avant de me le tendre. Le souvenir du beurre dont il m'avait nourri un jour, il y avait si longtemps, me revint en tête. Sans un mot, je goûtai à mon tour.

– Tu sens ? chuchota-t-il.

J'opinai. Il n'y avait aucun doute.

– Du sang.

Tout en marmonnant, il fourra la poignée de foin dans sa poche et se remit à fouiller. Sa mine était pensive quand je le vis, sitôt après, extraire de nouveau quelque chose entre le pouce et l'index. Quelque chose d'aussi invisible à mes yeux que s'il eût retenu une pincée d'air. Mais comme le pasteur m'exposait sa trouvaille dans un rayon de soleil qui se faufilait par une fente, elle se mit à miroiter comme l'or. C'étaient des cheveux, un faisceau ondulant de cheveux clairs, de la longueur de son avant-bras. Comment Diable avait-il réussi à les distinguer dans le foin ?

– Hilda Fredriksdotter Atalo était blonde, il me semble ? De longs cheveux blonds ?

– Oui.

– J'ai trouvé un cheveu de ce type dans le lait renversé, à l'endroit où elle prenait sa collation.

Et je me rappelai soudain cet objet invisible qu'il avait ramassé et enveloppé dans un chiffon.

– Vous pensez que Hilda est venue ici ?

– Il y a là non pas un, mais plusieurs cheveux. Qu'en dis-tu ?

– Peut-être a-t-elle... Je ne sais trop.

– Quand perd-on plusieurs cheveux à la fois, Jussi ? Quand on se les fait tirer, n'est-ce pas ? Quand quelqu'un les arrache.

Une image lointaine me traversa. La sorcière se jetait sur moi et me tirait les cheveux, me faisait mal jusqu'à la nausée. Je fermai fort les yeux, toussai plusieurs fois, et le malaise, doucement, se dissipa. Le pasteur semblait n'avoir rien remarqué. Ayant sorti sa loupe, il observait les cheveux.

– Hilda reçoit la visite de quelqu'un, là-bas, dans la clairière. Peut-être se sont-ils d'avance donné rendez-vous. Enflammés par les désirs de la chair, ils se hâtent de venir dans cet endroit, où ils sont à l'abri des regards. Hilda se couche la première, et l'homme se précipite sur elle. Dans le feu de l'action, il lui arrache une mèche. Est-ce là notre hypothèse ?

Je n'avais pu m'empêcher de rougir, la scène s'était présentée de manière bien trop précise à mon imagination, des corps qui transpiraient, des mouvements bestiaux.

– Tu te souviens sans doute que j'ai examiné le pot à lait abandonné dans la clairière ? Sur le bord, j'ai trouvé des marques, à l'endroit où quelqu'un avait bu. Non pas la marque d'une bouche, mais de deux, bien distinctes. J'en ai déduit que Hilda avait eu de la visite.

– Mais... mais l'ours, alors ?

Le pasteur ne répondit pas. Il continuait de chercher dans le foin, avec une étonnante patience, changeait péniblement de position quand ses reins commençaient à le faire souffrir. Je le vis soudain plonger. Il avait déniché quelque chose.

– Comme c'est curieux.

C'était une tige minuscule, à peine longue comme une phalange, et toute desséchée.

– Que voulez-vous dire ?

– *Cassiope tetragona*. Reconnaissable entre toutes, regarde ses feuilles.

J'observai de tout près. Cela ne ressemblait guère à des feuilles, plutôt à de petits bourgeons qui se chevauchaient tout contre la tige.

– De la famille des bruyères, expliqua-t-il. *Tetragona* signifie « à quatre angles ». Les feuilles sont disposées en carré.

– Oui, je vois.

Il plaça précautionneusement la plante dans sa boîte et prit des notes au crayon.

– Et qu'y a-t-il de si curieux ?

– Sers-toi de ton cerveau, Jussi. Regarde autour de toi.

À cet instant, mon maître semblait goûter sa propre science.

– La cassiope est une espèce relativement courante, c'est une plante qui rase le sol, répandue dans de nombreux endroits. Or jette un coup d'œil, en vois-tu ici ?

– Elle était dans le foin.

– Oui, au milieu des laîches. Mais la cassiope et les laîches ont des habitats différents. La cassiope se plaît à haute altitude, dans les landes montagneuses. Trouve-moi une explication si tu peux.

– Elle pousse peut-être dans le coin.

– De toutes mes excursions, je n'en ai pas vu une seule fois dans la région de Kengis. L'homme qui était avec Hilda a dû la rapporter de la montagne. La plante s'était peut-être accrochée à ses vêtements. Peut-être se trouvait-elle dans ses souliers ou dans une poche. Elle aura atterri ici pendant leurs ébats.

– Et ce sang, alors ?

– Peut-être l'a-t-il battue ? Ou bien, c'est la preuve que Hilda était vierge, et qu'il l'a déflorée.

Le pasteur n'ajouta rien, mais le goût du sang m'était resté dans la bouche. L'idée de sa provenance m'obligea à m'appuyer aux murs de rondins, mes jambes flageolaient.

– Qu'est-ce que tout ceci nous apprend ? poursuivit le pasteur, imperturbable.

– L'odeur du sang ! m'exclamai-je. L'ours a dû flairer le sang de Hilda. Quand elle est repartie d'ici, le monstre devait la guetter.

Le pasteur se releva péniblement. Il se planta à l'entrée de la grange et parcourut du regard les mares alentour.

– Je me demande...

Sans davantage d'explications, il commença à inspecter le bord du marécage, penché en avant comme s'il herborisait, ou comme un cueilleur en quête de mûres arctiques. Puis il me demanda de l'aider à repérer tout ce qui pourrait détonner dans la nature environnante. Un peu à contrecœur, je recommençai à barboter dans ce bourbier piégeux, en décrivant des cercles de plus en plus larges, à la recherche de traces d'ours.

Mais c'est mon maître qui fit la découverte. Il était assez loin dans le marais quand retentit le sifflet strident qu'il avait appris durant son adolescence à Kvikkjokk. Je me dépêchai de le rejoindre, éclaboussé jusqu'aux cuisses d'eau putride. En approchant, je le vis plié en deux, appuyé des deux mains sur ses genoux, hochant la tête, comme pris d'un brusque vertige. Il me montra du doigt un trou couleur de charbon, d'où émergeait l'extrémité grise de ce qui avait pu être un petit pin des marais. Mais en observant de plus près, j'y vis aussi un bout de piquet venu de la grange. Il était enfoncé si profond dans la boue, qu'on le remarquait à peine.

Le pasteur y posa la main et le fit osciller. Quelque chose de clair apparut dans la noirceur de la vase, quelque chose qui ressemblait à du foin.

Puis je reconnus, à mon indicible horreur, l'ondoiement d'une chevelure.

10

J'étais une bête. Je vivais comme une bête, toujours à la recherche de quelque chose à manger. Celle qui se disait ma mère savait que j'avais faim, elle me voyait lécher le manche de son couteau, où était resté le goût du gras de poisson. Mais elle se contentait de ricaner de là où elle se trouvait, sur sa peau de renne, les yeux humides, tenant serré contre elle comme un nourrisson le tonnelet d'eau-de-vie. Je me souviens spécialement d'un jour où elle se moqua de moi, alors que je suçais des os à viande déjà rongés, si secs et lisses qu'on eût pu les prendre pour des pierres, sans même une once de moelle, juste des écailles coupantes qui grinçaient contre mes dents de lait. Elle rit de mon désespoir, et puis elle sortit son sein. Elle ouvrit son vêtement, l'en extirpa et me demanda si je voulais téter. Il était gros et mou, elle le tenait comme une moufle mouillée en secouant vers moi son téton brun tout ridé.

– J'ai quelque chose de bon par ici, bredouillait-elle. Bon, très bon…

Je voyais ses dents marron, sa salive blanche et pâteuse. Elle se moquait en croassant dans la paume de sa main, elle enduisit son téton de graisse, et il prit un aspect lisse et lourd.

– Bon, très bon… répétait-elle pour me tenter.

J'avais si faim. J'avais si désespérément besoin de quelque chose à avaler, terre, cendre, boue. Alors je crapahutai jusqu'à son corps qui sentait l'aigre, et je m'allongeai tout près d'elle. Sa main s'abattit sur ma nuque comme une serre d'oiseau de proie et elle me pressa si fort contre elle que je pouvais à peine respirer. Je pris son téton flasque dans ma bouche et je suçai. Je crus d'abord sentir qu'il en sortait quelque chose, un peu de gras. Mais je compris vite que ce n'étaient que sueur et crasse. Le sein ballottait, elle étouffait de rire et ne me lâchait pas, même si j'avais cessé de téter, elle me serrait de plus en plus comme pour me faire rentrer dans son ventre, dans ses entrailles. Et moi, je n'avais pas d'autre rêve que de retourner en arrière, de quitter ce monde et de disparaître. Je finis par mordre, de toute la force de mes dents de lait. La sorcière lâcha prise et me frappa à la tempe, je partis en titubant, des ténèbres rouges au fond des yeux. Une grotte vide et rouge.

Quand le pasteur me trouva sur le bord de la route, je n'étais pas encore un être humain. Mais il m'a inscrit dans le livre. Il m'a créé, lié à une communauté d'hommes en me prenant dans les minuscules volutes de l'écriture. Alors seulement, j'ai commencé à exister.

Patiemment, il posait devant moi un objet emprunté aux écoliers, un simple cadre de bois rempli de sable fin. Du bout d'un petit bâton, il y traçait une ligne recourbée, et je devais reproduire le signe, aussi précisément que possible, avec un bâton semblable. Le plus difficile était de copier la courbe en redescendant, avec une arcure régulière, sans hacher ni hérisser le trait.

– *J*, prononça le pasteur la première fois. Ça s'appelle un *J*.

– *J*.

– C'est une bonne lettre : *J* comme dans *Jésus*.

Sans comprendre, je répétai après lui. Le signe suivant était un *U*. Celui-là non plus n'était pas facile, avec son fond en demi-cercle. Et que dire du *S*, qui devait serpenter dans le sable sans se mordre la queue ni s'échapper en ondulant ? Quand enfin vint le *I*, quel soulagement ! Un trait droit, c'était tout. Si j'avais eu à décider de la forme des lettres, elles auraient toutes eu celle-là. Le pasteur passait et repassait dans le bac la planchette à effacer, et ce geste n'en finissait pas de me fasciner. Toute cette peine qu'il fallait se donner, toutes ces boucles et ces courbes dans le sable. Puis un tranquille mouvement du bras, et il n'y avait plus rien. De nouveau, j'étais là, m'expliquait le pasteur. De nouveau, il y avait là JUSSI. Et l'instant d'après, le bac était vide. Il ne restait que le sable, propre et bien plat, pour essayer encore. Le pasteur écrivit JÉSUS. JÉSUS avait un *E*, une bonne lettre aussi. Quant au *J*, au *S*, et au *U*, je les connaissais déjà. Jésus : c'était le deuxième mot que j'apprenais. Le pasteur voulut poursuivre. Cette fois, c'était mon tour de choisir un mot. Mais je n'avais aucune idée.

– Prenons MAMAN ? me suggéra-t-il.

Je secouai la tête. Pas maman.

– Alors je sais. On va prendre MARIA. C'est le nom de la mère de Jésus. Tu te rends compte : même Notre Sauveur, celui qui est le plus haut dans le Ciel, avait une maman.

MARIA, donc. C'était un mot qui me plaisait. Avec beaucoup de traits tout droits.

11

En apprenant que l'on avait retrouvé morte la vachère Hilda Fredriksdotter, les gens furent saisis d'une grande frayeur. Le pasteur et moi avions appelé à l'aide les voisins les plus proches du lieu de notre découverte, et quelques curieux étaient venus à la rescousse, nous prêtant leurs bras pour sortir le corps du bourbier. Nous l'avions chargé sur une civière faite de perches, et l'avions transporté jusqu'à la ferme de Heikki Alalehto, marchant par les sentiers en une sinistre procession. L'eau du marais dégouttait des mèches engluées de la malheureuse. Sa tête, qui balançait d'un côté à l'autre, paraissait presque vivante, comme si elle s'était défendue de nous tous en criant : non, non. Durant les courtes pauses que nous marquions pour souffler et changer de porteurs, personne ne disait rien, et chacun évitait de regarder la défunte. Nous étions infiniment soulagés une fois parvenus à la ferme. Je me sentais confusément sali, souillé, et j'observai que tous ceux qui avaient touché le cadavre se lavaient les mains à la fontaine avec le plus grand soin. Le corps avait été provisoirement déposé dans le sauna. On avait convoqué Elli-Kaarina, une vieille étique du voisinage qui s'occupait d'ordinaire des morts. Ayant fait chauffer de l'eau et demandé que l'on transférât la jeune fille sur la litière mortuaire, elle s'apprêtait à laver le corps fangeux. Comme elle vaquait à ses préparatifs, je sentis un discret coup de coude du pasteur. Nous entrâmes ensemble dans le sauna, et la saluâmes.

– Il faut attendre l'arrivée du commissaire, annonça-t-il.

La bonne femme parut étonnée, mais ne protesta pas. Au fond, rien ne pressait. Elle disparut dans la maison, en quête d'un morceau à manger, tandis que le pasteur et moi-même restions sur place.

C'était un spectacle atroce. Et pourtant, la morte était encore belle, malgré sa bouche ouverte, ses yeux rivés au plafond, noyés d'eau boueuse, l'affreuse nuance mauve de sa peau et les taches violettes dont étaient maculés ses avant-bras nus.

Mais ses cheveux, étalés en vagues mouillées sur la litière, évoquaient ceux d'un ange. Je tendis la main et les effleurai du bout des doigts. Des cheveux de femme. Pareils à ceux de ma bien-aimée, juste un peu plus clairs. Voilà donc ce que cela produisait, une sensation douce et lisse. Je tâcherais de m'en souvenir, je la garderais en réserve pour mes rêves. Le pasteur arrêta mon geste. Reculant d'un pas, il observait le corps de tous côtés, portait une attention particulière à ses mains, à ses doigts, puis à ses pieds dont la peau était sale et la plante épaissie. Sa condition de vachère se reconnaissait aux cicatrices et aux plaies croûteuses sur ses chevilles, trace des longues marches pieds nus à travers les fourrés de saules. Le hâle de son visage s'estompait en un liséré plus clair en haut du front, à l'endroit du fichu.

Le pasteur prit une grande inspiration, puis il ôta son paletot, retroussa ses manches de chemise au-dessus des coudes, et sortit de son sac une feuille de papier et un crayon. Il y griffonna quelques mots avant de me tendre le papier.

– À toi de noter, Jussi.

Je le regardai fixement, interdit. Mais il ne plaisantait pas, son regard était pénétrant et sa lèvre supérieure sévèrement tendue. Alors je me dépêchai de frotter mes mains humides sur mes cuisses, jusqu'à les sentir propres, et j'attrapai prudemment la feuille blanche. Elle était si légère, le duvet d'un poussin, eût-on dit. Si je l'avais lâchée, elle serait restée en suspension dans l'air, aurait plané à sa guise. Le crayon était en bois, avec une mine de plomb grise. En tremblant, je l'approchai de la feuille, sans oser la toucher. Le crayon me faisait l'effet d'une pointe de couteau dirigée contre une chair innocente.

– Écoute : nous ne dirons pas un mot de ceci, Jussi. Est-ce bien compris ?

J'approuvai d'un signe de tête, et avalai d'une bouche sèche. Les muscles de mon gosier déglutirent brutalement comme bat un cœur affolé.

Sans rien dire, le pasteur referma derrière nous la porte du sauna où affluait la lumière, et la condamna avec un manche à balai. Il alluma une chandelle de suif trouvée dans l'antichambre, et la posa sur le banc, au plus près de la tête de la jeune fille. Puis il se racla la gorge et se mit à genoux. Je crus d'abord qu'il priait. Mais sitôt après, je le vis commencer à caresser le crâne de la morte. Ses doigts divisaient la masse de cheveux, avant de faire leur chemin jusqu'aux racines. Il examinait en détail chaque touffe, progressait des tempes vers l'arrière, faisant pivoter la tête pour parvenir jusqu'à la nuque et procédant de la même manière tout autour du crâne.

– Ici, m'indiqua-t-il soudain.

Je discernai un petit carré de cuir chevelu abîmé.

– C'est ici qu'a été arrachée la mèche. Écris : plaie sur le crâne, du côté droit, deux pouces au-dessus de l'oreille droite.

Étais-je vraiment capable d'écrire cela ? Je sentais la sueur me perler au visage, une goutte descendait, menaçait de tomber du bout de mon nez. Je l'essuyai, puis posai la feuille sur le banc. J'appuyai doucement la mine contre les fibres blanches, regardai la marque noire qui s'y déposait, d'abord un point, puis une ligne qui s'étirait en sinuosités hésitantes. On eût dit que je salissais un drap fraîchement repassé. Je m'efforçai de rapetisser autant que possible mon écriture, mais les lettres, malgré moi, s'élargissaient en gros signes pâteux. Bientôt les mots se dressèrent là, comme des élans qui broutent, l'échine arquée sur leurs longues pattes écartées. Et voilà à présent que je me trompais ! Des brins de paille noirs me barraient la vue en tous sens, tandis que je luttais pour corriger ma faute.

Le pasteur repliait maintenant le col de la blouse, découvrait la gorge de la jeune fille, marquée d'un horrible bleu noirâtre là où l'ours l'avait saisie. Il approchait la chandelle et observait les plaies, empoignait l'épaule, la soulevait. Tâtait le vêtement, les agrafes qui le fermaient dans la nuque.

– Elles sont arrachées. Qu'est-ce que cela signifie ?

– Est-ce que… est-ce que je dois écrire ça aussi ?

– Note tout ce que je dis, Jussi. Apparemment, elle s'est défendue. Elle a dû se battre pour sauver sa vie. Tu n'es pas obligé de regarder, maintenant.

Saisissant la jupe par l'ourlet, entre le pouce et l'index, il la retroussa au-dessus des cuisses. Je fermai les yeux. Mais l'envie de voir était la plus forte.

Ses cuisses me parurent d'abord parfaitement blanches. Mais à l'arrière apparaissaient les taches cadavériques. Un gros hématome courait du côté gauche, sur la face latérale. Le visage du pasteur était pâle, son expression horrifiée, et sa voix, en me demandant de prendre note, manquait d'assurance.

Il dénudait maintenant le sexe, d'un geste plein de précautions. Comment trouvait-il la force d'agir de la sorte, me demandai-je, perplexe. Les poils du pubis n'étaient pas noirs comme les miens, mais d'un blond foncé rappelant la teinte du laiton.

– Écris qu'elle a saigné. Que son… qu'on a rompu sa virginité. Quelque chose comme ça.

Virginité. J'eus du mal à épeler le mot, à retrouver le son exact, tandis que mon crayon glissait entre mes doigts moites.

Il la prenait à présent par le bassin, la retournait sur le flanc. Les taches violacées recouvraient son postérieur. Le pasteur fouillait les replis de sa robe. Il y découvrit quelques brins de laîche jaunis.

– Du foin de laîche desséché. *Carex nigra*, ça s'écrit avec un *c*. Les herbes ont dû s'accrocher à l'étoffe quand elle était couchée dans la grange.

J'avais bien du mal à suivre la cadence. *Carex*, avec un *c*.

– Aide-moi un peu, maintenant. Tiens-la comme ceci.

Il la souleva pour la placer en position assise. J'appuyai mes paumes contre les omoplates. Le corps était glacial. Le contact lisse de la peau me fit penser à un poisson, au ventre d'un brochet. La tête de la morte retomba lourdement sur sa poitrine.

– Et là, qu'est-ce que c'est ?

Il désignait des cratères noirs, tout en haut de son bras droit, en arrière de l'épaule. La trace ronde et sanglante d'un objet tranchant. Le pasteur examina la blouse et y découvrit les trous correspondants. De petites taches de sang révélaient les endroits où avaient porté les coups. Le pasteur sortit son mètre, mesura avec précision les plaies et les intervalles qui les séparaient. Un peu plus bas, trois entailles parallèles descendaient jusque dans le dos. Le pasteur prit de nouveau les mesures et je notai les chiffres.

– Des griffes d'ours, chuchotai-je, terrifié.

– Hmm.

– Il l'a mordue et déchirée avec ses griffes !

Il me regardait sans rien dire. Puis il fit quelque chose qui me laissa pantelant. Toujours silencieux, il posa les mains sur le cou de la jeune fille, les pouces contre sa gorge, et se mit à observer les marques bleues sous différents angles, en se déplaçant lentement autour du corps.

– Regarde bien, Jussi. Ne vois-tu pas que les ecchymoses coïncident avec la forme de mains humaines ?

– Mais… Mais les traces de griffes, alors ?

– Elles ont été faites au couteau. Et les marques de dents à l'épaule, avec la pointe d'une lame. On voit sur ses habits que la peau a très peu saigné, ce qui veut dire que ces plaies lui ont été infligées quand elle était déjà morte.

– Vous voulez dire que… ?

– Quelqu'un veut nous faire croire que le coupable était un ours.

Je m'approchai davantage. Cette fois, je voyais clairement que le pasteur avait raison, un ours ne pouvait guère être le responsable de ces affreuses marques bleues. Il fallait reboutonner la blouse et remettre le corps dans sa position initiale, ce que nous fîmes en silence.

Le pasteur jeta un œil à mes notes et les fourra dans la poche de son manteau. Nous restions là, muets l'un et l'autre, reprenant notre souffle. J'avais honte, et je voyais bien que mon maître était aux prises avec le même sentiment. Nous avions franchi une limite. Prudemment, il souffla la chandelle.

Au même moment, quelqu'un tenta d'ouvrir la porte. Je me pressai d'enlever le manche à balai. La vieille voisine entra de son pas lourd, prête à lancer quelque invective, mais elle se tut à la vue du pasteur, à genoux sur le sol du sauna, au plus près du corps. Les mains croisées, il murmurait une prière pour le repos de la défunte, demandant que sa pauvre âme pût être délivrée. Pas un seul trait de son visage ne trahissait ce que nous venions de faire, et quand il leva les yeux, sa voix était claire et forte comme lorsqu'il se trouvait en chaire.

– Nous voulions avoir la paix !

– Je sais, monsieur le pasteur, je sais. Mais le commissaire est arrivé.

La bonne femme s'écarta d'un pas, tandis que Brahe introduisait laborieusement sa corpulente personne à l'intérieur du sauna. Il dépassait le pasteur d'une tête, une tête large, charnue, qui eût pu appartenir à un taureau. Il plissait ses petits yeux sous des sourcils épais et clairs. La veste de son uniforme était déboutonnée, et il commença par glisser deux doigts sous son col. Sans doute souffrait-il de la chaleur estivale. Le dos de ses mains était couvert de courtes touffes de poils noirs, qui ressemblaient un peu à des pattes d'insectes, et son visage luisait encore de la sueur qu'il venait d'essuyer sur son front et ses joues aux muscles saillants.

– Qu'est-ce qui se passe ici ! s'écria-t-il en suédois.

Sa voix tonitruante, qu'il avait cassée à force de hurlements durant son service aux armées, avait gardé un timbre rauque. Avec une autorité indubitable, il s'arrêta au centre de la pièce, comme un rocher au milieu d'un torrent. Sa présence déterminait tout ce qui l'entourait, même le pasteur se mit à piétiner en rond, jusqu'à ce qu'il eût trouvé l'endroit convenable où se poster.

– C'est moi-même et Jussi qui l'avons retrouvée, annonça-t-il.

Pour une raison peu claire, le commissaire affichait une mine mécontente. Il nous repoussa d'un mouvement de bras évoquant la nage et s'avança vers la litière.

– Oh, bon sang de Dieu. Bon sang de bon sang…

La vieille, qui s'était accroupie sous cette pluie de jurons, louchait vers le pasteur, épiant sa réaction. Mais nous attendions sans broncher pendant que Brahe tapotait le corps, avec une répulsion manifeste.

– Eh oui, constata-t-il, sacré nom, elle est morte.

Il se pencha, tenant le poing devant son nez au relief grossier pour se protéger de la puanteur du cadavre, quand les seules odeurs qui venaient aux narines étaient celles de l'eau acide du marais et de la tourbe humide. Il jeta autour de lui un rapide regard, attrapa la louche du sauna et l'appuya contre le menton de la jeune femme pour le relever.

– Elle a été mordue au cou, la pauvre fille.

– On ne voit guère de traces de morsure, objecta le pasteur, mais Brahe l'arrêta d'un geste brusque de la main.

– Quiconque a l'intention de me déranger dans mon enquête peut sortir de céans !

Sa voix sonnait épaisse, chargée de mucus, il se moucha bruyamment, dans la main, et l'essuya sur le banc.

– Retourne-la, ordonna-t-il à la vieille.

Toute tremblante de se trouver devant ces deux personnes éminentes, elle s'avança en trottinant, écarta aussi vite qu'elle le pouvait le tissu couvrant le torse et montra le dos de la jeune fille.

– Les dents de l'ours, constata le commissaire en touchant avec le manche en bois de la louche les marques à proximité du bras. La bête l'a attaquée à l'épaule, puis il a plongé sa proie dans le marécage. Il comptait la dévorer plus tard.

– Elle était… Il y avait aussi un piquet à foin cassé dans le trou.

– Il devait se trouver là depuis la fenaison.

– Il semblait avoir servi à enfoncer le corps.

Le commissaire reprit son souffle et fixa le pasteur. Ce dernier, bien plus petit de stature, avait aussi quelque vingt ans de plus. Mais j'observai que, malgré son infériorité physique, il commençait à laisser monter sa colère, basculait la tête en arrière, fusillait du regard son adversaire. Brahe, sans lui prêter aucune attention, haussa encore le ton :

– Donc, c'est vous, monsieur le pasteur, qui l'avez retrouvée ?

– Oui, c'est exact.

– Vous et ce Lapon ?

Il me désignait en balayant l'air dans ma direction.

– Jussi m'accompagnait. Nous avons commencé par aller voir la grange et nous avons remarqué tout de suite que le foin était tassé, comme si quelqu'un s'y était couché. Nous y avons trouvé une plante de montagne et une mèche de cheveux dont nous pensons qu'elle a dû être arrachée à Hilda Fredriksdotter.

– Et comment Diable savez-vous ça ? Des cheveux, toutes les femmes en ont, il me semble.

– Vous devriez pouvoir examiner son cuir chevelu, monsieur le commissaire.

– Occupez-vous de votre travail, et moi je fais le mien.

Mon maître préparait une réponse acerbe, et je vis à ses lèvres pincées l'effort qu'il lui en coûtait d'y renoncer. Il tourna les talons et sortit à pas rapides du sauna.

– Dehors, toi aussi ! me lança le commissaire. Ou faut-il que je te le répète en lapon ?

Il pointait vers moi sa louche, je me hâtai de sortir à la suite du pasteur. J'entendis dans mon dos le fracas des seaux charriés par la vieille et le bruit de l'eau qu'elle déversait.

12

La peur et le deuil se répandirent dans le bourg. L'une des habitantes, encore dans la prime jeunesse, avait été victime d'une infortune. Le soir, les gens rentraient chez eux en pressant le pas et tendant une oreille inquiète vers les halliers. La collecte au profit de qui réussirait à tuer l'ours se poursuivait, des contributions spontanées arrivaient de toutes parts. On posait des pièges dans les bois, on disposait çà et là des charognes pour appâter la bête.

Un beuglement douloureux vint un jour déchirer la sérénité de l'aube. Les hommes à peine réveillés s'armèrent de haches et de piques et se précipitèrent dans la forêt. Il s'avéra qu'une superbe vache laitière de l'alpage le plus proche s'était prise dans les mâchoires d'un piège. La patte était cassée et il fallut achever la pauvre bête. La vachère ne put que verser des larmes dans le seau de sang qu'on lui donna à fouetter pour la cuisine.

Le commissaire Brahe faisait le tour des fermes, escorté de Michelsson, le garde champêtre, et se trouvait fort satisfait d'une telle attention. Cette affaire le changeait des plaintes pour vol et faux témoignage et des cas de pierres de bornage secrètement déplacées qui lui prenaient d'ordinaire le plus clair de son temps. On lui servait tous les soirs à dîner et l'on arrosait son repas d'eau-de-vie, pendant que le garde champêtre suait sur la rédaction des rapports à envoyer en haut lieu. Des plans de chasse furent mis au point, les battues allaient bruyamment de commune en commune, et l'on vérifiait les observations des bergères et des villageois.

Un matin de bonne heure, alors que le pasteur était au lit et dormait, un visiteur se présenta à la porte du presbytère. C'était un journalier, encore adolescent. Il tremblait de nervosité en se désaltérant, buvait à grands traits goulus, et on lui resservit de l'eau dans la coupe d'écorce. Les enfants du pasteur faisaient cercle autour de lui. Selma tenta de lui tirer les vers du nez, mais le gamin, conscient de son importance, préférait attendre patiemment le pasteur. Brita Kajsa demanda à la servante de lui donner un morceau de pain. Il mordit dedans, mais ne le mangea pas, se contentant de le fourrer dans sa poche de pantalon. Puis il s'assit sur le seuil de la cuisine et laissa courir son regard à l'intérieur du presbytère, décidé à se rappeler chaque détail pour pouvoir en faire le récit à ses frères et sœurs. Il admirait spécialement les récipients en métal, ces jattes en cuivre rouge brillant venues de Norvège, décorées de motifs d'animaux en relief. On y voyait des cerfs et des moutons, des formes d'arbres stylisées et, au milieu du troupeau d'ongulés, un terrible lion aux dents découvertes. Il était couché au plus près de ses possibles proies, sa nourriture, qui ruminaient paisiblement à portée de ses pattes griffues. La scène rayonnait de paix surnaturelle. Elle représentait le Paradis, avait expliqué le pasteur. Le monde avant la Chute. Effectivement, sur une autre bassine, un homme et une femme partageaient une pomme, sous un arbre aux branches duquel pendait un serpent. On avait envie de les toucher, de les secouer, de les avertir avant qu'il ne fût trop tard. Mais le jeune couple partageait le fruit dont le goût suave leur enchantait le palais. Et tout ce décor paradisiaque qui les entourait allait brutalement disparaître.

Enfin le pasteur arriva, la chemise mal boutonnée, rejetant d'une main ses cheveux en arrière. Le garçon se leva aussitôt. Apparemment effrayé de se trouver en présence d'une telle célébrité, il appuya son dos mince contre le chambranle de porte. Il s'inclina profondément :

– Je suis venu informer monsieur le pasteur que la bête a été capturée.

La phrase semblait apprise par cœur. Sans doute un adulte lui avait-il donné des instructions.

– Quelle bête ? s'étonna le pasteur.

– Que la bête a été capturée, répéta-t-il.

– Tu veux dire que… ?

– La bête qui a dévoré la fille. Ils l'ont attrapée cette nuit. Ils voudraient que le pasteur vienne constater.

Visiblement, le garçon n'avait pas envie de prononcer le mot « ours ». Le pasteur répondit d'un signe de tête et demanda au gamin de l'attendre, le temps qu'il se rende présentable. Je me tenais moi-même prêt, depuis un moment.

– Est-il gros ? demandai-je. Tu l'as vu de tes yeux ?

Le garçon pinça les lèvres. Puis il hocha la tête d'un air satisfait. Et gratta les piqûres de moustiques dont étaient constellées ses chevilles crasseuses.

La chasse à l'ours tueur avait commencé dès l'annonce de la récompense. Quelques paysans zélés s'étaient procuré un énorme piège à grosses dents. Le sinistre engin avait été enterré et soigneusement camouflé. Puis on avait posé un appât à proximité, les boyaux d'un cochon qu'on venait d'abattre, un amoncellement malodorant qui attirait de très loin les renards et les corbeaux. Bientôt, la bête monstrueuse elle aussi l'avait flairé et s'était approchée. Les animaux de plus petite taille n'avaient pas tardé à se disperser. Elle s'était approchée lourdement, suivie de ses deux petits, car c'était une femelle. Elle s'était dirigée droit vers le piège, sa patte s'était enfoncée et était restée prise dans l'intraitable mâchoire d'acier.

Au milieu de la nuit, on avait entendu, depuis la ferme la plus proche, comme un cri humain résonnant dans les bois. Au même moment, les chiens s'étaient affolés. On avait attendu le lever du jour, on était allé chercher le renfort des voisins et des villageois, et l'on s'était armé de tout ce qui tombait sous la main. Puis la troupe, tremblante de peur, s'était mise en chemin. Avançant d'abord à pas furtifs, elle s'était assurée que l'animal ne pouvait se libérer. On avait commencé par tirer à l'arquebuse, un premier coup, puis un second après avoir laborieusement rechargé l'arme, ce qui avait eu pour seul effet de rendre l'ourse encore plus furieuse. S'approcher suffisamment pour l'atteindre à la hache s'était révélé d'un danger extrême, et l'on n'avait pas de javelot. Pour finir, on avait coupé des branchages. Des troncs débités avaient fait office de massues, lancées une à une contre le crâne velu de la bête. Le sang lui coulait à flots dans les yeux, l'aveuglait à moitié. Grâce à quoi les deux hommes les plus audacieux de la bande, chacun muni d'une hache, avaient pu se risquer au plus près et lui blesser les pattes antérieures. Au bout de plusieurs tentatives, ils étaient même parvenus à trancher les tendons des pattes arrière. L'animal perdant ainsi la capacité de tenir debout, les autres avaient pu s'approcher à leur tour, et à force de coups, on avait enfin réussi à arracher au monstre son dernier soupir.

Il gisait à présent comme une masse hirsute entassée dans la mousse. La puanteur de l'appât se mêlait à l'odeur de fer que dégage le sang des ours. La bête était déchiquetée, son crâne déformé par les coups de hache. Les globes oculaires sortis des orbites ressemblaient à des œufs durs sortis de leur coquille, l'un pendait en une sorte de pédoncule blanchâtre. Tout le monde s'accordait à penser que cette prise était la bonne. Les deux petits, qui avaient forcément tâté de la chair humaine, furent eux aussi éliminés, chacun d'une balle d'arquebuse. Ils tentèrent de s'accrocher à un pin mort, tels des fruits poilus, avant de rejoindre en tombant le destin de leur mère.

Les paysans et les jeunes gens esquissaient une danse, ivres de fierté. Un feu fumant se consumait, éloignant les moustiques, les mouches à viande et surtout les nuées de taons que le sang avait attirés. Le pasteur fouilla ses poches à la recherche d'un morceau de papier et d'un bout de crayon. Il se mit à tourner lentement autour de l'animal. Il l'examinait de tous les côtés et prenait des notes. Nul ne pouvait deviner ce qu'il pensait, tant il était absorbé, le visage impénétrable. Il demanda qu'on retournât l'ourse sur le dos. Les hommes se saisirent de la bête en restant sur leurs gardes, comme si elle pouvait encore passer à l'attaque. Joignant leurs forces, ils la soulevèrent et la firent retomber sur le dos, membres écartés. On découvrait à présent à quel point elle était grande, de la hauteur d'un homme parmi les mieux bâtis, et d'une largeur impressionnante au-dessus du poitrail. Avec ses pattes en croix et le sexe à nu, son corps rappelait désagréablement celui d'un être humain. Sa gueule était à demi ouverte. Les grandes canines luisaient tel le tranchant d'un poignard, comme faites pour lacérer et tuer. Dans la fourrure pendaient les mamelles que les oursons avaient tétées et tiraillées. Le pasteur se pencha et observa l'intérieur de la gueule. Il flairait comme un chien. Saisissant les mâchoires à deux mains, il les écarta et prit différentes mesures avec un pied-de-roi déniché dans la poche intérieure de son paletot. Il nota les chiffres sur le papier et réfléchit en bourrant sa pipe en terre.

– Ouvrez le corps, dit-il.

Les hommes échangèrent des regards dégoûtés. Aucun n'avait pour habitude d'abattre des ours. L'un d'eux, sortant son couteau d'un geste où persistait le doute, perça le ventre, découpa à grand-peine l'épaisseur résistante de la fourrure, descendant de la cage thoracique jusqu'au sexe. Les viscères apparurent, un enchevêtrement de formes grises et violettes. Le pasteur me tendit le papier et le crayon, ôta son manteau et se mit à genoux. Puis il retroussa ses manches de chemise et sembla hésiter un instant, avant de plonger dans l'ouverture jusqu'aux coudes et de commencer à en extraire l'interminable longueur des intestins. On entreprit de l'aider à écarter la peau de l'animal pour qu'il pût vider l'abdomen. La pipe toujours à la bouche, le pasteur saisit son canif et transperça la membrane de l'estomac. Une boue grisâtre se déversa sur la terre. Tous reculèrent, pris par l'odeur aigre, on entendit des haut-le-cœur. Le pasteur, tout en lançant de gros nuages de fumée, s'était penché pour mieux examiner les restes d'aliments à demi décomposés, et les triturait du bout de sa lame de canif. Il se retourna vers moi :

– Des morceaux de plantes. Écris. Des racines, des feuilles, des tiges. Cette ourse semble n'avoir mangé que des plantes.

– Elle a pourtant été attirée par l'appât, protesta l'un des paysans.

Le pasteur affichait une mine sceptique. Il sortit une règle de sa poche intérieure, mesura les griffes et prit de nouveau note sur un papier. Puis il se redressa et s'essuya les mains, en tirant une profonde bouffée. Il jeta un regard autour de lui, tandis que la fumée filtrait par ses narines.

– Voyons ce qu'en pense le commissaire, dit-il avec un geste vers l'horizon.

Les hommes se retournèrent. La silhouette lourdaude de Brahe se frayait un chemin à travers les broussailles, Michelsson sur ses talons, et dans leur sillage, quelques pas plus loin, le peintre Nils Gustaf. Les villageois s'écartèrent dans un silence respectueux. Le commissaire adressa au pasteur un salut compassé, puis se dirigea à grandes enjambées vers l'ourse et, du bout du pied, assena un coup à la dépouille.

– Qui est le responsable de la prise ? demanda-t-il, plein d'importance.

Comme bon nombre de détenteurs d'une autorité, il prenait plaisir à tenir les rênes et inspirer la crainte. Les hommes se taisaient, leur bonnet à la main.

– On chasse le mal par le mal, poursuivit-il laconiquement, et il essuya la sueur de son visage.

Le garde champêtre tâtait la fourrure des oursons, le sourire aux lèvres.

– Et par-dessus le marché, deux petits mangeurs d'hommes, hi hi, pouffa-t-il.

– Eh bien, je suppose que vous attendez la récompense. Mais il va falloir nous offrir la goutte du chasseur.

Tous se regardèrent et lorgnèrent vers le pasteur. Ils tentaient de rire, au moins pour conjurer la peur encore toute proche. Une bouteille sortit des rangs et parvint jusqu'au commissaire, qui engloutit quelques copieuses lampées. Le garde champêtre et Nils Gustaf y touchèrent à leur tour, sous le regard écœuré du pasteur. Brahe, toussant et crachotant, sortit sa lourde bourse et la fit sonner contre sa cuisse, avant d'en extraire cérémonieusement de grands billets et des pièces d'argent. Michelsson, affecté à la rédaction des reçus sur un précieux papier à filigrane, enjoignit aux villageois de se laver les mains, et ils obtempérèrent, se débarrassant des traces sanglantes avant de se saisir, avec des airs embarrassés, de la plume d'oie qui attendait leur signature. Le garde champêtre les aidait à diriger la pointe au bon endroit, puis épongeait l'encre avec du sable fin sorti d'une cruche miniature.

– Et la fourrure ? s'enquit hardiment l'un des hommes.

– C'est le butin de la Couronne, constata le commissaire. Elle appartient au roi.

Il s'empara à nouveau de la bouteille et la vida d'un seul trait prolongé.

– Quoique… au vu des circonstances… Par Dieu oui, bien sûr, vous aurez la fourrure !

– Et… le reste, on peut le prendre aussi ? risqua un autre villageois, qui louchait.

– Le reste ? Que voulez-vous dire ?

Le commissaire jeta alentour un regard dominateur.

– Vous ne pensez tout de même pas manger ce monstre ? Auriez-vous l'intention d'avaler un mangeur d'hommes ?

– Juste les petits, se défendit le bigleux. On n'a jamais essayé de manger de l'ours. Il paraît que c'est corsé au goût.

– Et que la viande est fibreuse, mais bonne pour la santé, renchérit un autre.

– Fibreuse, c'est ça, reprit le premier, on a faim, et on pensait le mettre au pot.

Il loucha plein d'espoir vers le personnage en uniforme. L'eau-de-vie avait commencé à faire son effet, Brahe ne se tenait plus. Ses lèvres lâchèrent un rire tonitruant, et le garde champêtre lui fit écho.

– Ouais, ce n'est pas moi qui vous en empêcherai ! On dit que la viande a le goût d'un cochon qui serait croisé avec un tétras, que la seule boisson qui convienne pour l'accompagner est l'eau-de-vie, et que plus elle est forte, mieux c'est !

– « Un cochon croisé avec un tétras », ha ha ha, répéta le garde champêtre hilare.

À mesure que les hommes buvaient, le pasteur était devenu cramoisi. Il s'avança d'un pas.

– Je souhaite conserver le crâne de l'ours, murmura-t-il. À des fins de recherche.

– Ceux des petits aussi ?

– Non, uniquement celui de la mère. Juste le crâne.

– Eh bien, prends-le, crénom. Mais il nous faudra un reçu. Michelsson, tu t'en occupes ?

Le pasteur chaussa ses lunettes et signa le reçu. Entre-temps, j'avais sorti mon couteau pour écorcher le crâne.

– Arrêtez ! lança une voix sonore sur ces entrefaites.

C'était Nils Gustaf. Il avait eu le temps d'installer son chevalet, d'y fixer une feuille et de disposer ses crayons à esquisse. Il fit à grands pas le tour de l'ourse pour trouver l'angle le plus favorable.

– Ce haut fait doit être immortalisé pour la postérité. Il faudrait que vous vous placiez tous comme si l'ours était encore vivant. Sur le point de vous attaquer.

On traduisit en finnois les paroles de l'artiste. On remit l'ourse sur le ventre, dans une certaine confusion, et on la plaça tant bien que mal dans une position menaçante.

– Maintenant, je voudrais que le commissaire se rapproche le plus possible.

Celui-ci n'avait rien contre l'idée d'être portraituré. Il rajusta sa casquette et se disciplina la moustache à l'aide d'une petite brosse.

– Vous n'avez pas votre sabre, monsieur le commissaire ? demanda Nils Gustaf. Pour feindre de frapper la bête qui vous attaque ?

Nils Gustaf avait déjà le tableau en tête. Le sabre au clair, brandi de manière à renvoyer la lumière, figurerait un symbole presque surnaturel, évoquant la foudre. Mais comme le commissaire ne se munissait jamais de son sabre en dehors des occasions solennelles, on lui mit entre les mains une lame de faux, que l'on avait détachée de son manche. On essaya diverses positions, et l'on invita le modèle à formuler lui-même sa préférence, tandis que l'artiste entamait l'esquisse au fusain. En quelques coups de craie hâtifs, il saisit pour mémoire les nuances de couleurs, pour l'essentiel du vert et du brun, relevés par le rouge du sang de l'ourse, qui apportait à l'ensemble un accent dramatique. La taille de la gueule fut exagérée, de même que la longueur des canines, et le peintre demanda aux villageois de prendre différentes poses héroïques, leurs haches et leurs gourdins à la main. Tous les figurants furent priés de rester parfaitement immobiles, pour que l'artiste pût croquer ce terrible face-à-face entre l'homme et la bête.

Une fois l'esquisse achevée, on put procéder au découpage de la dépouille. Manifestement satisfait de la tournure qu'avait prise sa journée, le commissaire ôta ses bottes et s'assit près du feu aux côtés de Nils Gustaf. Tous deux, parlant un suédois de Stockholm étranger à la plupart des personnes présentes, se lancèrent dans de plaisantes anecdotes de voyages. On y chassait des voleurs de rennes, on s'y colletait avec la canaille locale, on y enlaçait des beautés vénales dans des quartiers citadins. Michelsson, apparemment plongé dans ses comptes, écoutait avec curiosité. Quant à moi, je m'attaquai à la tête de l'ourse. Je la libérai précautionneusement de la précieuse fourrure. J'eus du mal à la détacher des vertèbres, mais finis par y parvenir et recevoir dans mon giron l'affreux crâne mal dépiauté. Il pesait étonnamment lourd. Je tressai quelques rameaux en un sac, pour pouvoir le porter sur l'épaule, puis je m'élançai sur les traces du pasteur, qui marchait déjà vers le presbytère.

13

Le récit de ce qui s'était passé ne tarda pas à se répandre dans toute la commune. Dans ces bourgades du Nord où se produisaient rarement des événements d'importance, la chasse à l'ours était un sujet de conversation prisé. Tout le monde se sentait soulagé que l'on eût capturé et abattu le mangeur d'hommes. Les auteurs de l'exploit, devenus les héros du village, purent raconter sans fin ces dramatiques heures d'une nuit où ils s'étaient battus au péril de leur vie. Le maître de forges Sohlberg fit porter la peau de l'ourse au tanneur, dans l'espoir de pouvoir la garder en souvenir, et d'en orner les murs de son manoir.

Le pasteur me demanda de faire cuire la tête. Avec ses lambeaux de chair et ses globes oculaires à nu, au regard fixe, elle était effrayante. Je traînai dehors la grande marmite de l'étable, l'installai dans un coin de la cour et y versai quelques seaux d'eau. J'allai chercher dans la remise la hache de mon maître, fabriquée aux forges de Kengis, et dont la tête était gravée à ses initiales. En quelques coups secs, j'écorçai des bûches de bouleau et préparai du petit bois. Les flammes montèrent rapidement sous le récipient noirci, et peu après, l'eau frémissait.

La chaleur fit rapidement disparaître l'aigre odeur de boucherie, supplantée par des vapeurs de graisse et de viande bouillie qui rappelaient les ragoûts de renne de Brita Kajsa. La surface de la chaudronnée commença par blanchir d'écume, puis elle devint grise, agitée de monticules bruns. J'ôtai la peau visqueuse avec mon écuelle et la jetai dans l'herbe. Tjalmo, la chienne, se précipita toute langue dehors. La marmite bouillait si fort qu'elle débordait abondamment, faisant grésiller le feu. Quand la viande sembla avoir fini de rendre de l'écume, j'écartai un peu le bois, et le bouillonnement se calma. On distinguait à présent la blancheur du crâne. Il n'était pas lisse comme le mien, mais veiné, parcouru de reliefs et d'arêtes. Je le retournai en tous sens, à l'aide d'un bâton de bouleau, pour qu'il pût cuire de façon uniforme sans attacher au fond. Il ne fallut pas longtemps pour que la couenne commençât à se détacher et s'enrouler sur elle-même. Avec des bouts de bois, je grattai prudemment les morceaux de chair à demi flottants, car mon maître m'avait demandé de veiller à ne pas abîmer la boîte crânienne. Je laissai tiédir ces déchets avant de les lancer à Tjalmo, qui s'en régala. Découvrir l'assemblage de cette anatomie d'ours était fascinant. Là où s'articulait la mâchoire inférieure, la forte musculature de l'animal apparaissait sous la forme d'une viande épaisse. Après une hésitation, je sortis mon couteau et en découpai un peu. Je jetai un coup d'œil alentour. Personne en vue. Le morceau avait la couleur foncée d'un foie. L'odeur en était forte, mais non désagréable. Je la fourrai rapidement dans ma bouche. De la viande de mangeur d'hommes. Elle n'était pas assez cuite, je dus mastiquer longtemps et avec énergie, avant de pouvoir l'avaler. Ce n'était pas vraiment bon. Mais la chose était faite. L'animal était en moi.

La mâchoire inférieure s'était vite détachée, malmenée par l'ébullition. Je pouvais maintenant m'attaquer aux gencives. Les canines, très blanches, apparurent dans toute leur longueur. Au même moment, je vis le pasteur approcher, chasser Tjalmo d'un chuintement courroucé. La chienne s'éloigna à reculons, la queue entre les jambes. Je sortis le crâne du bouillon du bout de mon bâton, pour qu'il pût inspecter mon travail.

– Bien, approuva-t-il. Très bien.

Je posai délicatement sur l'herbe le trophée auréolé de vapeur brûlante. Le pasteur avait sorti un de ses papiers familiers et le relisait en silence. Je reconnus ma propre écriture. C'étaient nos notes, celles que nous avions prises en observant le corps de Hilda Fredriksdotter.

– Passe-moi aussi la mâchoire inférieure.

Je la lui tendis. Il mesura précisément à la règle l'intervalle entre les canines, d'abord sur la mâchoire, puis sur le crâne. Puis il compara les chiffres avec ceux que nous avions notés.

– Les mesures ne coïncident pas, constata-t-il.

– Donc ce n'est pas l'ourse ?

Mon maître avait l'air résolu.

– Je voulais juste m'en assurer. Je pense que ces trous dans le corps de la pauvre fille ont été faits avec la pointe d'un couteau, quand elle était déjà morte.

– Mais pourquoi ?

– Pour nous faire croire à une attaque d'ours. Tu as bien vu ces écorchures qu'elle avait dans le dos. Des marques de griffes auraient été parallèles. Or il semblait qu'on les avait tracées une à une. En déplaçant chaque fois le tissu de sa blouse.

Cette fois, le pasteur attirait à lui la chienne, la caressait sous le menton, et elle léchait avidement ses doigts imprégnés de l'odeur du bouillon.

– Si l'ourse avait eu envie de viande, il aurait forcément agressé une des vaches, poursuivit-il. Je n'ai jamais cru à cette histoire d'ours.

– Mais alors, les marques sur l'arbre ? L'ours avait bien planté ses griffes dans un tronc, près de l'endroit où la fille se reposait ?

– Ces traces-là aussi ont été faites au couteau.

– Comment pouvez-vous en être sûr ?

Il dressa sa petite règle de poche.

– J'ai mesuré les marques sur l'arbre, elles ne correspondaient pas du tout aux pattes de l'ours. Non, l'ours tueur qui nous terrorise se promène sous la forme d'un homme.

– Comment avez-vous su que Hilda était cachée dans le marais ?

– Je ne le savais pas.

– Vous voulez dire que celui qui l'a tuée est toujours en liberté ?

Mon maître hocha lentement la tête en signe d'assentiment.

– Imagine ce qui s'est passé, Jussi. Un homme repère une jeune fille seule. Il est saisi par les désirs de la chair. Il l'attire d'une manière ou d'une autre, elle résiste et il l'étrangle. Il se rend alors compte de ce qu'il a fait. Pour dissimuler son crime, il tente de faire croire qu'un ours est le coupable. Il imite au couteau des traces de griffes et de dents, avant d'immerger sa victime dans le marécage. Et sur le chemin du retour, il grave des fausses marques de griffes dans un tronc.

– Mais… Quelqu'un pourrait être aussi calculateur ?

– Je crains que oui.

– Il faut le dire au commissaire !

– Le rapport du commissaire Brahe est déjà écrit, je l'ai vu de mes yeux. Le corps de Hilda Fredriksdotter Alatalo présente des marques de morsures infligées par un ours, et des blessures provenant des griffes du même animal. Il est connu que les ours piétinent leurs proies pour les enfoncer dans les marécages. Ce comportement montre que l'on avait affaire à une bête particulièrement expérimentée, qui voulait laisser attendrir la viande, tout en dérobant sa proie à la vue des autres prédateurs.

– Y croit-il lui-même ?

– Toi et moi connaissons la vérité, Jussi. Un homme dangereux court en liberté dans les parages. Un ours tueur sous forme humaine. Et quand un ours a tâté du goût de l'homme, qu'est-ce qui se produit d'ordinaire ?

– Est-ce qu'il y retourne ?

Mon maître ne répondit pas, mais m'emprunta mon couteau et se pencha sur le crâne. Les coups des chasseurs l'avaient fracassé. Le pasteur détacha délicatement les éclats d'os et les déposa par terre. Tandis que je tenais le crâne, le hissant et le descendant à mesure, il s'appliqua à éliminer les membranes restantes, de la pointe de son couteau. Soudain, avec un bruit creux et mouillé, tel un œuf dur extrait de sa coquille, le cerveau se détacha et vint rouler dans l'herbe. Sa masse moelleuse et toute palpitante semblait étonnamment petite pour un animal si puissant. Le pasteur se pencha et l'examina de plus près, suivant du bout des doigts les circonvolutions dont il était sillonné.

– Crois-tu qu'elle soit logée là ? Est-ce que tu la vois, Jussi ?

Ce qu'il voulait dire m'échappait.

– L'âme, dit-il. L'âme de l'ourse ?

Il enserra de ses deux mains le cerveau déjà suffisamment refroidi, vibrant comme un œuf, et le souleva prudemment. Puis il entreprit de le porter jusqu'au presbytère.

Je ne sais quelles étaient ses intentions. Peut-être voulait-il le dessiner, ou le montrer à ses filles ? Il se dépêchait, tout à son enthousiasme, et ne vit pas que Tjalmo, la queue en balancier, trottinait juste devant ses jambes. Il trébucha. Poussant un cri, il perdit prise, retrouva tant bien que mal l'équilibre. Mais au moment précis où le cerveau de l'ourse avait touché terre, la chienne s'était élancée, engouffrant d'un seul coup la moitié de la précieuse pièce anatomique. Le pasteur, consterné, se retrouvait les mains vides, souillées de lambeaux de chair. Il les regarda de différents côtés, les frotta un peu, puis secoua sa désolation en quelques hochements de tête.

14

Le samedi suivant eurent lieu les obsèques de Hilda Fredriksdotter Alatalo. L'église était bondée et la curiosité à son comble. Le cercueil avait été laissé ouvert. On entendit renifler tout bas dans les travées. Juste après la défunte arrivèrent ses parents, le dos courbé par le chagrin. Le père était vieux et maigre, son visage exsangue et gris. Il posa une pogne tremblante sur les mains croisées de sa fille, les caressa de ses doigts gourds, puis se mit à les tirailler, comme s'il voulait que Hilda pût se relever. La mère s'essuyait continuellement le visage, ses pleurs étaient parfaitement silencieux, mais les larmes trempaient le mouchoir funéraire qu'elle passait et repassait sur ses joues. Tout près d'elle se tenait le seul frère de la jeune fille, un personnage étrange et longiligne, visiblement faible d'esprit. Il boutonnait et déboutonnait sans fin son habit aux manches trop courtes. Sans doute n'avait-il jamais porté auparavant de vêtement orné de si jolis boutons. Sa bouche était blanche de salive, il semblait déglutir encore et encore, sans réussir à vider sa bouche. Peut-être était-ce sa manière de pleurer. Désormais, il était le seul enfant qui restait à ses parents vieillissants, puisque Dieu ne leur en avait pas donné d'autre.

L'assemblée attendait le prêche avec intérêt. Le commissaire Brahe, vêtu de son uniforme, s'était assis tout devant. Il recevait les remerciements des fidèles, saluait chacun d'un mouvement de tête qui ébranlait la graisse de ses bajoues, tout en s'efforçant de paraître solennel et absorbé par la cérémonie. Quand le pasteur prit la parole, leurs regards se rencontrèrent brièvement, et des flèches traversèrent les airs. Puis le commissaire tourna les yeux vers le tableau d'autel, et il souffla démonstrativement en agitant ses babines. Peut-être quelque chose s'était-il coincé entre ses dents, qui expliquait qu'il fût si distrait pendant la litanie ? Installé près de lui, le garde champêtre Michelsson feuilletait son livre de cantiques.

Le pasteur parla des fugaces floraisons estivales. Certes, les fleurs les plus belles tombaient sous la faux, et leur brève existence semblait vaine. Mais le foin séché donnerait vie, en d'autres temps, sous la voûte lointaine du ciel hivernal. L'heure viendrait où le sacrifice serait une bénédiction et prendrait tout son sens.

Je m'efforçais d'écouter, mais mes pensées s'échappaient. Elle avait pris place de l'autre côté de la nef. Ma bien-aimée. Pas une seule fois elle n'avait tourné les yeux de mon côté. Pour elle, j'étais moins visible que l'air. Mais je n'en prenais pas ombrage, je goûtais le plaisir de la voir. Tout comme lorsqu'on caresse du bout des doigts un galet dépoli par l'eau, la vue de ses formes m'était aussi douce qu'une musique. Je tenais contre ma joue la face extérieure de mon petit doigt. Celui qui l'avait touchée. La peau a des souvenirs.

Et soudain, au beau milieu de tout ceci, un rêve s'empara de mon esprit. Nous étions toujours à l'église, mais c'était moi qui me trouvais dans le cercueil, couché là, dans le chœur, mains croisées, exposé devant l'assistance. Le pasteur me regardait, et le commissaire aussi. Tous ceux qui étaient assis sur les bancs de l'église prêtaient attention à ma personne. Même ma bien-aimée, même son regard à elle reposait sur moi, et cette fois, on y lisait de la tristesse. J'avais reçu un coup fatal. J'étais l'auteur d'un acte audacieux et admirable auquel personne ne s'attendait. Et maintenant, tous se disaient : « Qui était-il au juste ? Pourquoi n'ai-je donc jamais fait sa connaissance ? Si seulement j'avais su ce qui se passait au-dedans de lui… » Mais il était bien trop tard. On s'apprêtait à faire descendre mon corps dans l'obscurité de la tombe, et les gens auraient pour commentaire :

– Un garçon aussi peu bavard, et qui ne payait pas de mine… Dire que c'est lui qui a fait une chose pareille.

Je fus interrompu dans mes rêveries par le bruit sec des trois pelletées de sable que le pasteur jetait sur le couvercle du cercueil. Je me sentis rempli de honte, je m'étais laissé chevaucher par le démon de l'orgueil. Mais ces pensées, pour coupables qu'elles fussent, m'avaient laissé un arrière-goût à la douceur légèrement excitante.

Je leur montrerais. D'une manière ou d'une autre, je ferais en sorte qu'on me voie. Mais je ne savais encore comment.

15

Le pasteur estimait le moment venu d'inspecter l'école qu'il avait fait ouvrir pour les quelques semaines d'été à Kangosfors. Nous prîmes place dans la svelte barque du presbytère, le pasteur aux rames et moi-même à la barre, et nous remontâmes à grand-peine le courant en direction du confluent de la rivière Lainio. L'eau était encore très haute, et les rapides nous donnaient du fil à retordre, mais le fond plat de notre embarcation glissait par-dessus les cailloux jusqu'à la zone d'eaux calmes suivante. Le long des tronçons les plus difficiles, nous avions l'aide de villageois, de pauvres hères bien plus habiles que moi, des gens heureux de prêter main-forte à leur pasteur. La Lainio était plus étroite et profonde que la rivière Torne, aussi mon maître voulut aborder à certains endroits pour examiner les plantes de montagne apportées par le courant depuis de lointaines prairies, et qui avaient pris racine sur les grèves.

La classe d'été de Kangosfors avait lieu dans un simple bâtiment de rondins qui, à en juger par l'odeur, servait d'ordinaire d'écurie. Le sieur Mattsson vint à notre rencontre, un homme sérieux, à la nuque déviée des suites d'une chute qui l'avait rendu inapte aux travaux de force. Le pasteur l'avait désigné comme instituteur des enfants les plus jeunes, bien que lui-même fût loin de lire couramment. Le précédent maître d'école de la région était Juhani Raattamaa, qui enseignait désormais là-haut, à Lainio. On disait de Juhani qu'il surpassait clairement le pasteur dans le rôle de professeur, et qu'il maniait si bien la parole que l'Éveil faisait son chemin parmi les écoliers. Des visiteurs venaient de loin pour voir ces élèves « fous » à qui il pouvait arriver de se jeter à terre et de se tordre dans les tourments de leur conscience, ou de défaillir, quand ils ne se mettaient pas à cabrioler d'excitation dans la salle sous l'effet de la béatitude. Si l'un d'eux venait à mal se conduire, Juhani prenait simplement l'enfant sur les genoux, lui parlait calmement, avec douceur, et il ne lui fallait pas longtemps pour que le coupable se mît à pleurer. Jamais il n'avait besoin de recourir aux verges, comme tant d'autres pédagogues de la catéchèse.

Si Mattsson n'avait pas la même faculté inspiratrice que Raattamaa, il était en revanche pourvu d'une mine rayonnante, et connaissait au mot près une bonne partie des textes et des prêches qu'il avait entendus de la bouche du pasteur.

– Voilà donc l'ouvrier à l'œuvre dans la jeune vigne ! lança le pasteur amicalement en guise de salutation.

Mattsson s'inclina autant que le lui permettait sa nuque raidie et nous introduisit dans la salle de classe. Je comptai une bonne douzaine de garçons, contre seulement deux filles.

– Les sœurs Waara sont alitées, expliqua l'instituteur.

– Est-ce grave ?

– Elles pourraient bien être poitrinaires, je leur ai demandé de rester chez elles, que ça n'aille pas gagner les autres.

Les élèves, assis deux par deux, tenaient chacun une ardoise en mains. Ils s'appliquaient péniblement à recopier les mots que Mattsson leur avait donnés pour modèles sur sa propre ardoise. En nous voyant entrer, ils se levèrent et firent la révérence. Par cette saison estivale, la plupart des garçons étaient pieds nus. Leurs doigts, en s'emparant de la craie pour tracer des traits mal assurés, paraissaient grossiers. Leur calligraphie n'était pas toujours aisée à interpréter, même par le pasteur, mais il y allait de petits marmonnements encourageants. Sur l'ardoise de Mattsson, on lisait :

« Le gour sagré du Seigneur ».

– Nous travaillons sur les dix commandements, expliqua ce dernier, un rien nerveux.

Mais déjà le pasteur effaçait les *g* malvenus et les remplaçait comme il convient.

– On dit « sacré ». Et le mot « jour » s'écrit comme ceci.

– Je suis désolé, monsieur le pasteur.

– Ça ne peut pas s'inventer.

Aucun des élèves n'avait osé rire. Sans un mot, ils crachèrent sur leurs pouces pour corriger les fautes sur leurs ardoises. Tous venaient de familles de paysans de langue finnoise, comme Mattsson, et chez eux, il n'y avait pas d'autres livres que la Bible et le catéchisme. Le pasteur entreprit de rendre visite à leurs parents. Bon nombre des villageois ne savaient épeler guère plus que leur nom. Quand le pasteur les priait de lire quelque vers d'un psaume, ils feignaient de suivre la ligne du bout du doigt, tout en récitant le texte de mémoire. Manifestement, ils s'étaient préparés à cette visite, et leur science tenait à la répétition plutôt qu'à un véritable apprentissage. Les dix commandements, Le *Petit Catéchisme* de Luther, le credo et le Notre Père. Peut-être leur était-il resté quelque chose de l'enseignement dispensé aux confirmants, peut-être avaient-ils aussi retenu quelques bribes des sermons du pasteur. Mais rien de bien comparable à de la théologie. S'ils n'étaient pas de ceux qu'avait touchés la grâce de l'Éveil, l'*Ordo salutis*, la voie du salut, ne leur parlait guère, et l'idée de conversion se résumait pour eux au fait de se dire chrétiens. On eût pu penser que la fille de ferme ou l'éleveur de rennes manquaient simplement de dispositions pour les études. Mais s'ils ne lisaient pas de livres, les déplacements des troupeaux tout au long l'année n'avaient pas de secrets pour eux. Ils pouvaient identifier des centaines de marquages. Ils étaient capables de retrouver d'anciens lieux de pâture, des champs de baies sauvages et des lacs poissonneux sur la bande de terre s'étendant des sommets jusqu'à la côte. Ils connaissaient par cœur leurs liens de parenté jusqu'à la troisième ou quatrième génération. Une hache leur suffisait pour se construire une maison, leurs mains savaient coudre les plus chauds des vêtements avec des fils faits de tendons, et leur mémoire était sans faille. Dans plus d'une contrée, le savoir des villageois était plus approfondi que celui de tous les professeurs d'Uppsala réunis.

Mais une nouvelle époque était en marche, disait volontiers le pasteur. Pourquoi les enfants nés dans les cabanes de Tornédalie ne pourraient-ils pas devenir pasteurs ou professeurs ? Mon maître et ses frères Carl Erik et Petrus y étaient bien parvenus, tout pauvres qu'ils étaient, et malgré une enfance passée au pied des montagnes. La connaissance ouvrirait au Grand Nord un avenir plus lumineux. Les paysans pourraient se familiariser avec des méthodes de culture plus efficaces, découvrir de nouvelles plantes, de nouveaux modes d'élevage, apprendre à transformer et conserver les aliments. On pourrait combattre les maladies de manière scientifique, des remèdes seraient mis au point, on ferait reculer la mortalité des enfants. Et avec l'instruction, l'ivrognerie diminuerait, le pasteur en était convaincu. Le peuple des campagnes, quand il aurait goûté à l'érudition, préférerait débourser pour des livres plutôt que de l'eau-de-vie. Les enfants : c'était par eux que tout commençait, par ces griffonnages sur les ardoises.

– Nous n'avons presque plus de craie, chuchota Mattsson.

– Déjà ?

– Ils appuient peut-être trop fort.

– Eh bien, on m'a promis un don sur un héritage, j'en reparlerai à la famille. Et il faudra aussi verser sous peu le salaire du maître, je suis désolé que cela ait pris du retard.

– Merci, monsieur le pasteur.

– Remercie plutôt le Seigneur.

Mon maître s'était arrêté devant l'un des gamins, un petit blond fluet, qui m'évoquait une musaraigne. La tête rentrée entre les épaules, il se tenait là, tendu comme s'il s'attendait à recevoir un soufflet.

– Comment t'appelles-tu, mon garçon ?

– Feeto, marmonna-t-il.

– Mais ton nom de baptême est bien Fredrik ? Que comptes-tu faire quand tu seras grand, Fredrik ?

L'enfant ne répondait pas. Les autres élèves avaient le regard fixe et curieux, prêts, sans doute, à voir s'abattre une punition.

– Quand tu seras grand… insista le pasteur. As-tu déjà songé que tu pourrais devenir pasteur, toi aussi ?

Plusieurs de ses camarades commencèrent à pouffer. L'enfant leva la tête, il était si blond que ses sourcils se voyaient à peine, sur des yeux d'un bleu céleste.

– Moi aussi, j'ai été un petit garçon, déclara le pasteur. Un petit garçon qui ne savait pas lire. Et aujourd'hui, je comprends le grec aussi bien que le latin. Répète après moi : *Ordo salutis.*

– *Ordo sa… lutis…*

– C'est du latin, et ça veut dire « la voie du salut ». La voie du salut se dresse devant nous comme un escalier, un immense escalier très raide. Tout en haut, il y a Jésus. Est-ce que vous arrivez à l'imaginer ? La lumière est si forte qu'on peut à peine regarder, mais il est là, les bras grands ouverts, il nous attend tous. On peut monter l'escalier, pas à pas.

– Est-ce qu'il y a à manger, là-haut ? murmura quelqu'un.

– Oui, des quantités de nourriture pour tous ceux qui ont faim.

– Du beurre aussi ?

Mattsson était sur le point de corriger l'effronté, un des garçons les plus grands, à la tignasse raide et grasse.

– Des montagnes de beurre, répliqua le pasteur. Et de la viande de renne, des brochets, des saumons, des coqs de bruyère. Du pain tout frais sorti du four et d'énormes fromages dorés.

Je voyais les bouches enfantines saliver. Le pasteur lui-même avait l'air de humer des odeurs de cuisine venues du toit de la cabane.

– Et là-bas, il y a de la place pour tout le monde, conclut-il.

– Eh oui, renchérit Mattsson.

– Celui qui ouvre son cœur sera assis à la droite de Dieu le Père.

Mattsson ferma les yeux, recueilli.

– C'est que les pasteurs qui peuvent aller là-bas ? demanda l'ébouriffé.

– Non, tout le monde, assura le pasteur. Vous tous qui êtes ici.

– Mais il faut mourir d'abord, entendit-on.

Le pasteur regarda le gamin aux cheveux blancs, qui le fixa en retour, mais il n'y avait sur son visage ni insolence ni raillerie. Juste du sérieux, dents serrées. Le pasteur, pris d'un ardent intérêt pour cet enfant qui, tel un ange, voyait la réalité bien plus clair que les autres, s'assit près de lui en posant sur la table une pile de livres. Il fallait lui montrer tout ce que le monde comptait de beau et de grand. Les plantes et les quartiers de lune, le climat, la psychologie, la philosophie, et aussi l'art oratoire, qui permettait de pénétrer le cœur des hommes. Apprendre le nécessaire aux humains les plus jeunes, pour qu'ils fussent capables de prendre la relève quand les plus vieux achèveraient leur chemin sur terre. Les villages avaient besoin de pionniers qui pourraient mener le monde de l'avant, avec sagesse et obstination.

– Avant de mourir, il nous faut vivre, répondit mon maître. Et pour vivre de façon aussi riche et intelligente que possible, nous devons rechercher la connaissance. Savez-vous, par exemple, que l'on peut faire avancer des bateaux avec de l'eau bouillante ? C'est quelque chose qui existe en Amérique, et même dans le sud de la Suède. On met de l'eau chaude dans une machine. La machine se met à tourner et sa force peut pousser un navire entier.

– C'est quoi, une machine ?

– Quelque chose qui peut bouger tout seul.

– Alors les hommes aussi sont des machines ? s'étonna l'enfant.

– Non, nous ne sommes pas des machines.

– Pourquoi pas ?

Mattsson tendit la main vers le martinet accroché au mur. C'était suffisant pour que le garçon se tût d'un coup. Le pasteur, d'un ample geste vers la fenêtre, désigna le monde extérieur.

– Une machine ne sent rien. Elle n'a pas de conscience. Alors qu'un homme peut choisir de faire le bien, d'aider les autres. C'est vous, mes chers enfants, qui pourrez faire sortir nos contrées de la pauvreté. Il faut améliorer la nourriture. Et les maisons. Il faut que le bétail donne deux fois plus de lait, il faut lutter contre les maladies et le penchant pour la boisson. C'est vous qui pourrez nous faire entrer dans des temps meilleurs.

– Amen, compléta Mattsson.

Les enfants se hâtèrent de croiser les mains, « amen », répétèrent-ils. Le pasteur sembla chercher une citation biblique appropriée et, faute de la trouver, parcourut du regard la petite troupe, leurs pieds nus, leurs robustes menottes, leurs pommettes hautes, leurs têtes croûteuses. Ils étaient ici, à l'école, alors qu'on avait besoin d'eux à la maison, pour donner un coup de main en s'occupant des bêtes. L'avenir des campagnes. C'était à cela qu'il ressemblait.

Durant l'équipée du retour, le pasteur poursuivit son raisonnement. Le monde avait radicalement changé, disait-il. La Révolution française de 1789 avait fait subir au peuple les terribles douleurs de l'enfantement, l'athéisme et la corruption des mœurs avaient entraîné violence et oppression. Quand l'humanité reniait le christianisme, personne n'était plus épargné, l'homme devenait pire que le tigre.

– La tyrannie et la barbarie font suite au vertige de la liberté, me dit-il. Je crains que nous ne devions nous attendre à plusieurs grandes révolutions. Et même si l'on parvient à renverser les vieux gouvernements archaïques, il y aura toujours quelque canaille assoiffée d'honneurs prête à se précipiter sur le pouvoir. Jamais on ne manquera de tyrans en puissance.

– Mais l'Éveil ? objectai-je. N'est-ce pas aussi une révolution ?

– Oui, certes. Mais c'est une révolution intérieure. Au lieu de terrasser ceux qui nous gouvernent, nous menons le combat contre nos tyrans intimes. Contre l'autosatisfaction et la suffisance, contre l'orgueil, le goût du faste et les désirs charnels. Quand nos démons intérieurs auront été mis à mal et vaincus, alors seulement la société pourra se transformer réellement. Tu as entendu les élèves de l'école, Jussi, tu as entendu de quoi ils rêvent. Ils ne parlent que de manger. Et bien sûr qu'il nous faut manger, pas de doute, mais l'homme a aussi besoin de nourriture spirituelle. Au-dessus du ventre, il y a une âme, Jussi. Et quand l'âme a faim, il ne suffit pas de faire des courbettes sur des bancs d'église et de demander le pardon des péchés en suivant le missel. Cela revient à n'aller à l'épicerie que pour acheter un cornet de sucres d'orge. Tu auras beau les manger, tu ne seras pas rassasié.

Mon maître broda encore au sujet de l'école. Tous les journaliers et les Lapons y enverraient un jour leurs enfants, et de la plus misérable des familles pourrait sortir un maître de philosophie, voire un professeur d'université. Hmm, approuvais-je de temps à autre, tout en m'appliquant à maintenir la barque dans le courant, mais mes pensées étaient ailleurs. Je la voyais, au fond de moi. Ses lèvres rouges, si douces contre les miennes. Moi aussi, j'avais faim.

16

L'été, la sève monte dans les troncs d'arbres. Les œufs éclosent, remplissent le ciel de vols d'oiseaux et l'air de nuées d'insectes. Sur la tête des élans poussent d'immenses bois, les saumons bondissent bruyamment dans les rivières. La lumière afflue sans arrêt à toute heure, transformant le temps en un jour ininterrompu qui s'étire sur plusieurs mois. Il fait alors bon vivre dans le Nord.

Le pasteur était à genoux dans la mousse, observant un *Carex* et prenant des notes sur un papier chiffonné. Un bourdon vint soudain se poser sur son crayon. Attiré peut-être par le mouvement de l'objet, ou par les traces de sel que les doigts y avaient laissées. D'un geste prompt, mon maître l'attrapa. Il le tenait dans sa paume. Je guettai le rictus de douleur qui paraîtrait sur son visage quand le bourdon le piquerait, mais il souriait. Il laissa le gaillard velu s'extirper clopin-clopant du creux de sa main et, le retenant entre le pouce et l'index, me tendit la loupe.

– Du pollen, commenta-t-il. Le pollen de plusieurs centaines de fleurs.

Je lui rendis la loupe. Il voulait que je tienne à mon tour l'insecte, mais je hochai la tête.

– Ça pique.

– Non, pas celui-ci, c'est un mâle.

Je restai méfiant, craignant quelque ruse de sa part. Mais je finis par saisir prudemment le bourdon. Il était fort, et frétillait pour se dégager. Ses ailes scintillaient au soleil. Et le pasteur avait raison, ce bourdon ne piquait pas.

– Les mâles sont plus clairs. Seules les femelles ont un aiguillon. C'est le canal par lequel elles pondent qui se transforme ensuite en seringue à poison, j'ai appris ça à Uppsala.

Je desserrai doucement l'étau de mes doigts. La bestiole resta un instant immobile, comme interdite. Puis elle agita ses ailes brillantes et repartit s'ébattre dans la verdure.

Nous restâmes silencieux un moment, tandis que le pasteur allumait sa pipe. La fumée embaumait, une odeur sucrée qui mettait en déroute les taons à l'affût de nos nuques découvertes.

– Quand je vois des bourdons, je repense toujours à mon fils, confia-t-il. Mon petit Levi. Tu aurais dû le voir gambader. C'était le genre d'enfant qui se glissait toujours sous la table de la cuisine de manière à se cogner le crâne contre le bord, et une fois par terre en pleurs, il se relevait tout de suite. Il avait la même énergie, le même appétit de vivre que les bourdons.

– Que lui est-il arrivé ?

– Lui et Lisa, sa jumelle, ont attrapé la rougeole. C'était affreux. Leurs jolis minois ont enflé, leurs corps brûlaient entre mes bras comme du fer en fusion. Levi était le plus gravement touché, la fièvre lui faisait vomir la moindre cuillerée d'eau. À la fin, il ne bougeait plus, il se protégeait les yeux de la lumière avec son bras potelé. J'ai couvert la fenêtre d'une serviette. Il respirait très vite et il toussait. On entendait un bruit liquide, comme s'il avait la poitrine remplie d'eau. Brita Kajsa est allée chercher de la neige, qu'on lui a mise sur la peau pour rafraîchir son corps bouillant.

À ce souvenir, les yeux du pasteur s'étaient soudain mis à briller. Il eut un toussotement étouffé, sa mèche lui retomba sur le visage.

– Heureusement, Lisa s'est remise, mais Levi était épuisé, couché entre Brita Kajsa et moi. La dernière nuit, il a paru se ranimer un brin, il a commencé à bouger un peu. Il avait ouvert les bras et les a laissés écartés, en moulinant de temps en temps, dans un sens, puis dans l'autre, et en battant des pieds dans les draps. Dehors, il faisait un froid terrible, on était au plus sombre de la nuit de janvier. Les étoiles s'entrevoyaient à peine, à travers une brume noire. Et ses petits bras tournaient, encore et encore. Comme ceci… Comme les ailes d'un bourdon… Mais ses yeux regardaient en haut. On aurait dit qu'il avait aperçu les anges. Il voulait peut-être s'envoler pour les rejoindre. Il était déjà en chemin vers eux, dans les profondeurs de l'obscurité. J'ai bien essayé de le retenir, de le garder, mais je savais qu'il était en train de partir. Ses mouvements devenaient de plus en plus faibles. Il lui sortait des mucosités par le nez et la bouche. Il fallait sans cesse lui essuyer les lèvres, et les lui tenir ouvertes, pour qu'il puisse continuer de respirer. Au matin, j'ai enveloppé son corps dans le drap. Brita Kajsa a voulu me l'enlever, mais je ne pouvais pas le lâcher. Nous nous sommes battus pour l'avoir, c'était horrible… Mais le Seigneur l'avait pris. Il m'a pris celui que j'aimais le plus, il a frappé à l'endroit le plus sensible…

Le pasteur se tut. Je ressentais une curieuse honte. Était-ce la raison pour laquelle il m'avait emmené chez lui, ce jour où il m'avait trouvé au bord de la route ? Parce que je lui rappelais Levi, pour que je devienne le fils qui lui manquait ?

Il venait de se renverser lourdement dans l'herbe, au milieu de la gent bourdonnante. J'en fis autant. Tous deux allongés côte à côte, nous regardions voguer les nuages d'été.

– Les bourdons ont des choses à nous apprendre, dit-il soudain.

Je lui jetai un coup d'œil, sans comprendre où il voulait en venir.

– Je t'ai enseigné les lettres, Jussi. Maintenant, tu sais lire et écrire. Mais qu'y a-t-il de plus beau que ce son ? Écoute-les ronronner !

Il suçotait sa pipe en claquant de la langue, comme s'il cherchait une consolation.

– Les mots qu'on écrit sont importants, mais vois ce qui se produit quand on les prononce ! Il faut les mordre, les mettre en petits morceaux comme des éclats de poterie. Les mastiquer jusqu'à les rendre mous comme la glaise, pour ensuite leur redonner forme avec les lèvres et les cordes vocales. C'est alors seulement qu'ils prennent toute leur force !

Il ouvrit grand les bras.

– Pense aux apôtres. Au nom de Jésus, ils se sont envolés comme des bourdons, en emportant à travers le monde des grains de pollen dans leur toison de velours, ils sont partis à la rencontre des stigmates de pistils, dans tous les cœurs humains qui se languissaient. Et les fleurs les plus extraordinaires ont soudain pu voir le jour, des montagnes jusqu'aux déserts.

Dans l'expectative, je me contentai d'approuver de la tête.

– Bien sûr, j'écris mes prêches, Jussi. Mais ils ne prennent vie que quand je suis monté en chaire, lorsque les lettres franchissent le seuil de mon larynx et de ma langue. C'est par la bouche que tu apporteras le salut au monde, Jussi. Par la bouche, avec des mots vivants !

« Oui oui, me dis-je, oui oui oui… »

– Et puis autre chose encore, Jussi.

Sa bouche lâcha la pipe, avec un clappement sonore.

– Comment te trouveras-tu une épouse si tu ne parles jamais ?

Je rougis. Il avait naturellement remarqué mes regards langoureux, mes pitoyables loucheries d'un côté à l'autre de l'église. Dans mon trouble, j'écrasai un taon qui répandit ses boyaux sur ma chemise.

17

Un après-midi, le bon Erkki Antti de Juhonpieti nous rendit visite. Il salua modestement tout un chacun sur le seuil de la porte, apportant avec la même cordialité aux domestiques et aux enfants ses vœux de paix du Seigneur. Il sécha l'œil aveugle et volontiers larmoyant qui lui était resté d'un accident de jeunesse. Puis il sortit de son bagage un petit paquet de toile et l'ouvrit. À l'intérieur se trouvait quelque chose de dur et blanc. Avec son canif, il en découpa un bout qu'il me tendit. Je mâchai et sitôt me vins au palais un goût de montagne et de fjords.

– Du poisson séché, dit Erkki Antti en souriant. Tout droit venu de Norvège. Des amis de la communauté m'en ont donné une portion.

Le pasteur mastiquait en grimaçant

– Pour ronger du poisson séché, il faut avoir les dents jeunes, commenta-t-il.

– Mais c'est un bon moyen pour regagner des forces pendant les longues journées de marche.

– Alors, cher Erkki Antti, racontez-nous. Comment se passe le travail dans les vignes norvégiennes ?

Pendant qu'ils s'installaient pour discuter, un parfum à la fois doux et singulièrement épicé commença à monter du récipient que Brita Kajsa avait mis sur le feu. Après en avoir moulu énergiquement le contenu, elle le transvasa dans une casserole d'eau et laissa le tout bouillir. Puis elle servit le mélange dans les tasses de porcelaine qu'elle sortait en l'honneur des hôtes préférés de la maison. Elle m'en versa deux doigts, à moi aussi, dans mon gobelet de bois.

– J'ai pris goût à ce brouet, déclara-t-elle, sans parvenir à dissimuler un sourire où se lisait l'attente du compliment. Il en arrive une livraison de temps en temps à la boutique, et je guette.

C'était une boisson noire, presque huileuse, dont la saveur lourde et grillée m'évoqua la pourriture noble du sapin, tandis que son parfum me rappelait la tisane de lédon.

– Du café, s'exclama Erkki Antti, avec un soupir plein de délectation. Dieu soit loué !

Brita Kajsa sourit, avec un regard en coin vers son mari.

– Le pasteur ne paraît pas apprécier autant que nous, dit-elle. Mais il a son tabac. Et il faut bien que nous autres femmes ayons aussi nos petits vices.

Le café, bu à bruyantes lampées, répandit à mesure sa gaieté, cependant qu'Erkki Antti racontait l'avancée de la Mission de l'autre côté de la frontière. Malheureusement, il apportait de mauvaises nouvelles de Kautokeino.

– Les Lapons convertis continuent de semer le trouble, expliqua-t-il. Plusieurs d'entre eux ont perturbé l'office d'Andreas Qvale, à Skjervøy.

– Je sais, répondit le pasteur, on me l'a dit dans une lettre.

– L'évêque Juell a dépêché un nouveau pasteur, qui connaît leur langue, Nils Stockfleth.

– Très bien, approuva mon maître. Si le pasteur parle same, il sera plus proche des gens.

– Mais il semble que dans le cas présent cela n'ait pas suffi, déplora Erkki Antti. Haetta, Somby, Spein et quelques autres se sont rendus ensemble au presbytère pour cuisiner le nouveau pasteur. Ils ont tenté de le forcer à dire qu'il partageait leur foi dans les principes de l'Éveil. Mais Stockfleth ne s'est pas laissé faire. Et les Lapons ont hurlé qu'il était l'envoyé du Diable.

– Cela s'est passé à l'intérieur du presbytère ?

– Oui, dans la maison du pasteur. Les visiteurs n'ont pas arrêté de lui lancer des insultes, et le pasteur s'est trouvé contraint d'appeler le nouveau commissaire, Lars Johan Bucht. Ensemble, ils ont réussi à jeter les intrus dehors.

– Et ces Lapons se disent adeptes de l'Éveil ?

– Oui, de celui-là même dont vous et moi nous réclamons. Une autre fois, Stockfleth s'est fait injurier par des femmes pendant la messe. Comme il estimait qu'elles reniaient le Christ, il leur a refusé la communion. Ce qui a déclenché des cris et du tapage, des deux côtés de la nef, de manière à couvrir la voix de l'officiant.

Le pasteur réfléchissait. Brita Kajsa prit une gorgée de café et hocha la tête.

– Comment l'Éveil peut-il si mal tourner ? lâcha-t-elle.

– Ce n'est pas l'Éveil qui est en cause, objecta son époux.

– Non, bien sûr. Mais d'où vient donc tout ceci ? Ce tumulte, ces querelles, cette agitation ?

Erkki Antti, l'air soucieux, regardait fixement la table.

– Et qu'en disent les gens, par là-haut ? poursuivit Brita Kajsa. Quel est l'avis de la population à propos de la Mission ?

– Je ne sais si je dois...

– Mais si, l'encouragea-t-elle. Dites-nous exactement ce que vous entendez.

Erkki Antti sécha de nouveau son œil aveugle, comme s'il avait commencé à pleurer, lui seul.

– Beaucoup nous accusent d'hérésie, répondit-il, accablé. Ils pensent que nous œuvrons pour le Mal. Que nous sommes de faux prophètes qui ont pour but d'anéantir l'Église.

– Ce sont des médisances répandues par nos ennemis, éclata le pasteur.

– Je sais, je sais...

– Nous n'avons rien à craindre, affirma-t-il.

– Mais si l'ennemi se trouve parmi nous ? intervint Brita Kajsa. Si le Mauvais prend place au milieu de ceux qui sont des nôtres ? Comment allons-nous pouvoir nous défendre ?

Erkki Antti repartit pour chez lui, à Juhonpieti, aussi discrètement qu'il était arrivé. Le soir venu, comme le pasteur se tournait et se retournait dans son lit, Brita Kajsa posa sa main sur la poitrine de son mari. Les battements de son cœur étaient faibles et irréguliers.

– Il faudrait que j'aille à Kautokeino, dit-il.

– Quand l'hiver viendra, tout cela retombera, lui répondit-elle en chuchotant.

– On dirait que le monde entier est opposé à la Mission.

– Mais tu as de ton côté des milliers d'amis.

– Je ne m'en aperçois pas. Dans mon for intérieur, je suis seul contre le Dragon.

– Et pourtant, nous vaincrons.

– Tu crois ?

– Et toi, tu ne le crois pas ?

Le pasteur prit une profonde inspiration qui lui élargit la cage thoracique. Mais au-dedans régnaient le vide et la désolation. Il se sentait comme une maison aux fenêtres percées, où menacent de faire irruption des tourbillons de feuilles mortes.

– Tout va s'arranger, assura Brita Kajsa. À présent, même les pauvres ont droit à l'espoir et à la consolation.

– Mais quel espoir ?

– Regarde Jussi. Il sait désormais lire et écrire mieux que les paysans les plus riches de Pajala.

– Nous avons allumé le feu, poursuivit le pasteur. Pour qu'il réchauffe et fasse du bien. Mais le feu peut aussi détruire.

– Dors, maintenant, cher époux.

Il lui prit la main, avec plus de tendresse qu'il ne lui en avait manifestée depuis leurs fiançailles. Et serra cette main longuement, dans le noir.

II

Le jour décline,
Les chiens aboient.
Mon frein je ronge,
La nuit viendra.
Sa langue agile
Se taira,
Et d'une longe
Elle tâtera.

18

Une épouse, avait dit le pasteur. Je l'avais déjà trouvée. Je savais que c'était elle, du premier jour où je l'avais vue. Mais comment l'atteindre, comment traverser la gangue de froideur dont elle s'entourait face à moi ?

Comme je tendais l'oreille au passage vers la conversation des garçons sur la place du marché, j'entendis parler d'un bal qui se préparait. Il serait réservé aux domestiques et aux gens simples, loin des regards des autorités. Le choix du lieu s'était porté sur le lieu-dit Kenttä, un chalet d'été isolé au milieu des bois, où l'on ne serait importuné par personne. Le samedi suivant, une fois achevés les travaux du jour, après avoir pris le sauna et changé d'habits, tous se rendraient à l'endroit convenu.

Je n'irais pas. Malgré l'envie. Les jeunes gens du coin s'y retrouveraient, et je me sentais vieux en leur compagnie. Ou j'avais peur, peut-être. Je n'en savais rien, la confusion régnait dans mon esprit, mes vêtements étaient sales et imbibés de l'odeur des feux de forêt.

– Jussi ?

Le pasteur venait d'entrer dans le sauna. Il savait approcher sans bruit, comme un chat. J'avais tout juste fini de me laver et m'essuyais avec un chiffon. Je me détournai pudiquement et m'efforçai de ramener mes cheveux en arrière.

– Il paraît qu'il y aura un bal ce soir.

– Je ne suis pas au courant.

– Tu n'avais donc pas l'intention d'y aller ?

Je rougis. Il voyait clair en moi. Dès la première amorce de mensonge, il me perçait à jour.

– La danse est au Diable ce que la viande est aux mouches, balbutiai-je.

Le pasteur regardait discrètement ailleurs, pendant que je me séchais l'entrejambe et que j'enfilais mon pantalon.

– Cette fille a été assassinée, dit-il amèrement. Et il n'y a que toi et moi qui sachions la vérité. Un monstre rôde dans les parages.

– Il pourrait être déjà loin.

– Je crains que non. Si c'est quelqu'un que nous croyons connaître, qui se trouve parmi nous. Et dans ce cas, il ira danser ce soir.

– Mais vous... Vous pouvez faire interdire ce bal.

– Je pourrais. Je pourrais sans doute... Mais je me disais que tu irais peut-être ?

– Je n'irai pas, monsieur.

– Et si tu y allais, finalement ? Tu pourrais repérer le meurtrier. Il est probablement grand et fort. Les mains qui ont étranglé Hilda Fredriksdotter sont plus grandes que les miennes. Il a séjourné en montagne, tu te souviens de la cassiope que nous avons trouvée. Il est dévoré d'appétit pour les femmes.

Je regardai le pasteur droit dans les yeux. Il posa sa main sur mon épaule nue, qui en fut toute réchauffée.

– J'irai peut-être, murmurai-je.

– Sois bien prudent, Jussi, pour l'amour de Dieu.

Une fois arrivé à la porte du sauna, il se retourna.

– Et si quelqu'un demande si je suis au courant de la fête… de ce bal, je veux dire, je ne sais absolument rien.

Sur le sentier à travers bois qui menait à Kenttä, on entendait parler à voix basse. Des couples de journaliers et de domestiques arrivaient de toutes parts, enthousiastes et impatients. Les garçons et les filles placées sous leur garde se retournaient souvent, inquiets que leur maître pût encore les rappeler pour quelque tâche de fin de journée. À l'approche du chalet, la forêt s'éclaircissait, puis les prairies s'ouvraient généreusement aux flots de lumière que déversait le soir d'été. Un voile de fumée planait au-dessus des pâtures, venu d'un feu de résineux. On l'avait allumé pour la joie qu'il dégageait, plutôt que pour s'y réchauffer. Partout se tenaient de petits groupes, garçons d'un côté et filles de l'autre, qui n'osaient guère s'aborder. Les bêtes, rentrées pour la nuit, mugissaient dans l'étable. Mais tous les yeux se tournaient vers la grange, d'où parvenaient de faibles rythmes, comme si l'on y battait le blé, tantôt ponctués d'un appel, tantôt d'un rire. Des filles lorgnaient vers moi, curieuses de savoir si j'étais de leurs connaissances, et je sentis la timidité me gagner, leurs regards piquaient la peau comme des aiguilles. L'une d'elles me désignait d'un doigt moqueur. J'eus envie de faire demi-tour et de retourner dans les bois à toutes jambes, mais me forçai à rester. Deux nouveaux venus se dirigeaient vers la grange, je décidai de marcher à leur suite, ils me fraieraient un chemin à travers les cancans. L'odeur de l'alcool me parvint aux narines, l'un des garçons soulevait sa veste et sortait une bouteille de la doublure de son pantalon. Tous deux ingurgitèrent une grosse rasade. Je me raidis en reconnaissant le plus grand. C'était Roope, l'escogriffe roux de la forge, qui m'avait injurié sur la grand'route en brandissant sa ceinture. Quand il se retourna, ses yeux luisaient.

– Nom de nom, ça ne serait pas le p'tit noaidi du pasteur ? C'est vrai qu'il t'a trouvé sous une pierre ? Sous une pierre, un gnome, pas même capable de dire un mot.

Son camarade, impatient, tirait déjà sur la porte de la grange, grise à force d'usure.

J'évitai les bras ouverts de Roope, me baissai pour passer le linteau et pénétrai à l'intérieur.

Je jouai des coudes dans un tangage baigné de clair-obscur. L'air était chargé, humide, plus chaud par endroits, imprégné d'une odeur forte, de sueur et d'autre chose, quelque chose de dangereux, monté du plus profond des jeunes corps. Quand mes yeux commencèrent à s'habituer au peu de lumière, je vis des gens qui bougeaient côte à côte en une longue file, ou plutôt en cercle. Ils dansaient une ronde, les femmes tournées vers l'intérieur, les hommes autour d'elles, et les deux cercles progressaient en sens inverse, si bien qu'à chacun des danseurs revenait pas après pas une nouvelle cavalière, une autre, puis une autre encore. La promiscuité était si menaçante qu'un vertige me prit, je me sentis mal, me réfugiai contre le mur le plus long de la grange. Plusieurs autres garçons s'y trouvaient déjà, timides eux aussi, n'osant pas plus que moi entrer dans ce mouvement moite et tournoyant. Le chanteur se tenait dans un coin, debout sur une caisse de pommes de terre. C'était un jeune homme fluet, au visage enfantin, étonnamment petit de taille, et sa voix sonnait si claire, à la fois virile et féminine. Sa façon de chanter était singulière, je n'avais jamais rien entendu de tel. Cela ressemblait à un rire, je ne vois guère d'autre comparaison possible, sa voix montait, chevrotait, puis dessinait une longue boucle glissant le long d'un escalier en pente raide. *La-di-li-di, la-di-li-di-dam-dadi-dam-da*, chantait-il du bout d'une langue invraisemblablement véloce. Il n'y avait pas d'autres instruments, je ne connaissais personne dans la commune qui eût les moyens de s'offrir un violon. Les filles de ferme jouaient parfois dans la forêt de flûtiaux qu'elles avaient taillés elles-mêmes, leur son leur tenait compagnie et éloignait les prédateurs. Mais la voix était bien le meilleur des instruments, puisqu'on l'avait toujours sur soi. Le gracile chanteur tenait toute l'assemblée en haleine, déroulait l'une après l'autre ses arabesques, pendant que les danseurs, pris par le balancement cadencé, se rapprochaient de plus en plus.

Puis il se tut. Si brusquement que la gêne tomba sur l'assistance. Les gens étaient restés sur place, bien trop près les uns des autres, et ce silence avait de quoi inquiéter. Les filles regardaient par terre, vers la pointe recourbée de leurs souliers, ou fixaient leurs propres poignets. Certaines chuchotaient entre elles ou se donnaient de petites bourrades. Le chanteur s'éclaircissait la gorge avec application, raclait tout ce qui l'encombrait de gluant et glaireux et, pour finir, la rinça au goulot d'une bouteille. Je regardai, fasciné, ce personnage insignifiant, aux épaules étroites, que personne n'eût remarqué en le croisant sur la grand'route. Ici, il était au centre de l'attention, et cela allait de soi.

Ceux qui se trouvaient sur la piste de danse tournaient vers lui des yeux implorants, l'attente était longue, ils voulaient retourner au cœur battant de la musique, s'y réchauffer de nouveau. Et l'homme, avec un léger sourire, l'air songeur, cherchait dans son répertoire chamarré, tirait sur le bout d'une ficelle, exerçait sa voix. Cette fois, il y avait un texte. C'était une valse finlandaise, du genre mélancolique, qui parlait de la solitude sous un ciel étoilé quand la femme de votre vie vous a quitté pour un autre. Des couples se formèrent, épars, et commencèrent à tourbillonner dans l'espace réduit de la grange. Mais la plupart reculèrent vers les murs, se contentant d'écouter. Deux jeunes filles se retrouvèrent tout près de moi, l'une d'elles me heurta de sa hanche. Elle s'en aperçut et s'écarta, me laissant le goût d'un bonheur secret. Il eût suffi que je tende les bras pour l'enlacer. J'aurais pu feindre de trébucher et me rattraper en m'appuyant sur son épaule ? Ici, dans l'atmosphère surchauffée de cette remise, on se croyait dans un autre monde. Ni domestiques à l'ouvrage, ni patrons ni patronnes assis à les épier pour les prendre en défaut. Certains trouvaient dans ce lieu une liberté dont ils ne jouissaient jamais dans leur vie laborieuse. Cet air épais fleurait bon. On aspirait à s'en emplir, jusqu'à n'en plus pouvoir de lourde ivresse, comme un bourdon.

Mais quelqu'un, brusquement, me plaquait une bouteille à la bouche. C'était Roope, souriant de ses dents carnassières sous sa moustache dorée.

– Et maintenant, le p'tit noaidi va prendre un coup.

Je saisis la bouteille sans répondre. Elle était collante de sueur et de salive, il me vint à l'idée de la lui lancer à la tempe, il tomberait à la renverse, je voyais déjà toute la scène, le chanteur qui se tairait d'un coup, le piétinement, le tumulte, les cris, le sang, ce serait un tel plaisir de frapper, de le cogner et qu'il s'écroule. Mais je me retins, juste au moment où ses yeux allaient s'agrandir de peur. Et au lieu de frapper, je bus. Je portai le goulot à mes lèvres et laissai couler dans mon corps ce jus de serpent. J'en pris deux grosses gorgées, trois peut-être, avant de lui rendre la bouteille. Le sourire stupide de Roope s'élargit et il m'assena une claque dans le dos, comme si nous étions soudain devenus amis. Il se pencha vers moi en vacillant, beaucoup trop près comme le font les hommes pris de boisson, ce que je trouvais d'ordinaire très désagréable. Mais cette fois, cela ne me faisait rien. Je considérai dans la pénombre ce front luisant, ces lèvres mouillées, les chaumes raides, blond orangé de cette moustache, qui pointaient comme Roope se mettait à tousser, prêt à vomir. Puis il s'accrocha à la première fille venue et repartit en titubant dans la foule grouillante.

Jamais auparavant je n'avais eu d'alcool en bouche. La sensation était bien celle d'un feu, mais de courte durée. Suivait l'impression pénible d'avoir dans le ventre un œuf, qui enflait, se muait en un cœur empoisonné, battait, fouettait. Puis l'œuf se lézardait, sa coquille noire éclatait, il en sortait des pattes griffues à la peau pourvue d'écailles, enfin une gueule prête à mordre. Le Dragon était lâché. Le Dragon, c'était moi. J'abandonnai les acolytes de Roope qui essayèrent de s'accrocher à mes basques d'un pas branlant, tandis que je longeais les murs. Je rencontrai des regards furtifs, mais ils n'étaient plus méchants. À présent, ils me fuyaient. La femme qui s'était moquée de moi l'instant d'avant se raidissait à mon approche, me tournait le dos, remontait les épaules comme pour s'entourer d'un mur protecteur. Mon thorax s'était élargi, mon cou prolongé de deux vertèbres. Mon sang se réchauffait, commençait à frémir, écumer, couler hors de mon corps et non plus au-dedans, c'était une expérience comme aucune autre. Et surtout, je ne ressentais plus la peur. Je ne me souvenais pas qu'elle m'eût pesé, mais remarquai que mon corps s'était allégé, comme s'il s'était débarrassé d'un bouclier. Je fis un premier tour de la pièce, puis un second. Je sortis, je rentrai. Je n'avais plus besoin de demander la permission à quiconque. Le monde s'était ouvert à moi. Le vieux Jussi était resté dans un coin, il n'était plus qu'un être de l'ombre. Il observait ce qui se passait, se disait : cette fois, il est soûl, Jussi a touché à l'alcool. Il m'espionnait de là-bas, de son œil d'oiseau, mais je n'écoutais pas ses jérémiades. Je m'étais placé au plus près du chanteur, levai les yeux et regardai les danseurs sans crainte. Je reconnaissais un bon nombre d'entre eux, qui venaient du village, savais le nom de la plupart, mais certains m'étaient étrangers. Peut-être avaient-ils fait le chemin depuis la Finlande, depuis les montagnes ou le bord de la mer. Il y avait dans l'air comme une hâte, le sentiment que tout devait arriver ce soir-là. D'ici quelques heures, passé le temps du marché et de la fête, on serait dimanche. Puis les peines du quotidien reprendraient leur cours. Tout devait se passer dans la fièvre de cet instant.

Je savais bien que le Dragon était là-dessous. Que c'était ainsi qu'il attirait les gens. Il se promenait parmi nous et nous crachait aux yeux son souffle ténébreux, des ténèbres chaudes et délicieuses. Il était partout, dans cette main tâtonnante, dans ce regard entendu, dans le mouvement d'un poignet qui se tend, dans le creux d'un col découvrant la peau nue. Je me tournai vers la porte et la vis s'ouvrir. Je distinguai sa silhouette contre la lumière éblouissante du dehors.

Elle était là. Celle que j'aimais. Maria.

Elle avait retiré son fichu et était restée en cheveux, sans doute avait-elle eu trop chaud en marchant. Dans le contre-jour vespéral qui jouait avec ses boucles, sa tête était auréolée d'or scintillant. Comme sur un tableau d'autel. Une figure en gloire. Elle s'était arrêtée sur le seuil et parcourait du regard la troupe dansante. Elle échangea quelques mots avec la jeune fille qui l'accompagnait. Puis elle entra. Elle ne m'avait pas encore repéré. Je sentis mon ivresse traversée d'une lame qui traçait des gouffres dans ma chair. L'espace d'un instant, les vallées de mon âme restèrent vides, dévastées par le feu. Puis mon sang afflua des montagnes, dévalant les pentes avec un doux murmure. Une vieille, dans une cour de ferme, fouettait le flot, une autre y déversait de la farine de seigle, toutes deux fouettaient sans fin, leurs visages ridés piquetés de rouge, ouverts sur des rires édentés. Leurs bouches étaient semblables au sexe de la femelle renne, quand un mâle castré s'accroche à son dos, des béances flasques et sombres cernées d'un duvet, qui m'invitaient à entrer. Dieu, comme je brûlais de la toucher. Tenir son épaule, poser ma main sur le fin tissu, sentir sa chaleur par-dessous. Je m'approchai, rasant les murs. Mes pieds n'avaient plus de poids, ils volaient au-dessus des marais humides, effleuraient à peine la mousse, glissaient comme des patins de luge sur la croûte cristalline de la neige, rien ne pouvait plus les arrêter. Je frôlai des doigts son épaule et elle se retourna. J'y suis, me dis-je, nous allons entrer dans la musique, au cœur de Satan, dans cette foule transpirante. Mais elle parlait à quelqu'un d'autre, une des filles de Kenttä. Ensemble elles se dirigèrent vers la piste, tandis que la ronde des femmes s'ouvrait pour leur faire une place. Les hommes tournaient en sens inverse. Sans hésiter, je me faufilai, séparai des mains et entrai dans le cercle, devenant un corps parmi d'autres. Le chanteur, au beau milieu d'un cycle qui paraissait infini, tapotait un billot pour marquer le rythme, le même que celui frappé par les semelles, deux pas en avant, un pas en arrière, d'une facilité déconcertante. Tout n'était plus que battements de cœur, bo-boff, bo-boff. Les garçons et les filles commençaient par se tourner le dos, le regard des uns dirigé vers l'extérieur, celui des autres vers le centre. Puis venait la volte-face, pleine de surprise, qui vous offrait chaque fois la vue d'une nouvelle jeune femme en fleurs. En regardant sur le côté, je vis qu'elle approchait. D'abord un pas dans l'autre sens. Ensuite deux par ici, sur le même balancement. Maintenant nous pivotions. Dos à dos, mes mains dans des poignes mouillées. Demi-tour à nouveau. Elle était là. Juste devant moi. En me reconnaissant, elle baissa le regard vers le sol, puis l'attacha au plastron de ma chemise. Encore un pas, dans le même sens, elle et moi. Pour un instant, nous étions tout près l'un de l'autre, à un bras de distance.

– Maria, dis-je.

Elle leva les yeux et vit comme je la désirais. Comme je l'attendais. Mais l'instant prit fin, nous

nous éloignions déjà d'un pas, les deux cercles se séparaient en glissant, se détendaient comme une chaîne.

Le chanteur était arrivé au dernier vers, et le lent mouvement circulaire s'arrêta. Je me sentais tout ébranlé. Maria n'avait pas montré de colère ni poussé de cri. Elle avait dû s'étonner de me découvrir parmi les hommes, au milieu de ce mur de muscles, de larges poitrines, d'avant-bras et de cuisses d'acier. J'étais du nombre, j'étais un homme. Pas un gnome.

Je la vis bavarder avec une amie. Elles riaient, leurs deux têtes penchées l'une vers l'autre. Peut-être étais-je dans ses pensées. J'espérai qu'elle me jette un coup d'œil à la dérobée. Je me séchai soigneusement les mains sur mon pantalon, pour qu'elles soient agréables. Le chanteur, après une nouvelle rasade, entonnait dans une autre chanson, un air rapide et fougueux qui mettait visiblement le public en joie, le bâtiment entier semblait reprendre son souffle. Quelqu'un s'avança en chancelant, attrapa Maria, c'était Roope. Elle voulut s'échapper, mais il lui tenait fermement le poignet et tentait de l'attirer contre lui.

Au même moment, la porte de la grange s'ouvrit à la volée. Une haute carrure s'y dessina, nimbée d'un brouillard de fumée irisée. Un parfum plaisant s'était aussitôt répandu dans la grange, une odeur que je reconnus immédiatement. Elle venait du morceau de *sicar* qu'il tenait à la main. Nils Gustaf resta un instant sur le seuil, tâtant le pouls de la fête. Après quoi, il planta son bâton de tabac entre les dents et se mit à battre la mesure avec une force surnaturelle. L'une de ses mains cinglait l'autre, formée en creux, où rebondissaient des sons durs comme des boules. Puis il fit claquer les semelles de ses bottes en cuir sur les planches, non pas à l'unisson de ses mains mais à contretemps, de sorte que les deux battements se répondissent en écho. Curieusement, ils se mariaient au chant, le rythme en était renforcé, la musique plus pleine.

Enfin, au vu et au su de toute l'assistance, Nils Gustaf entra. Les couples qui tournoyaient dévièrent un peu de côté pour lui faire place au centre. Il écarta Roope d'un coup d'épaule, enfonça son chapeau sur son front, et exécuta devant Maria un saut d'une souplesse inattendue pour un homme de sa taille et de sa prestance. Avec une incompréhensible agilité, il se mit à claquer des talons et frapper de la paume les tiges de ses bottes. Prra-pa-tapp, tout allait si vite qu'on voyait à peine le mouvement de ce corps qui semblait planer librement dans les airs. Pivotant sur lui-même, il parvenait à lancer non seulement à Maria, mais à toutes les femmes présentes dans la grange, d'aguichantes œillades sous le bord de son chapeau. Elles le regardaient en retour. Diable oui, comme elles le fixaient. Jamais elles n'avaient rien vécu de semblable. Ni moi non plus. Qui eût pu croire possible de se mouvoir d'une telle façon. C'était indigne et provocant, c'était péché, c'était *knapsu*, pas de doute. Mais elles étaient sous le charme. Aucune ne pouvait détourner le regard. Elles se mouillaient les lèvres, se mordillaient les jointures des doigts, prêtes à crier à tout moment. C'était le pouvoir de la musique. Ces battements de mains et de pieds, ces détentes de jambes nous prenaient tous au ventre, et la musique s'amplifiait, touchait presque au sacré. Le chanteur captivé accélérait la cadence, la mélodie déchaînée lui dilatait la langue, on l'apercevait entre ses lèvres ouvertes, écarlate, comme s'il saignait en chantant, tout sourires à l'adresse de l'arrivant. Ils faisaient de la musique ensemble, et elle n'en montait que plus haut, à travers le toit trop bas de la grange, filtrant par toutes les fentes, soulevant les bardeaux pour s'élever dans le crépuscule jusqu'aux oiseaux et aux bêtes de la forêt.

Un lancer de jambe frétillant cloua subitement le danseur au sol. Au même instant, tel un double de sa personne, le chanteur s'arrêta et frappa le plancher à l'en faire ployer. Durant tout ce temps, le peintre avait gardé entre les dents son ustensile fumant.

Le silence s'était fait dans la salle. Nils Gustaf s'avança vers le chanteur et lui ébouriffa les cheveux d'une main taquine, comme on le fait aux enfants.

– Le Helsingland ! Voilà la province où on sait jouer des gambettes ! s'écria-t-il dans son étrange suédois.

Le chanteur osa un rire, et la gaieté se répandit dans l'auditoire. Mais les gens étaient intimidés. Tous avaient bien compris que ce visiteur venait de loin. Que cherchait-il ici, au juste ? N'avait-il pas quelque chose à voir avec les autorités ?

– Avez-vous déjà dansé le quadrille ? Vous connaissez cette danse ? Venez, mettez-vous tous par ici. Les dames comme ceci, oui. Et les messieurs de l'autre côté. Je vais vous donner la mélodie.

Il me poussa sur la piste avec les autres. J'eus l'impression d'être emporté par un torrent. Mais il entonnait déjà une ritournelle dans un singulier dialecte. Le chanteur l'écouta un instant, avant de joindre sa voix à la sienne. Couplet, refrain, couplet, refrain. Nils Gustaf s'était placé par-devant pour expliquer les pas.

Les hommes, les premiers, devaient marcher vers le centre, exécuter un demi-tour puis progresser en sens inverse. Les femmes suivaient ensuite leur exemple. Ce n'était pas très loin de ressembler à une ronde, mais en plus solennel, davantage dans le goût des maîtres.

– Et maintenant, mettez-vous par couples et tournez dans le sens des aiguilles d'une montre !

Mais la plupart ne comprenaient pas ce qu'il disait. Alors il attrapa le premier venu, qui se trouvait être moi, arracha à un garçon récalcitrant la cavalière qu'il s'était choisie, lui appliqua sur la joue un bécot sonore et la planta contre moi. Et tandis que les regards convergeaient vers nous, il nous montra comment je devais la tenir et comment Maria, ô délices, devait m'entourer de ses bras.

– Allez-y, tournez, mais sans faire de trop grands pas. C'est cela, très bien.

Je dansais avec celle que j'aimais. Maria me tenait. Ses mains étaient posées sur moi, elle ne les ôtait pas. Et voici qu'elle rencontrait mes yeux, sans broncher. Je ne l'effrayais plus. Nous virevoltions aussi naturellement que si nos deux corps n'avaient fait plus qu'un. Le couple d'à côté trébuchait et devait s'y reprendre, quand nous avions des ailes. Nous planions sur la crête écumante des vagues. Je ne savais pas que c'était cela, danser.

– Et maintenant, en arrière ! ordonna Nils Gustaf.

Les couples se défirent pour en former d'autres. Deux pas chassés, expliquait l'instructeur posté de nouveau en première ligne. Et je compris qu'elle me reviendrait. D'ici quelques tout petits instants. J'en ressentis des picotements de bonheur. Toute cette chaleur qui enflait et qui déferlait avait rendu mon corps trop étriqué pour moi.

Le peintre dansa toute la soirée. Je le regardais tenter de nouer la conversation en suédois avec les jeunes filles, en appuyant son propos de grands gestes. Elles lui répondaient timidement dans leur finnois de villageoises. Il se faisait déjà tard quand il sortit de la grange. Je le suivis à distance et le vis chercher son chemin vers l'orée du bois, puis ouvrir sa braguette.

Un homme aux cheveux roux approchait par-derrière à grands pas. Roope. Il se dirigeait droit sur Nils Gustaf, et je crus d'abord qu'il s'apprêtait à satisfaire le même besoin. Mais je m'aperçus soudain qu'il avait en main un piquet de bois. Silencieux et déterminé, il marchait à pas feutrés vers sa cible. Il souleva le piquet, le brandit rapidement comme une hache, et avant que je pusse crier gare, fendit l'air d'un terrible coup en direction du crâne de sa victime.

Le peintre ne pouvait avoir vu venir le danger. Et pourtant, se livrant brusquement à une sorte d'entrechat, il se déporta sur le côté au moment où le piquet s'abattait au sol. Sous mes yeux stupéfaits, il empoigna le bras de Roope sans se retourner, le tordit en le forçant à pointer vers le haut et l'arrière. Roope lâcha prise. Tandis que le piquet s'en allait rouler dans l'herbe, Nils Gustaf saisit son agresseur par la ceinture, la lui arracha et en décrocha le couteau. Je le vis l'agiter, encore enveloppé de son fourreau, sous le nez de Roope, avec un commentaire que couvrait le bruit du bal. Puis il le lança loin dans le sous-bois. Après quoi, sans se dépêcher, il se rajusta et retourna vers la grange.

Je venais d'assister à un étrange quadrille. Roope se relevait avec un visage grimaçant, lançait une bordée d'injures et frottait son bras endolori, avant de s'enfoncer dans la forêt à la recherche de son couteau.

La scène dont j'avais été témoin me laissait perplexe. Ce peintre, qui était capable de voir ce qui se passait dans son dos tout en pissant, devait avoir des yeux derrière la tête. Était-il seulement humain ?

19

Les lettres, si petites, avaient un grand pouvoir. Leurs modestes courbes finement entrelacées dans les registres de naissances transformaient les âmes toutes neuves, ces petits nœuds de conscience informes, en baptisés, membres de la paroisse.

Prises une à une, elles ne donnaient presque rien. Mais quand le pasteur enseigna au petit Lapon que j'étais comment les combiner, quelque chose se produisit. Si l'on veut se réchauffer, un bout de bois est de peu d'utilité. Il faut en ajouter un autre pour que le feu prenne. Les lettres s'animaient mutuellement, dès qu'elles étaient en compagnie, elles se mettaient à parler. I et Ä devenaient ISÄ, qui veut dire « père ». Mais aussi « Dieu », le Père au-dessus de nos têtes. Les lettres savaient danser la valse aussi bien que la ronde, s'attraper par la main pour s'aligner en longues files, et leur mystère, au fond, demeurait. On regardait ces traits et ces courbes, en n'y voyant que des courbes et des traits. Les lettres, en elles-mêmes, étaient muettes. Mais les lèvres pouvaient leur insuffler la vie. Les façonner en objets, en animaux, en noms de personnes. Et le plus étrange était qu'elles continuaient de parler une fois qu'on avait refermé la bouche. Un coup d'œil, et elles se muaient en mots à l'intérieur de la tête. Non pas en mots, mais en corps.

Je lis Maria, cinq lettres, cinq formes qui se succèdent, et au-dedans de moi apparaît la femme que j'aime. Ses joues, le brillant de son regard, ses mains qui tiennent les miennes.

C'était le pasteur, un jour, qui m'avait appris cela. Assis à côté de moi, il me tapotait joyeusement le dos pour que je recommence.

– I… sssss… äää… issäää… Isä !

– Ça y est, tu sais lire ! s'exclama-t-il dans un rire.

– Mais non.

– Regarde !

Il griffonna rapidement de nouvelles lettres.

– J… u… Jussi.

– Tu vois bien, dit-il. La porte est ouverte, Jussi.

– La porte du Royaume ?

Son sourire s'élargit encore.

– Tu verras, Jussi. Mais maintenant, il faut t'entraîner, lis tant que tu peux.

Et à partir de ce jour, le monde se remplit de lettres. Vue de devant, une patinette à neige devenait un H. Un râteau se transformait en succession de E, une clôture en enfilade de N. Un bout de ficelle s'enroulait en O ou en S. La métamorphose pouvait même toucher des gens. Un garçon maigre à grosse tête ressemblait à un P, une bonne femme dodue aux jupes amples me rappelait le A. Pour creuser un fossé, le mouvement de la pelle imitait le J, et celui du bras essuyant des carreaux avait tout du Z. La chose alla si loin qu'il m'arriva de m'arrêter devant un bouleau aux branches dénudées par l'automne en y repérant partout les signes de l'alphabet. *Novvu filit umnu…* je lisais la langue de l'arbre, il criait vers moi de toute sa ramure. Je pris peur. J'aurais voulu tout oublier, revenir au temps de mon ignorance, quand un bouleau était un bouleau, rien de plus. Mais c'était impossible. Au moment où une porte s'était ouverte, une autre s'était fermée. Jamais je ne pourrais faire marche arrière.

Quand je tentai d'exprimer mon inquiétude au pasteur, il y répondit en allant chercher un livre. Ses enfants l'avaient lu bien des fois, me dit-il. Les pages en étaient tout abîmées. Je pris le volume comme s'il s'agissait d'un trésor. La couverture en carton brun clair était sur le point de se détacher.

– Assieds-toi et lis. Le texte est en suédois, si certains mots sont trop difficiles, tu n'auras qu'à me demander.

Je m'assis par terre, dos au mur, me penchai, croisai les jambes pour m'en faire une table, posai prudemment le livre dessus et l'ouvris. Sous la couverture se trouvait une page blanche, très fine, que je tournai. Venait ensuite l'introduction. L'image d'un homme couché au sol, les yeux clos. Un autre à ses côtés, accroupi. Avait-il assommé le premier ? Non, il tenait une cruche et lui donnait à boire.

Le Sa-ma-ri-tain mi-sé-ri-cor-di-eux. C'était dur à lire. Mi-sé-ri-cor-di-eux.

– Miséricordieux veut dire gentil, m'expliqua le pasteur. Le bon Samaritain. C'est une belle histoire, qui parle d'aider les autres.

Je me mis à déchiffrer, en ânonnant péniblement. J'osais à peine toucher les pages, de peur de les salir, même si je m'étais soigneusement lavé les mains. Je sortis un brin de paille de mes souliers et m'en servis pour pointer les lettres une à une, écoutant les sons et reprenant sans cesse jusqu'à ce que le résultat produit ressemblât à un mot. Mais le livre était écrit en suédois. Je m'adressai aux enfants pour qu'on m'expliquât ce que j'avais lu. Ma prononciation déclencha un chahut moqueur auquel mit fin l'intervention grondeuse de Brita Kajsa. Il me fallut beaucoup de temps pour venir à bout de la première page. Le livre était illustré de grandes images qui firent sur moi forte impression. J'étudiai longuement celle représentant des voleurs. Non contents de prendre toutes les affaires d'un pauvre homme, jusqu'à ses vêtements, ils le battaient cruellement. J'avais observé de mes yeux des scènes de ce genre, le long des routes, la méchanceté, les humiliations, je savais à quel point les forts pouvaient railler les faibles et leur faire du mal. J'avais vu plus d'une carne s'écrouler sous le fouet, des cabots aux côtes brisées à coups de pied rester sur le bord des chemins, des Lapons loqueteux recevoir des quolibets plutôt que le morceau de pain qu'ils mendiaient aux voyageurs.

Au milieu de toute cette misère apparaissait soudain ce héros de Samarie. Il s'arrêtait de son plein gré. Donnait de l'aide à un inconnu sans raison autre que sa propre bonté. Je le voyais devant moi, sous les traits du pasteur. Et la victime rouée de coups, celui qui croupissait dans la poussière, c'était moi. Dire qu'il eût pu ne pas se pencher sur moi, ce jour-là, passer son chemin en me laissant où j'étais. Je ne serais jamais devenu un homme.

Plusieurs jours durant, j'utilisai tous mes moments de liberté pour lire. Je sortais le livre du linge dont je l'avais enveloppé et suivais lentement le fil des mots, comme pour m'enfoncer dans une immense forêt. Je ne parvins à la dernière page qu'après une longue marche, c'en était fini des obstacles, la couverture s'était refermée. Je regardai le livre, le soulevai, le soupesai entre mes doigts. Le papier était usé, le dos éraflé, à demi détaché. En passant la paume sur la blancheur des pages, je les trouvai étonnamment fraîches, plus fraîches que le bois. Leur toucher me rappelait l'écorce lisse et argentée du bouleau. Mais à présent que je les avais toutes lues, elles se taisaient. J'observai le livre sous tous les angles, l'approchai de mon oreille, écoutai. Il ne disait plus rien. Pourtant, je savais ce qu'il contenait, et ce qui se produirait si je le rouvrais et me remettais à lire. C'était incompréhensible. Le livre était-il donc vivant ? Si tel n'était pas le cas, d'où venaient les voix et les images ? En lisant, j'avais vu la Palestine, j'étais allé là-bas. Cet homme de Samarie, j'avais l'impression de l'avoir rencontré moi-même. Où tout cela se trouvait-il, une fois la couverture refermée ? Peut-être que le livre se lisait tout seul ? Je savais que les lettres et les mots grouillaient là-dedans comme des bourdons. Ou plutôt, foisonnaient comme des graines. Tels des germes de plantes, ils avaient besoin de terre pour pousser, ils ne demandaient qu'à prendre racine dans le terreau humide que renferment les têtes des hommes.

Il y avait dans le cabinet de travail du pasteur de grandes étagères sur lesquelles s'alignaient les livres. Des reliures noires et brunes remplies de lettres minuscules, des volumes bien plus épais que cet ouvrage pour enfants. En les regardant, je sentais mon cœur s'emballer. Était-il possible que le pasteur eût lu tout cela ? Portait-il vraiment tout ce poids à l'intérieur de sa personne, comme moi celui du petit récit que je venais de découvrir ? Il y avait donc tant de place dans l'esprit humain ? Parfois, quand il écrivait ses prêches, il tendait le bras, empoignait un élément de ce mur compact, et feuilletait les pages fines et soyeuses jusqu'à ce qu'il eût trouvé le passage recherché. Une voix commençait alors à sonner en lui, je voyais ses lèvres frémir, mystérieuse conversation. Quelle étrange compagnie. Qui possédait des livres n'était donc jamais seul.

– Je voudrais lire, quémandai-je. Encore.

Selma, la fille du pasteur, sortit pour moi un autre volume. Je le glissai sous ma chemise et l'emportai au plus près de mon cœur, comme un nourrisson. Même fermé, je le sentais remuer de temps en temps.

20

Ce dimanche, les bancs de l'église étaient clairsemés. Je faisais partie des jeunes gens tout juste revenus du bal qui s'efforçaient de dissimuler leurs bâillements, cependant que les fidèles d'âge mûr marmonnaient entre eux des propos sur le péché et la dissolution des mœurs. Le pasteur avait entrepris de mettre l'assistance en garde contre les tentations de l'été, nous appelant tous à la vigilance contre les démons qui œuvraient pour nous attirer hors du droit chemin. Une fois de plus, il fustigeait l'alcool, principale source du mal, et condamnait les cabaretiers qui exerçaient leur métier dans la région sans se soucier des ravages dont ils étaient responsables. Je n'écoutais que d'une oreille. Maria n'était pas là. Entré au dernier moment, j'avais d'abord pensé qu'elle était simplement en retard, et je me retournais chaque fois que des pas résonnaient dans la nef. Mais elle ne se montra pas. Vers la fin de l'office, on frappa au portail. Ce n'était qu'un homme d'apparence grossière et de haute stature, qui s'assit tout au fond de l'église. Au moment des annonces, il se releva, s'avança d'un pas traînant vers le pasteur et lui parla tout bas. Il semblait nerveux, tordait sans fin son chapeau et s'essuyait les mains contre son plastron, tandis que ses souliers piétinaient comme s'il était encore en route. Le pasteur l'écouta. Puis il leva un regard grave au-dessus de l'assistance, resta silencieux un long moment, fixant les dernières travées comme s'il nous sondait tous, et toussota avant de prendre son souffle.

– On m'apprend que la jeune Jolina Eliasdotter Ylivainio, âgée de dix-neuf ans, n'est pas rentrée chez elle hier soir. Adressez-vous à moi, ou à son père Elias Ylivainio, si vous avez quoi que ce soit à signaler.

Il marqua un arrêt, comme s'il attendait à ce que l'assistance lui donnât tout de suite une indication. Sur son signe de tête, Elias s'en retourna vers son banc d'un pas lourd et embarrassé.

Sitôt la messe terminée, le pasteur le rappela. Ils conversèrent à voix basse près de l'autel.

– Quand Jolina a-t-elle été vue la dernière fois ? demanda mon maître.

– Hier soir, avant le repas.

– Allait-elle quelque part ?

– Je... je ne sais pas.

– J'ai entendu dire qu'on avait organisé un bal, insista le pasteur.

– Ah, ah bon... Oui, peut-être qu'elle est allée au bal.

– Y est-elle allée seule ?

– Elle ne m'a pas prévenu qu'elle y allait, elle préférait sans doute ne rien dire.

– Comment était-elle habillée ?

– Je ne l'ai pas vue partir.

– Une robe gris clair, dis-je. Un tablier rayé, des bottines noires. Elle avait les cheveux nattés, avec des petits nœuds rouges.

Je jetai un œil au pasteur. Il avait l'air satisfait.

– Donc, tu l'as reconnue, Jussi ?

– Je sais qui est Jolina. Elle a dansé plusieurs fois au cours de la soirée.

– Avec qui ?

– Une fois l'un, une fois l'autre. Roope, un des garçons de la forge. Je l'ai vu lui courir après. Un grand gars aux cheveux roux.

– Il lui avait déjà couru après, intervint Elias.

– Et aussi avec Nils Gustaf, le peintre. Mais presque toutes les femmes ont dansé avec lui.

– Presque toutes ?

– Il était si habile à la danse. Il a sauté et tournicoté de toutes les manières possibles et imaginables. Je n'avais jamais vu personne danser de cette façon.

– Et que s'est-il passé après le bal ?

– Ça... je ne sais pas.

Mon maître me considéra en silence, se racla la gorge et se retourna vers Elias.

– Peut-être a-t-elle suivi quelqu'un. Si elle ne réapparaît pas rapidement, nous commencerons les recherches. Allez voir du côté de Kenttä et le long du chemin qui conduit chez vous. Elle doit bien être quelque part.

– Est-ce que vous croyez que... ?

Elias avait hésité avant de lâcher ces mots.

– ... que c'est l'ours ?

Mon maître évita de répondre. Mais une fois Elias parti, il me demanda simplement :

– Roope ?

– Oui ?

– J'ai bien vu que tu savais autre chose, Jussi. Et que tu ne voulais pas en dire plus devant Elias.

Comme toujours, il avait raison. Je m'éclaircis la voix.

– Eh bien… Ce Roope… hier, il était de méchante humeur. Il avait bu et importunait les filles.

– De quelle façon ?

– Il s'est accroché à Jolina, et aussi à d'autres.

– L'eau-de-vie peut troubler la raison.

Je me rappelai la chaleur de l'ivresse et avalai d'un coup ma salive. Voyait-il à ma mine que j'y avais touché, moi aussi ?

– Roope s'est attaqué à Nils Gustaf. Je crois qu'il était jaloux.

– Tiens donc ?

– Roope a essayé de l'assommer avec un piquet. Mais Nils Gustaf a esquivé le coup et l'a jeté à terre. Ensuite il lui a pris son couteau et l'a lancé dans les bois.

Le pasteur eut l'air songeur.

– Ce Roope, dit-il, je ne l'ai pas vu à l'église aujourd'hui.

– Il doit cuver son eau-de-vie.

– Et Nils Gustaf est resté à Kenttä toute la soirée ?

– Je crois bien, il se plaisait au milieu de toutes ces filles. Il est d'une souplesse incroyable quand il danse.

– Vraiment ?

– Le meilleur danseur que j'aie jamais vu. Il tournait et bondissait comme un chat.

– Et toi, Jussi ?

– Est-ce que c'est un péché ?

– Quelles pensées te sont venues quand tu dansais ? répliqua mon maître.

– Je… je ne peux pas le dire.

– Eh bien, à quoi cela t'a-t-il mené ? Que s'est-il passé ensuite ?

– Je… je veux dire, les gens dansent aussi à l'église. Quand vos prêches les touchent. La *liikutuksia*, c'est une sorte de danse, n'est-ce pas ?

Le pasteur me transperçait de son regard.

– Le but était que tu cherches l'agresseur, Jussi.

– Il s'est passé beaucoup de choses à Kenttä, dis-je évasivement. C'était une drôle de soirée.

– Rentrons. Tu me raconteras en chemin.

21

Les recherches s'accélérèrent au cours de l'après-midi. L'une des amies de Jolina Eliasdotter Ylivainio déclara l'avoir vue rentrer chez elle après le bal. Jolina n'était pas accompagnée et semblait de bonne humeur. C'était la dernière image qu'on eût d'elle. Elle avait ensuite disparu comme si la terre l'avait engloutie. On explora les alentours de Kenttä et les abords du sentier qu'elle avait sans doute suivi. L'un des garçons chargés de la retrouver alla voir de plus près un grenier, un *aitta*, construit dans un champ et à peine visible du chemin. Comme la porte était verrouillée, il faillit renoncer. Mais en jetant un coup d'œil par un soupirail, il s'aperçut qu'elle était crochetée de l'intérieur, ce qui lui parut étrange. Il réussit à relever le crochet avec la lame de son canif et à ouvrir la porte. Personne ne répondit quand il appela. Alors qu'il entreprenait de fouiller le bâtiment, il entendit soudain un bruit à peine perceptible venu de l'étage, comme celui que produisent de petits animaux. Il grimpa à l'échelle, s'attendant à tomber sur des souris, ou peut-être une hermine. Des sacs étaient empilés dans un coin de la pièce, et lorsqu'il les souleva, il découvrit Jolina Eliasdotter.

Ses yeux étaient ouverts. À sa grande frayeur, il crut d'abord qu'elle était morte. Il tendit le bras pour la toucher, quand un cri sinistre monta des lèvres de la jeune fille. La plainte que pousse le lièvre quand le renard l'attrape. Le garçon tenta de l'apaiser par de douces paroles, mais elle ne semblait rien entendre. Entre-temps, ameutés par le cri, d'autres hommes étaient arrivés. Joignant leurs forces, ils descendirent de l'étage la victime toute tremblante, et qui se débattait. Comme elle ne tenait pas sur ses jambes ni ne suivait les conseils qu'on lui prodiguait, il fallut lui passer une corde autour de la taille pour l'extraire du grenier. On la ramena chez elle sur un brancard improvisé, fait de perches et de jute. Quand on lui demanda ce qui lui était arrivé, elle refusa de répondre, se contentant de cacher sous ses avant-bras repliés son visage frémissant. Tout son corps était parcouru de frissons, comme si elle avait froid. Une fois atteint le foyer où elle avait grandi, on la coucha sous plusieurs chaudes couvertures de feutre.

On fit dire au presbytère que Jolina Eliasdotter avait été retrouvée, en priant le pasteur de se munir du nécessaire pour l'extrême-onction, car on craignait pour la vie de la pauvrette. Je suivis mon maître en toute hâte jusqu'à la maison d'Elias. Beaucoup de ceux qui avaient aidé aux recherches se tenaient dans la cour. Le pasteur les salua rapidement avant d'entrer. À l'intérieur régnait un silence pesant. Elias était assis à la table de la cuisine, entouré de ses deux fils adultes. L'un d'eux se leva pour céder sa place au pasteur, tandis que je m'installais en tailleur par terre. À peine avait-on échangé les formules de politesse que la porte s'ouvrit sur le pas lourd du commissaire Brahe, traînant le garde champêtre dans son sillage. Brahe condescendit à nous adresser une salutation négligente, en passant la paume sur sa figure écarlate et luisante.

– Où est-elle ?

Le père de famille indiqua la direction de la chambre. Nous vîmes par la porte entrebâillée que les rideaux étaient tirés et la pièce plongée dans la pénombre. L'épouse d'Elias, Kristina, une femme menue aux épaules osseuses, se tenait assise près d'un sofa gigogne, essorant un torchon humide qu'elle venait de tremper dans un seau. Jolina, inerte, reposait sur la couche. Le commissaire se pencha en considérant le visage contusionné, au teint grisâtre. Michelsson attendait près de l'entrée.

– Est-ce qu'elle dort ? Vous m'entendez ?

Brahe, qui suait plus que jamais dans la touffeur de la chambre, s'empara du torchon et s'essuya le front.

– Vous m'entendez ? répéta-t-il. Je suis le commissaire Brahe. Qu'est-ce qui s'est passé ?

La jeune femme alitée ne manifestait aucune réaction. Il tendit le bout des doigts, tout en semblant hésiter à la toucher, finit par lui saisir l'épaule et la secouer à travers les couches de feutre. On entendit alors une sorte de hennissement, tandis que la jeune fille commençait à se démener, empêtrée dans ses couvertures. S'en étant bientôt libérée, elle lança ses poings contre le commissaire, qui lui attrapa les poignets et la maintint, toujours vociférante.

– Arrêtez… Je suis le commissaire Brahe, arrêtez-moi ça tout de suite !

Le corps de Jolina s'arc-bouta convulsivement et le commissaire lâcha prise en reculant. Jolina se tut, mais elle protégeait toujours son visage de ses mains jointes, prête à griffer et frapper, les yeux écarquillés et le regard transi.

– Ce sont là des façons inacceptables, gronda le commissaire.

Il chassa les gouttes de salive qui avaient maculé les manches de son uniforme. Kristina s'était levée et s'apprêtait à lui venir en aide, mais il l'écarta d'un revers de main.

– Jolina, dit-il, vous vous appelez bien Jolina ?

L'intéressée fixait le plafond sans répondre.

– Quelqu'un vous a fait du mal, Jolina ?

Toujours pas de réponse.

– C'était l'ours ? Est-ce que c'est l'ours qui s'en est pris à vous ?

– Elle ne nous parle pas à nous non plus, intervint Kristina sur un ton d'excuse.

– Pourquoi ne parlez-vous pas, Jolina ? Nous n'avons pas toute la journée devant nous. Dites-nous si c'était l'ours. Vous pourriez au moins répondre d'un signe de tête ?

Jolina esquissa un faible mouvement.

– Elle a fait signe que oui, constata le commissaire.

La maîtresse de maison n'osa pas le contredire. Moi-même, je doutai, mais n'en montrai rien.

– Je croyais qu'on l'avait capturé, cet ours, objecta le pasteur.

– Ce n'était peut-être pas le bon. Il va falloir offrir une autre récompense. Tôt ou tard, il finira par mordre la poussière.

– Ses avant-bras, remarqua le pasteur.

– Comment ?

Mon maître se pencha lentement au-dessus de la couche. La jeune fille nous fixait de ses yeux terrorisés. Il lui murmura des mots rassurants tout en s'agenouillant près d'elle pour l'observer de plus près. Sa peau claire était tachée d'affreux épanchements violacés.

– On lui a tenu les bras, dit le pasteur. Comme vous venez de le faire, monsieur le commissaire. Ici, il y a des marques de doigts.

– Ce pourraient tout aussi bien être des marques de griffes, répondit Brahe.

– Jolina, ma petite, poursuivait le pasteur avec de la chaleur dans la voix. Racontez-nous. Qui vous a attaquée dans la forêt ? Pouvez-vous nous le dire ? Vous souvenez-vous de quelque chose ?

Était-ce l'effet de sa douceur ? Elle écarta très légèrement les mains de sa bouche.

– *Se oli mies*, entendit-on.

– Qu'est-ce qu'elle dit ? demanda le commissaire. Qu'est-ce qu'elle a chuchoté ?

– Que c'était un homme, traduisit le pasteur.

Le commissaire afficha un air sceptique, mais Kristina avait entendu la même chose.

– Dites-nous-en plus, à quoi ressemblait cet homme ? demanda Brahe, soucieux de reprendre l'initiative. Vous l'avez peut-être reconnu ? Le connaissiez-vous ?

Il attendit et, faute de réponse, réitéra sa question. Jolina ferma les yeux et détourna la tête.

– Vous connaissiez cet homme ? Était-il grand ou petit ? Quels vêtements portait-il ?

Ses lèvres balbutiaient une phrase. Le pasteur approcha son oreille pour écouter.

– *Se haisi konjakille*, répéta-t-il. Il puait l'eau-de-vie.

– Pardieu, ça, je veux bien le croire, ironisa Brahe. Mais comment était-il habillé ?

Jolina, les yeux fermés, ne bougeait pas. Sa pâleur s'était encore accentuée, elle semblait sur le point de perdre connaissance. Le pasteur se redressa et parcourut la pièce du regard.

– Un homme qui sentait l'alcool, reprit Brahe. Un garçon qui rentrait chez lui après le bal. Et qui n'aura pas su se tenir en la voyant.

– Cela ressemble fort à l'agression précédente, remarqua le pasteur. Hilda Fredriksdotter aussi a été attirée dans une grange. Et on l'a étranglée.

– Étranglée ? Jolina n'a rien dit de tel.

– Vous voyez bien les marques sur son cou, monsieur le commissaire.

– Mais Hilda Fredriksdotter a été tuée par un ours, n'est-ce pas ? objecta le garde champêtre en portant vers Brahe son regard bleu d'eau.

– Un ours, confirma ce dernier. Les preuves allaient indéniablement dans ce sens, je pensais que vous étiez au courant, monsieur le pasteur.

– C'est la deuxième victime de l'été, observa mon maître. Un malfaiteur sévit dans les parages.

– Un pendard de valet de ferme imbibé, trancha le commissaire, il nous a échappé. Elle n'aurait pas dû rentrer seule après le bal.

– Il risque de frapper de nouveau, j'en ai peur.

– Laissez-nous donc à nos fonctions, monsieur le pasteur, et occupez-vous des vôtres !

Le commissaire et le garde champêtre se postèrent devant Jolina, barrant la voie à mon maître. Nous nous éloignâmes sans protester. Sans doute ne dirait-elle rien tant qu'ils seraient là. Quand je suivis le pasteur dans la cour, je me rendis compte à quel point il fulminait.

– Des incapables, souffla-t-il entre ses dents.

La chienne de la ferme, un loulou de Finlande au poil clair et aux coquettes petites pattes, venait à notre rencontre en trottinant. Comme elle nous flairait les genoux, le pasteur sortit de son sac une portion de viande de renne séchée, en découpa un morceau et le lui donna.

Quelques voisins approchaient, curieux de ce qui s'était passé à l'intérieur. Mais le pasteur n'était pas d'humeur à bavarder. Il leur tourna le dos, montrant clairement qu'il souhaitait qu'on le laissât en paix. Devant nous se dressait le sauna. Il tira la porte et entra. Un ballot de linge avait été laissé par terre, sur le seuil. Il le tritura du bout de son bâton de marche. Des vêtements de femme. Sans doute les avait-on posés là dans l'attente d'une lessive.

Le pasteur se baissa pour les regarder. Une jupe, une chemise, une blouse à la coupe des plus simples.

– Tu as vu, Jussi ?

– Quoi donc ?

– Ce sont sûrement les vêtements de Jolina. Ceux qu'elle portait quand on lui a fait violence.

Il ferma soigneusement derrière nous la porte du sauna. Puis il souleva le ballot de linge à la hauteur de l'un des soupiraux, et commença à les examiner à la lumière du jour.

La jupe était faite dans un tissage de laine grossière. Des brins de foin s'étaient mêlés aux fibres. Il tournait et retournait l'étoffe. Une tache sombre apparut. Elle n'avait pas encore séché. Mon maître approcha son grand nez.

– La semence d'un homme, Jussi. Allons-nous supputer que ce soit celle du criminel ?

Il poursuivit avec précision son observation : il y avait là de la poussière, la crasse du sol du grenier, et même une minuscule crotte de souris accrochée entre deux replis de la jupe. Il me montra soudain, sur l'envers, une coloration foncée que je commençai par prendre pour du sang. Mais lorsqu'il me la fit sentir, je repérai une odeur très forte, un rien fumée.

– Tu reconnais, Jussi ?

– De la graisse… et du goudron… et aussi quelque chose d'autre. Comme du brai, mais en plus raffiné, je dirais…

– Qu'est-ce que ça peut bien être ?

– L'église, me rappelai-je soudain. Je reconnais l'odeur des bancs de l'église.

Le pasteur se pencha de nouveau, son nez charnu prit une grande inspiration, et il acquiesça.

– Tu as raison, Jussi. Je crois que c'est de la graisse à bottes.

– Oui.

– Celle dont on enduit les chaussures du dimanche.

– Celle qu'on achète.

– Exactement. Les gens pauvres ne s'en servent guère, et quant aux Lapons, ils n'en ont pas besoin pour leurs semelles souples. Leurs souliers sentent la moelle de renne et le chien mouillé.

Il sortit un mouchoir de son habit et s'efforça tant bien que mal d'absorber la graisse.

– Mais comment se fait-il que la tache soit sur l'envers de l'étoffe ? demandai-je.

– Il a retroussé la jupe et a enfourché la pauvre fille. Note bien tout, Jussi.

Je me dépêchai de sortir un crayon et un papier.

Cependant, le pasteur en était à étudier la blouse. Elle avait été blanche, mais avait pris, au fil de plusieurs années d'usure et de lessives, une teinte mate tirant sur le gris. À certains endroits, le tissu était reprisé, on avait raccommodé des déchirures, et les boutons étaient dépareillés.

– Le bouton qui fermait le col n'y est plus, note ça. On voit aux petits fils qui restent qu'il a été arraché. Ah, et regarde, Jussi !

J'avançai la tête et vis plusieurs taches rondes de couleur brun-rouge, qui semblaient toutes fraîches.

– Du sang.

– Remarque la forme de ces taches, Jussi, ce sont des gouttes qui ont aspergé la blouse, en tombant d'une certaine hauteur. Sur l'envers de l'étoffe, elles sont moins marquées, avec des contours estompés, ce qui signifie que le sang n'a pas totalement traversé. Autrement dit… ?

– La projection a touché l'extérieur du tissu.

– Continue.

– Ce n'est pas le sang de Jolina. Mais de quelqu'un d'autre.

– À savoir… ?

– De son agresseur ?

Le pasteur approuva de la tête, reprit lentement sa respiration.

– Le misérable a donc été blessé.

La chemise était fortement imprégnée de sueur. Je reconnus l'odeur d'angoisse sécrétée par le renne à l'approche du loup. Jolina avait affronté la gueule d'un prédateur.

– Monsieur le pasteur ?

La porte du sauna venait de s'ouvrir brusquement. Kristina se tenait sur le seuil, l'air interrogateur. Le pasteur regroupa rapidement le tas de linge.

– Ce sont bien les vêtements de Jolina ? Ceux qu'elle portait quand on l'a retrouvée ?

Kristina confirma le fait. Mon maître posa le linge sur le banc en s'efforçant d'afficher une expression sévère.

– Ayez la bonté de ne pas les laver avant que le commissaire Brahe les ait vus, lui dit-il.

– Brahe et Michelsson sont déjà repartis.

– Oh, dans ce cas, faites comme vous l'entendrez. C'est sans doute sans importance. Mais peut-être nous permettrez-vous de revoir Jolina ?

22

L'odeur de renfermé frappait à l'entrée dans la chambre. Jolina gisait immobile, un drap tiré sur le visage, comme si la mort l'eût déjà emportée. Au bout d'un instant, on s'apercevait que le tissu bougeait légèrement, au rythme de sa respiration. La terreur dont elle était la proie était perceptible dans l'air. Le commissaire avait dû lui poser des questions déplaisantes. La maîtresse de maison s'était assise sur un tabouret, les bras croisés sur son buste malingre, et semblait grelotter. Elias et ses fils se tenaient dans l'encadrement de la porte, mains croisées.

Le pasteur entonna de sa voix chaude et claire *Ô doux Jésus, Tu as porté ma croix*, tout en ouvrant la valisette qui renfermait la custode et un petit calice. Kristina, à son tour, s'était hâtée de joindre les mains et feignait de chanter, bien qu'elle ne connût pas le texte. Puis le pasteur récita la prière au Dieu Guide et Sauveur :

– Grande est l'angoisse de mon cœur. Mène-moi hors de cette épreuve. Vois ma souffrance et ma peine, et pardonne-moi mes péchés…

Le cantique et les paroles sacrées agissaient sur Jolina. Sa respiration s'était faite plus profonde dès qu'elle avait compris que la voix était celle du pasteur, non celle du commissaire qui serait revenu sur ses pas. Mon maître enchaîna sur la confession des péchés, puis prononça la formule du pardon devant les têtes inclinées des gens de la maison. Il déroulait tranquillement le rite tant de fois célébré au chevet des malades et des vieillards. Je sentais à mesure un parfum de fraîcheur pénétrer la pièce. L'ombre pesante de la mort reculait. Sur un signe du pasteur, j'allai à la fenêtre et décrochai la pièce de tissu qui l'occultait. Le soleil de l'après-midi afflua, et la jeune fille s'agita sous son drap, comme si cette lumière porteuse de vie lui eût fait mal. Comme si les démons qui l'habitaient eussent battu en retraite. À présent, mon maître lisait lentement la prière eucharistique, donnant à chaque mot le poids nécessaire pour qu'elle entrât dans les esprits. Vint le tour du Notre Père. Dès les premiers mots, Jolina écarta de ses doigts tremblants le drap qui couvrait son visage, et je vis ses lèvres meurtries murmurer en silence.

Elle reçut le corps et le sang du Seigneur, et cette fois encore, l'effet en fut perceptible. Un violent mouvement s'empara d'elle, la pièce fut comme traversée d'une vague de chaleur à la force insoupçonnée, et le pasteur dut rester à genoux un long moment avant de parvenir à se recueillir pour la prière finale. Kristina, inquiète de le voir soudain hésiter, lui tendit le torchon humide. Il le prit avec gratitude, se tamponna le front, puis le passa prudemment sur les joues ruisselantes de la jeune fille.

– Jolina, dit-il tout bas, Jolina... chère Jolina.

Quand il prononça son prénom pour la troisième fois, elle ouvrit les yeux.

– Le Mal recule, poursuivit mon maître. Les puissances des ténèbres.

Sans que leurs regards se fussent rencontrés, on voyait bien qu'elle l'entendait.

– Nous devons arrêter ce criminel. Il ne faut pas qu'il recommence.

D'un geste, il fit comprendre aux autres son souhait de les voir quitter la pièce. De toute évidence, l'envie d'écouter les tenaillait, mais il inclina la tête comme s'il priait, et ne bougea plus jusqu'à ce qu'on eût refermé la porte. Je m'apprêtais à m'éloigner à mon tour, mais mon maître m'enjoignit silencieusement de rester. Il se saisit rapidement d'une feuille et d'un crayon qu'il me tendit.

– Pourquoi cette blessure à votre tête ? demanda-t-il à Jolina, aussi bas que possible, pour éviter d'être entendu de quelque oreille traînant derrière la porte.

Elle ne manifestait aucune intention de répondre.

– Je vois une plaie près de votre tempe droite. Me permettez-vous de déplacer un peu vos cheveux ?

Il repoussa précautionneusement la mèche collée sur sa pommette. Une vilaine contusion bleue apparut au niveau du cuir chevelu. Sur un signe de sa part, je pris note.

– Nous autorisez-vous à découvrir votre gorge ? continua-t-il, en s'efforçant de conserver son ton amical.

Cette fois, les pupilles de Jolina, grandes et noires, surent trouver celles du pasteur.

– Je voudrais simplement regarder. Vous ne courez aucun danger.

Le pasteur eût préféré ne pas avoir à la toucher, sachant ce qu'elle avait subi. Mais Jolina, toute raide et haletante, ne bougeait pas.

– Si je pouvais juste rabattre un peu le drap… comme ceci, voilà, je vois mieux, à présent. Votre cou est blessé. Avez-vous mal ?

Elle acquiesça en cherchant sa respiration.

– Comment vous a-t-il fait ça ? Vous vous en souvenez ?

Jolina essaya de répondre, mais sa voix ne portait pas. Alors, elle souleva les mains droit devant elle et, de ses doigts recourbés, mima des griffes crochues.

– C'est ce qu'il a fait ? Il a tenté de vous étrangler ?

Ses gestes devenaient plus précis, elle montrait maintenant comment l'homme l'avait secouée en lui tenant la gorge, et comment elle-même, peu à peu, avait cessé de se débattre.

– Que s'est-il passé, Jolina ? Il vous a lâchée ?

– Non, chuchota-t-elle soudain.

– Mais alors, vous avez fait quelque chose ?

– Dehors… à côté du sentier…

– Il vous a donc agressée dehors. L'homme appuyait les doigts sur votre gorge… quand quelque chose s'est produit ?

Elle bougea vaguement la tête.

– Quelqu'un est arrivé ?

– Non, c'est… c'est moi qui…

Sa voix était brisée. Les mots sortaient un à un, au prix d'un effort douloureux. Au lieu de continuer de parler, elle leva le bras et l'agita devant elle comme une épée.

– Vous l'avez frappé ? De toutes vos forces ?

Elle désignait sa tête, du côté de la nuque. Puis répéta le même mouvement batailleur.

– Je ne vous comprends pas, Jolina.

Elle tourna la tête de côté, attrapa ses cheveux, les montra.

– Il vous a tiré les cheveux ? Racontez-nous, Jolina.

– L'épingle... dit-elle dans un souffle à peine audible.

Et tout à coup, il comprit.

– Vous avez saisi votre épingle à cheveux ? Et vous l'avez frappé avec ?

Elle confirma, par petits signes frénétiques.

– Pouvez-vous me montrer à quel endroit vous l'avez touché ?

D'un doigt tremblant, elle montra l'épaule gauche du pasteur. Je notai.

– Ici, à l'épaule ? Merci, Jolina, c'est un élément très important. Cette épingle à cheveux, je pourrais la voir ?

Elle secoua faiblement la tête.

– Avez-vous reconnu l'homme ? demanda le pasteur. Savez-vous qui ce pourrait être ?

Jolina amorça une phrase, mais sa voix s'étouffa aussitôt en un croassement. Elle saisit alors le drap, s'en couvrit la bouche et le nez.

– Il avait camouflé son visage ? Avec un chiffon ?

Nouveau signe d'assentiment.

– Avez-vous remarqué autre chose ? Comment était-il vêtu ? Était-ce un vagabond ? Ou peut-être un garçon de ferme ?

– Hhhhh... chuchota-t-elle, avant qu'une quinte de toux ne la fît taire.

Mais elle reprit :

– *Hhherras... mies...*

J'approuvai sans rien dire. *Herrasmies*. Un monsieur.

– Merci, Jolina. Dieu soit avec vous.

Les lèvres de la jeune fille se crispèrent, tout son visage se contracta. Durant plusieurs secondes, elle cessa de respirer, le corps tendu en une longue convulsion qui fit vibrer sa couche. Le pasteur était resté assis à côté d'elle, silencieux. Il se pencha enfin et traça du bout du pouce une croix sur son front, une première fois, une deuxième. Puis une troisième. D'une voix adoucie jusqu'au murmure, il la consola. Je ne saisis que des bribes de ses paroles. Ce n'était pas elle qui avait péché, disait-il. Elle avait sauvé sa vie en se défendant. Jésus-Christ cheminait à ses côtés, à tout moment elle pourrait lui tendre la main pour qu'il lui vienne en aide.

J'entendis qu'on entrouvrait respectueusement la porte. Kristina jetait un œil inquiet par l'embrasure.

– Restez auprès d'elle cette nuit, lui dit le pasteur. Il y a de la place pour vous deux sur ce sofa.

La mère approuva.

– Et je voudrais vous emprunter ceci, ajouta-t-il. Je vous le rendrai plus tard.

Il fourra dans sa poche, après l'avoir plié, le mouchoir qui avait servi à éponger le front de Jolina.

La grange de Kenttä se dressait devant nous, grise et silencieuse. Plus de musique. Seuls résonnaient à quelque distance les beuglements des vaches qui ruminaient çà et là, dans les bois. Une bouteille vide gisait dans l'herbe. Le pasteur la ramassa, versa la dernière goutte dans sa paume et la renifla avec une grimace de dégoût. Il approcha du bâtiment et regarda à l'intérieur. Au fond de moi persistait le son des pieds frappant le sol en cadence, la rengaine du chanteur à peine sorti de l'enfance, et les élégants pas de danse de Nils Gustaf. Et en fermant les yeux, je sentis la taille de Maria sous mes mains.

Le pasteur marmonnait. Il venait de tomber sur un ruban, qui avait sans doute glissé des cheveux d'une danseuse. Il ressortit et s'avança vers l'orée de la forêt.

– C'est donc ici que Roope s'en est pris à Nils Gustaf.

– Oui, à cet endroit exactement, mais comment pouvez-vous savoir… ?

Sans répondre, il ramassa dans l'herbe un court et solide piquet. Il le brandit en imitant le geste de Roope. Puis, ayant scruté les alentours, se mit à suivre une trace qui s'enfonçait dans les bois. Je le talonnais, observant la manière dont il balayait le sol du regard, comme il le faisait pour rechercher des plantes rares. Au bout de quelques instants, il s'arrêta et pointa l'index vers des touffes de myrtilliers. Certaines tiges avaient dû être cassées tout récemment. Il les écarta avec précaution, passa la main dans la mousse moelleuse et en ressortit un couteau gainé de son fourreau.

– C'est bien celui de Roope, dis-je.

– On trouve plus facilement ce qu'on cherche à la lumière du jour, répliqua le pasteur.

Il mit le couteau dans la poche de son habit et regarda autour de lui.

– Allons chercher près du chemin qu'a emprunté Jolina. Marche devant, Jussi. Appelle-moi si tu trouves quelque chose d'inhabituel.

– Oui, monsieur.

Nous suivîmes lentement le sentier qui menait à Kenttä. De temps à autre, le pasteur s'arrêtait et courbait l'échine pour examiner quelque détail qui avait capté son attention. Les traces de passage étaient nombreuses et la sente fortement piétinée. Je comptai au nombre de nos découvertes plusieurs bouteilles, des monticules de cendres où nous reconnûmes des raclures de pipe, ainsi qu'un crachat teinté de jus de chique qui avait atterri sur une feuille de *Trollius europaeus*, ou trolle des montagnes. Mais le pasteur appelait de nouveau. Je me retournai et le vis pointer le doigt entre les arbres.

– Que penses-tu de ça, Jussi ?

– Quoi donc ?

Des traces de pas très nettes se dessinaient dans la mousse.

– Ce sont... des traces de grands pieds, dis-je. Et aussi de pieds plus petits, juste à côté. Un homme et une femme ont dû passer par ici.

– Et une troisième personne, qui marchait juste un peu plus loin. Étrange.

Le pasteur entreprit de suivre les traces. Son enthousiasme était visible, il y mettait presque autant de zèle qu'un limier. Un peu plus loin, la terre devenait plus meuble. Il s'arrêta de nouveau. Les contours évoquaient clairement une bottine de femme.

– Dessine-moi ça, Jussi. Attends, prends ce carton. Copie la forme de l'empreinte aussi précisément que tu peux, efforce-toi de n'oublier aucun détail.

Je restai un bon moment sur place, à dessiner en me défendant contre les moustiques, tandis que le pasteur continuait d'avancer.

– Regarde, Jussi : quelqu'un a suivi le couple tout du long, en marchant à distance sur le côté. Ce sont des pas courts, il s'est faufilé derrière les buissons et les troncs d'arbres, tu vois ?

Je le rattrapai et lui rendis mon esquisse.

– Celui qui les suivait s'est caché ici.

Il me montra la mousse piétinée derrière un groupe d'arbres abattus par le vent. Les empreintes se distinguaient encore. Il se baissa et observa les rameaux de lédon qui poussaient à cet endroit.

– Il y est resté longtemps, il devait espionner quelque chose de captivant. Oh oh, mais regarde un peu par ici !

Il me montrait, désormais, un tapis de myrtilliers écrasé.

– Ils ont dû s'allonger ici. Un homme et une femme, j'imagine. Ne crois-tu pas, Jussi ? Ils étaient là, tout à leurs ébats, pendant que l'autre les observait, caché dans ce coin. Mais qui était-ce ?

– Jolina et le bandit ?

– Peut-être. Mais le grenier où Jolina s'est enfermée est à bonne distance d'ici. Aurait-elle pu courir si loin après avoir été agressée ?

Le pasteur s'accroupit soudain. De ses doigts précautionneux, il ramassa un bout d'objet marron.

– Tiens, tiens. Vois-tu ce que c'est, Jussi ?

Il me tendit sa trouvaille. Je pensai d'abord à une petite pomme de pin, ou peut-être un excrément d'animal. Puis je m'aperçus qu'une des extrémités était brûlée.

– Un *sicar*…

Tandis que nous poursuivions notre route en direction du grenier où avait été retrouvée Jolina, mon maître grommelait, le visage renfrogné. À plusieurs reprises, il me demanda ce que j'avais observé durant le bal, quels hommes avaient dansé avec Jolina, si l'un d'eux, en dehors de Roope, m'avait paru agressif ou bizarre, et lesquels d'entre eux étaient habillés en messieurs. Tout en m'efforçant de lui rapporter ce que j'avais gardé en mémoire, je ne pouvais réprimer l'impression de l'avoir trahi. J'avais vu Jolina parmi d'autres filles, au milieu d'une foule. Mais toutes ces images pâlissaient jusqu'à disparaître au seul souvenir de Maria.

Nous marchions depuis quelque temps quand nous vîmes arriver un homme à notre rencontre, sur le sentier traversant les tourbières. C'était Elias, le père de Jolina. Il tenait sa chienne en laisse. Avec son large torse voûté et cette tête sans cou entre les épaules qui semblait lui avoir poussé directement à l'avant du tronc, il ressemblait à un bœuf. Il rechignait à croiser le regard du pasteur. Ses yeux, pendant qu'il lui parlait, passaient d'un côté à l'autre.

Il ouvrit la marche pour nous montrer le chemin. Au bout d'un moment, il bifurqua à travers bois. Puis il fallut encore passer un petit marécage et une prairie. C'était un haut grenier de rondins construit à la manière traditionnelle, avec un étage en surplomb.

– C'est donc ici qu'a été retrouvée Jolina ?

– Moui.

– Et la porte était crochetée de l'intérieur ?

– Moui.

– Le commissaire est-il venu voir sur place ?

– Y sont venus tous les deux, avec le garde champêtre.

Le pasteur m'adressa un regard éloquent. Il ne devait guère rester de traces à l'intérieur, autres que celles de Brahe et Michelsson.

– Ont-ils aussi cherché dehors ?

– Ben, ils ont fait un p'tit tour.

– Et ils sont allés loin ?

Elias ne comprenait pas où voulait en venir le pasteur. En guise de réponse, il gratta la massue qui lui tenait lieu de menton.

On avait laissé le grenier ouvert. Le pasteur entra et escalada l'échelle menant à l'étage.

– Elle était couchée là ?

– Au fond contre le mur. Sous les sacs.

Le pasteur se baissa et ramassa quelques crottes de souris.

– Il y en avait accrochées à sa jupe, me chuchota-t-il. Mais je ne vois pas de sang.

Quand nous fûmes redescendus, il me demanda de condamner la porte de l'intérieur avec la barre qui se trouvait là. Je l'introduisis dans les encoches et je l'entendis s'escrimer sur la poignée.

– Elle était en sécurité, dans ce grenier, constata-t-il. Jolina connaissait l'endroit ?

– Tout le monde au village le connaît.

– Elle a dû courir s'y réfugier. Mais l'agression s'est déroulée ailleurs.

– Le commissaire croyait... commença Elias, mais il s'interrompit.

– Oui ?

– Qu'ils avaient rendez-vous ici, avec çt'homme. Mais Jolina n'aurait jamais fait ça !

Sa voix était soudain devenue stridente, et l'on eût dit qu'il cherchait où abattre son poing.

– Nous saurons bientôt la vérité, répondit le pasteur sur un ton apaisant.

– Jolina, c'est pas ce genre de fille !

Mon maître s'avança vers la chienne qu'Elias avait attachée au tronc d'un bouleau. Tandis qu'elle se dressait obséquieusement sur ses pattes en se léchant les babines, le pasteur sortit de la poche de son habit le mouchoir imbibé de l'odeur de Jolina. Elle y fouina du museau avec enthousiasme, puis s'élança le long de la piste que nous venions de parcourir, tenue en laisse par le pasteur.

– Cherche !

Elle tirait fort. Il fallut la suivre en trottinant à travers des terrains cahoteux. Elle s'arrêta brusquement à quelque distance du bord du chemin, et se mit à flairer l'accotement. Encore quelques pas, et nous découvrîmes au milieu des jeunes bouleaux un endroit où l'herbe était aplatie, semblable au gîte d'un élan. Je commençai par penser que c'était l'odeur de cet animal que la chienne avait repérée. Mais elle fouissait de la truffe et gratta énergiquement avec ses pattes avant. Le pasteur rendit la laisse à Elias et s'accroupit pour examiner la terre. Quelque chose brillait dans la végétation. Il dégagea l'objet prudemment. C'était une longue et robuste épingle en laiton.

– Vous reconnaissez ?

– L'épingle à cheveux de Jolina, confirma Elias.

Le pasteur frotta quelques taches rougeâtres, goûta la matière du bout de la langue.

– Du sang ? demandai-je.

Il acquiesça.

– Jolina a frappé l'homme avec son épingle. C'est de cette manière qu'elle a réussi à s'échapper. Puis elle a couru jusqu'au grenier, et s'est barricadée.

– C'est bien la sienne, répéta Elias, elle l'a eue pour sa confirmation.

Il tendit la main pour la récupérer, mais mon maître l'emballait déjà dans un mouchoir.

– Il faut que le commissaire puisse la voir. À propos, est-ce que vous pourriez me prêter un instant votre chemise ?

– Ma chemise ?

– Votre chemise, oui. J'ai besoin de nettoyer mes lunettes.

Elias eut un air interloqué. Tandis qu'il retirait d'un geste hésitant sa chemise d'ouvrier pour que le pasteur pût essuyer ses lunettes, je m'aperçus que ce dernier regardait attentivement le torse du paysan. Nulle égratignure sur l'épaule, pas de marque laissée par une épingle.

– Merci, fit le pasteur en lui rendant sa chemise.

Les lunettes sur le nez, il se baissa et scruta le sol.

– Vous avez sans doute raison, Elias, Jolina n'avait pas rendez-vous dans le grenier. C'est ici que s'est déroulée l'agression.

Il passait en revue les hautes herbes aplaties, les écartait doucement, observait chaque touffe de tous côtés.

– Le voilà, s'exclama-t-il en nous montrant un bouton. Une boulette de fil blanc y était restée accrochée.

– J'ai vu sur ses vêtements qu'un bouton manquait. Le malfaiteur lui a arraché son col pour atteindre la gorge.

Le bouton rejoignit l'épingle à cheveux dans le mouchoir. Puis mon maître se pencha de nouveau et se mit à renifler de-ci, de-là, m'ordonnant d'un signe de l'imiter. Il me sembla soudain reconnaître l'odeur dont était imprégnée la jupe de Jolina.

– De la graisse à bottes, chuchotai-je.

– Reprenons : Jolina rentrait chez elle après le bal. Et puis ?

– L'homme l'a suivie.

Oui, peut être. Il est possible qu'après avoir dansé avec elle, il ait voulu aller plus loin.

Le pasteur prit une mine songeuse.

– Tu te rappelles l'individu de tout à l'heure, celui qui a suivi le couple. Qui les a sans doute regardés... se divertir. On pourrait supposer que ce spectacle l'ait excité. Qu'il ait éveillé chez lui les désirs de la chair, qu'en penses-tu, Jussi ?

Je rougis en murmurant une approbation.

– En repartant, il serait venu par ici.

– Le même homme ?

– Non seulement cette scène l'avait troublé, mais il avait bu et son jugement était altéré. Il avait peut-être en tête l'attaque de Hilda Fredriksdotter, et l'envie l'a pris de récidiver.

Je ne répondis pas. Le pasteur marmonnait des réflexions solitaires tout en observant les environs.

– Cette portion du sentier est droite sur une assez longue distance, constata-t-il. Ce qui veut dire qu'on peut voir quelqu'un de loin. Le criminel a dû se tapir dans le foin. Mais pas tout à fait ici : il aurait risqué d'être découvert. Si tu avais voulu te cacher, Jussi, quel endroit aurais-tu choisi ?

Mon regard se porta sur l'autre côté du chemin, où les feuillages poussaient dru. Je désignai ma cachette potentielle avec une once de malaise.

Le pasteur approuva.

– Il faut essayer de se mettre à la place du malfaiteur. Se glisser dans sa tête. Allons voir, Jussi.

Nous étant écartés d'Elias et de la chienne, nous allâmes explorer le secteur suspecté. Derrière les sapins se trouvaient une souche grise, conquise par les lichens, et, par-devant, des traces de piétinement.

– C'est exactement ce que je pensais. Le gredin s'était assis là pour guetter. Regarde : la cassure est encore fraîche.

Il me tendait une branchette de sapin qu'il venait de découvrir.

– Il l'a coupée parce qu'elle lui obstruait la vue, présumai-je.

– Non : observe de plus près, tu verras que les plus petits rameaux sont abîmés. Il a dû s'en servir comme d'un éventail.

– Pour chasser les insectes.

– Bien, Jussi. Il devait donc être assis là depuis un bon bout de temps quand Jolina est arrivée. Ce qui signifie ?

– Qu'il espérait qu'elle passe par là en rentrant.

– Mais pourquoi elle ? Il savait qu'il y avait un bal à Kenttä. Peut-être était-il simplement à l'affût d'une femme, n'importe laquelle. Il ne s'est pas attaqué à celles qui étaient en groupe, mais a attendu qu'il s'en présente une qui fût toute seule.

Quelque chose, près de la souche, venait d'attirer son attention.

– Voyez-vous ça…

Ce qu'il cueillait si minutieusement entre le pouce et l'index, était-ce une paille ? Je me ravisai : un minuscule copeau de bois.

– Aide-moi, Jussi. Ramasse-les tous.

Ce que je fis, à mesure qu'il en trouvait d'autres en rabattant la mousse et les plants d'airelles.

– Qu'est-ce que c'est ? demandai-je.

– Rappelle-toi, il y en a dans mon bureau.

Je tournai et retournai une de ces petites pelures de bois, qui semblait découpée au couteau. On y voyait des restes d'une matière plus sombre, grise comme le graphite. Et je compris.

– Du crayon !

– Il était assis là… et taillait un crayon, murmura mon maître. Il était occupé à écrire. Ce monstre écrivait en attendant sa proie.

– Ou peut-être… suggérai-je tout bas. Peut-être qu'il dessinait.

Le pasteur enveloppa les copeaux dans une feuille de papier, puis fit signe à Elias de nous rejoindre.

– Il ne faut laisser aucun inconnu approcher de Jolina, lui dit-il sur un ton d'exhortation. Le criminel rôde en liberté dans le coin.

Comme mon maître et moi marchions vers le presbytère, il sembla lui venir une idée.

– Cette plaie que Jolina avait à la tempe droite, qu'est-ce que tu en dis, Jussi ?

– Ce doit être un coup que lui a porté cet homme.

– Oui, mais encore ?

– Avec la main. Ou plutôt le poing.

– Si j'essayais de te frapper au même endroit, Jussi ?

Je le fixai sans comprendre le sens d'une telle proposition.

– Me frapper, monsieur ?

Il confirma tranquillement d'un signe de tête, leva la main droite et lui donna l'élan nécessaire, arrêtant son geste juste avant de toucher ma tempe droite.

– J'ai l'impression de mal m'y prendre, Jussi.

– Ce serait plus facile si vous frappiez de l'autre main, monsieur.

– C'est bien ce que je me disais. Tu t'en souviens sûrement : Hilda Fredriksdotter était blessée du même côté du crâne. À droite.

– Vous voulez dire que l'agresseur… serait gaucher ?

Le pasteur tira une bouffée de sa pipe, satisfait.

– Bien, Jussi, dit-il. Bien pensé.

23

Les gens redoutent fort le Démon. Surtout lorsqu'il se présente sous la forme du loup ou du serpent. Or bien pire est le danger quand il prend les traits d'un homme. Et la plus menaçante de toutes ses métamorphoses est la figure de l'ange. Car quand Satan lui-même se transforme en ange de lumière, il n'est pas aisé de le fuir.

Les brumes matinales se dissipaient peu à peu. Brita Kajsa caressa doucement le visage de son époux.

– Tu as bien mal dormi, lui chuchota-t-elle. Tu t'es tant retourné que tout le matelas en tremblait.

– J'ai rêvé d'un ours.

Dans la lumière nocturne chargée d'humidité, les joues du pasteur brillaient.

– D'un ours ?

– Oui, il y avait un ours gigantesque et furieux coincé sous notre lit, il essayait de sortir de là-dessous avec de grands sursauts, et je luttais de toutes mes forces pour l'en empêcher.

– Tu es en nage.

Il était essoufflé comme s'il eût couru.

– Je crois que je me suis battu contre le Prince des ténèbres. Je sens sa présence tous les jours. Il voudrait détruire ce que nous avons construit. Écraser la foi sous nos cieux nordiques.

– Mais nous résistons.

– Tous les dimanches, je me dis que le Diable s'est faufilé parmi les brebis. Que c'est un des hommes qui sont assis là, silencieux et tête nue sur les bancs de l'église, et qui regardent la croix. Est-ce que mes mots peuvent l'arrêter ? Est-ce que je peux trouver des paroles qui puissent transpercer les écailles du Dragon et atteindre son cœur endurci ? Quels sont les mots capables de faire cesser le Mal en nous ?

Brita Kajsa se tut un moment.

– Nous avons Jolina, répondit-elle enfin. Elle a été attaquée par le malfaiteur, mais a réussi à déjouer son plan. Je pense qu'elle devrait pouvoir le reconnaître.

– L'homme était masqué.

– Son odeur. Sa façon de bouger. Sa respiration dans le trouble. La sensation de ses mains sur son corps. C'est le genre de choses que les femmes retiennent.

– On la dirait paralysée de frayeur, objecta-t-il.

– Jolina est forte. Laisse-lui le temps, elle surmontera l'épreuve.

– Finalement, elle a réussi à blesser cet homme.

– Comment cela ?

– Elle l'a piqué jusqu'au sang à l'épaule, avec une épingle à cheveux. C'est grâce à cela qu'elle a pu s'enfuir et survivre, je pense.

– Allez donc chercher un homme affligé d'une plaie aussi discrète !

– Après tout, c'est le travail du garde champêtre.

– Tu devrais dire à tout le monde que nous sommes sur la piste du gredin. Lance la rumeur en ville, il prendra peut-être peur et mettra fin à ses méfaits.

Le pasteur, pensif, hocha la tête.

– Oui, peut-être. Peut-être qu'il cessera.

24

Mon maître m'avait prié de l'accompagner au magasin de Pajala. Tout comme le marché de Kengis, c'était un lieu propice pour se mettre au fait des commérages de la ville. On y trouvait toujours des curieux en quête des nouvelles les plus savoureuses des environs, les adultères et les bagarres, les vols, les disputes entre frères et sœurs, les maladies et les morts subites. Bien entendu, on y parlait de la pauvre Jolina, malmenée par un inconnu. À bien y songer, qu'était-elle allée faire au bal ? Que n'était-elle restée sagement à la maison, comme toutes les filles qui se respectaient ? Qui sait si elle n'était pas simplement allée retrouver son amoureux, lequel avait fini par se lasser qu'elle se rît de ses avances ?

Le pasteur demanda à voir des crayons. La boutique en proposait deux modèles. Il en prit un de chaque. Puis il s'enquit de ce qu'on lui proposerait pour enduire ses bottes. Le marchand Henriksson ouvrit un tonnelet de graisse odorante, dont il vanta l'effet imperméabilisant. Le pasteur y plongea le bout d'un doigt, le sentit avant de me le mettre sous le nez, puis il l'essuya dans son mouchoir, qu'il fourra discrètement dans sa poche.

– Le prix est un rien élevé, remarqua-t-il.

– Mais la qualité est aussi des meilleures. C'est une graisse qui ne rancit pas. Monsieur le pasteur devrait certainement pouvoir se l'offrir, ajouta-t-il avec un empressement flagorneur.

– Ce sont donc les gens aisés qui l'achètent ?

– Le maître de forges lui-même est un de nos clients pour cet article. Et votre sacristain en frotte les bancs de l'église, il vous le dira lui-même. Mais voici monsieur le commissaire en personne !

Sur le seuil venait de paraître Brahe. À la vue du pasteur, il salua d'un air guindé.

– Monsieur le pasteur regardait justement notre graisse à bottes, déclara Henriksson tout sourires, peut-être monsieur le commissaire pourra-t-il la lui recommander ?

– Comment avance l'enquête ? demanda le pasteur, suffisamment haut pour que toute la clientèle de la boutique se tût et prêtât l'oreille.

– Nous sommes sur la piste.

– Peut-être avez-vous quelque détail qu'il serait bon de porter à la connaissance de tous ?

– Il semblerait que ce soit un vagabond de passage. Il en a été aperçu dans la région.

– Certes, mais ces va-nu-pieds de Lapons auraient-ils les moyens de s'acheter une graisse à bottes aussi raffinée ? C'est qu'il y en avait des traces sur les vêtements de Jolina.

Brahe ne trouva rien à répondre.

– Vous avez certainement procédé à un examen des vêtements, monsieur le commissaire ? poursuivit le pasteur implacable.

– Bien entendu, bien entendu.

– Vous savez donc aussi que l'agresseur a été blessé ?

– Blessé ?

– Oui, une piqûre que Jolina a réussi à lui infliger à l'épaule gauche, suffisamment profonde pour qu'il saigne sur les vêtements de la victime. Il pourrait y avoir un intérêt à ce que les gens soient au courant.

– Naturellement…

– Car on pourrait peut-être repérer un homme avec une plaie de ce genre. Il est peu probable qu'elle ait déjà guéri.

– Vous avez donc examiné les effets de cette jeune fille, monsieur le pasteur ?

– Oui, tout comme vous-même, ainsi que vous venez de nous le dire, monsieur le commissaire. Il devrait être possible, par exemple, de faire examiner tous les hommes des environs. Il se pourrait que l'un d'eux présente une marque à l'épaule gauche. À moins que vous ne déteniez des preuves particulières qui dénonceraient un coureur de grand chemin ?

Je n'avais pas manqué d'observer la satisfaction que manifestait le pasteur à dévoiler l'incompétence du commissaire. Et dans le même temps, je remarquai comme les spectateurs buvaient ses paroles. L'information qu'il avait livrée ne tarderait pas à se répandre dans toute la commune.

– Je pense en outre que Jolina, dès qu'elle se sera remise, pourra désigner le coupable.

– L'homme était masqué, objecta Brahe.

– Il y a d'autres signes distinctifs, répondit le pasteur en défiant le commissaire du regard. Les femmes sont promptes à remarquer des détails qui échappent souvent aux hommes.

Le commissaire avança d'un pas dans notre direction. On eût dit qu'il n'était pas loin de s'en prendre physiquement au pasteur. Je me dépêchai de le tirer par le bras hors de la boutique.

– Était-ce bien sage ? lui soufflai-je.

– Les gens sauront que celui que nous cherchons n'est pas un rôdeur.

– Mais ne risque-t-il d'en résulter un danger pour Jolina ?

– Quand la nouvelle sera connue, le criminel comprendra que nous sommes sur ses traces. Et sans doute n'osera-t-il plus agresser quiconque.

Nous quittions la cour du magasin en emportant nos achats, lorsque nous apparut près de la grille une femme toute de noir vêtue. La tête rentrée entre les épaules, elle semblait avoir froid, comme si elle eût attendu depuis longtemps, et elle vint au-devant du pasteur dès qu'elle l'eut aperçu. Sous le châle pointait le bout d'un nez long où perlait une goutte. Le pasteur saisit sa main décharnée, semblable à une serre d'oiseau, et salua la femme d'une formule affable :

– *Jumalam terve*, la Paix soit avec vous.

Elle voulait répondre, mais l'émotion lui coupait la voix, ses mots se noyèrent dans un gargouillis de salive. En bredouillant, elle sortit un morceau d'étoffe, le tendit au pasteur. Il s'apprêtait à le déplier, quand elle le récupéra, le serrant contre sa poitrine.

– Vous portez-vous bien, ma bonne dame ?

– C'est… c'est mon garçon.

– Votre fils ?

Elle avait tourné les talons et s'en allait en trottinant. Le pasteur la rattrapa.

– Dites-moi quel souci vous pèse.

– Mon garçon est malade. Très malade.

– Arrêtez-vous un instant. Prions pour votre fils, comment s'appelle-t-il ?

Mais la femme allongeait le pas.

– Attendez, lui intima le pasteur sur un ton moins amène.

Enfin, elle s'arrêta, les lèvres pincées et toutes blêmes. Le pasteur tira sur l'étoffe que tenaient ses mains glacées, le déplia avec respect. C'était une chemise d'enfant, toute petite, de la taille d'un nourrisson.

– Pourquoi vouliez-vous me la donner ?

– Non, répondit-elle en chuchotant.

– Vous avez commencé par me la tendre, et ensuite vous l'avez reprise ?

– Il faut que le petit... il faut qu'il la porte.

Alors seulement il comprit. Un éclat brilla au coin de ses yeux.

– Seul Jésus peut guérir, murmura-t-il avec un calme forcé.

– Jésus, répéta-t-elle. *Jeesuksen Kristuksen...*

Elle s'empara brusquement du bras du pasteur et, dans une sorte de spasme, l'attira vers son propre corps comme si elle eût cherché à l'y inclure. Quand mon maître se fut libéré de son étreinte, elle s'inclina profondément, pressant son front humide et gras sur le dos de la main sacrée.

– Prions, parvint-il à dire. Qu'a donc votre fils ?

– La rougeole.

Le minois enflé du petit Levi passa dans le regard du pasteur, il entendait encore sa respiration accélérée par la fièvre. Des prières, il en avait prononcé mille fois pour sa petite âme. Des milliers de prières.

– Seigneur Jésus, chuchota-t-il. Seigneur, écoute-nous.

La femme commença à se balancer d'avant en arrière. Son nez pointu ressemblait à un bec. Un oiseau picorant le bon grain de la Parole.

Le pasteur restait sur place, les yeux clos, cependant que les fidèles et les curieux s'amassaient en un cercle de plus en plus dense. *Jeesuksen Kristuksen…* Un miracle était sur le point de se produire. On allait guérir un enfant. Plusieurs des personnes présentes parleraient ensuite de ce vent doux, venu d'en haut, une brise au parfum de miel qui aurait soufflé sur la foule.

Le pasteur les sentait se presser de toutes parts. Tous venaient se réchauffer. Il avait lui-même allumé le feu qui avait embrasé les contrées nordiques, il l'avait entretenu et nourri jusqu'à ce que le Finnmark tout entier fût dévoré par les flammes. Mais gare aux feux de paille, aussi violents que tôt éteints, et qui laissaient sur leur passage la seule noirceur d'une terre brûlée.

Les avait-il tous trompés ? Peut-être valait-il mieux vivre dans la tiédeur ? Être tiède et persévérant. Se consumer lentement comme un faux amadouvier, sans chaleur, en n'émettant qu'un mince filet de fumée qui durerait sans fin. Ne pas en faire autant, mais le faire avec constance. Il prétendait mépriser les pasteurs gagne-pain, leur phraséologie biblique convenue, devant les bancs d'église investis de bourgeois repus, leurs litanies ronronnantes qui semblaient ne jamais entraîner aucun changement. Eux gravissaient péniblement la montagne, pas à pas, quand il eût fallu courir. Telle était sa manière de penser.

L'Éveil était tapageur. Plus il faisait de bruit, plus il plaisait. Le cœur des pécheurs s'enivrait, leurs joues se crispaient de ferveur, l'assemblée tressautait sous l'effet de la *liikutuksia*, dans le claquement des bottines à bouts recourbés. Hommes et femmes accouraient pour voir non un simple pasteur de village, mais Jésus.

Et si tout cela n'était qu'idolâtrie ?

25

Sur le chemin du retour, le pasteur marchait quelques pas devant moi, visiblement maussade. Quand il était de bonne humeur, il aimait à raisonner. Les coudes en l'air, formant les mots avec les mains comme s'il pétrissait entre ses bras la pâte informe de ses pensées, toujours en fermentation, et qui exigeait d'être perpétuellement malaxée et disciplinée, sous peine de tomber à terre. Mais cette fois, il gardait les bras raides le long du corps.

La plupart des humains se comportent comme les rennes. On se plaît à être ensemble, à avancer en troupeau. Si l'un brame, les autres l'imitent. Quand un mâle castré lance son cri d'alerte, tous s'enfuient, sans même avoir perçu le danger par eux-mêmes. Le renne est guidé par la peur. Ses ennemis sont le glouton et le loup, l'ours et le lynx. L'homme, lui aussi, a peur. Ainsi nous fit le Seigneur. Aimer et craindre Dieu, telle était la loi enseignée par Luther. Mais nous nous aimons et nous craignons tout autant mutuellement. Et plus que tout, nous craignons de nous perdre les uns les autres. De nous retrouver solitaires, de sortir du troupeau protecteur.

Mais il en allait différemment de mon maître, qui semblait constituer à lui seul une autre espèce. Quand tout le monde autour de lui criait, lui se taisait. Quand tous pointaient l'index droit devant eux, il bifurquait. Le moquait-on, le menaçait-on ? Sa conviction s'en trouvait renforcée. Il voyait ce qu'il voyait, en prenait note et le gardait dans un coin de tête. Aller à l'encontre des autorités ne l'effrayait pas. Prenez l'exemple de l'eau-de-vie : qui ne l'adorait pas ? Tout un chacun s'en abreuvait, et les taverniers ne rechignaient pas à remplir les verres tant que les pièces d'argent sonnaient dans leurs escarcelles. Comment l'eau-de-vie eût-elle pu ne pas être bonne ? Les premières lampées réchauffaient et mettaient en joie, les suivantes rendaient gai et liant, qu'y avait-il de mal à cela ? Jésus lui-même ne buvait-il pas du vin ?

Mais le pasteur avait vu ce que j'avais moi-même connu de près dans mon enfance. Les corps ivres affalés dans les immondices, les culottes pleines de drêche et les vomissures étalées en bouillie sur les peaux de renne. Les différentes phases du réveil, les yeux injectés et la langue rampant vers le goulot pour en extraire la dernière goutte de poison. Le troupeau poursuivait sa route quand le pasteur choisissait une autre voie. Jamais je n'ai vu courage plus grand que le sien.

Moi aussi, j'allais seul. Mais chez moi, nul courage, ma solitude était le fait d'un manque. Je ne pouvais faire autrement. Mes lèvres d'enfant étaient meurtries par les gifles, mes avant-bras fluets bleuis par de cruels pinçons. Et il y avait aussi la pire des punitions, cette façon de me tirer les cheveux, juste à la base de la nuque, là où la douleur se faisait la plus vive, comme si la sorcière eût arraché des fanes de navet, elle tirait, tirait jusqu'à faire sourdre le sang, comme pour détacher de ma tête l'affreuse masse de mon cuir chevelu.

Les coups ne pleuvaient pas aussi souvent sur ma sœur. Elle n'était pas méchante comme moi. Elle ne répondait jamais, se contentait de me regarder de ses yeux bien trop grands. Elle n'avait jamais appris à marcher à quatre pattes comme tous les bambins, mais avançait d'une manière comique, par petits sauts sur l'arrière-train, en prenant appui sur ses menottes. C'est à cet âge qu'on avait commencé à l'appeler « Lapereau ». Elle en avait les fesses toutes rouges et écorchées. Les piqûres et les échardes qui l'égratignaient, les moustiques et les fourmis qui lui suçaient le sang et urinaient sur sa peau avaient fait de son entrejambe une plaie. Elle grattait en criant les croûtes qui la démangeaient. J'avais pris l'habitude de la retourner sur le ventre, de me cracher un bon coup dans la main, et de frotter ses écorchures de ma salive morveuse, comme d'un baume. Quand elle eut un peu grandi, on lui mit une robe déchirée, mais jamais rien qui pût la soulager en lui couvrant le derrière. Quand elle s'accroupissait pour faire pipi, la fente blessée de son postérieur apparaissait à nu, rouge et crevassée comme une entaille faite à la hache. Je lui appris à se mettre de temps en temps à califourchon au-dessus des braises, pour se laisser enfumer jusqu'à ce que se formât sur les plaies une membrane de goudron luisante. Pendant ce temps, au moins, les insectes se tenaient à l'écart. Mais elle continuait quand même de se gratter jour et nuit, arrachant des morceaux d'elle-même qui tombaient dans le tapis d'aiguilles de pin.

– Lapereau, grinçait la sorcière, viens ici, Lapereau.

Et ma sœur approchait en sautillant du giron puant, recevait un morceau prémâché tout droit sorti de cette bouche, un bout d'oignon, les tendons d'une épaule de femme, ou parfois juste de la farine. Un crachat de farine venu de la bouche du Mal, c'était le seul pain auquel elle eût droit.

Ma sœur avait deux noms. Les plus jolis qui soient, Anne Maaret. Mais la sorcière ne l'appelait jamais ainsi. Pour elle, elle n'était que le Lapereau. Regardez-moi le Lapereau, comment il se trimballe. Moi, je disais son vrai nom. Quand nous étions tout seuls, il m'arrivait de le lui chuchoter longuement, parmi les bouleaux de la montagne. Viens, Anne Maaret, soufflais-je tout doucement dans ses oreilles malmenées. J'ai gardé un peu de pain pour toi, Anne Maaret.

Le jour où je décidai de fuir, je tentai de l'emmener. Je criai, menaçai, tirai si fort sur son bras qu'il eût pu se désarticuler. Mais elle était trop petite. Je n'ai pu la sauver. Jamais je n'oublierai ses pleurs désespérés, alors qu'elle s'accrochait à la sorcière, en serrant dans sa main la robe de cet amas ronflant de graisse rance et de cheveux pouilleux que je n'avais jamais réussi à appeler ma mère. J'abandonnai ma sœur, la seule qui eût jamais tenu à moi. Depuis ce jour, j'erre dans la vie en voyageur solitaire. L'idée d'être délaissé ne me fait pas peur. J'ai pris mon couteau pour me détacher de mon corps d'homme, parce qu'il le fallait.

C'est ainsi que je songeais en chemin, tandis que nous rentrions, le pasteur et moi. Deux rennes sauvages qu'aucun lasso ne pouvait piéger. Il me pria de le suivre dans son bureau. En silence, il sortit son couteau et commença à tailler les deux crayons que nous avions achetés. Nous les comparâmes à ceux trouvés sur le lieu du crime. Il était aisé de voir que les éclats de bois étaient différents. Le crayon de l'agresseur ne venait pas du magasin de Pajala. La graisse à bottes, en revanche, avait la même odeur que celle dont s'était imprégnée la jupe de la victime.

26

Les ennemis du pasteur continuaient de lui mener la vie dure. Une lettre avait été envoyée au chapitre, l'accusant d'avoir refusé à une femme la cérémonie de relevailles. La plainte était anonyme, mais le pasteur comprit que les cabaretiers locaux étaient à l'œuvre. Car lors des relevailles, il était de coutume de fêter avec force bière les jeunes accouchées et leurs rejetons, coutume qui représentait pour lesdits tenanciers une ressource conséquente. Or depuis l'arrivée du pasteur, les recettes des ventes d'alcool avaient considérablement diminué, ce qui expliquait qu'on s'en prît à lui. Bien qu'il eût fait appel, mon maître fut condamné par le chapitre à verser à la femme un dédommagement de trois cents écus, une lourde somme qu'il dut débourser.

Au lieu de troquer leurs objets en argent contre de l'eau-de-vie, les Lapons et les paysans s'étaient mis à en faire don au profit des écoles ou des œuvres de charité, une nouveauté qui éveillait, elle aussi, bien des soupçons et des jalousies. Qui pouvait savoir si cette argenterie ne finissait pas dans les poches du pasteur lui-même, de ses enfants ou d'autres membres de sa famille ? De nouvelles plaintes furent adressées en haut lieu, visant les comptes dressés par le pasteur.

On travaillait à l'épuiser en éclaboussant sa réputation. Cela finirait bien par avoir prise sur lui.

Las de tant de requêtes, le chapitre se sentit obligé d'agir. Il fut décidé que l'on inspecterait l'église de Kengis. C'est ainsi que l'évêque Israel Bergman de Härnösand s'embarqua pour un long voyage en direction du nord. Au bout de plusieurs jours de navigation à travers le golfe de Botnie, le vaisseau jeta l'ancre à Haparanda, et l'évêque retrouva la terre ferme près de l'embouchure de la rivière Torne. Mais ce fut pour monter à bord de l'une des barques effilées typiques de la région, menées par des hommes au parler finnois et aux bras nerveux, qui maniaient la perche à contre-courant. Ils connaissaient et désignaient par un nom particulier chaque portion de la rivière, les rapides comme les secteurs d'eaux calmes, chaque méandre de son cours. Ils évitaient des rochers invisibles, connaissaient des lieux de halte sur les berges, où brûlait bientôt un feu de sapin craquant et chaleureux. Le fleuve avait son existence propre, une créature au corps d'une longueur surnaturelle, dont la tête reposait parmi les montagnes et qui plongeait ses orteils dans le golfe. On pêchait l'ombre grâce à une ligne que traînait la barque. L'évêque se vit confier le soin de vider le poisson, la chair en était fine et délicate, on la dégustait durant les haltes, avec les doigts, encore fumante. Habitué à prendre plus de temps pour manger, le passager devait se presser au milieu de ces hommes qui dévoraient. Leurs mains résistantes comme le cuir des bœufs ne portaient jamais de gants, mais ceignaient si fort perches et rames que le bois, au bout de milliers de lieues, se creusait d'usure sous le bout de leurs doigts.

Plus le voyageur progressait vers le nord, plus les nuits d'été devenaient claires. Lorsque l'on aborda à Övertorneå, l'évêque passa la soirée à visiter l'église et admirer les fioritures baroques de l'orgue venu de Stockholm. Il put tenir de ses propres mains le bâton dont s'étaient servis les cosaques pour assassiner le pasteur Johannes Tornberg. Cette nuit-là, il ne dormit pas, le lit balançait sous lui comme la rivière. Il resta écouter le susurrement entêté d'un moustique sous la corniche du plafond, en songeant à l'homme singulier qu'il s'apprêtait à rencontrer, là-haut, à Kengis.

L'évêque Israel Bergman et le pasteur avaient fait connaissance au temps de leurs études à Härnösand. Bergman, qui était alors mathématicien, impressionnait ses étudiants par la vivacité de son intelligence. Ce qui ne l'empêchait pas de se montrer soucieux de ces jeunes gens. Il choyait particulièrement ceux qui, comme lui-même, venaient de petites communautés du Nord. Car il était né dans la paroisse d'Attmar, près de Sundsvall. Il enseignait l'astronomie, et sa fascination pour le ciel étoilé était grande. Un soir d'automne inoubliable, il avait rassemblé ses élèves dans son jardin. Il y avait installé un dispositif de forme allongée, évoquant un canon, et qu'il expliqua être un télescope. Les étudiants, l'un après l'autre, avaient pu prendre place sur la sellette et contempler l'immensité de l'univers. Jamais ils ne devaient oublier le spectacle de la planète Saturne et de son étrange imbrication d'anneaux. L'enthousiasme de Bergman les avait contaminés, quand il leur avait appris que ces points lumineux n'étaient pas du tout des étoiles, mais les lunes de cette autre planète, en orbite autour du corps céleste. Pourtant, l'impression la plus forte qu'avait produite cette soirée sur mon maître tenait à un autre moment. Celui où le futur pasteur, s'apprêtant à son tour à observer Saturne, n'avait vu dans l'oculaire que le noir absolu. Supposant que quelqu'un avait dû faire bouger le télescope, il avait demandé à Bergman de l'aider à retrouver l'image. Alors le professeur, sur un ton de pieuse ferveur, lui avait expliqué que personne n'avait bousculé l'engin. Ce qui avait bougé, c'était le support sous leurs pieds. Telle une gigantesque boule, cet autre corps céleste que l'on nommait la Terre roulait à travers l'espace. Le jeune homme, saisi par cet instant vertigineux, avait dû s'appuyer sur l'épaule de Bergman. Et celui-ci avait ri lorsqu'il s'en était aperçu.

Dans son rôle de professeur, Bergman faisait preuve d'un humour caustique sans doute acquis dans les cercles académiques de l'université d'Uppsala. Il n'appréciait guère les retardataires, et pouvait à l'occasion faire remarquer à l'élève coupable que la messe était déjà dite. Lui-même se définissait par le perpétuel mouvement. Il trouvait toujours quelque texte à écrire, quelque traité à lire, quelque réunion où était réclamée sa présence. Il affirmait que c'était la raison pour laquelle il ne s'était pas marié : il n'en avait tout simplement pas eu le temps.

Bien des années plus tard, au moment de faire son entrée dans l'église de Kengis, il affichait toujours son sourire en coin. Il avait cinq ans de plus que mon maître, et l'avancée en âge les avait déjà marqués l'un et l'autre. La chevelure de Bergman dessinait sur son crâne des échancrures plus profondes, et les rares mèches restantes grisonnaient. Il avait le nez gros et une bouche mince où se lisait sa sensibilité. Mais le regard observateur n'avait rien perdu de sa vivacité. En un clin d'œil, fort de son expérience de professeur, Bergman eut repéré les lieux, répertorié les personnes présentes, déduit des places qu'elles occupaient les jeux de pouvoir et d'alliances, et repéré les individus querelleurs.

Il n'était pas fréquent que la route d'un évêque passât par Kengis, aussi de nombreux curieux avaient-ils demandé qu'on leur permît d'entrer. Les adversaires du pasteur s'étaient rassemblés sur les premiers bancs, parmi eux le maître de forges Sohlberg, le négociant Forsström, le bailli Hackzell et le commissaire Brahe, ainsi que leurs épouses respectives. Un peu plus loin derrière eux se trouvaient les adeptes. S'ils étaient venus en bien plus grand nombre, ce n'étaient pour la plupart que des gens pauvres et sans instruction. L'évêque s'installa dans un impressionnant fauteuil capitonné, pourvu d'accoudoirs ornés. Le pasteur avait réclamé un siège plus modeste, et s'était vu attribuer une chaise de cuisine sculptée de la main de son propriétaire. L'évêque chaussa ses lunettes, sortit les documents dont il s'était muni et les posa sur une table pliante que l'on avait, pour l'occasion, revêtue d'une élégante nappe blanche. Il ouvrit la séance en veillant à créer un climat apaisé. Mais on ne tarda pas à se rendre compte que plusieurs membres de l'assistance comprenaient mal son suédois aux tournures recherchées. D'une voix calme, il expliqua le motif de la visite en énumérant les plaintes qui lui avaient été adressées.

– Pour commencer, nous avons reçu des lettres accusant le pasteur de ne pas avoir rendu compte de manière honnête des dons destinés à l'école et aux pauvres. Depuis mon arrivée, j'ai revu les comptes avec précision, et je ne trouve aucune observation à formuler. Les sommes concernées sont correctement comptabilisées.

L'un des aubergistes présents se manifesta :

– Le pasteur a dit dans cette église que tous ceux qui possédaient de l'or, de l'argent ou des vêtements de prix devaient les lui donner.

– Est-ce exact ? s'étonna l'évêque.

Le pasteur avait préparé sa défense. Il sortit le papier où figurait l'annonce lue ce jour-là, durant la messe :

– « Si certains d'entre vous souhaitent donner quelque chose, que ce soit en or, en argent ou sous forme de vêtements, votre pasteur se chargera de récolter les dons. Ils seront convertis en monnaie sonnante et trébuchante, au profit de l'école et des indigents... » lut-il.

Il savait naturellement que l'évêque, qui avait lui-même organisé des collectes pour les étudiants démunis de Härnösand, n'aurait rien à redire contre une telle initiative.

Sur un coup de coude de son voisin, Brahe se leva et clama :

– Le pasteur ne suit pas la doctrine luthérienne ! Il a lancé une nouvelle confession !

– Et en quoi cette confession est-elle contraire à la doctrine luthérienne ?

Brahe, louchant vers ses congénères, se retrancha de nouveau derrière l'offense à Luther. Quant à savoir en quoi consistait au juste l'hérésie, il s'avoua incapable de l'expliquer en termes à proprement parler théologiques. Le pasteur ne put réprimer un sourire.

On en vint à la question du désordre pendant les offices. Le maître de forges Sohlberg et plusieurs autres considéraient dans leur lettre que l'on permettait aux adeptes de l'Éveil, en particulier aux femmes, de déranger par des cris le cours de la célébration. Les perturbateurs allaient jusqu'à danser en couples dans le chœur et l'allée centrale, ce qui empêchait l'assistance d'écouter le prêche. En outre, le pasteur avait incité les gens, surtout les plus jeunes, à juger, admonester et ébranler leurs coreligionnaires dits « somnolents ». Lui-même, dans ses prédications comme ses conversations, faisait usage d'un langage impur et choquant.

Bergman demanda des éléments plus précis. La confusion mise en cause se résumait à la *liikutuksia* susceptible de survenir durant le service divin. De fortes émotions proches d'une extase s'emparaient alors de l'assistance. Des vieillards décrépits pouvaient se mettre à trottiner sur la pointe recourbée de leurs bottes, exécutaient des bonds frénétiques et agitaient les bras comme s'ils cherchaient à s'envoler. Des paysans bourrus éclataient en sanglots déchirants, en se balançant comme des arbres dans la tempête. Le pasteur déclara n'avoir jamais encouragé lui-même ce genre de comportements, et fit remarquer que son épouse Brita Kajsa n'y prenait jamais part. Mais il admit ne les avoir jamais interdits, ni avoir tenté d'y faire obstacle. Car ces manifestations, provoquées par une puissante force spirituelle, prouvaient que la conversion et les remords n'étaient pas pure apparence, mais touchaient les intéressés jusqu'au fond du cœur. On pouvait simplement y voir un signe de la présence du Saint-Esprit, estima-t-il.

La parole fut donnée au négociant Forsström, qui déplora les désagréments subis lors de ces offices. Les vociférations couvraient parfois la voix du pasteur. Il arrivait qu'on vînt vous bourrer les côtes quand vous étiez tranquillement assis à votre place, ou qu'une de ces âmes damnées qui erraient de toutes parts dans l'église vous raillât de façon humiliante. Les bourgeois de la paroisse n'étaient-ils pas en droit d'écouter la messe en paix comme cela se faisait dans le reste du pays ?

L'évêque se tourna vers les partisans de l'Éveil et leur demanda si toute cette agitation les dérangeait. Ils répondirent non à l'unisson. La *liikutuksia*, bien au contraire, renforçait leur recueillement. La discussion se poursuivit un certain temps, l'évêque intervenant chaque fois que les échanges tournaient à l'affrontement. Il pesait le pour et le contre en prenant des notes. Puis il en arriva à sa décision :

– Puisque cette effervescence semble être de nature spirituelle, nous ne saurions la réprimer par la force. Mais afin d'éviter de contrarier autrui, il serait bon que les personnes sujettes à de tels accès sortent de l'église quand elles entrent en transe.

On entendit des chuchotements déçus dans les rangs des prosélytes, tandis que les nantis de Pajala affichaient des mines satisfaites.

– Cependant, reprit l'évêque, rien n'empêche le pasteur de célébrer un office particulier pour les adeptes de l'Éveil après la messe ordinaire.

Ainsi fut-il fait. Dorénavant, le pasteur organiserait deux assemblées dominicales. Une première pour les bourgeois insouciants. Une seconde pour les convertis.

Alors que la séance touchait à sa fin, l'évêque voulut savoir s'il existait des tavernes dans les environs. Comme aucun membre du public ne se montrait disposé à répondre, le pasteur demanda la parole :

– Si l'on voit tant de gens ivres, c'est qu'il y a forcément des tavernes.

L'évêque se tourna vers l'unique uniforme de l'assistance :

– Le commissaire saurait-il où se trouvent ces établissements ?

Brahe se tordit sur son banc, mal à l'aise. L'un des cabaretiers était assis à ses côtés.

– Je le sais plus ou moins...

L'évêque enchaîna sur une sévère ode à la tempérance, assortie de mises en garde contre les conséquences de l'ivrognerie.

– À bon entendeur salut !

Quand la séance fut close, plusieurs adeptes de l'Éveil se pressèrent autour de Bergman en louant son intelligence. Une vieille s'approcha de lui bras ouverts, l'étreignit avec véhémence et s'épancha sur sa poitrine en un flot de larmes. L'évêque, bien qu'il ne comprît pas le parler finnois de cette femme, parut ébaudi de tant d'enthousiasme, et sur son visage se peignit la satisfaction du travail bien fait.

27

Après mûre réflexion, le pasteur avait pris la décision de faire peindre son portrait. Quelques jours plus tard, Nils Gustaf fit son entrée à grand fracas, escorté de plusieurs garçons de ferme chargés de sacoches, de coffrets et de curieux trépieds. Malgré le copieux repas de bienvenue et les marques d'honneurs réciproques, il flottait dans l'air une certaine nervosité. Le pasteur évoqua la gêne qu'il ressentait à se mettre en avant de la sorte. Mais peut-être ses ouailles seraient-elles heureuses de voir immortaliser son image. À quoi Nils Gustaf répondit que seules des personnalités exceptionnelles pouvaient être affectées d'un tel sentiment, et qu'il était de la plus grande importance de conserver ce témoignage de son existence. Le portrait du pasteur, accroché dans la sacristie, apporterait à ses successeurs soutien et inspiration. Qui sait même si cette initiative ne serait pas à la source d'une nouvelle tradition, et si tous les pasteurs à venir ne se feraient pas représenter à l'huile, si bien que le portrait de mon maître deviendrait le premier d'une longue et impressionnante série…

On en vint au paiement de la commande. La somme était conséquente. L'artiste recompta soigneusement l'argent versé, avant de le glisser dans une bourse en cuir. Après quoi il put entamer le travail d'esquisse.

L'un des porteurs fut prié d'aller chercher un coffret de la taille d'un petit plateau de table. Il s'avéra contenir de grandes feuilles de carton mince et une cassette pleine de fins bâtonnets de charbon. Le pasteur fut prié de se poster dans la cour, en adoptant la position de son choix. Je vis combien mon maître était emprunté dans cette situation si peu naturelle pour lui. Mais il se força, avança le bout du pied, baissa une épaule, gonfla la poitrine. L'artiste l'observa sous différents angles, leva des yeux plissés vers le ciel pour juger de la lumière, demanda au pasteur de pivoter d'un huitième de tour. Lui-même se mit à tourner autour de son modèle, s'approchant de temps en temps pour corriger la pose comme s'il eût eu affaire à une poupée, relevant un poignet, écartant une mèche du front pastoral, tirant sur la pointe de son col. Ces opérations prirent un temps considérable. Le peintre s'installa enfin à son chevalet, sortit une feuille du coffret et la coinça sous une latte. Puis il se saisit d'une de ces baguettes charbonneuses, cligna tour à tour d'un œil et de l'autre en dodelinant du chef. Et le fusain, tenu par une main fougueuse, ébaucha quelques mouvements en l'air avant de plonger vers le papier. On entendit un crépitement, le son craché par un matou que l'on serre trop fort. Au bout de quelques secondes, l'artiste recula, le visage dégoulinant de sueur, et changea de feuille. Nouvelle pose, nouvel habit. On alla chercher la croix de Chevalier de la Légion d'honneur que la France avait décernée à mon maître après l'expédition Gaimard. Brita Kajsa l'épingla avec soin sur le revers de son époux. Une chaise fit son apparition, et le pasteur fut invité à s'y asseoir dans différentes attitudes. On finit par s'installer à l'intérieur, dans le cabinet de travail, où la lumière plus douce ferait mieux ressortir les nuances de couleurs. Cette fois, le peintre piocha des craies dans une boîte en fer-blanc, des craies grasses, une jaune, une mauve, une bleu acier, une rose. Après avoir réalisé plusieurs esquisses supplémentaires, il sortit un grand mouchoir et s'en essuya le cou et les joues avant de se moucher.

– Je crois que nous y sommes, annonça-t-il.

Et avec de grands gestes solennels, il déposa une à une les feuilles sur le sol. Certaines représentaient le modèle en pied, d'autres quelques détails isolés. Le nez du pasteur, notamment, avait fait à lui seul l'objet d'une esquisse entière. Car il était grand et recourbé d'une manière très particulière, un élément déterminant pour la ressemblance du portrait. Mon maître, Brita Kajsa et les enfants furent conviés à donner leur avis, tandis que Nils Gustaf pointait du bout de sa canne différents détails.

– J'opterais volontiers pour un portrait assis, en buste, suggéra-t-il. Le visage tourné de trois quarts, de façon à rendre la forme du nez, tandis que le regard sera dirigé droit vers nous. On y verra le repos transitoire d'un homme en marche, avec un jeu de lumière au fond, à droite, et peut-être une gloriette.

– Une quoi ? demanda Brita Kajsa d'un air soupçonneux.

– Une vue de votre ravissant jardin, madame, se hâta-t-il d'expliquer. Voyez comme les frondaisons forment une sorte d'arceau lumineux à travers lequel on aperçoit le ciel, vous saisissez le symbolisme ?

Brita Kajsa, désarmée par ce compliment inattendu, laissa paraître sur ses traits une douceur qu'on y voyait rarement.

– Je serai donc dehors, il faudra porter mon écritoire dans le jardin ?

– Là sera tout le symbole. La loupe dans une main, dans l'autre l'une de ces magnifiques espèces de la Création que vous aurez étudiée, une plante de montagne. Et au lieu d'un verre à cognac, nous mettrons près de l'herbier votre écuelle de randonneur, remplie d'eau fraîche puisée au torrent !

– Encore un symbole, approuva mon maître, songeur.

– Tout comme le pain rompu sur la table, non pas une hostie, mais un rustique pain d'orge finnois, bien nourrissant ! Et deux poissons sur un plat. Et puis nous appuierons votre arquebuse contre le bouleau du fond... Vous voyez cette branche, l'image qu'elle forme avec le canon du fusil ?

– Une croix ! chuchotai-je.

La croix du Christ dans le jardin de Brita Kajsa. Ce trait de génie nous enfiévra tous. Le peintre tournait et retournait les esquisses, nous montrant comment ces fragments s'assembleraient en un tout que l'on n'avait encore jamais vu. Le tableau, à lui seul, serait un récit complet, unique en son genre, aussi profond et stratifié que la vie du pasteur.

– Cela prendra sans doute beaucoup de temps ? s'inquiéta le pasteur.

– Bien entendu, il va nous falloir un certain nombre de séances. Nous aurons plus d'une occasion d'échanger des idées. Du reste, j'ai quelques toiles à finir auparavant, des scènes rustiques, des motifs locaux, tout simples.

– Des scènes de bal, peut-être ?

– Oui, en effet, je me suis inspiré de ce bal, il y a quelque temps, quelle chaleur dans ces réjouissances populaires...

– Qui ont bien mal fini.

– Oui, c'est terrible. Dire qu'un malfaiteur pourrait encore rôder dans les environs dans l'attente d'une victime.

– Vous-même n'aviez rien remarqué ?

– Qu'aurais-je donc pu remarquer ? Ma foi non, Dieu soit loué.

Le peintre prit cérémonieusement congé et le pasteur l'accompagna jusqu'à quelque distance sur la grand'route. La caravane des porteurs, ployant sous leurs fardeaux, s'éloigna dans la direction de Kengis, où était logé le peintre.

– Tu l'as vu dessiner ses esquisses ? me demanda le pasteur à voix basse.

– Oui, ce sera magnifique. Votre portrait…

– Ce n'est pas ce que je voulais dire. As-tu vu comment il tenait ses craies, Jussi ?

– De la main gauche.

Le pasteur défit sa cravate. Les silhouettes des marcheurs disparurent peu à peu, englouties par la verdure estivale.

28

Quand vint le moment de la fenaison, je fus embauché comme journalier. Le temps était favorable, sans menace de pluie, et les foins séchaient de jour en jour. On m'envoya travailler dans l'une des prairies marécageuses que les villages se partageaient depuis des générations. Le paysan était un bonhomme bourru et taciturne, qui communiquait avec son irascible femme par gestes et regards de côté. Tous deux se querellaient sans cesse, ou plus exactement elle lui tournait autour en maugréant et brandissant dangereusement son râteau. Le mari, la tête rentrée entre des épaules aux muscles gonflés, ressemblait à un T. Leurs fils, désormais adultes, avaient quitté la maison, et seule était restée leur fille, aussi colérique que sa mère. Le soir, tous trois s'installaient dans la grange à foin, tandis que je restais dehors, enroulé par terre dans une couverture de feutre, l'oreille encore attirée par leurs disputes. Jamais ils ne s'appelaient par leurs noms, mais possédaient tout un assortiment d'injures qu'ils se lançaient à qui mieux mieux, « vieux porc », « marais pisseux », « tas de graisse rance ». J'écopai bientôt moi-même du surnom de *Räkä*, c'est-à-dire Morveux, et je compris pourquoi cette famille était obligée de louer les bras d'un inconnu pour qu'on l'aidât aux foins.

À l'heure du repas, nous nous regroupions à côté de la grange. À l'intérieur se trouvait un tonneau qu'on y avait apporté en traîneau, vers la fin de l'hiver. Le couvercle avait gonflé, aussi le paysan dut-il en frapper le pourtour du plat de sa hache pour le décoincer. Quand il le souleva enfin, un de ses rares sourires, un sourire plein d'attente éclaira son visage. Le tonneau s'ouvrit sur une masse de moisissure chevelue. De ses doigts brunis par le tabac, le bonhomme l'écarta, découvrant un liquide gras, strié de jaune. Mère et fille affichaient des mines recueillies. Chose peu commune, l'heure était à la gentillesse. La femme prit son écuelle, la remplit et but à grands traits bruyants.

Ils nommaient cela *piimää*, lait fermenté. Mais ce bouillon n'avait rien à voir avec le lait fermenté fraîchement préparé au presbytère. Jamais je n'avais rien goûté d'aussi écœurant. Pendant les mois passés dans la grange, cette âcre soupe avait croupi à mort, avant de ressusciter et de se remettre à travailler. Pour finir, le mélange était devenu si acide que les poisons qu'il renfermait s'entre-tuaient, laissant derrière eux une intense saveur de cimetière. Telle était la nourriture qu'on m'offrait, et je l'ingurgitai en suffoquant. Le plus étrange était qu'on s'y accoutumait. Le deuxième jour, j'eus un peu moins de mal. Et le troisième, quand le tonneau s'ouvrit en craquant et que la puanteur m'atteignit les narines, je salivai malgré moi et me reconnus vaincu. Je tendis mon écuelle d'une main tremblante, la récupérai remplie du fameux brouet, et quand il toucha mon palais, je sentis retentir en moi un chant, un poème, comme si ma tête entière entrée en fermentation n'eût plus songé qu'à y revenir.

Le travail en soi était dur. Comme les insectes nous harcelaient, surtout les taons, je gardais sur moi ma chemise trempée de sueur. Naturellement, on m'avait donné la faux la moins efficace. Difficile à aiguiser et sans doute gauchie, elle refusait de produire l'habituel sifflement qui donne l'impression de faucher d'un mouvement des lèvres. Mais j'avançais pourtant, ligne après ligne, enduisais de résine les ampoules de mes mains et buvais à même le seau. Comme j'étais le plus léger, moins lourd même que la fille de la maison, c'était à moi qu'il revenait de chausser les skis et de me risquer le plus loin possible sur le marais instable. Malgré les planches, l'eau me montait au-dessus des chevilles, le sol se balançait sous mes pieds comme des vagues sur un grand lac, surtout ne pas tomber, je ne me serais pas relevé. Mieux valait ne pas passer à travers la surface. Là-dessous, dans les profondeurs obscures, grouillaient les créatures souterraines, leurs doigts avides et glacés cherchaient à tâtons mon corps brûlant et transpirant, je les sentais qui voulaient m'attirer dans leur royaume de froidure. Je songeais à Hilda Fredriksdotter, couchée dans le marais le visage tourné vers le fond, de quelles frayeurs ses yeux ne s'étaient-ils pas remplis.

Avant de m'endormir, je sortais précautionneusement de mon sac le livre, enveloppé d'un étui de cuir, que j'avais emprunté à Selma, la fille du pasteur. Jamais je ne le touchais sans m'être lavé les mains dans le ruisseau. Il s'intitulait *L'Apôtre de la nature* et parlait d'un jeune homme comme moi, qui se rendait dans la forêt, se construisait une cabane, pêchait et chassait des bêtes sauvages. Et finissait par rencontrer une femme qui lui apportait la foi.

Plus je lisais, plus les lettres avaient tendance à disparaître. Quand j'ouvrais la reliure, je voyais s'ouvrir devant moi les portes d'un univers. Je me glissais dans la peau du dénommé Aron, me transformais en cet autre personnage. Je sentais la tension m'envahir quand surgissaient les loups, quand les flèches étaient épuisées et qu'il ne restait pour toute arme au héros qu'une torche brandie à bout de bras. Une torche allumée et le flambeau de la Parole divine pour traverser tous les périls.

Les premières pages m'avaient paru presque impénétrables, avec ces lettres minuscules et cette langue suédoise qui m'obligeait à ressasser interminablement chaque phrase. Mais peu à peu, les difficultés s'étaient estompées, et dès le deuxième chapitre, je les avais maîtrisées. Je formais les mots avec les lèvres, ma bouche reconnaissait ainsi plus aisément leur sens, mais je ne laissais échapper aucun son. Tout se déroulait dans ma tête. Un monde inconnu. Durant la journée, il m'attendait dans mon sac, comme un ami fidèle. Une personne à laquelle je pouvais parler le soir venu, que je pouvais écouter, prendre par la main et suivre dans ses aventures. C'était le meilleur livre qu'il m'eût été donné de lire.

Mais il arriva que ma patronne me surprît. Je ne l'avais pas vue venir. Sans doute était-elle sortie pour assouvir un besoin avant de se coucher. J'étais si absorbé par ma lecture que le bruit de ses pas ne m'était pas parvenu aux oreilles. Elle me regardait fixement, allongé sur ma couche d'aiguilles de sapin, la tête couronnée d'une nuée de bruyants moustiques, elle fixait la couverture du livre et ses pages de papier bien trop blanc que, dans ma gêne, je tentais de dissimuler.

Voilà qui était inhabituel. Jamais elle n'avait vu chose pareille. Ses lèvres mouillées de salive balbutièrent un moment des syllabes inaudibles, tandis que son cerveau réfléchissait dans un effort intense.

– Ça rend fou, trancha-t-elle finalement. Mauvais Diable de *noaidi*. Fou. Si on lit, on devient fou.

Je voulus d'abord cacher l'objet du délit. Puis je me ravisai, quelque chose s'était produit, j'étais devenu Aron. Je brandis soudain la torche face à la bête sauvage, tournai un regard déterminé vers le livre et en franchis de nouveau le seuil. Ma journée de travail était achevée, j'avais droit à mon repos. Cette satanée commère n'avait pas à s'en mêler.

Aron m'attendait, tous muscles saillants. La lance à la main, il bravait un ours. Dieu seul savait comment se terminerait cette histoire.

29

Quelque temps plus tard, tandis que je rentrais au presbytère au jour finissant, je trouvai le pasteur dans le sauna. Il me fit signe en passant par la porte avec sa tignasse fumante :

– Les pierres sont encore chaudes, Jussi !

J'hésitai, car j'avais l'habitude de passer au bain le dernier, une fois que les gens de la maison, les visiteurs et les domestiques en avaient tous eu leur part. Mais mon maître semblait si enthousiaste et de joyeuse humeur que je posai mon sac pour le rejoindre. Il était fort poilu, à la différence de nous autres Lapons et Tornédaliens. Son imposant membre viril pendait un peu de travers. Il étendit une toile à sac sur le banc, pour m'éviter d'avoir la peau noircie, et versa quelques louchées d'eau sur le tas de pierres.

– En vérité, en vérité je vous le dis, lança-t-il d'une voix béate : le sauna est le plus grand don que Dieu ait fait aux hommes !

Je ne pouvais qu'approuver. J'avais mal aux épaules et aux cuisses. Mes avant-bras, mes mains couvertes d'ampoules et jusqu'aux muscles de mes orteils étaient endoloris. Petit à petit, je sentis que mes pores s'ouvraient et libéraient des gouttes de sueur, me laissant perméable des pieds à la tête aux délicieuses caresses de la vapeur. Mes oreilles commencèrent à siffler et mes tempes à battre. Le sang affluait dans mes vaisseaux dilatés, le sang qui véhicule tant de forces et de sels vitaux.

Le pasteur goûtait ce séjour depuis un bon moment déjà. Son visage rayonnait d'une douceur qu'on n'y voyait pas si souvent. Il me tendit son faisceau de rameaux et me pria de lui fouetter le dos, surtout dans la partie, de la largeur d'une main, située au-dessous de l'omoplate, qu'il ne pouvait plus atteindre en raison de son âge. Il gémit de bien-être tandis que je frappais à la volée son échine fumante. Le parfum épicé du bouleau emplissait le sauna de plaisir estival, les verges feuillues dansaient sur ses cuisses et son torse. Puis il m'administra le même traitement, avec une vigueur de missionnaire, portant les coups précisément où je les attendais, l'un après l'autre, pour détacher de ma peau la boue du marécage qui s'en alla ruisseler entre les planches du banc.

Puis le temps s'écoula en silence. C'en était fini de la touffeur piquante. Le poêle, semblable à un gros animal accroupi, livrait à présent sa deuxième longue offrande de chaleur.

– J'ai vu le paradis, me dit soudain le pasteur.

– Oh, répondis-je.

– Le paradis. Je ne savais pas qu'il se trouvait par chez nous. L'endroit s'appelle Poronmaajänkkä. C'est au pied de la montagne Jupukka. Je n'aurais jamais cru qu'une telle profusion de fleurs était possible sous notre ciel nordique.

Ses lourdes paupières se fermèrent à demi, comme toujours lorsqu'il rentrait en lui-même. Les images semblaient lui jaillir de la tête pour venir se fixer sur les murs sombres du sauna. On l'eût dit éclairé d'une source de lumière intérieure.

– Des orchidées, fit-il avec ardeur. Une prairie entière ! Des violettes, des rose pâle, des rouge cramoisi. Là-bas, le Créateur a trempé son pinceau dans toutes les couleurs de la palette. Un océan de fleurs, Jussi !

– Un océan ?

– Je voulais juste m'y arrêter quelques instants, mais je n'ai pas pu me résoudre à repartir aussi vite. Il ne me restait rien à manger et les moustiques me dévoraient, mais il m'en a coûté de reprendre la route.

– Vous devez être épuisé ?

– Pas autant que toi, mon garçon. As-tu gagné quelque chose ? Le bonhomme a-t-il tenu ses promesses ?

– Il m'a donné quelques pièces. Et puis, j'ai lu.

– Tu as lu ?

– Un livre que m'a prêté Selma. *L'Apôtre de la nature*.

– Ah oui, ah oui, je vois. Et qu'en penses-tu ?

– C'était… c'était…

– Oui ?

– Je n'avais jamais rien lu d'aussi bon.

– Mis à part la Parole de Dieu ?

– Oui, bien sûr. Mais ce livre… ce livre était…

Le pasteur accompagnait mon bégaiement de hochements de tête pensifs. Il joignit les mains du bout des doigts en appuyant les coudes sur ses genoux.

– Les livres de ce genre s'appellent des romans. Ils me font un peu peur.

– On y parlait de foi…

– Je sais. Mais toute cette force. La force de tous ces mots accumulés, penses-tu qu'elle soit absolument bonne, Jussi ?

– Aron se bat contre des animaux sauvages, il se met à croire et annonce la Parole de Dieu.

– Oui, Jussi, c'est fort bien. Mais imagine que ces mots soient mis au service du Diable. Un roman qui puise son sujet dans le Mal. Le récit de mauvaises actions, une histoire de mort et de perdition.

– On n'écrira jamais des livres de cette sorte.

– Je crains bien que les temps viennent où ce soit le cas. Et qu'ils deviennent monnaie courante.

– Des livres sur le Mal ?

– Oui. Où il sera question de meurtres, de méfaits, de la mort.

– Mais…

Mes pensées tourbillonnaient. Les livres pourraient donc être dangereux ? Je m'efforçai de réfléchir.

– Mais si… Si le Mal y est décrit ? Et qu'on le voit ensuite déjoué ? Le roman montrerait comment on combat le Diable et on finit par le terrasser.

– Qui donc ?

– Mais nous ! Les hommes bons et justes. Vous devriez pouvoir écrire un tel livre, monsieur.

– Un roman ?

– Au service du Bien. Il toucherait les gens. Il pourrait œuvrer pour le Salut.

Le pasteur me jeta un coup d'œil si acéré que je le crus un instant en colère. Mais sa voix était songeuse.

– En fait, j'y ai déjà pensé, Jussi. C'est une idée qui m'a effleuré, il fut un temps. Écrire un livre où l'on verrait le Mal vaincu.

– Contrairement à ce qui se passe dans la réalité.

– C'est pour cela justement qu'on aurait envie de les lire. Des romans qui parlent de crimes. Peut-être pourrais-tu te mettre à en écrire un toi-même ?

Je répondis par un ricanement, m'attendant à rencontrer sur son visage un sourire moqueur. Mais il n'y était pas. Au lieu de se moquer, mon maître me posa doucement la main sur l'épaule.

– Et puis il faut que tu apprennes à parler.

– Je sais parler.

– Non, bavarder seulement, Jussi. Parler, c'est autre chose. Savoir manier les mots pour attendrir un cœur réticent. Réussir à y faire son chemin petit à petit, même si l'interlocuteur refuse et s'en défend.

– Vous voulez dire prêcher ?

– Nous aurons de la visite cette semaine. Les frères Juhani et Pekka Raattamaa ainsi que le prédicateur Per Nutti. Viens donc les écouter. Tu en tireras sûrement quelque chose.

Il versa de l'eau sur les pierres, et la chaleur nous étreignit, cette infinie chaleur dont il était si difficile de se séparer. Et comme s'il eût cité un détail sans importance, il ajouta :

– Tu seras sans doute là, pour l'audition, tout à l'heure ?

– Vous allez interroger les fidèles ?

– Non, pas ce genre d'audition. J'attends une visiteuse, une jeune dame. Du nom de Maria.

30

Assis dans mes vêtements propres sur un tabouret à trois pieds, je transpirais. Peut-être était-ce le sauna qui continuait de produire son effet. Je passais et repassais le bras sur mon front humide. Nous attendions dans le bureau du pasteur. Il avait chaussé ses lunettes dont les curieux prismes de verre étaient fixés à de longues tiges de métal brillant. Elles glissaient sur son grand nez, pendant que nous relisions nos notes. De temps à autre, son regard guettait par la fenêtre.

Quand on frappa à la porte, je retins ma respiration.

– Une visite, monsieur le pasteur.

Elle était là. Ma bien-aimée. Nimbée d'un cercle de lumière, une figure en gloire, ses pieds touchaient à peine le sol, je ne pus m'empêcher de tousser entre mes poings, prêt à la voir disparaître comme une silhouette de fumée au premier courant d'air. Ses yeux étaient posés sur moi, et cela faisait mal, comme si son regard fût sorti d'un tableau. J'avais si peur que je ne sentais pas son parfum, mais peut-être n'en avait-elle pas, peut-être se trouvait-elle dans un autre monde. Mes mains auraient voulu enlacer de nouveau sa taille, s'accrocher à sa douceur, j'aurais voulu l'inspirer pour ne plus jamais la laisser ressortir de ma poitrine. Je toussai encore, déchirai de ma toux le voile qui m'entourait, et l'air me parvint. Elle se tenait sur le seuil et fit la révérence, tandis qu'un regard allait et venait entre le pasteur et moi.

– Entrez, entrez donc, lui dit mon maître en lui montrant la chaise qui l'attendait.

Je me levai en hâte, trempé de sueur. Quand elle s'assit, je fis de même et cherchai d'une main tâtonnante mon papier et mon crayon. Le pasteur m'avait strictement enjoint de me taire tant qu'on ne m'adresserait pas directement la parole, et demandé de noter avec précision tout ce que j'entendrais.

– Vous êtes bien engagée comme servante, Maria ?

– Oui, fit-elle si bas qu'on entendit à peine sa réponse.

Elle avait mis ses plus beaux habits du dimanche avant de venir, comme pour se rendre à la messe. Son cou était tout rouge, sans doute d'avoir été longuement frotté. De son fichu émergeaient des bouclettes dorées, à enrouler autour d'un doigt. À glisser entre des lèvres. J'eus la tentation d'écrire quelque chose sur sa douceur, mais ne produisis qu'un gribouillis, que je raturai. Je le remplaçai par le mot « servante », en lettres obliques et inégales.

– Maria c'est un très joli prénom, remarqua le pasteur.

– Ma mère aussi s'appelle comme ça.

– Et vous aimez danser, m'a-t-on dit.

Elle me lança un regard à la dérobée, tout en rougissant violemment. Son cou était devenu écarlate, comme si les moustiques s'y étaient acharnés. J'enrageai. Elle allait croire que j'avais mouchardé.

Maria restait silencieuse, les joues en feu. Le pasteur la dévisageait, une vraie torture, il lui faisait ressentir les tourments du péché.

– Il n'y a pas de mal à danser, dit-il enfin. Vous pensiez que je condamnais la danse ? Oui, je sais qu'on me dit sévère, mais moi aussi, je me suis diverti au bal, dans ma jeunesse.

Je fixai le pasteur, n'en croyant pas mes oreilles. Ce petit corps voûté aurait pu réussir à valser ? Non, il mentait sans nul doute !

– Pourtant, la danse comporte quelques dangers à ne pas perdre de vue, ajoutait le pasteur en hâte. Elle peut éveiller les désirs de la chair. On en sort bouillant comme du sauna. Et l'on peut alors être tenté d'aller se rafraîchir les humeurs…

Elle essaya d'acquiescer, mais son cou était si tendu que la tête bougea à peine. De nouveau, le pasteur attendit, les sourcils levés. Je notai fébrilement « sauna ».

– Et après le bal ? Quand tout le monde est rentré chez soi ?

– Oui ?

– Étiez-vous seule, Maria ?

– Oui.

Elle avait répondu trop vite. Le pasteur joignit le bout des doigts, puis tendit les phalanges. Peut-être imitait-il l'un de ses anciens professeurs d'Uppsala.

– Aucun de vos cavaliers ne vous a donc accompagnée le long du sentier ?

– Non… Non, personne.

« Personne », écrivis-je d'une main tremblante.

– Aucune autre fille n'était non plus avec vous ?

– Mais non.

– En êtes-vous tout à fait sûre, Maria ?

Elle avala avec difficulté et hocha la tête de travers. J'eus envie de crier au pasteur de se taire, de cesser de l'ennuyer.

– Je suis… Je suis rentrée seule.

– Auriez-vous remarqué que quelqu'un vous suivait ?

– Qui donc m'aurait suivie ?

– Un homme.

– Non…

– Au cours de la soirée, avez-vous vu ce garçon qui se nomme Roope ?

– Oui, il était là. Mais il était désagréable.

– Comment cela, désagréable ?

– Il… il avait bu.

– Je comprends, dit le pasteur. Il ne vous a donc pas suivie ?

– Ça, je ne sais pas.

– Et Jolina, avez-vous remarqué si un homme la suivait ?

– Non, elle, je ne l'ai pas vue.

– Pas du tout ?

– Si, au début de la soirée. Mais ensuite, elle a disparu.

– Et vous n'avez pas eu peur de rentrer seule à travers bois, Maria ? Je veux dire, après ce qui était arrivé à Hilda Fredriksdotter ?

Elle jeta un regard courroucé au pasteur, puis à moi. Puis secoua la tête. Ses pommettes étaient enflammées de taches rouges. Le pasteur lui sourit et se leva.

– Je vous remercie pour cette conversation, Maria. Du reste, avant que vous ne partiez, j'aimerais vous montrer quelque chose. Je viens de faire un essai de plantation de pommes de terre. Elles ont poussé à merveille, venez voir.

Elle le suivit dans le jardin. Je les vis déambuler dans le potager de Brita Kajsa. Tous deux se penchaient, il lui montrait ses plants, creusant prudemment avec les mains pour faire apparaître les radicelles blanches. Mon maître, qui paraissait parfaitement détendu, plaisantait à son adresse, tandis qu'elle montrait des signes d'impatience. Moi-même, je ne pouvais la quitter du regard. Elle prit congé avec une ébauche de révérence et s'en alla à pas rapides. Mes yeux suivirent le balancement de ses hanches, les cheveux bouclés de sa nuque, les mains menues mais fortes qui s'appliquaient à corriger les plis de sa robe.

Quand elle fut partie, je rejoignis le pasteur. Il s'essuyait les doigts dans une touffe d'herbe.

– Eh bien, Jussi ?

Je m'éclaircis la voix et m'efforçai de placer correctement les mots dans ma bouche avant de répondre.

– Elle m'a paru un peu nerveuse.

– Tu trouves, Jussi ? Nerveuse ?

Il me regarda d'un air moqueur.

– Il y avait peut-être une raison à cela.

– Et pourquoi avez-vous voulu lui montrer vos pommes de terre ?

– Les pommes de terre ? Eh, mais notre Jussi a du mal à réfléchir, aujourd'hui. Il n'a d'yeux que pour les belles formes de la jeune personne !

Je rougis et m'apprêtais à enjamber la plate-bande, quand le pasteur me repoussa avec un cri. Je ne m'y attendais pas, et tombai tête la première.

– Que Diable…

Sonné par ma chute, je regardai le pasteur plonger la main à l'intérieur de son paletot et sortir une feuille de la poche intérieure. Il me montra la terre à l'endroit précis où j'avais voulu poser le pied. Dans le terreau meuble, la trace était nette. L'empreinte parfaite de sa bottine. Quand il me montra la feuille, je constatai que les contours de son dessin étaient identiques à ceux que j'avais relevés près de Kenttä, dans la glaise.

– Regarde, Jussi. La découpe de la semelle coïncide. Et les marques d'usure au talon sont identiques. On dirait bien que ce sont des empreintes du même soulier.

Je ne pouvais qu'approuver. Tout en me rappelant la mousse tassée à l'endroit où les amants s'étaient allongés. Et le morceau de *sicar* que l'homme y avait laissé.

– Tu trouvais Maria nerveuse, commenta le pasteur âprement. Comment s'en étonner, puisqu'elle nous a menti effrontément ? Nils Gustaf et elle ont couché ensemble dans le sous-bois. Et pendant ce temps, un autre homme les espionnait.

– Vous croyez… que cet homme est le criminel ?

Il ne me répondit pas, mais passa doucement la main sur son plant de pommes de terre, tripota la tige épaisse et gorgée de sève.

– La pomme de terre, fit-il. Je pense que cette espèce pourrait avoir une importance considérable pour l'avenir de la Tornédalie. Si seulement elle réussit à y mûrir.

Je lui montrai une fleur blanche déjà refermée, qui commençait à se transformer en fruit.

– Celle-ci est déjà bien avancée, remarquai-je.

– Non, grand fou, me répondit le pasteur. Ces baies sont toxiques. Jamais il ne faut se fier à la beauté extérieure, Jussi. Dans cette plante, ce qui se mange, c'est tout autre chose. Je te montrerai, le moment venu.

Pendant que nous retournions vers la maison, il me parla d'un ton léger de ses études sur le climat, et des formes très différentes que peut prendre une plante selon l'endroit où elle pousse. Ce phénomène pouvait amener des botanistes assoiffés d'honneurs à inventer des variétés nouvelles qu'ils aspiraient à voir baptiser de leur nom. Mon maître désignait ces gens d'un sobriquet railleur, les « faiseurs d'espèces », et d'ajouter combien il était important d'examiner ses propres conclusions d'un œil critique.

Mais j'avais autre chose en tête que le monde des plantes.

– Comment allons-nous nous y prendre avec le commissaire ? demandai-je. Ne vaudrait-il pas mieux qu'il sache ?

La bonne humeur de mon maître s'envola d'un coup. Il s'arrêta en piaffant dans l'herbe comme un cheval.

– Qu'avons-nous à lui apporter ? éclata-t-il. Des notes et quelques croquis.

– Et notre raisonnement, insistai-je. Toutes nos déductions.

– Des pensées, marmonna le pasteur. Les pensées compliquées sont en général ce qui intéresse le moins la justice.

31

On récura et balaya le presbytère de fond en comble. On aéra les draps, on secoua les édredons dans le jardin. Le pasteur lui-même mit la main à la pâte en décorant la maison de fleurs multicolores, tandis que du fourneau montait le vivant fumet du pain frais.

Les hôtes arrivèrent à pied dans l'après-midi. Je les avais déjà rencontrés lors d'un séjour à Karesuando, et je les reconnus de loin. Juhani Raattamaa était blond. Une barbe soignée lui couvrait le menton et les joues. Il avait le nez droit et fort, une bouche évoquant une entaille. Son regard, quand le pasteur vint à sa rencontre bras ouverts, s'emplit d'une expression plaisante et chaleureuse. Derrière lui venait son frère Pekka Raattamaa, glabre, la tête anguleuse et la mine plus circonspecte. Les deux frères ne différaient pas que par l'apparence. Pekka, de plusieurs années plus âgé, semblait parfois vouloir tempérer les ardeurs de Juhani. La chienne Tjalmo encercla les arrivants de joyeux aboiements, pendant que le pasteur les étreignait en échangeant avec eux les formules de bienvenue. Malgré la fraîcheur des vents du nord, les voyageurs étaient en sueur au bout de cette longue marche. Juhani, en particulier, soufflait en essuyant son nez effilé qui n'en finissait pas de goutter. Les deux hommes me parurent bien mieux vêtus que mon maître, avec leurs manteaux d'étoffe fine et leurs bottes finlandaises aux coutures toutes neuves. Contents d'être arrivés à destination, ils se défirent de leurs sangles à bagages et frottèrent leurs épaules endolories.

Un peu plus tard arriva Per Nutti, un autre prédicateur bien connu du pasteur. Il portait son costume lapon et son allure ne trahissait nulle fatigue, malgré la longue distance parcourue depuis les côtes de Norvège, en passant par les hautes montagnes du Nord. Mon maître sortit de la maison, escorté de Juhani et Pekka, et il y eut de nouveaux échanges de salutations. Brita Kajsa en personne se tenait dans la cour, entourée d'une nuée d'enfants et tenant dans les bras le plus jeune, Daniel. Les filles firent la révérence, les garçons s'inclinèrent, et Per Nutti entreprit de tirer des bouffées de différentes pipes. Juhani lui tendit dans une louche de quoi étancher sa soif, en déclamant :

– Celui qui croit en moi, de son cœur couleront des fleuves d'eau vive...

– Saint Jean, chapitre 7, verset 38, répondit Nutti, avant d'engloutir la louchée avec gourmandise.

– Allumons le sauna, et le royaume des cieux sera tout proche ! ajouta Juhani.

– Assez de sermons, coupa Brita Kajsa en les chassant vers l'entrée de la maison. Commençons par remplir les estomacs.

Je suivis, curieux d'entendre s'exprimer des hommes aussi célèbres. Depuis que l'Éveil avait pris racine, ils prêtaient leurs voix à l'appel lancé par mon maître dans le désert du Nord. La chose n'avait pas toujours été facile. On avait accueilli la Parole divine tantôt par la raillerie, tantôt par la menace, tantôt à coups de poing. Je les avais entendus prêcher là-haut, à Karesuando, en finnois et en same, et je les avais vus toucher les cœurs. Juhani était l'un des bras droits de mon maître en matière de catéchèse. Il assurait l'école de la mission auprès des enfants des différents villages où le menaient ses pas et, le soir, enseignait l'Évangile aux adultes. Mais il n'avait fait que rarement attention à moi, toujours recroquevillé dans le coin le plus discret du presbytère. Je connaissais l'odeur des vêtements de marche humides, de la sueur et de l'huile de pin, et je voyais bien que les visiteurs, tout comme le pasteur lui-même, étaient enjoués et pleins d'attente comme à l'approche d'un rendez-vous amoureux. Alors qu'il se trouvait déjà au milieu de la cuisine, Juhani se retourna brusquement pour aller chercher quelque chose dans son sac. Le mouvement était si inattendu que je n'eus pas le temps de m'écarter. Nos têtes s'entrechoquèrent front contre front, os contre os, si fort qu'un éclair sembla nous frapper, et que retentit le son d'un récipient d'argile qui se brise. Sans un mot, il me regarda en frottant son pauvre crâne. Les autres n'avaient rien remarqué et s'installaient sur les bancs autour de la table.

– *Anna antheeksi*, chuchotai-je. Pardonnez-moi.

Juhani, visiblement estourbi, se secouait. Il se trouvait si près de moi que j'observai sur sa peau tannée la légère surélévation des poils qui avaient poussé depuis le rasage matinal. Je m'aperçus qu'il cherchait quelque chose de malicieux à dire, une remarque drôle, intelligente, spirituelle, qui pût alléger la tension entre nous.

– Tête de bois ! me lança-t-il. Tu es une tête de bois, *puupää*.

– Pardon, répétai-je.

Voilà en tout cas qui t'évitera de mourir noyé, ajouta-t-il.

Je frottai ma bosse, conscient qu'il me défiait en duel oratoire, cherchant de toutes mes forces une réponse bien tournée. Si j'avais su parler, j'y serais arrivé, si seulement j'avais eu le don de l'éloquence…

– Je n'ai pas le don de l'éloquence, m'excusai-je en rougissant un peu.

D'un geste prompt, il s'empara soudain du fourreau pendu à ma ceinture, en sortit mon couteau et passa le pouce sur le tranchant de la lame.

– La langue n'est pas un don, répliqua-t-il. Elle ne pèse rien, tu l'as toujours sur toi. Mais il ne tient qu'à toi de l'avoir toujours bien affûtée.

En un élégant tour de main qu'il devait avoir appris à Kuttainen, il fit pirouetter le couteau, me permettant de le rattraper par le manche. Nous en étions déjà à deux points pour lui, aucun pour moi. Jamais je ne gagnerais ce combat-là.

Pekka aida à l'allumage du sauna. Il s'empara de la hache de mon maître et en vanta l'équilibre. Les forgerons de Kengis connaissaient leur affaire. Il fendit le bois à coups parfaitement mesurés et rentra les bûches. Je restai écouter la conversation de nos hôtes pendant que le feu prenait et que la chaleur montait peu à peu. Je sentais battre ma tête meurtrie, mais d'un battement de bon aloi. Juhani avait fendu ma carapace, et le monde extérieur ne demandait qu'à m'inonder. Les hommes se tenaient accroupis au-dessus de leurs bibles truffées de signets, les feuilletaient prestement à la recherche d'un verset ou d'un autre. Ils discutaient de l'Éveil chrétien, ce tremblement de terre qui avait commencé à Karesuando et qui se propageait à présent à travers la Fennoscandie, vers l'ouest comme vers l'est. Mais toutes les nouvelles n'étaient pas réjouissantes. La discorde sévissait encore à Kautokeino. Per Nutti raconta qu'Ole Somby, Aslak Haetta, Rasmus Spein et plusieurs autres disciples avaient été mis sous les verrous à Tromsø et Alta. Lors du procès, une vingtaine de Lapons avaient été condamnés pour troubles à l'ordre public et blasphème.

– Blasphème ? répéta le pasteur.

– Haetta et Somby auraient proclamé à l'église qu'ils étaient eux-mêmes Dieu et le Christ.

– Ce n'est pas possible !

– Si, d'après plusieurs témoins.

– Dieu et le Christ ! s'écria Juhani, effrayé. Il faut aller à Kautokeino, les ramener à la raison.

Ils enchaînèrent sur leur travail d'ouvriers dans la vigne du Seigneur. Village après village, ils appelaient à l'Éveil par-delà les frontières, en terre suédoise comme norvégienne ou finlandaise. Il y eut plusieurs récits de miracles du Salut, et ils échangèrent leurs vues sur diverses questions théologiques. Je ne comprenais pas tout, mais constatai la profondeur de leur sérieux. En quelle quantité convenait-il d'administrer à leurs ouailles les sels caustiques de la Loi, avant de pouvoir leur annoncer le doux miel de l'Évangile ? Le Salut empruntait-il les mêmes voies pour tous les hommes ? Quelles étaient au juste les marques de la Grâce ?

De toute évidence, la situation qui régnait à Pajala les préoccupait. Juhani demanda à mon maître si les semailles commençaient à donner du fruit, à quoi ce dernier répondit d'un air sombre que la glèbe, dans la région de Kengis, était plus dure que le roc. Suite à la plainte envoyée par les bourgeois au chapitre de la cathédrale, on l'avait contraint à célébrer deux offices, l'un placé sous le signe de l'ordre et du silence, l'autre destiné aux fidèles qui toléraient la présence du Saint-Esprit. Et les attaques se poursuivaient dans les colonnes des journaux, forçant le pasteur à consacrer bien trop de temps à l'écriture d'entrefilets visant à sa propre défense. Seul atout de Pajala, comparée à Karesuando : la pomme de terre y poussait mieux.

– Je vois, ces messieurs de Pajala tiennent à dormir tranquilles, résuma Pekka d'un ton narquois.

– Beaucoup de leurs tâcherons sont sans doute du même bord, rectifia le pasteur. Pourvu qu'ils aient leur pichet d'eau-de-vie, ils s'estiment satisfaits.

– Peut-être est-ce sur les enfants qu'il faudrait miser, suggéra Juhani. Qu'y a-t-il de plus grand que de voir un garçonnet ou une fillette capable de lire pour la première fois le nom du Seigneur ?

Et Juhani parla de son enseignement. Il expliqua qu'il rassemblait les enfants pour quelques semaines dans chaque village, et y organisait l'école de la Mission. Leurs parents, bien souvent, étaient analphabètes, certains capables seulement de reproduire un symbole en guise de signature. Mais ils n'en permettaient pas moins qu'on instruisît leurs rejetons, et chaque fois qu'un de ces petits apprenait à lire, un miracle se produisait. Le dernier jour d'école, Juhani avait coutume de réunir parents et enfants pour un moment de dévotions, et de désigner quelques élèves qui déchiffraient à haute voix un passage des Écritures. L'assistance ne manquait pas d'avoir les larmes aux yeux, et des adultes, parfois plusieurs, lui réclamaient d'apprendre à leur tour.

Brita Kajsa les rejoignit à table et abonda dans le même sens. L'instruction, un jour, libérerait les gens d'ici, prophétisa-t-elle. Du jour où il savait lire et écrire, un pauvre n'était plus un pauvre. Quand ils auraient acquis quelques connaissances, les Finnois et les Lapons pourraient faire des études, devenir maîtres d'école, médecins ou savants, prendre en mains leur destin. C'est ainsi que l'avenir irait vers des jours florissants à Lainio, Kangos, Tärendö et dans tout le Norrland. Grâce à des gens libres, craignant Dieu, et qui ne donneraient pas leurs malheureux trois sous aux marchands d'eau-de-vie.

– À la place, ils les verseront aux écoles, renchérit le pasteur. Nos ennemis essaient de retourner cet espoir contre nous, ils nous accusent de nous remplir les poches. Mais l'évêque Bergman lui-même a vérifié nos comptes.

L'enseignement était une bonne chose, admit Pekka. Encore fallait-il qu'il fût dispensé avec une certaine rigueur. Il avait observé qu'une partie des enfants saisissaient le crayon de la main gauche au lieu de la droite. La gauche étant le côté du Diable, il y avait lieu de réprimander ces élèves et de leur apprendre à corriger ce défaut. Juhani approuva : la main droite était à préférer. Il ajouta que ceux qui apprenaient à s'en servir dès le plus jeune âge continueraient leur vie entière. Lui-même encourageait les élèves en question à garder le poing gauche fermé derrière le dos pendant qu'ils écrivaient.

– Passons à un autre sujet, dit Juhani, d'un air grave. Il faut que je vous raconte ce qui s'est passé lors d'une assemblée de prière, dans une cour de ferme, à Kitkiojärvi. Plusieurs femmes très agitées sont venues me trouver. Elles étaient en prise à des angoisses et voulaient savoir si leur foi était la bonne. Je leur ai répondu ce que nous disons d'habitude : que chacun connaît la réponse au fond de son cœur. Mais il y en avait une en particulier, très affectée, une jeune veuve que ses péchés tourmentaient. Elle ne cessait de me demander de l'aide en versant des flots de larmes. Je l'entends encore invoquer le Rédempteur.

– Quand on se tient devant Dieu dans un esprit sincère, on le sent, intervint mon maître. On le ressent dans tout son corps.

– Peut-être devrions-nous aller un peu plus loin, risqua Juhani. Ce qu'on m'a rapporté après mon départ m'a ébranlé. Une fois l'assemblée terminée, ces femmes s'étaient réunies en secret. Et l'une d'elles avait elle-même donné l'absolution à la veuve.

Les hommes se regardèrent, sidérés.

– Une des femmes ? répéta finalement Per Nutti.

– Oui.

– Elle a lu le texte de l'absolution au nom du Seigneur ? s'exclama mon maître.

– Il faut aller la voir, estima Pekka. Et lui donner un sévère avertissement.

Juhani semblait dubitatif. Visiblement, son frère et lui avaient dû discuter maintes fois de l'affaire.

– J'y ai réfléchi, dit-il calmement. Et si cette femme avait bien agi ? Et si notre Éveil n'en était encore qu'à mi-parcours ?

– Tu veux dire que nous devrions nous mettre à pardonner ? demanda Nutti, sceptique.

– Peut-être nous a-t-elle montré le chemin ? Peut-être tenons-nous déjà les clefs du Royaume des Cieux ?

Le pasteur se taisait. Dehors, le bruit du torrent montait et faiblissait tour à tour. Des prairies nous parvenait le bêlement des moutons.

Le soir, après le sauna, les quatre hommes s'assirent sur le perron couvert. À la demande du pasteur, j'allai chercher sa tresse de tabac et découpai dans ce coriace entremêlement de quoi bourrer les pipes. Bientôt s'élevèrent les bouffées de fumée qui nous préserveraient des moustiques. Juhani s'enquit de savoir si l'on avait du nouveau concernant le décès de cette vachère dont parlait toute la région de Kengis.

– Il paraît qu'on a abattu un ours ? dit Pekka Raattamaa.

– Je crains que ce ne soit plus grave, répondit le pasteur.

Et il raconta à voix basse les terribles agressions, la mort de la première jeune femme, l'affreux état dans lequel se trouvait la seconde. Il parla de nos recherches, et dit que nous avions trouvé des indices dans une grange, indiquant qu'on lui avait fait violence. En s'agrippant à sa victime dans le foin, l'homme lui avait arraché une mèche de cheveux.

– Pourquoi un ours se serait-il attaqué à une vachère, et non à ses vaches ?

– Oui, c'est étrange, reconnut Per Nutti. Mais si c'était une ourse, peut-être voulait-elle défendre ses petits ?

– Il y avait des marques de strangulation sur la gorge de la morte, ajouta le pasteur. Et quant à l'autre fille, elle aussi a failli être étranglée.

– Il y aurait donc un criminel en liberté dans les bois ?

– J'en ai bien peur.

– Qui cela pourrait-il être ? Avez-vous quelque idée sur la question ?

– Nous avons trouvé une plante inhabituelle dans le foin. Elle devait venir des vêtements du meurtrier. Une petite plante de montagne qui ne pousse pas par ici. Qui donc voyage entre la montagne et Kengis ?

– Nous, les Lapons, répondit Nutti.

– Et nous, les prédicateurs, ajouta Juhani.

– Les commerçants et les colporteurs, glissa Pekka. Les percepteurs. Les fonctionnaires de tout poil.

– Un individu dont l'itinéraire passe par Kengis, dit le pasteur en réfléchissant. Un homme incapable de maîtriser ses appétits. Qui suit les femmes à leur insu, et ensuite les fait taire.

– La dernière agression a bien eu lieu le soir du bal, remarqua Juhani. La musique éveille les désirs de la chair. Je me suis toujours méfié des séductions liées à la danse.

– Peut-être pas à la danse, objecta le pasteur, mais à l'alcool en tout cas.

– La danse et l'alcool vont main dans la main, constata Pekka Raattamaa. J'ai vu moi-même des actes des plus violents commis en état d'ivresse en de telles circonstances. Un coup de coude involontaire, une phrase de trop, voire une vieille rancune exhumée. L'eau-de-vie provoque des fureurs indomptables.

– Bien dit, approuva le pasteur.

– Mais peut-être le danger est-il passé ? Le criminel pourrait avoir continué sa route vers d'autres régions ? observa Juhani.

Mon maître semblait en douter.

– Je ne sais pas... Ces derniers temps, j'ai senti les ténèbres s'épaissir autour de moi. C'est comme si quelqu'un me guettait. Quelqu'un qui attendrait le bon moment pour me détruire.

– Dieu nous protège ! souffla Pekka en se signant, avec un regard rapide par-dessus son épaule.

– Je vois pourquoi le Mal cherche à se frayer un chemin par chez nous, commenta Per Nutti. Nous sommes aux temps où l'Esprit nous visite, et c'est dans nos contrées que la présence du Seigneur est, pour ainsi dire, la plus forte.

– Naturellement, confirma Juhani. C'est ici, dans le Nord, que passe la ligne de front, c'est ici que la bataille fait rage. L'Éveil attire le Diable et son train.

Autour de nous, l'air fraîchissait, il semblait soudain faire plus sombre. Des démons invisibles arrivaient à tire-d'aile, se rassemblaient au-dessus de nos têtes.

– Nous n'en sommes peut-être qu'au début, dit Pekka. Ils veulent écraser le mouvement.

– Qui donc ?

– Nos ennemis. Tous ceux qui redoutent la vérité.

– Nos ennemis... répéta le pasteur, pensif. Tous ceux-là, au-dehors, ou ceux qui nous habitent ?

La porte du presbytère s'ouvrit et Brita Kajsa, chargée d'une bassine pleine, passa devant la gent masculine débraillée.

– C'est l'heure du sauna des femmes ! lança-t-elle, agacée.

Ses filles, et même la servante, qui attendaient ce moment avec impatience, se faufilèrent dans le temple noir de suie. Afin de ne pas déranger le sommeil des enfants les plus jeunes, nous nous installâmes dans le bureau du pasteur. Je m'assis sur le plancher, dans un coin de la pièce, le menton sur les genoux et j'étais là comme une ombre, tandis que Per Nutti prenait paisiblement la parole :

– J'ai entendu raconter en Norvège l'histoire que voici. Il y a quatre ans, en 1848, Antin Pieti et Mattis Siikavuopio avaient fait le voyage jusque sur les terres des Lapons norvégiens pour y proclamer l'Éveil. Ils se sont rendus à la foire d'hiver de Skibotn, se sont mis à parler au milieu du cliquetis des bourses d'argent et des bouteilles de boissons fortes, mais ils n'ont reçu en retour que des quolibets ou de l'indifférence. Déçus, ils ont poursuivi leur route en s'enfonçant dans le Storfjord, où ils ont été accueillis par un couple de pêcheurs, Mons Monsen et Hans Heiskala, avec qui ils ont pu engager le dialogue. Et c'est là, sur cette côte étroite entre l'immensité de la mer et le flanc à pic des montagnes, que ces gens ont commencé à croire. Ils étaient les premiers saisis par l'Éveil dans toute la contrée. Leurs voisins et leurs connaissances se sont alors moqués d'eux, ils les ont bannis de leur entourage, et personne n'a voulu les écouter.

Un jour où tous deux étaient dans leur barque, une terrible tempête s'est levée. Monsen et Heiskala ont dû abandonner leurs outils de pêche et se sont efforcés de rejoindre le rivage, mais le vent et les vagues menaçaient de détruire leur embarcation. Ils étaient terrifiés à l'idée de périr dans l'eau glacée. Alors ils ont prié Dieu, en s'accrochant jusqu'à ne plus sentir leurs mains. Après avoir longuement lutté pour survivre, ils ont réussi, comme par miracle, à accoster près de la montagne Polfjellet. Trempés et transis de froid, ils ont été hébergés par une famille généreuse. Pendant qu'ils se réchauffaient près de l'âtre, Heiskala s'est mis à raconter qu'ils avaient eu la vie sauve grâce à la force de leur foi. Son récit et sa calme conviction ont profondément touché leurs hôtes. Le couple avait beau avoir frôlé la mort, ils respiraient la sérénité et la confiance. Dès cet instant, toute la famille a cru, et c'est ainsi que la grande conversion de Lyngen a fait ses premiers pas.

– Dieu soit loué, marmonna le pasteur.

– Vraiment, Antin Pieti est un grand prêcheur.

Une lueur s'alluma dans le regard de mon maître quand il ajouta :

– Vous avez déjà écouté Antin Pieti, n'est-ce pas ? Vous savez sans doute comment il s'y prend pour guider le peuple jusqu'au trône vivant ? En parlant sans se presser !

– Assurément, il prend tout son temps, confirma Nutti.

– Ses prêches durent des heures, reprit le pasteur avec un sourire. Je dis bien : des heures, il parle si lentement qu'il finirait par convaincre un pan de montagne.

Surpris que le pasteur pût se moquer d'un des leurs, les visiteurs éclatèrent de rire.

– Pour ma part, je parle trop vite, enchaîna Juhani, je devrais sans doute prêcher pour les mouches et les oiseaux.

– Il y a une chose que je me suis souvent demandée, ajouta Per Nutti. Quand Jésus viendra parmi nous, aura-t-il lui aussi à se défendre des moustiques ?

Entendre plaisanter des personnages aussi célèbres avait quelque chose d'une libération.

Seul Pekka restait raide sur son siège. Certes, il souriait, mais son visage ressemblait à une tôle martelée.

Le soir avait basculé dans la nuit. Les hommes semblaient ne jamais vouloir mettre fin à leur conversation. La pièce était remplie du son étouffé de leurs voix et de la fumée de leurs pipes. Ils parlaient de gens de leur connaissance, ou de personnalités en vue entrées dans le cercle de leurs partisans, de la façon dont il convenait d'aborder les disputes et les désaccords qui menaçaient de diviser le mouvement. Assis somnolent dans mon coin, je souriais. Ils avaient totalement oublié ma présence. Je me sentais comme un enfant bercé par leurs voix rassurantes et paternelles. Entre leurs bras, j'étais en paix. Et je m'endormis, appuyé contre la bibliothèque du pasteur, soutenu par la force des mots, et avec, sur le front, une bosse sacrée.

32

J'observai chez mon maître un prodigieux changement d'état d'esprit. C'en était fini de l'humeur sombre qui l'affectait ces derniers temps. Je le retrouvai plein de vitalité, et même enjoué. « Confiant » serait peut-être le mot juste. Bien qu'il fût le plus résistant d'entre nous, je l'avais vu abattu, de plus en plus voûté, comme ployant sous un insupportable fardeau dont le poids, à présent, s'allégeait grâce à nos amis. Ils se consolidaient mutuellement, telles quatre flammèches éparses et fumantes, qui flambaient de nouveau une fois réunies sur le lit de braises.

Quatre apôtres, pensais-je. Quatre évangélistes. Quatre chevaliers dans le feu de la guerre sainte.

– Tu restes toujours à écouter dans ton coin, me reprocha le pasteur, alors que nous nous trouvions sur le bord de la rivière.

– J'apprends, pendant tout ce temps, me défendis-je.

– Tout ce que je te montre, tu l'apprends, poursuivit-il. Et dans les caractères gothiques, où en es-tu ?

– Je… je sais les lire, maintenant.

– Tu vois bien. Mais l'art de parler, Jussi, c'est sans doute le plus difficile.

– Oui.

– Je crois que la difficulté tient à la voix elle-même. À sa nature. Elle vient du dedans de nous, elle jaillit du fond du cœur. Ensuite elle monte par la gorge en passant par les cordes vocales, sous la pression des poumons, et elle est expulsée comme une nébuleuse de gouttes de salive invisibles.

De la main, il dessina en l'air le contour de la nébuleuse en question, mima son ascension, puis sa dispersion.

– Nous ressentons de la pudeur autour de ce que notre corps expulse, expliqua-t-il. Tout le monde est contraint de faire ses besoins, mais on se soulage à l'écart. On va seul aux cabinets d'aisances. À Härnösand, tu sais, dans ma jeunesse, on allait jusqu'à condamner la porte avec un crochet de laiton, comme si les mouvements intestinaux de nos professeurs étaient un secret honteux. Mais le secret de l'éloquence, celui-là, ils le possédaient. Je me dis parfois que c'est le vrai but, sur les bancs de l'école : surmonter la peur de parler.

– Quand beaucoup de monde écoute, c'est pire, dis-je.

– C'est pourquoi il te faut t'exercer quand tu seras seul. Mets-toi là et regarde la rivière. Qu'as-tu envie de lui dire ?

Le bonhomme plaisantait ? Je me tournai vers le vaste miroir d'eau où se reflétait le ciel. D'un peu plus bas nous parvenait le grondement des rapides.

– De lui dire ?

– Oui, il ne suffit pas de penser. Les mots qu'on se contente de garder pour soi ont tôt fait de tomber en miettes, ils rassasient peut-être sur le moment, mais on les oublie aussi vite qu'ils sont venus. On ne sait ce qu'ils valent qu'après les avoir prononcés à pleine bouche.

– Mais on peut aussi les écrire.

– Cela suppose que les gens sachent lire. Allons ! La rivière… Elle t'écoute. Elle attend de savoir ce que tu as à lui raconter.

Sans plus insister, il fit volte-face et s'en alla. Je restai seul. Quand je fus certain qu'il ne pouvait plus m'entendre, et que personne d'autre ne se trouvait dans les parages, je me tournai vers l'eau.

– *Väylä*, dis-je. Rivière…

La sensation était inhabituelle. Je scrutai les alentours pour m'assurer qu'aucune oreille indiscrète n'y traînait.

– Le péché le plus grave, poursuivis-je. Le péché le plus grave qu'un être humain puisse commettre, c'est de ne pas aimer ses enfants.

La rivière me répondit en chuintant.

– Ne pas aimer ses enfants, répétai-je. Mettre des enfants au monde, pour ensuite leur faire du mal. Chercher à les blesser, ne pas les consoler quand ils souffrent.

Le visage rubicond de la sorcière surgit devant moi. Son sourire railleur et effrayant me fit taire. Si je la contredisais, elle me battrait. Elle me tirerait les cheveux dans la nuque, m'infligerait autant de misères qu'elle le pourrait.

– Qu'as-tu fait d'Anne Maaret ? demandai-je. Sorcière de malheur, si tu as fait du mal à la petite, je te tuerai.

Je voudrais savoir. Qu'est-elle devenue ? Ma sœur. Est-elle encore en vie ?

33

Le lendemain matin, à la première heure, quelqu'un se présenta au presbytère. J'étais sur mon matelas bourré de foin, quand j'entendis cogner à la porte. J'enfilai rapidement mes pantalons et me précipitai pour ouvrir. Sur le seuil se tenait une femme que je ne reconnus pas tout de suite, le visage tordu et dégoulinant comme une serpillière. Puis je m'aperçus que c'était Kristina, la mère de Jolina. Elle piétinait, à petits pas raides. Un pressentiment m'assaillit.

– Il faut que le pasteur vienne... il faut qu'il vienne...

– C'est qu'il dort. Il est arrivé quelque chose ?

Elle essaya de me répondre, mais elle sanglotait si fort que je ne comprenais pas. Je me hâtai d'aller trouver le pasteur, que le bruit avait réveillé, et qui se frottait les yeux, assis sur le bord du lit dans sa chemise de nuit longue jusqu'aux pieds. Il commença à s'habiller, mais je voyais bien à sa lenteur qu'il dormait encore à moitié.

Nous suivîmes Kristina jusqu'à la ferme. Elle s'accrochait au pasteur, si bien qu'il finit par détacher doucement la main qui pinçait son manteau. Elle accéléra le pas, trottinant sur la grand'route, les plis usés de sa robe lui battant les chevilles. Elle se retournait de temps à autre et attendait que nous l'eussions rejointe.

La fraîcheur de la nuit flottait encore dans l'air, l'herbe et les feuillages brillaient de rosée. On sentait que l'été tirait à sa fin. Bientôt les bouleaux jauniraient, puis se dénuderaient. La saison de la botanique s'achevait et, comme toujours, j'en concevais quelque mélancolie. Le silence hivernal ne tarderait pas à gagner nos terres. Tiges et feuilles noirciraient, se recourberaient vers le sol, tandis que le vent secouerait leurs graines durcies. Les pédoncules bruissants, écrasés sous les strates de neige pareilles à des pages de papier blanc, se figeraient dans des postures de lettres, et leur calligraphie secrète resterait enfouie pour toute la durée de l'hiver.

Nous arrivions à la ferme. Elias, le maître de maison, nous avait vus venir. Il sortit sur le perron, flanqué de ses fils, et nous guida par gestes. Il nous fit traverser la cour, passer devant l'étable et les latrines, pénétrer dans une parcelle boisée. Le paquet, long et recouvert d'un feutre, reposait sur une lirette. Je craignis d'avance le pire en voyant sa forme. Des mouches vrombissaient, seule intrusion sonore.

Lentement, le pasteur s'agenouilla. Il saisit avec précaution un coin du feutre et le tira de côté, mais ce fut pour le relâcher aussitôt, avec un cri de frayeur. Il recula promptement, la main sur les lèvres. Le spectacle était si horrible qu'il pouvait à peine proférer un mot.

Le visage de Jolina, si frais jadis, était couvert de taches bleu sombre. Sa bouche entrouverte révélait une langue trop enflée pour y rester contenue. Elias avait posé de lourdes pièces de monnaie sur les paupières de sa fille, mais quand le pasteur découvrit l'une d'elles, l'œil mi-clos qui lui apparut était rouge de terreur, comme s'il eût contemplé le Diable. La brutale évidence s'abattit douloureusement sur nous.

– C'est moi qui l'ai décrochée, murmura Elias, en montrant du doigt un pin trapu. Alors seulement je remarquai le bout de corde qui pendait au-dessus de l'une des plus grosses branches. L'autre extrémité était enroulée plusieurs fois autour du tronc. Le pasteur examina la terre au pied de l'arbre.

– Y avait-il un escabeau ici, quand vous êtes arrivé ?

– Non... Elle a dû grimper dans l'arbre et sauter.

– Que Dieu lui pardonne, marmonna le pasteur.

Il observa la branche, puis s'accroupit et ramassa quelques morceaux d'écorce arrachés, l'air songeur.

– Ma femme s'est réveillée aux aurores, continuait Elias. Comme si elle avait senti qu'il s'était passé quelque chose.

– Vraiment ?

Le pasteur se retourna vers Kristina, qui tenait son tablier contre sa bouche. Elle se détourna, incapable de regarder le corps de sa fille.

– Oui, j'ai voulu aller la voir. Mais la chambre était vide. Jolina avait dû sortir sans bruit quand nous dormions encore.

Le pasteur repoussa la toile pour découvrir le ventre de la jeune fille. Elle portait une chemise de nuit grisâtre et usée qui lui descendait aux chevilles.

– C'est avec cette chemise qu'elle dormait d'habitude ?

– Oui.

– Et ses pieds ? Elle ne portait pas de chaussures ?

Elias secoua la tête. Le pasteur lança un coup d'œil circulaire et découvrit un bout de corde coupé, jeté dans les tapis d'airelles, formant un nœud coulant.

– C’est bien celle que…

– Je l’ai coupée d’un coup, expliqua Elias, à peine audible. J’espérais qu’elle ne soit pas encore morte.

Sa voix se brisa, il luttait pour maintenir droite sa forte carrure, et transforma ses pleurs en quinte de toux rocailleuse.

– Vous reconnaissez la corde ?

Elias hocha la tête.

– Elle n’est pas de chez nous. Jolina a dû l’emprunter.

– *Voi tyärparka*, pauvre petite, gémit la mère.

– Ira-t-elle en enfer ?

Le pasteur ne trouva pas la force de répondre. Le regard sombre et les mains croisées, il prononça le Notre Père comme il l’avait fait cette autre fois, avant de lui administrer la communion. Elias et Kristina s’étaient inclinés. La prière se dévidait, mais je n’en suivais pas le fil. Des mots. Rien que des mots. Qui n’avaient pas suffi à la protéger.

– Un chrétien n’a pas le droit de faire ça, n’est-ce pas ? insista le père.

– Non, elle n’avait pas le droit.

– Même quand la vie est dure. Il faut essayer de supporter.

On eût dit qu’il s’adressait à lui-même. Le pasteur se retourna vers Kristina, posa des doigts tremblants sur son épaule. Elle sursauta, surprise par ce contact peu familier.

– Racontez-moi le moment où vous l’avez trouvée.

– Oui… Je l’ai appelée. J’ai regardé dans l’étable et la remise à bois. Et alors j’ai vu quelque chose, pendu au coin du bois, et j’ai compris tout de suite que c’était elle.

– Et puis ?

– J'ai couru appeler Elias et les garçons.

Les frères de Jolina acquiesçaient en silence.

– Que s'est-il passé ensuite ?

– Le père a coupé la corde, murmura l'aîné.

– On l'a couchée sur ce tapis, poursuivit Elias. Je pensais que… Que, peut-être, on ne pouvait pas ramener dans la maison ceux qui…

– On peut.

– Ceux qui se tuent tout seuls.

– Vous pouvez porter le corps dans le sauna en attendant. Le commissaire viendra la voir.

– On ne l'a pas appelé.

– Il serait bon de le faire. Je crois que nous allons l'enlever d'ici tout de suite. Il commence à y avoir des mouches.

Elias se pencha sur sa fille, chassa les insectes, la couvrit d'un geste gauche et souleva le corps sans vie avec l'aide de ses fils. Pendant qu'on transportait Jolina jusqu'au sauna, ses bras déjà roidis dépassaient du feutre, doigts écartés. Les garçons la déposèrent respectueusement sur le banc, et le pasteur, de nouveau à genoux près de la tête de la morte, se mit à prier. Nous le vîmes se recueillir au plus profond de lui-même, les yeux presque fermés, le dos encore plus voûté que d'ordinaire. Je me retournai vers Elias et ses fils, et leur chuchotai :

– Je crois que nous devrions le laisser en paix. Je vais rester en sa compagnie. Pendant ce temps, faites prévenir le commissaire. Et soyez aimables d'apporter une chandelle.

Kristina revint très vite avec la chandelle. On l'alluma dans l'obscurité du sauna. Puis les membres de la famille s'inclinèrent et sortirent. À peine avais-je soigneusement refermé la porte derrière eux que mon maître se redressa, ôta son manteau et retroussa ses manches. Je sortis mes feuilles, mon crayon, et me tins prêt.

– Il faut se dépêcher, dit-il tout bas. Pauvre fille.

Il retira précautionneusement le feutre qui la recouvrait et approcha la chandelle.

– Le cou, commença-t-il. Il a été blessé par la corde. Mais regarde aussi ces taches.

– Oui.

– Il avança les mains et mesura l'écart entre les marques. Lugubre constatation : elles coïncidaient avec le bout de ses doigts.

– Exactement comme sur Hilda Fredriksdotter. Ce monstre l'a étranglée à mains nues. Elle devait être déjà morte quand il l'a hissée dans l'arbre.

– Donc Jolina n'est pas... une suicidée ?

– Ces traces-là, toi et moi les connaissons bien, Jussi. Des renfoncements en forme de demi-lunes dans la peau du cou.

– Les ongles de l'assassin.

Il souleva doucement les pièces de monnaie et releva les paupières. Les pupilles vides étaient terrifiantes. Il examina ses yeux injectés à la lueur de la chandelle.

– Les petits vaisseaux ont éclaté. Un indice de strangulation, là encore. Note, Jussi.

– Mais monsieur, comment pouvez-vous savoir... ?

– Cela relève simplement des sciences naturelles. Quand j'étais à Uppsala, j'avais pour ami un étudiant en médecine. Note, Jussi : des ecchymoses sur les avant-bras, caractéristiques d'une agression.

– Le malfaiteur a donc dû la tenir ?

– Jolina était forte. Elle a essayé de se défendre. Mais cette fois, elle n'avait pas d'épingle à cheveux, malheureusement. Aide-moi, s'il te plaît.

Je passai les mains sous ses cuisses et soulevai comme il me le demandait. Il sembla hésiter un instant avant de relever lentement la chemise de nuit.

– Regarde les jambes. Qu'y a-t-il à en dire ?

– Elles ne paraissent guère abîmées.

– Ni éraflures ni bleus. Et qu'est-ce que tu en conclus ?

– Que voulez-vous dire ?

– Voilà qui ne plaide pas non plus pour le suicide. Si elle s'était frottée en chemise de nuit au tronc rugueux d'un arbre, et ensuite cramponnée à une branche, sa peau en porterait les marques.

Il lui souleva un pied. Comme la jambe était raide, il dut se baisser pour l'examiner par-dessous.

– En revanche, les talons sont écorchés sur le côté. Les deux talons, regarde.

– On a traîné le corps, dis-je.

– Bien, Jussi. L'homme l'a étranglée après l'avoir renversée au sol. Puis il l'a attrapée sous les aisselles et a tiré le corps jusqu'à l'arbre. C'est à ce moment-là que ses talons ont été égratignés. Il avait préparé la corde d'avance. Il a lancé une extrémité par-dessus la branche et lui a passé le nœud coulant autour du cou. Ensuite, il l'a hissée jusqu'à ce que le corps pende. J'ai trouvé par terre des morceaux d'écorce détachés par friction.

Alors que je m'escrimais contre les mouches, le pasteur m'intima l'ordre d'écrire. Il referma doucement l'œil ouvert de Jolina, et remit la pièce de monnaie en place avant de recouvrir le corps.

– Allons voir les alentours.

Une fois dehors, je le suivis jusqu'au pignon de l'étable le plus éloigné de la maison. C'est là qu'étaient installées les latrines, un simple édicule gris.

– Je pense que Jolina est venue ici pour satisfaire un besoin. Il faisait nuit, personne ne l'a entendue sortir discrètement. Le criminel était caché et la guettait. Il se peut qu'il ait patiemment attendu la bonne occasion, plusieurs nuits de suite.

Le pasteur regarda autour de lui. Ses yeux furent attirés par un bouquet de trembles à l'orée du bois. Il s'y rendit, et je le vis opiner du chef.

– Il se cachait ici.

À présent, il furetait au ras du sol.

– Qu'est-ce donc que cela ? dit-il en repérant quelque chose dans la mousse.

Il tenait entre le pouce et l'index un objet étroit et mince. Je me penchai.

– Des copeaux de crayon ?

– Non, cette fois, c'est autre chose.

Je levai les yeux et vis tout de suite ce qui avait capté son attention. Sur le morceau d'écorce, deux entailles au couteau toutes fraîches s'entrecoupaient.

– Une croix commenta le pasteur tout bas. L'homme a gravé cette croix pendant qu'il attendait sa victime.

– Pourquoi une croix ? m'étonnai-je.

– Il se pourrait bien qu'elle me vise.

– Que voulez-vous dire ?

– Souviens-toi, j'ai mis en garde le meurtrier, l'autre jour, au magasin. Il traînait peut-être parmi les clients et m'aura entendu.

– Et donc, cette croix... ?

– Ce pourrait être une menace. Il a voulu me donner la réplique.

– Qui aurait le sang assez froid pour agir de cette façon ?

– Le Serpent, Jussi. Le venin du Serpent suinte goutte à goutte sur Pajala.

34

Après nous être rapidement lavé les mains, nous entrâmes dans la maison. Kristina avait préparé une collation. Puisque nous étions partis sans prendre le temps de déjeuner, nous l'acceptâmes de bon cœur. J'avalai goulûment un peu de soupe de poisson pendant que le pasteur posait ses questions.

– J'ai pensé à votre chien. L'avez-vous entendu aboyer cette nuit ?

– Non, la chienne est partie.

– Comment cela, partie ?

– Elle est en chaleur. Et quand ça arrive, des fois, elle s'en va.

– Je comprends. Quand l'avez-vous vue pour la dernière fois ?

– Ça devait bien être avant-hier, répondit Elias tout bas. Depuis que Jolina allait si mal, elle était agitée, elle aboyait le soir, un raffut de tous les Diables.

– Je crois qu'elle était sur ses gardes, dit Kristina. Moi aussi, j'ai cru voir quelqu'un qui rôdait.

– Elle est restée à la porte à grogner plusieurs nuits, reprit Elias. On avait l'habitude de la lâcher dehors pour qu'elle surveille, on se disait qu'il y avait peut-être un renard.

– Et la dernière fois, elle n'est pas revenue ?

– Elle va sûrement rentrer bientôt, prédit Kristina. Elle réapparaît toujours au bout d'un moment.

– Peut-être devrions-nous la chercher quand même, suggéra mon maître. Son nom est bien Siiri ?

– Oui.

– C'est un beau nom. Siiri.

Nous mangions encore quand le bruit d'un équipage nous parvint depuis le chemin. Sitôt après, une voiture entrait dans la cour. Plusieurs hommes en descendirent. Le commissaire Brahe fit bientôt sonner son pas lourd dans la maison. Il était suivi du garde champêtre Michelsson et du docteur Sederin, médecin de la province, qui se trouvait être de passage. Les trois compères fleuraient le punch malgré l'heure matinale, et le commissaire prit immédiatement la tête des opérations, pendant que Kristina s'affairait pour l'assister dans sa tâche. Le corpulent docteur Sederin avait mal au dos, semblait-il, ce qui l'amenait à s'appuyer sur une canne. Comme ses lunettes rondes glissaient constamment sur son nez rouge et boursouflé, il ne cessait d'en renfoncer les branches sur ses oreilles d'un geste maladroit. Il salua mon maître à contrecœur, avec une raideur qu'il ne fit guère mine de dissimuler. Ce buveur émérite détestait les campagnes d'abstinence du pasteur, qui menaçaient d'assécher les terres lapones en lui soustrayant la seule médication qui produisît quelque effet sur la mélancolie arctique.

Après avoir pris connaissance de la situation, les trois hommes pénétrèrent dans le sauna pour examiner le corps. Faute de place, le pasteur resta dans l'encadrement de la porte. Le commissaire Brahe, tout en s'essuyant les mains dans son mouchoir, laissa paraître son dégoût.

– Bon sang, que les pendus sont donc laids à voir, bleus et gonflés, quel dommage, pour une petite aussi mignonne.

– Jetez donc un coup d'œil de près à son cou, suggéra mon maître. Et vous, Michelsson, vous pourriez aider le docteur à examiner les pieds.

– Tiens donc, le pasteur est encore là. Nous pourrions peut-être vaquer à nos affaires en paix, si vous voulez bien nous le permettre.

Le docteur Séverin avait besoin d'un siège. On lui avança le tabouret. La vue du cadavre n'était sans doute pas pour grand-chose dans cette faiblesse, il en avait connu bien d'autres au long de sa carrière, mais après avoir festoyé la veille avec Brahe, il eût préféré rester sur son sofa.

– La langue est bleue. Le visage enflé. Le cou malmené par la corde. De toute évidence, cette fille s'est pendue, estima le commissaire.

Séverin n'avait d'autre intention que d'abonder dans le même sens. Il sortit tant bien que mal un petit carnet pour y consigner le constat de suicide en latin médical.

– Les marques sur son cou ne confirment pas l'hypothèse du nœud coulant, objecta le pasteur.

– Comment le savez-vous ?

– Il y a des ecchymoses laissées par des doigts. Rien à voir avec la corde.

– Elles remontent peut-être à l'agression précédente.

– Non, ce sont des marques récentes. Et il y a aussi des égratignures toutes fraîches, de petites entailles dans la peau, qui évoquent des ongles.

Le commissaire avança d'un pas vers le pasteur, l'attrapa par le col et fut tout près de le soulever dans les airs.

– Jean-foutre de sermonneur, corbeau de Satan. Vous me ridiculisez devant la population !

Il secoua la courte silhouette de mon maître en lui soufflant au visage l'effluve des premières lampées matinales. Mais le pasteur, fort du souvenir de son propre père, de ces colères d'ivrogne qui s'abattaient implacablement sur son entourage, marmonna en retour :

– Vous ne me faites pas peur, monsieur le commissaire.

Alors éclata un nuage de fureur écarlate. Le pasteur fut projeté contre le mur du sauna, et sa tête heurta les rondins noircis. Sederin, lui aussi, encaissa le choc, son tabouret se renversa et le docteur se retrouva par terre. Le commissaire avait visé les dents, mais mon maître avait eu le temps de se détourner, et le poing l'avait atteint à la nuque. Étourdi, il retomba sur le cul et leva les bras en guise de parade. Je tentai de m'interposer, mais le commissaire me repoussa et se campa au-dessus de sa victime, comme s'il comptait lui assener un coup de pied. Au même moment, le garde champêtre s'avisait que le corps commençait à glisser du banc où il reposait, et il se précipita pour le retenir.

– Taisez-vous, bon Dieu de prédicant ! Taisez-vous !

Brahe ôta sa casquette et frotta sa moustache tremblante. Puis il s'ébroua comme un gros chien pataud.

Je me penchai pour aider mon maître à se relever. Son regard vacillait et il crachotait quelque chose qui ressemblait à du sang. Nous sortîmes tous deux d'un pas mal assuré dans la cour, où les gens de la maison et les voisins attendaient avec des mines inquiètes.

– Ce n'est rien, grogna le pasteur. Rien du tout.

Je le guidai prudemment jusqu'au perron, où il put s'asseoir et retrouver ses esprits. De toute évidence ébranlé, il y resta longtemps, le visage dissimulé entre ses mains. J'étais si révolté que je tenais à peine en place. Je finis par me saisir de la bible de voyage qu'il avait sur lui, et glisser le pouce au hasard entre deux pages. J'étais tombé sur Luc, chapitre 15. Le fils prodigue. *Et le père lui donna la plus belle tunique. Il fit tuer le veau gras, l'on mangea et l'on se réjouit. « Car mon fils que voilà était mort et il revit ; il était perdu et il est retrouvé. »*

Du côté du bois, un homme arrivait en courant. Quand il fut assez près, je reconnus le plus jeune des fils.

– *Kirkkoherra… Kirkkoherra…*

– Le pasteur ?

– Oui ?

– On a retrouvé la chienne.

Le corps était recroquevillé, pattes écartées. De son nez sourdait un filet de sang. Sa gueule dessinait un rictus qui découvrait des crocs souillés de salive sanguinolente. On l'avait cachée sous un sapin touffu où elle était quasiment invisible. C'étaient les nuées de mouches qui avaient donné l'idée au jeune homme de soulever les branchages. Je restai en arrière pendant que le pasteur passait la main sur le pelage rugueux et tâtait les côtes du bout des doigts. L'animal était déjà raide et commençait à sentir, il devait se trouver là depuis plusieurs jours.

– Siiri, gémit le garçon, en essayant de maîtriser son chagrin.

Le pasteur se releva et se tourna vers Elias et Kristina.

– Est-ce que vous chassez le renard ?

Elias eut un regard en coin vers sa femme.

– Oui, ça peut arriver.

– Comment vous y prenez-vous ?

– On a un piège.

– Vous utilisez du poison quelquefois ?

– Non, mais les voisins peut-être. Vous croyez que Siiri a avalé quelque chose ?

– J'ai déjà vu des renards empoisonnés à la strychnine. Mais d'ordinaire, ils ont des marques de crampes plus nettes. Dommage, un si beau chien.

– Oh oui, oh oui, sanglota le benjamin en se cachant derrière ses poings fermés.

– Il va falloir la brûler, marmonna Elias. Qu'aucune autre bête n'aille la manger.

– Avez-vous eu de la visite, ces jours derniers ? Qui est passé vous voir ?

– Qu'est-ce que vous voulez dire, monsieur le pasteur ?

– Je pense que le meurtrier essayait de remettre la main sur Jolina depuis l'agression. Il a empoisonné la chienne pour l'empêcher d'aboyer.

– Mais qui... Qui peut avoir... ?

– Peut-être quelqu'un que vous connaissez bien. Que vous voyez tous les jours.

Les lèvres d'Elias se mirent à trembler. Ses doigts se crispaient à intervalles, telles des serres impuissantes.

– Nous pourrions prier pour ce chien, proposa doucement le pasteur.

– Prier pour un chien ?

– Une prière d'action de grâce. Pour toute la joie qu'il vous a apportée durant son innocente existence. Un remerciement au Seigneur pour l'avoir créé.

Le garçon, plié en deux, éclata en bruyants sanglots. L'air lui manquait, il semblait sur le point d'étouffer. Elias leva le bras droit, prêt à laisser tomber sur cette jeune nuque son poing épais comme une masse.

– Joignons les mains, s'empressa d'ordonner le pasteur. Joignons les mains et élevons nos cœurs vers Dieu. Merci, Seigneur...

Tous plongèrent dans un silence recueilli. Le pasteur et moi-même, Elias, Kristina et leurs deux fils. Côte à côte, à bonne distance. C'est à cela que ressemblait le chagrin, dans nos contrées du Nord.

Mais au beau milieu de la prière, entre gratitude et appel au pardon des offenses, je m'aperçus que la voix de l'officiant était mal assurée. Nous savions l'un et l'autre l'affreuse vérité. Le pasteur avait dit tout haut que Jolina pourrait désigner le violeur. Et l'on avait fait taire la malheureuse. Si mon maître avait tenu sa langue, peut-être la jeune fille eût-elle encore été en vie.

35

La cérémonie d'inhumation de Jolina Eliasdotter fut sinistre. La plupart des habitants du village s'accordaient à penser, conformément à la thèse du commissaire Brahe, que la défunte s'était pendue. L'agression brutale dont elle avait été victime le soir du bal lui aurait ôté le goût de vivre. Et la rumeur courait qu'elle n'aurait pas attenté qu'à ses propres jours. Car le malfaiteur, disait-on, l'avait engrossée. Et la pauvre fille, en se tuant, avait aussi assassiné une petite âme. C'est en infanticide qu'elle avait quitté ce bas monde. Son chemin la mènerait donc tout droit vers les tourments de l'enfer. Les histoires de ce genre se racontaient avec délectation à table. Elles avaient pour mérite d'instruire les jeunes gens, surtout les filles qui se plaisaient aux rondes et autres sauteries, sachant qu'une chose en entraînait aisément une autre.

À mesure que le récit se répandait, il s'enrichissait d'un lot croissant de détails macabres. On affirmait que Jolina, qui voulait être sûre que l'enfant mourrait aussi, avait pris du poison avant de se pendre. Alors qu'elle se balançait au bout de sa corde, elle avait accouché du petit mort-né. Le chien, attiré par l'odeur, l'avait dévoré, et s'était ainsi empoisonné à son tour. Eh oui, même le pauvre animal avait été retrouvé mort, et avec ce qu'il avait dans le ventre, on avait dû le brûler, au lieu de le jeter dans les bois. Quant à l'enfant, il était à présent du peuple qui vit sous terre. Une pauvre âme privée du baptême chrétien, condamnée à errer en criant la nuit au bord des chemins, et qui jamais ne trouverait le repos. Tel était le sort des rejetons de filles perdues. La damnation éternelle, Dieu veuille les prendre en pitié la mère et l'enfant.

Je vis le pasteur faire tout son possible pour invoquer la paix sur Jolina Eliasdotter. Lui et moi savions la vérité, qu'elle était la victime d'un meurtre de sang-froid. Il s'efforça de consoler les proches, parla des forces obscures qui nous entourent et de la nécessité d'en recourir à l'aide de Dieu pour résister à leurs assauts. Des bancs de l'église montaient des fumerolles de défiance. Pour les bonnes gens de la paroisse, celle qui gisait dans le cercueil était une pécheresse infanticide et coupable d'avoir mis fin à sa propre vie. Le commissaire Brahe et son acolyte Michelsson tenaient un conciliabule. Elias et Kristina osaient à peine bouger, des troncs d'arbres vêtus de noir, exposés à tous les regards. Pas une seule fois ils ne laissèrent paraître de larmes. Ils devaient étouffer sous la pression montante d'un cri qui s'échapperait tôt ou tard, en leur déchirant la poitrine comme un bec. Les questions, sans doute, broyaient de leur poids leur conscience, si seulement elle eût été conçue autre qu'elle n'était, si seulement on l'eût poussée dans le droit chemin quand il en était temps. Leur fille vivrait encore.

Je récitai machinalement la confession des péchés, mais ma langue, flasque comme un poisson mort, pesait dans ma bouche, le ventre attiré par le fond.

Mes lèvres avaient beau former des a-e-i-o-u, aucun mot ne sonnait dans ma tête. Je lorgnai vers les premiers rangs et rencontrai les yeux du garde champêtre. Je le vis noter quelque chose sur un bout de papier et le montrer au commissaire Brahe, qui lança à son tour un coup d'œil rapide dans ma direction. J'eus l'impression qu'ils parlaient de moi. On sentit passer un souffle, un courant d'air froid qui traversait la nef. Pourtant, portes et fenêtres étaient fermées. Le pasteur avait perdu le fil de son propos au milieu d'une phrase. Je le regardai à la dérobée. Il redressait le buste sous son étole et observait de droite et de gauche. Lui aussi s'était rendu compte de quelque chose. L'interruption ne dura qu'un instant. Puis il se racla la gorge et reprit là où il s'était arrêté. Mais son ton n'était plus aussi ferme. Il me sembla deviner, le long des murs, une présence étrangère, des ombres mouvantes, des êtres invisibles entrés par effraction dans l'église, et qui nous voulaient du mal. Comme lisant dans mes pensées, le pasteur se saisit soudain du grand crucifix de bois posé sur l'autel et le pressa contre ses lèvres. Il murmura quelques mots.

Au même moment, une voix monta parmi les fidèles :

– *Oohooloom ohhoo !*

Sitôt après, une seconde lui répondit :

– *Herra Jeesuksen Kristuksen, aaïiaaïiaa…*

Des mains se levèrent au-dessus des manteaux de deuil, leurs doigts désarticulés agrippaient l'air comme pour déchirer une étoffe.

– *Oohoo hoo*, hulula de nouveau la première femme, puis une troisième commença à se bercer, entraînant peu à peu ses voisines, jusqu'à ce que la rangée tout entière s'agitât en cadence à la manière des rameurs sur un banc de nage.

Tandis que le tapage enflait, le pasteur étreignait le crucifix, cillant et respirant par saccades, sans perdre contenance. À présent, les travées des femmes étaient en plein émoi, et même quelques vieux au visage fripé s'étaient mis à osciller en tordant leurs bonnets sur leurs genoux. Un bambin, pris de peur, éclata en pleurs sans qu'aucun adulte y prît garde, protégea sa tête rase de ses petits bras croisés, comme s'il craignait d'être battu. Les corps habillés de noir remuaient de tous côtés, de grands arbres que le vent menaçait d'arracher. Le pasteur lâcha le crucifix, tournant le dos à l'assistance, seul à la proue du vaisseau dans la tourmente. Et soudain survint un bruit métallique, un cliquetis qui sonna longuement dans la nef. Il venait du tableau où étaient affichés les numéros des cantiques : un des clous s'était détaché, celui où étaient suspendus les chiffres six. Une pluie de laiton s'abattit sur le sol avec un son de crécelle. La sautillante assemblée avait envahi l'allée centrale, et tous s'embrassaient en répandant des larmes de repentir. Quelques-uns des chiffres étaient tombés devant les fonts baptismaux. Ils formaient le nombre 666. Je sentis qu'un gros homme me soufflait dans le cou, une haleine de graisse sure et de soufre. Un autre m'attrapa par le coude et se cramponna à moi comme ballotté dans une charrette sur un chemin cahoteux. Je me libérai en me retournant, le garçon biglait et la morve lui dégouttait de l'aile du nez. Il suffoquait entre deux sanglots, tâtonnait vers le ciel en une sorte de brasse oblique, et appelait *äiti, äiti*… maman, maman… Je me penchai en avant, m'appuyai des deux bras sur le dossier du banc et m'y accrochai pendant que la tempête faisait rage. Le pasteur, silencieux et glacé, se tenait toujours devant le crucifix d'autel, mais son immobilité semblait attiser l'excitation de la foule. Le Saint-Esprit était présent, on le sentait remplir chaque recoin de l'église, on le voyait s'y faufiler comme une brume légère où flottait un parfum de pain frais. Il s'y mêla bientôt une odeur de sucre, celle de la Grâce, cependant que commençaient à monter des cris stridents, telles des langues de feu dans un four. Je remarquai près de moi un homme qui soufflait et poussait péniblement comme s'il eût posé culotte. L'effort était peut-être celui de l'accouchement, allait-on voir apparaître un crâne d'enfant ? Le malheureux luttait pour retenir la créature à naître, mais elle était trop forte, trop sauvage, elle ne tarderait pas à s'expulser du bas-ventre qui l'emprisonnait.

Me tenant de toutes mes forces, si fort que je vis blanchir les jointures de mes doigts, je jetai un regard circulaire. Mes yeux croisèrent ceux de Michelsson et Brahe. Ils m'observaient, figés comme des pierres, comme des oiseaux de mer sur un océan en furie. Je voulus les fixer à mon tour, mais n'y arrivai pas, et je me retournai, la gorge nouée de peur. La tête me faisait mal, la douleur d'une correction assenée à coups de poing, avec un bâton, un tonnelet d'eau-de-vie. Avec tout ce qui se trouvait à portée dans la tente. Un coup, un autre et un autre encore, comme le marteau du tonnerre.

36

Je suis couché dans les buissons depuis une heure. Depuis deux heures. Chaque fois que quelqu'un passe sur le sentier, je m'écrase contre terre jusqu'à ce que le bruit de pas ait disparu. Les moustiques me dévorent. Une colonne de fourmis me tourmente, des petits soldats qui montent à l'assaut de mes chevilles en leur infligeant des piqûres auréolées de rouge. Je ne devrais pas tarder à la voir. Pourquoi n'arrive-t-elle pas ? Elle ne va donc pas à l'étable, aujourd'hui ? Encore un instant et j'abandonne, je commence à en avoir assez. Mais peut-être va-t-elle finir par se montrer bientôt. J'enlace sa taille souple, nous sommes si bien accordés dans la danse, ma peau frissonne de volupté partout où son corps touche le mien. Le tissu de sa robe. Ses poignets. L'extrémité de nos doigts, si sensible.

Et voici qu'elle sort enfin. Elle est là. Celle que j'aime. La porte de la maison se referme derrière elle. Elle porte un sac à dos. Où va-t-elle donc ? Je me glisse sur ses traces à distance. Elle marche pieds nus et semble pressée. Va-t-elle dans les bois ? En montagne, porter des provisions aux filles de la bergerie ? Non, elle continue sur la voie charretière. Je pourrais peut-être la rattraper en courant ? Lui proposer de porter son sac ? Elle me rirait peut-être au nez, je sens flancher mon audace. Et soudain, je la perds de vue.

Elle a disparu, je me dépêche, pour regarder au-delà du virage. Aurait-elle bifurqué vers la fonderie ? Oui, par tous les anges du paradis, la voilà. Elle s'est arrêtée derrière une grange. Mon cœur s'enflamme, je brûle de fièvre. Elle se déshabille. J'aperçois un instant ses épaules nues, parfaitement blanches. Puis elle enfile un vêtement rouge, une robe rouge. Et elle défait ses nattes, relâche ses cheveux en une masse bouclée. Dieu, qu'elle est belle. Y aurait-il quelqu'un, dans cette grange, quelqu'un qui l'attendrait ? Je reste interdit, la bouche desséchée. Puis elle poursuit son chemin, dépasse la grange et se dirige vers le manoir. Traverse la cour, tourne en direction d'une maisonnette. Elle frappe à la porte. On lui ouvre. Elle se glisse à l'intérieur d'un pied léger.

Un moment perplexe, j'hésite et l'attends encore. Ma bien-aimée. Mais elle ne ressort pas. Un chien de garde, près du manoir, m'a repéré et aboie. De gros aboiements fatigués, et de guerre lasse, il se couche, le museau entre les pattes. Le manoir ressemble à un géant au repos, ses fenêtres à de grands yeux qui me fixent. Je découvre un seau en métal émaillé, posé près d'un tas de bois. Une idée me vient. Je quitte ma cachette et m'empare de l'ustensile. Je suis vêtu comme un valet de ferme, j'enfonce mon bonnet sur mes yeux, descends d'un pas rapide vers la rivière et y remplis le seau. Je tiens le prétexte, la tâche qui justifie que j'aie à traverser la cour. Je marche lentement, feins de me diriger vers le potager que je suis censé arroser, m'approche finalement de la maisonnette. Le chien, de nouveau sur ses gardes, gronde dans ma direction de sa grosse voix rauque. Je pose le seau à mes pieds et m'essuie le front. Ce n'est que du théâtre, pour le cas où quelqu'un m'aurait repéré et commencerait à se poser des questions. M'y voici. Je lorgne au passage à travers les carreaux, mais n'aperçois pas celle que je cherche. Je me tamponne sans cesse le visage de mon foulard crasseux, le promène devant mes traits pour ne pas être reconnu, tout en jetant un coup d'œil par la fenêtre de derrière.

Cette fois, je la vois. Dans le soleil de l'après-midi qui baigne la pièce, sa robe rouge virevolte. Maria danse, elle tournoie toute seule sur le plancher. Ses cheveux volent. Elle s'arrête soudain, semble écouter des instructions. Puis se remet en mouvement, un brin plus lentement. Une silhouette massive s'avance vers elle. Il tient le pinceau d'une main, de l'autre touche la chevelure ondulée, l'arrange à sa guise. Et elle se laisse faire. Il modifie l'inclinaison de son buste, elle esquisse un sourire. Il étire un pli de robe, ses longs doigts effleurent sa taille et son sein. Et elle semble y prendre plaisir. Je me sens mal, mais suis incapable de m'en aller. Ils vont me voir d'un instant à l'autre. Je sèche continuellement mon visage fasciné, essuie les globes de mes yeux comme s'ils étaient de verre. Mais une servante approche. Vite, je vais jusqu'au potager, renverse à grandes giclées le seau sur les rutabagas et les navets. Puis repars en toute hâte, avant que la fille ne puisse me dévisager.

– Eh, toi là-bas, viens ici ! me crie-t-elle.

Je pose le seau et déguerpis sans me retourner. La servante me hèle encore, elle a besoin d'aide, mais je suis déjà loin.

– Il fait le portrait de Maria, récapitule le pasteur.

– Dans une robe rouge.

– Et les cheveux défaits, n'est-ce pas ?
– Il faut l'en empêcher, monsieur.
– À ton avis, comment m'y prendrais-je, Jussi ?
– Ramenez-la à la raison. Dites-lui de ne pas y aller.
– Et ce tableau ? Sera-t-il beau ?
– Je ne l'ai pas vu.

Mon maître réfléchit. Ses lèvres font la moue, lâchent une pétarade, sans doute pour chasser un bout de tabac.

– Nils Gustaf s'est donc rendu au bal à Kenttä et y a remarqué une fille particulièrement belle. Il lui a demandé si elle voulait bien poser pour lui pendant ses heures libres. Quelle raison as-tu de t'inquiéter, Jussi ?
– Nils Gustaf est gaucher, lui rappelai-je.
– C'est vrai.
– C'est un *herrasmies*.
– Et puis ?
– Il se pourrait qu'il emporte ses crayons quand il va seul en forêt, et qu'il fasse des esquisses en attendant que quelqu'un passe.

Le pasteur me regarde d'un air pensif. Il passe doucement la main dans ses cheveux longs, comme pour y voir plus clair.

37

De tous les arts que le pasteur s'efforçait de m'enseigner, celui de la parole se révéla le plus difficile. Si la découverte de la lecture et de l'écriture était pour moi une aventure, une longue promenade sur des sommets où s'offraient à ma vue des paysages de plus en plus grandioses, apprendre à parler revenait à creuser un fossé dans un marécage. Chaque mot prononcé me faisait l'effet d'un coup de bêche dans la boue. Plaf. Plouf. Et même si le fossé s'allongeait peu à peu, le cordeau de mots alignés sur ses bords n'était que glaise et tourbe.

Ma voix avait un défaut. Chose courante chez les Lapons, elle était à la fois haut perchée et voilée. Jamais on n'entendait une conversation en same sonner dans les poitrines sur des notes puisées à hauteur du nombril, comme les propos du commissaire ou ceux de Nils Gustaf. Chez nous, le son venait de la tête et de la gorge, le joik en était l'éclatante preuve. L'important pour nous, gens du Nord, c'était le sentiment qu'on mettait dans sa voix. Pour les Suédois, c'était son volume. Le pasteur me raconta combien lui-même avait eu du mal à se faire entendre au début de ses études de théologie, quand ses phrases remplissaient alors à grand-peine un amphithéâtre plus petit qu'une église, et ses professeurs s'en étaient mêlés.

Bien entendu, ma timidité était pour bonne part fautive. Si l'on voulait devenir un bon orateur, encore fallait-il dominer ses craintes, ce qui exigeait un exercice très suivi. Le pasteur me conseilla de regarder mon auditoire comme un troupeau de rennes. C'était une astuce dont il faisait usage lui-même, à l'occasion. Car le renne, ce gros animal armé de bois impressionnants, avait pour seule préoccupation de paître. Si l'on murmurait, il continuait de brouter. Si l'on criait en gesticulant, le troupeau s'égaillait en tous sens, affolé. Mais quand on parlait calmement, on les voyait lever le museau et pointer les oreilles. On pouvait alors hausser progressivement le ton et varier les sons. La curiosité une fois en éveil, quelques-uns s'avançaient prudemment, suivis très vite par d'autres. Quand le feu a commencé à prendre, on n'a plus qu'à ajouter des branches petit à petit, disait encore mon maître. Et de se rappeler l'expérience de certains prêches où les fidèles et lui s'étaient enivrés mutuellement, l'assemblée lui répondant sans prononcer un mot, comme s'il eût été leurs langues et leurs poumons.

– C'est dans ces moments-là qu'on ressent la présence du Saint-Esprit.

– Vous voulez dire que toutes ces larmes, ces sursauts et ces cris...

– ... viennent de Dieu.

Les chiens aussi pouvaient constituer un bon auditoire, tout comme les vaches et les moutons. Qui eût pu ressentir de la honte devant un animal ? Un exercice des plus utiles consistait à se camper devant un chien furieux, et à tenter de le calmer de la voix. Une reculade effrayée ne pourrait qu'exciter sa colère, mais si l'on se mettait à chuchoter une prière, la rage tomberait, faisant place à la curiosité. Il était arrivé plusieurs fois à mon maître de sermonner des chiens jusqu'à les voir s'endormir, le museau sur les pattes, et ce souvenir lui était de quelque secours face aux taverniers furibonds et aux grandes dames ironiques.

Je faisais mon possible pour suivre ses conseils. Je bavardais avec les corneilles et les araignées. Avec le lièvre tout juste pris au piège. Les porcelets, les libellules et les gloussants gallinacés. Quand je trouvais un nourrisson en pleurs dans sa nacelle, je m'asseyais tout près de lui et le berçais de paroles. À son retour, la mère se montrait méfiante, alors je lui parlais, à elle aussi. Il m'en coûtait, l'effort exigeait toute ma concentration. Je cherchais de jolis mots, polis comme des galets, de belles formes lisses que j'alignais nerveusement. Elle haussait les épaules et s'en allait, son petit ballottant sur son dos. Mais j'eus droit plusieurs fois à un regard par-dessus l'épaule, comme si elle hésitait à s'arrêter. Mes mots avaient produit un effet, le premier qu'il m'eût jamais été donné de constater. J'avais touché le fond d'un cœur. C'était comme apprendre à marcher. Je titubais, je tombais, progressais maladroitement sur un chemin creusé de fondrières.

Bien sûr, je savais déjà dire des choses, si l'on admet que dire pour les hommes revient à crier pour les bêtes. Donne-moi ça. Pousse-toi. Regarde. On y va.

La majeure partie des paroles humaines étaient de cette nature simpliste. Semer en paroles des idées, les soigner jusqu'à les sentir croître et s'épanouir en réflexions, c'était une autre affaire. La voie du Salut, par exemple. Durant toute sa vie d'adulte, le pasteur n'avait cessé de prêcher sur ce sujet, et pourtant, il trouvait toujours plus de choses à en dire. Et le plus curieux était que les mots prenaient une autre allure quand on les écrivait. Un seul et même mot, dans un cas, se muait en lettres, et dans l'autre, donnait des sons. Qu'est-ce qui distinguait donc ces deux avatars ? La Bible était écrite, mais il fallait en rabâcher le texte à voix haute pour mieux le faire entrer dans les esprits. Il devait passer par une bouche pour devenir Verbe vivant. À quoi tenait donc cette transformation ? Un peu de salive et quelques mouvements musculaires. Un souffle d'air tiède. Voilà apparemment qui suffisait. Mais il se produisait aussi quelque chose d'inexplicable, qui renforçait l'expérience. Écouter un bon orateur, c'était comme se nourrir. D'une nourriture tout droit sortie d'une autre bouche.

Juhani Raattamaa, revenant d'une session d'assemblées de prière dans les villages du sud de la vallée, repassa par Kengis. Durant l'office du dimanche, j'observai qu'il se tenait penché comme s'il eût cherché à reprendre des forces. Le moment de l'homélie arriva, et le pasteur provoqua la surprise. D'un signe de la main, il fit venir Juhani à ses côtés et déclara que celui-ci allait parler à sa place. Avait-on le droit d'agir de la sorte ? Laisser un laïc monter en chaire ? N'était-ce pas contraire au règlement sur les assemblées religieuses ?

Le pasteur avait prévu ces objections. Il remit posément une feuille à son ami, en déclarant que la prédication du jour avait été rédigée par ses soins, et qu'il reviendrait simplement à Juhani de la proclamer. Ce dernier prit la feuille et leva prudemment les yeux, comme dans l'attente de protestations. Mais comme personne ne bronchait, il se mouilla les lèvres, ouvrit la bouche, tendit ses cordes vocales au fond de son gosier, et entreprit de faire sonner dans toute l'église son mélodieux parler finnois.

– Le monde n'a jamais su aimer les chrétiens. Partout où s'est révélé le vrai christianisme, il a dû affronter la colère et la persécution.

Juhani ne jetait pas le moindre regard au papier qui se trouvait dans ses mains. Le pasteur se tenait à ses côtés. On eût dit qu'il parlait par son intermédiaire, par sa voix. Les mots montaient comme des corps ailés vers le plafond de l'église, puis planaient au-dessus des têtes d'hommes, de femmes, de vieillards et d'enfants, au-dessus des éveillés aux joues usées par les larmes et des endurcis qui tâtaient le flacon d'eau-de-vie dans leur poche de poitrine.

– Et le Seigneur appela les douze, et commença à les envoyer deux à deux, et il leur donna puissance sur les esprits immondes.

La phrase sortait de la Bible. Elle me remplit de confiance, j'eus le sentiment que c'en était fini de ce cruel été. Que le Diable allait enfin être chassé de nos terres par cet homme, le bras armé du pasteur, et que nous serions libérés.

Ce jour-là, mon aimée n'était pas venue. Du côté des femmes, les filles de ferme et les servantes étaient nombreuses. Au sortir de l'église, je me risquai à demander à certaines d'entre elles si elles n'avaient pas vu Maria. Mais elles se contentèrent de hocher la tête en accélérant le pas, comme si mon propos eût été malséant. Alors je me mis à commenter le sermon du pasteur, celui que Juhani venait de prononcer. Je m'enquis de savoir s'il les avait touchées. Mais leur silence se fit encore plus obstiné, et je les laissai disparaître. Elles s'éloignèrent en chuchotant, avec des regards effarouchés derrière elles, pour vérifier que je ne les poursuivais pas. Des perdrix, me dis-je. Ce sont des perdrix au plumage blanc comme neige et au rire méchant. Comment parler à de telles créatures ? De quelle voix, sur quel ton ? J'avais encore tant à apprendre.

38

Tandis que l'été s'enfuyait, Nils Gustaf poursuivait son travail sur le portrait de mon maître. Il arrivait que le pasteur se dégageât de toutes ses obligations, du défilé continu des visiteurs jusqu'aux courriers urgents, pour se rendre chez l'artiste, dans la maisonnette près de la fonderie de Kengis. Il y posait quelques heures d'affilée. Le peintre mettait en place son attirail avec des gestes élégants. Il balançait gracieusement sa haute stature devant le chevalet. Le pinceau, entre ses grosses mains, paraissait menu comme une tige de roseau. Comment des doigts si épais pouvaient-ils tracer des traits aussi fins ? La palette était la plupart du temps posée sur une table, mais il la prenait parfois et l'approchait de la fenêtre pour parfaire la nuance du mélange. Il semblait alors vouloir recueillir le soleil pour le verser dans l'huile, l'y faire goutter comme du beurre fondu. Au début de chaque séance, il allumait un cigare qui se consumait dans une assiette de porcelaine. Le filet de fumée captait la lumière et la soulignait, animait l'atmosphère. Le modèle, pendant ce temps, tirait sur sa pipe.

Il observait les mains de Nils Gustaf. L'ongle du pouce, brillant, évoquait un croissant de lune. Le pasteur tentait d'imaginer cet ongle s'enfonçant dans une gorge féminine, la victime suffocante qui cherchait à lui échapper en se contorsionnant.

Les mêmes mains pouvaient-elles s'appliquer à saisir les reflets les plus subtils, puis, l'instant d'après, meurtrir et étrangler ? Une seule et même psyché pouvait-elle contenir de tels extrêmes ? Tandis qu'il était plongé dans ces pensées, le pasteur entendit s'ouvrir la porte extérieure, et l'une des servantes du manoir entra avec un plateau d'argent. Dessus étaient disposés de petits beignets à l'aspect des plus appétissant.

– Des merveilles, sourit l'artiste, j'ai demandé aux gens de la cuisine de préparer des merveilles. On dit que la recette proviendrait de la maison de Gustav Vasa.

Il tendit une pièce de cuivre à la servante, qui marmonna un remerciement timide en finnois. Son allure la disait descendante des Wallons qui avaient jadis travaillé à la forge, ses yeux et sa lourde natte étaient bruns. Au moment où elle recevait le pourboire, Nils Gustaf l'attrapa par le poignet et lui posa un baiser dans le cou. Geste qui déplut à la servante, le pasteur le vit bien. Elle se dépêcha de repartir, rougissante, tandis que Nils Gustaf s'emparait du plateau de pâtisseries encore chaudes et invitait son hôte à se servir.

– Cannelle, commenta le pasteur. Cognac aussi, peut-être ?

– Juste un soupçon pour le goût.

Le pasteur hésita, cessa de mâcher. Sans un mot, il mit le beignet de côté.

– Délicieuse, fit Nils Gustaf en riant. Je veux dire : cette fille. Je voudrais la peindre, mais elle se rebiffe encore.

– Et vous êtes certain de pouvoir la convaincre ?
– J'ai mes façons, pour attendrir les femmes.
– Et si elle ne se laisse pas attendrir ?
– Elle cédera.
– Il ne faut pas sous-estimer la force des femmes, observa le pasteur. Certains pensent que la femme est supérieure à l'homme.
– Vous y croyez ?
– Oui, à certains égards.
– Vous pensez peut-être à la ruse féminine ? À leur savoir-faire pour nous entortiller, l'habitude qu'elles ont de proposer à l'homme le fruit défendu ?
– Je pense à ma mère, sans laquelle je n'aurais sans doute pas été là.
Une grimace involontaire passa sur le visage de Nils Gustaf.
– Certes. Il faut bien qu'une femme nous mette au monde.
– Dans mon enfance à Jäkkvik, c'était ma mère qui tenait la maison. Sans tous ses sacrifices, Petrus et moi n'aurions pas survécu. Mon père s'absentait longuement. Il vaquait à des affaires de divers genres.
– Voire des affaires amoureuses ?
– Croyez-vous ?
– Un homme a besoin de femmes, c'est une vérité que même un pasteur doit comprendre.
– Et s'il n'obtient pas ce qu'il veut ?
– Il y a toujours quelque rose à cueillir ci ou là.
– Mais si elle refuse de se laisser faire ?
– D'ordinaire, ce qui se drape d'abord de dégoût devient plaisir au bout du compte.
– Mais si l'homme veut et la femme non, peut-il faire usage de sa force ?

Nils Gustaf prit une bouffée de cigare, puis laissa son regard s'égarer au loin.

– Vous pensez à votre mère avec tendresse, monsieur le pasteur. J'aimerais pouvoir en faire autant.

Il exhala la fumée en terminant par un crachotement, regarda les volutes monter vers le plafond.

– J'étais un enfant non désiré. Je ne sais même pas qui est mon père. C'est le frère de ma mère qui s'est chargé de moi. Il était lieutenant de cavalerie, et prenait toujours ses repas en uniforme. J'étais censé suivre sa trace. À l'âge mûr qui est le mien, je le comprends mieux, mais à l'époque, c'était difficile. Il voulait dégrossir le bâtard de sa sœur.

– Il était donc sévère ?

– Je me rappelle ma boîte de couleurs. C'était mon bien le plus précieux. Du jour où il l'a compris, il me l'a régulièrement confisquée en guise de punition. Le moindre petit forfait, et il m'interdisait de peindre. Pour qu'il plie sur ce point, il a fallu que je me mette à dessiner des chevaux.

– Des chevaux ?

– Des chevaux au pas, ou qui sautaient des obstacles, des assauts de cavalerie, des chevaux de chasse ou de parade, des attelages avec un cocher auquel je donnais les traits de mon tuteur. Grâce à cela, il m'a enfin laissé peindre. Voyez-vous, il préférait les chevaux aux humains.

– Et votre belle-mère ?

– Elle avait assez à faire de sa progéniture. Toute ma jeunesse, je me suis senti un intrus, j'avais l'impression de voler à leurs vrais enfants de la place dans leur foyer.

– Ne vous montrait-elle pas de sentiments maternels ?

– Je n'ai reçu aucune affection. Par contre, on veillait de près à mon habillement. Hors de la maison, je représentais la famille, voyez-vous ? Il m'est arrivé de me dire qu'elle avait peur de moi.

– Peur d'un gamin ?

– J'étais grand pour mon âge. En ma présence, elle avait l'habitude d'éloigner ses enfants, il me semblait parfois qu'elle craignait que je leur veuille du mal.

– Était-ce le cas ?

– Je restais dans mon coin. Les choses se sont gâtées quand je suis allé à l'école et que j'ai découvert le mot « bâtard ». Cette fois, ma grande taille m'était utile.

– Vous avez appris à vous battre ?

– Les fils d'intendants ou de je ne sais quoi s'en prenaient tous sur le mufle. Même s'ils étaient plus âgés, même s'ils étaient plusieurs, je me suis battu du premier au dernier jour d'école.

– Et devenu adulte ?

– J'en viens aux mains quand il le faut. N'en faites-vous pas autant, monsieur le pasteur ? Ou tendez-vous toujours l'autre joue ?

Le pasteur saisit sa pipe et feignit de la nettoyer contre sa manche.

– Mon tempérament m'y porterait, reconnut-il enfin. Mais je fais tout mon possible pour lui résister. Je ne voudrais pas devenir comme mon père.

– Je comprends. Mais il est encore préférable d'avoir subi un père qui vous battait. Plutôt que de ne pas en avoir.

– Votre mère ne vous a jamais révélé son nom ?

– Elle me rendait visite de temps en temps. Elle portait toujours de beaux vêtements amples, les commissures de ses lèvres avaient une expression dure sous une épaisse couche de poudre. Une fois qu'elle était repartie, j'essayais de la dessiner de mémoire.

– Votre premier portrait ?

– Je ne me souviens pas qu'elle m'ait jamais touché. Mon tuteur la disait malade, par allusions.

– Une maladie grave ?

– C'est ce qu'il affirmait. Mais je n'en sais rien. Peut-être s'était-elle simplement trouvé une raison pour ne pas avoir à me prendre dans ses bras.

– Elle n'a jamais voulu vous dire qui était votre père ?

Nils Gustaf eut un rire sardonique.

– Quelle curieuse idée. Figurez-vous que la satanée vieille vit encore. Je devrais peut-être aller la voir et la menacer de l'étrangler pour qu'elle me le dise ? Lui serrer la gorge de plus en plus fort, jusqu'à ce qu'elle comprenne quelle dette elle a envers moi ? Est-ce cela que vous suggérez ?

Le pasteur ne répondit pas.

– Bien, dit Nils Gustaf. Gardez cette mine. Exactement celle-là...

Durant l'une des séances, Nils Gustaf s'accorda une pause pour se rendre aux lieux d'aisances, dans le jardin. Resté seul dans l'atelier, le pasteur lutta un moment avec sa conscience, avant de se lever et de se diriger vers une grande malle en bois entreposée dans un coin. Elle était fermée. Il se mit en quête de la clef, de plus en plus nerveux, et la découvrit finalement dans un gilet suspendu à proximité. Il ouvrit la malle et resta bouche bée. À l'intérieur, dans différents compartiments, étaient rangés des flacons et bocaux renfermant moult liquides et poudres, dont plusieurs marqués d'étiquettes sur lesquelles ricanaient des têtes de mort. Il y avait aussi des boîtes en métal, des récipients de verre et des éprouvettes de mesure, une balance de précision assortie de ses poids, tout l'équipement dont on eût pu avoir besoin dans un laboratoire de chimie.

Le bureau était jonché de courriers divers, dans lesquels il était question de matériel d'artiste et de commandes de portraits. Une lettre proposait au peintre d'exposer à Stockholm l'hiver suivant. Nils Gustaf avait de toute évidence ses entrées dans les salons de la capitale. Le plumier regorgeait d'un assortiment de crayons. Le pasteur les examina et en fourra un dans sa poche.

– Avez-vous trouvé quelque chose qui vous intéresse ?

Le pasteur se retourna en toute hâte. L'imposante carrure de Nils Gustaf emplissait l'encadrement de la porte. Il vint se poster tout près du pasteur qui feignait de fouiner dans une pile de toiles.

– Des motifs de montagne !

– Oui, j'ai passé quelque temps sur les bords du Torneträsk avant de venir ici, à Pajala. Elles vous plaisent ?

– Vous aviez dû marcher loin pour dénicher des points de vue pareils ?

– J'avais emprunté une tente. La lumière du soir sur les landes, quel spectacle fabuleux !

Le pasteur s'empressa d'opiner. L'artiste marcha droit sur une toile qu'il avait posée à l'écart pour la laisser sécher, et il la retourna.

– Que pensez-vous de celle-ci, monsieur le pasteur ?

– Elle… est exceptionnelle !

Nils Gustaf tenait son œuvre en pleine lumière, et le pasteur restait sans voix. La toile, tendue sur un simple cadre de bois, n'était pas encore achevée.

– Reconnaissez-vous le modèle ?

La femme représentée sur le tableau rayonnait, le corps si léger qu'elle semblait planer. Ses cheveux dorés volaient alentour comme des nuages, elle portait une robe rouge sang et ses yeux pétillaient dans l'obscurité du décor. Sa beauté était frappante.

– Maria, murmura le pasteur.

– Il m'a fallu du temps pour obtenir qu'elle relâche ses cheveux. Mais j'ai fini par y arriver.

Le pasteur prit un air grave.

– C'est un genre de tableau qui n'est guère montrable devant des paroissiens.

– Il le serait à Stockholm.

– Mais est-ce souhaitable ?

– Cette fille est splendide, monsieur le pasteur. C'est la plus belle que j'aie jamais vue. Ma toile n'a pu capturer qu'un faible reflet de la vraie Maria.

Le pasteur, resté debout devant le tableau, le fixa longuement comme s'il essayait de l'imprimer dans sa mémoire. Puis il se tourna vers Nils Gustaf :

– Avez-vous la foi ?

– Pas au sens où vous l'entendez, monsieur le pasteur.

– Y aspirez-vous ? Voulez-vous que je vous parle de la Grâce qu'il m'a été donné de rencontrer moi-même, durant une période de grand doute ?

Nils Gustaf eut un sourire.

– Non, dit-il.

Puis, s'étant de nouveau attelé à ses mélanges de couleurs, il se reprit :

– Ou plutôt si. Je pourrai vous peindre pendant ce temps. Et je rendrai la chose dans mon tableau.

Pendant un instant, le pasteur ferma les yeux. Il lui fallait rentrer en lui-même, s'enfoncer au plus profond des vastes forêts de son âme.

– Elle aussi s'appelait Maria, commença-t-il.

C'était un premier mensonge. La femme restée inscrite dans son souvenir se nommait Milla Clemensdotter. Mais mieux valait que Nils Gustaf ne connût pas son vrai nom. Qui sait s'il n'allait pas se lancer à sa recherche. Et tenter de lui faire relâcher ses cheveux.

– Cela se passait au cours de l'hiver, alors que je venais d'obtenir mon diplôme de pasteur. J'avais entrepris un long voyage d'étude, de paroisse en paroisse, et je suis arrivé au village d'Åsele un soir de janvier. J'étais épuisé après une route fatigante. L'obscurité hivernale pesait sur le paysage autant que sur mon cœur.

– Eh oui, c'est dans ce genre de circonstances qu'on soupire après une compagnie féminine.

– C'est dans ce genre de circonstances, reprit le pasteur, sous un ciel scintillant d'étoiles, que la Grâce peut vous être révélée…

39

Les soirées étaient devenues fraîches pour de bon. Les animaux se préparaient fébrilement à entrer dans le long hiver polaire. Les hommes, eux aussi, se hâtaient d'engranger les moissons et remplir les greniers. On vérifiait les toits et les fenêtres, on bourrait de mousse les interstices entre les rondins. On vidait les latrines, pour éviter que les excréments gelés ne s'amoncellent à l'excès quand le froid viendrait.

Bien qu'on n'en fût encore qu'à la fin du mois d'août, le pasteur découvrit les premiers dégâts provoqués par le gel sur ses plants de pommes de terre. La pointe des feuilles s'était ratatinée et colorée de brun. Inquiet, il s'empara de son plantoir et gratta autour des racines. Bientôt apparut quelque chose de jaune et de dur dans la terre argileuse. D'une main prudente, il s'empara du tubercule, puis continua de creuser, accroupi au milieu du carré potager. Il ne tarda pas à trouver plusieurs autres de ces fruits souterrains, en tout six gros et deux de la taille d'un pois, encore attachés à la base des racines. Il les ramassa tous et les considéra avec curiosité. En les frottant du bout du pouce, il constata qu'ils étaient enrobés d'une fine pelure. La chair, quant à elle, était claire, d'un jaune presque blanc. Il y mordit, s'attendant à la saveur d'une pomme, puisque la consistance évoquait un fruit tout juste tombé de l'arbre. Mais la bouchée n'avait guère plus de goût que l'eau. Les mains en creux autour de sa récolte, il alla la rincer au puits.

– Viens ici, Jeana, ordonna-t-il à l'une de ses filles qui jouait avec le chien.

Il découpa à son intention un petit morceau, qu'elle mastiqua rapidement avant de le recracher dans l'herbe. Le chien, qui s'était approché et flairait le légume en bouillie, n'en voulait pas non plus.

– Vous me faites une farce, papa ?

– Ça s'appelle une pomme de terre, se hâta-t-il d'expliquer. C'est un de mes camarades d'études d'Uppsala qui m'a envoyé les semences.

Maintenant que les tubercules étaient propres, on y voyait de petits renfoncements, tout comme sur ceux qu'il avait plantés cet été, à la différence qu'ils n'étaient pas piquetés de germes violets. Peut-être valait-il mieux tout jeter au cochon ?

Il emporta les pommes de terre dans la cuisine, les posa sur la table et les observa à travers une forte loupe. Il en partagea une par la moitié et constata que la structure interne était constituée d'une chair pâle, brillante et aqueuse. Une marmite en fer contenant un fond d'eau chaude était restée dans la cheminée. Il y jeta les fruits un à un et porta le contenu du récipient à ébullition. Rien ne se produisait. Ni changement de couleur, ni rétrécissement des tubercules, ni plissement de la peau. Mais une odeur plutôt agréable montait à présent de la marmite, proche de celle du pain encore humide. La consistance changeait-elle ? En vérifiant de temps en temps de la pointe de son couteau, il sentit, au bout de quelques minutes, que les tubercules devenaient plus tendres. Bientôt, la lame traversa sans effort. Plein d'espoir et armé d'une louche, le pasteur puisa les pommes de terre, les déposa sur un plat et plaça le tout sur la table. Au même instant, Brita Kajsa entrait dans la cuisine, nimbée d'une odeur d'étable et le front brillant de sueur.

– Assieds-toi, que nous goûtions la récolte, lui dit son époux en cherchant une cuillère.

Elle haussa les sourcils à la vue de ces formes oblongues et fumantes.

– Des navets ?

– Non, ce ne sont pas des navets, mais notre nouvelle acquisition, les *solanum*.

– Tu les as arrachés ?

– Seulement le premier plant. Le chien n'a pas voulu y toucher. Mais je viens de les faire cuire.

Brita Kajsa coupa soigneusement la pomme de terre en deux, en prit un petit morceau et le posa sur le bout de sa langue. Le pasteur se hâta de l'imiter. Un début de sourire se dessinait sur les pommettes de sa femme.

– Pas mauvais, dit-elle. Mais il faudrait peut-être une pincée de sel.

Elle piocha quelques grains dans la salière et en parsema la pomme de terre, tandis que son mari tendait la main jusqu'au beurrier posé devant lui, y prélevait une noix de beurre et la laissait choir dans l'assiette, où la chaleur la fit bientôt fondre et se mêler au sel. Il roula dans cette sauce son morceau de pomme de terre, puis porta le tout à la bouche. Le goût, inattendu, explosa, si délicat que le pasteur en ferma les yeux pour mieux le savourer.

– Il nous faut économiser le beurre, objecta-t-elle.

– Je sais, mais goûte d'abord. Mélange la pomme de terre avec du sel et du beurre.

Brita Kajsa s'exécuta. Le pasteur vit ses lèvres se refermer, mâcher, se figer. Elle considéra son époux, médusée.

– Oh, lâcha-t-elle.

Il crut d'abord qu'elle s'était brûlé la langue. Mais elle lui lança un regard qui semblait vouloir s'assurer que la chose était bien vraie.

– Des pommes de terre ?

– Les tubercules que j'ai plantés. Un seul plant en produit six.

– Le goût est divin.

– Oui, c'est le mot.

– C'est si bon que ce doit être un poison.

– Dans ce cas, nous pourrions mourir vite.

Le pasteur découpa une autre pomme de terre et Brita Kajsa l'imita. Ils mangèrent dans la même assiette.

– Six fruits pour un seul plant ?

– Et j'en ai encore d'autres au jardin.

– La pomme de terre, répéta-t-elle. Le fruit du solanum, dis-tu ?

– J'ai bien failli tout donner au cochon.

– As-tu perdu l'esprit ?

– Mais j'avais entendu dire qu'il fallait les cuire. Et si on ajoute du beurre et du sel…

– Enfin, le beurre n'est pas tout à fait indispensable.

– Un seul plant m'en a donné six. Imagine si les autres plants sont aussi généreux ! Il faut diffuser la nouvelle. Je vais en parler en chaire !

– Les gens préfèrent les navets.

– Est-ce qu'on ne devrait pas les encourager à en planter quelques pieds ?

– Comme culture d'appoint, peut-être, réfléchit-elle.

– Quelle saveur, s'exclama le pasteur avec exaltation. Des pommes de terre fraîchement arrachées, tout juste sorties de la marmite... Voilà une expérience que je n'oublierai pas de sitôt !

– Pourvu que nous ne tombions pas malades !

– Alors nous mourrons heureux.

– Tu dis qu'il en reste dehors ?

– Mais oui. Nous pourrons en faire cuire aussi pour les enfants.

– Je sens qu'elles bougent dans mon ventre. C'est peut-être comme l'amanite tue-mouche. Le poison s'insinue au bout d'un certain temps...

– Allons nous reposer, Brita Kajsa. Tu as juste l'estomac plein.

– Dieu le veut !

– La pomme de terre, reprit-il. Qui eût pu se douter ? Est-ce que la Création ne regorge pas de miracles suaves ?

À peine Brita Kajsa se fut-elle allongée que ses pincements au ventre se calmèrent. Elle n'avait pas coutume de faire la sieste, mais cette fois, elle ferma les yeux et s'endormit. Le pasteur entendit bientôt sa lourde respiration, tandis qu'un léger frémissement passait sur ses paupières veinées de mauve. Lui aussi somnola, rêvant d'un avenir où chaque ferme du Norrland serait entourée de grands champs touffus où pousseraient des pommes de terre. Récolter au sextuple un tel délice, était-ce vraiment possible ? Si tel était le cas, on finirait par chasser la faim de la vallée de larmes de Tornédalie.

40

Debout près du puits, je m'affairais à vider des saumons d'automne que le pasteur venait de recevoir en dîme. Je jetai les boyaux à Tjalmo, qui les flaira d'un air suspicieux avant d'y planter les crocs. Depuis que mon maître avait été nommé à Pajala, la dîme avait certes augmenté. Là-haut, à Karesuando, les paysans étaient pauvres, ils avaient bien du mal à s'acquitter de ce qu'ils devaient, et le pasteur se refusait à réclamer quoi que ce fût. La commune de Pajala, au contraire, comptait des fermes prospères, mais les gens du lieu donnaient moins que ne le prescrivait la loi. Et cela s'expliquait sans mal. L'Éveil une fois en branle, on avait cessé de gratifier d'un verre d'eau-de-vie ceux qui venaient au presbytère apporter leur beurre, leurs fromages ou leurs navets. La bonne volonté des paroissiens avait du même coup nettement fléchi. Puisqu'on n'avait plus droit à sa goutte le jour de l'impôt, on oubliait aisément ses devoirs.

Ces saumons étaient bien abîmés, constatai-je, marqués de vilaines blessures. Durant cette saison qui hésitait encore entre l'été et l'automne, quand il commençait à faire sombre le soir, on les pêchait au harpon. On installait à l'avant de la barque un châssis métallique chargé de bois sec qu'on enflammait au-dessus de l'eau. Les poissons étaient attirés par la lumière, ils venaient parfois si nombreux et si près de la surface que la rivière bouillonnait. Et l'on visait alors leurs dos luisants avec de grands harpons.

Tandis que j'en étais à rincer les saumons, Tjalmo se redressa d'un bond et s'en alla aboyer dans les jambes d'un visiteur. C'était Nils Gustaf.

– Peut-on voir le pasteur ?

Je nettoyai mes mains visqueuses, puis rentrai dans la maison. Le pasteur s'interrompit dans un travail d'écriture et me suivit dans la cour. Nils Gustaf, tout sourires, ouvrit grand les bras et l'aborda sans préambule.

– Monsieur le pasteur, auriez-vous quelque chose à dire sur la lumière ?

– La lumière ?

– Oui. Que dit un homme d'Église à propos de la lumière ?

– Qu'elle a été créée par Dieu.

Le sourire de Nils Gustaf s'élargit encore. Il manigançait visiblement quelque chose.

– À présent : peut-on toucher la lumière ? L'attraper, la retenir prisonnière ?

– Je ne vous comprends pas bien… Vous parlez de votre tableau, est-il fini ?

– Non, je parle de la lumière de l'univers. Suivez-moi, et vous verrez !

Sans plus tarder, Nils Gustaf repartit sur le chemin, nous entraînant à sa suite.

– Regardez par là-haut, dit-il en décrivant d'un large geste l'arrondi de la voûte céleste. Tous ces nuages qui passent dans le ciel. Les nuages existent-ils ? Nous ne pouvons pas les toucher ni les approcher. Et pourtant, nous pensons qu'ils existent.

– Ils sont faits de vapeur d'eau, intervint le pasteur.

– Et pensez à l'arc-en-ciel, existe-t-il ? Ou à la pleine lune… Crois-tu qu'ils existent, Jussi ?

– Oui.

– Tu ne peux pas les toucher, mais tu crois quand même à leur existence ?

– Oui.

– Comment se fait-il que nous les voyions ?

Je ne trouvai rien à répondre. Nils Gustaf eut un claquement de langue satisfait.

– Parce que nous avons la lumière ! Si la lune était dans l'obscurité, nous autres hommes ne la verrions jamais. C'est grâce à la lumière que nous la contemplons.

Nous étions arrivés devant l'église de Kengis. Nils Gustaf montra du doigt la façade.

– Et cette église : pensez-vous qu'elle se trouve ici, à cet instant ?

La silhouette familière se dressait au sommet de la butte.

– Certes oui, répondit le pasteur.

– Nous le croyons parce que nos yeux la voient. L'église entre à l'intérieur de l'œil par le biais de la lumière, n'est-ce pas votre opinion, monsieur le pasteur ?

– On peut sans doute formuler la chose ainsi.

– Moi-même, je pourrais sortir mon carnet d'esquisses pour la représenter. Je dessinerais pendant un moment, et on verrait ensuite l'église sur la feuille. Elle ne serait pas exactement identique au modèle, mais on la reconnaîtrait. Et si maintenant je vous demande de regarder votre église, monsieur le pasteur…

– Eh bien ?

– Elle est bien là. Vous la voyez ?

– Je la vois.

Nils Gustaf attendit, avec un air chafouin. Durant quelques instants, je me dis qu'il était ivre, et que tout ce discours n'était que verbiage. Sans se presser, il plongea le bras sous son manteau et en sortit une chemise en carton qu'il ouvrit soigneusement. Elle renfermait une petite plaque de verre carrée. Il la leva devant nos yeux. Le pasteur semblait intrigué. Il mit ses lunettes et se pencha sur l'objet pour le regarder de tout près.

– Mais c'est l'église, s'exclama-t-il.

Nils Gustaf opinait avec enthousiasme.

– Elle est joliment dessinée, poursuivait le pasteur impressionné.

Le peintre leva l'autre main en signe de dénégation.

– Elle n'est pas dessinée.

– Peinte, je veux dire. Vous l'avez peinte.

Je me penchai à mon tour pour mieux voir. L'image était plus petite que la paume de l'artiste. Et pourtant, elle rendait tous les détails avec une précision étonnante. On y voyait une représentation exacte de l'église, l'emplacement des fenêtres, l'inclinaison du pignon, la croix de bois ornant la toiture. Nils Gustaf baissa la voix comme pour nous confier un secret.

– Ce n'est pas moi qui suis l'auteur de cette image.

– Ah non ?

– En fait, la main de l'homme n'y est pour rien. Sauriez-vous trouver l'explication, monsieur le pasteur ?

Mon maître retourna l'objet. Il ne comportait pas d'inscription, rien qui pût servir d'indice.

– La lumière, dit Nils Gustaf.

– La lumière ?

– Ce que vous tenez là, annonça-t-il sur un ton solennel, c'est de la lumière gelée.

Le pasteur étendit prudemment un doigt, effleura la surface dure et lisse du verre.

– Ce serait donc une sorte de tour de magie ?

– Oui, vraiment, on peut le dire. Puis-je à présent vous prier de me suivre ?

L'artiste grimpa les marches de l'église. Le portail n'était pas fermé à clef. Il nous fit entrer dans le porche couvert. Il avait monté près du mur une tente de feutre sombre. Il s'y faufila à quatre pattes et s'y affaira un instant dans un bruit de récipients en verre, tandis que montait une forte odeur chimique. Puis il en ressortit et me montra un dispositif en bois ouvragé, pourvu de plusieurs pièces de fixation.

– Pourrais-tu m'aider à installer le pied, Jussi ?

Je chargeai l'instrument sur mon épaule, pendant que Nils Gustaf ouvrait une valise de cuir brun aux ferrures en laiton. Elle contenait une boîte carrée de couleur noire qu'il souleva précautionneusement.

– Peut-être pourriez-vous aller nous chercher un siège, monsieur le pasteur ? De préférence avec un dossier haut.

Le peintre sortit sur la colline, et je le suivis. Au bout d'une cinquantaine de pas, il s'arrêta. Je lui tendis ce qu'il nommait le pied, il le déploya et le stabilisa au moyen de vis commandant des étais. Puis il défit l'enveloppe de la curieuse boîte noire, l'ouvrit et l'ancra au sommet du pied à l'aide de plusieurs écrous.

Le pasteur émergeait à cet instant de l'église en traînant un lourd fauteuil exhumé de la sacristie. Je m'empressai de l'aider, et le peintre nous indiqua où le poser, un peu en avant du portail.

– Maintenant, asseyez-vous, monsieur le pasteur. Appuyez la tête au dossier. Et je voudrais que vous restiez parfaitement immobile, veillez à ne pas faire le moindre mouvement.

– Je dois simplement rester assis ?

– Attendez un peu que tout soit prêt.

Nils Gustaf déplia une toile noire, puis en recouvrit sa personne et l'installation tout entière, ne laissant apparaître qu'un petit tube à l'œil vitreux. Le peintre leva le bras droit.

– Êtes-vous totalement immobile ?

– Oui.

– Ne bougez plus tant que je garderai la main en l'air. Et regardez tout le temps droit vers moi. Attention !

J'entendis cliqueter un mécanisme sous la cape de feutre. La main du peintre nous l'indiquait : un procédé quelconque était en marche. Le soleil nous environnait tous trois de sa chaleur. Au loin, dans une ferme, une vache meugla. Un oiseau passa à tire-d'aile et son ombre frôla le visage du pasteur, mais il paraissait pétrifié. Le cliquetis sonna de nouveau, et le bras s'abaissa.

Nils Gustaf sortit haletant de dessous son étoffe, comme s'il eût longuement retenu son souffle. Sans plus de façons, il se hâta de détacher la boîte, toujours drapée de sa couverture noire, et de la transporter vers le porche.

– Dois-je rapporter le pied ?

Il ne prit pas le temps de répondre. Je soulevai l'appareillage, remarquai les traces qu'il avait imprimées dans la terre. Je ne le repliai pas, mais l'emportai tel quel jusqu'au perron de l'église, appuyé contre ma poitrine. Puis j'aidai le pasteur à trimballer et remettre en place son volumineux siège. Sa perplexité n'avait d'égale que la mienne. De la tente installée dans le porche nous parvenait le bruit d'un intense remue-ménage. Le feutre ondulait en vagues au-dessus des allées et venues rampantes de Nils Gustaf. Les entrechoquements de verre et de métal alternaient avec les sons de couvercles qu'on dévissait, de liquides qu'on versait. Ce qui se déroulait là-dessous était fort compliqué, bientôt nous parvint même une odeur de fumée, produite par quelque chose qu'on chauffait. Enfin, ses grosses bottes apparurent à reculons, et il sortit péniblement de la tente. J'entrevis des coupes, des flacons et une longue paire de pincettes. Le peintre tenait contre lui un objet qu'il protégeait comme un fragile nid d'oiseau. La joie se lisait sur ses traits quand il se planta devant nous en nous montrant sa paume. Au creux de sa main était nichée une plaque de verre encore brillante d'humidité. Je ne vis d'abord que ce reflet, sillonné par la goutte scintillante qui s'était formée à la base du carré, et qui grossit avant de tomber comme une larme d'argent. Mais en changeant d'angle, je distinguai quelque chose, un motif, une image.

Le peintre descendit les marches et exposa la plaque à la lumière. Cette fois, l'image apparaissait. C'était l'église de Kengis, comme tout à l'heure. Mais par-devant se dessinait une silhouette au vêtement sombre, une longue redingote, une touffe de cheveux fous tirés en arrière. Des lèvres charnues et marquées, un nez camus. Je regardai ces yeux qui me considéraient fixement sans ciller.

– Vous voici immortalisé devant votre église, monsieur le pasteur.

Mon maître, émerveillé, tenait à peine en place.

– J'ai lu quelque chose à ce sujet quand j'étais à Uppsala ! se souvint-il. Ce doit être une *camera obscura*.

– Mieux encore. C'est une invention toute nouvelle, un ami a fait venir l'appareil de France pour moi. On appelle cette technique la *daguerréotypie*.

– Une machine qui capture la lumière…

– Tenez, monsieur le pasteur. Gardez ces plaques en souvenir, les premières faites à Pajala. Vous vous rappellerez le jour où vous aurez été le premier habitant du Nord à poser pour un portrait de ce genre. Conservez-les avec soin. Gardez-les pour l'éternité.

– Je n'y manquerai pas, murmura mon maître en tenant délicatement le morceau de verre du bout des doigts, comme s'il se fût agi d'une croûte de glace. Je n'y manquerai pas, vraiment, merci.

Il sortit son mouchoir de sa poche pour les protéger.

– L'image ne disparaîtra pas avec le temps ? demanda-t-il.

– On la dit durable.

– Plus que la vie humaine.

– Oui, peut-être. N'est-ce pas étrange ? Un jour, dans un lointain futur, quand vous et moi aurons disparu depuis longtemps, on pourra vous voir comme si vous étiez vivant. Un peu comme les plantes dans un herbier, en somme.

Le pasteur ne parvenait toujours pas à détacher son regard de l'image.

– Mais si cette *daguerréotypie* venait à se répandre ? reprit-il. S'il devenait possible pour n'importe qui d'exercer cet art, qu'adviendrait-il de vous ?

– Que voulez-vous dire ?

– Le monde aura-t-il encore besoin de portraitistes ?

– Ce n'est pas pour demain.

– Mais cela pourrait venir un jour. Quand tout le monde pourra acquérir son propre appareillage, quand chacun fabriquera ses images et qu'on se les montrera entre voisins. C'en sera peut-être fini de la peinture…

– Eh bien, savez-vous, monsieur le pasteur, vous pourriez avoir raison. Il se pourrait que cette époque soit déjà en marche.

– À quoi ressemblera-t-elle ?

– Ce sera l'âge de la lumière, dit-il.

Mon maître acquiesça. L'émotion marquait encore ses traits.

– Pourriez-vous me montrer comment cela marche ? demanda-t-il. Avant de remballer votre équipement… J'ai cru sentir une odeur de plomb ?

– Des vapeurs de mercure, rectifia Nils Gustaf. Entrez, je vais vous faire une démonstration.

Je laissai les deux hommes dans le porche, en conversation animée. Je sentais sourdre en moi une inquiétude, l'impression d'un danger.

L'âge de la lumière. *Tempus lucis*. Lucifer.

C'était donc ce qui attendait les hommes ?

L'heure était venue. Depuis quelque temps, j'entendais fredonner au fond de moi la voix du *matkamies*, le nomade que j'étais. Le Nord m'appelait. Sur le bord des routes, l'épilobe en épi, *Epilobium augustifolium*, relâchait ses houppettes de graines virevoltantes qui s'accrochaient aux vêtements, jouant parfois, sous un certain soleil, à imiter la neige. Les oiseaux sur le départ se rassemblaient en troupes. Les guêpes, que l'imminence de leur mort rendait furieuses, ne demandaient qu'à ronger la chair. Chaque nuit, un chalumeau glacé s'ouvrait là-haut, dans le cosmos, aspirant le froid de l'univers qui venait se répandre en flots sur les prairies. L'automne n'était d'abord qu'un chemin en pente douce, puis il se faisait raidillon de plus en plus abrupt, avant de tomber dans un gouffre de noirceur blanche. L'urgence affleurait, elle tenaillait tous les vivants, l'envie d'ailleurs. Je sortis le sac où j'avais gardé mes quignons de pain. Je n'avais rien dit de mes intentions à personne. Le dernier soir, le pasteur posa son bras sur mes épaules et sembla sur le point de me donner un conseil, le regard au loin, en cherchant peut-être le mot qui convenait. Il pressentait mon état d'âme, c'était le moment, cette fois encore. Il l'avait compris. Mais jamais nous n'avions réussi à en parler ensemble. La nuit, quand tous se furent endormis, je me glissai dehors comme pour aller vider ma vessie, et ne revins pas.

41

Le pasteur, assis sur le perron, bourrait sa première pipe de la journée. Dès que la fumée commença à monter, il vit apparaître les moustiques, fléau du mois d'août. La porte s'ouvrit et Brita Kajsa vint s'installer tout contre lui. Comme son époux, elle avait perdu en souplesse avec l'âge. Il se souvenait encore de cette agilité de belette qu'elle avait au temps de leurs fiançailles. Mais la vivacité de ses pensées était toujours la même. Les tâches matinales achevées, elle pouvait souffler un peu.

– Jussi a disparu cette nuit, dit-elle.

– Hmm.

– Il ne t'a rien dit ?

– J'ai compris que le moment était venu. Je le sentais agité.

– Qu'est-ce qui peut bien le ronger autant ?

– Il reviendra.

– Tu crois ?

– Il revient toujours.

Le pasteur parcourut du regard le ciel nuageux.

– Les années passent, murmura-t-il entre deux longues bouffées.

– Comment va ton estomac ?

– Mieux.

– Tu n'as pas mal ?

– Non. Et toi ?

Elle roula un peu les épaules.

– Ça va plutôt bien, dit-elle. Mais pourquoi faut-il que l'âge aille se fourrer là ?

– Hmm…

– Pourquoi le bon Dieu a-t-il donné aux hommes des articulations aussi mal fichues ? Tu pourrais en tirer un sermon, un de ces jours.

– Il n'y a pas grand-chose sur les rhumatismes dans les Écritures.

– Des pages entières sur les lépreux, les aveugles, les paralytiques et les infirmes, les sauterelles et le Déluge, mais rien sur les vieilles rhumatisantes ? Le Seigneur n'aurait-il pas oublié un chapitre ?

– Tu devrais peut-être prêcher toi-même sur le sujet ?

– Je croyais que les femmes étaient censées se taire pendant les assemblées dominicales ?

– Ce n'est pas moi qui ai inventé cette consigne.

– Tous tes prédicateurs sont des hommes. Pekka et Juhani, Erkki Antti et Ies-Pieti, et tous les autres. Si tu ne mets pas bientôt une femme dans l'affaire, l'Éveil sera dirigé par des hommes pendant belle lurette.

Le pasteur médita ce propos.

– Il y a un écueil, commença-t-il avec hésitation. Bien souvent, les femmes n'ont pas l'instruction nécessaire.

– Alors, donnez-la-leur. Introduisez des femmes dans les séminaires et les universités, et l'on verra bien si elles ne sont pas capables d'apprendre à réfléchir.

– Et puis il y a aussi l'aspect acoustique. Les voix féminines sont par nature plus faibles et ne s'entendent pas aussi bien dans une église.

– Eh bien nous hausserons le ton, répliqua-t-elle. Pour qu'on nous entende.

– Cela va prendre du temps.

– L'Éveil est pourtant né des paroles d'une femme ? Lui rappela-t-elle. Ta fameuse jouvencelle d'Åsele qui y voyait plus clair dans les dons de la Grâce que tous les pasteurs et les exégètes que tu avais connus au fil des années. C'est une simple Lapone qui a réussi à te donner la flamme.

– Je n'oublierai jamais Maria...

– Milla, tu veux dire. Elle s'appelait Milla Clemensdotter.

– Oui, Milla, c'était son nom de baptême.

– Milla Clemensdotter aurait fait une excellente prédicatrice.

– Sûrement, approuva le pasteur. C'est certain.

– Et pourquoi pas une de nos propres filles ? Nora ou Sophia ?

– Tu voudrais que je les traîne en chaire ?

– Tu pourrais leur apprendre à parler. Comme tu le fais pour ces hommes qui t'entourent. Comme tu le fais pour Jussi.

– Avec Jussi, c'est différent.

– Parce que tu l'as trouvé sur le bord du chemin.

– Parce qu'il... me rappelle Levi.

Le pasteur revit les cheveux bouclés de son fils, et comme le marmot s'étouffait de rire quand il lui labourait le ventre de son nez. Parmi les enfants qu'ils avaient perdus, Levi était celui qui lui manquait le plus.

Brita Kajsa se mit à frotter du pouce les tendons raidis qui menaçaient de lui coincer la nuque.

– Comment tournent les choses à Kautokeino ? demanda-t-elle. J'ai entendu dire qu'on avait condamné à la prison les Lapons qui avaient troublé l'office.

– Oui, mais la plupart ont été relâchés. J'espère que tout cela va se calmer d'ici peu.

– Mon cher pasteur a l'air d'avoir des doutes ?

– Le commissaire n'a pas encore mis la main sur Ellen Skum. Elle se cache pour échapper à la prison, sa famille la protège dans les montagnes. Et puis, on a infligé le paiement des dépens aux Lapons, de lourdes sommes. On pourrait les obliger à vendre tous leurs rennes.

– Et de quoi vivront-ils ?

– L'agitation et l'amertume sont grandes, par là-haut. Ils croyaient lutter pour la bonne cause.

– Est-ce qu'ils continuent de perturber les offices ?

– J'ai appris que Stockfleth avait changé de poste. Le nouveau s'appelle Fredrik Waldemar Hvoslef, encore un pasteur gagne-pain.

D'un geste hésitant, Brita Kajsa prit la main de son mari. De l'intérieur de la maison venaient les cris d'une querelle entre les filles.

– Je suis inquiète, dit-elle.

– Moi aussi.

– Des forces malfaisantes se sont mises en branle, continua-t-elle à voix basse. Je crains qu'on ne prépare un mauvais coup.

– Contre nous ?

– Contre les Lapons. Et contre l'Éveil. Contre tout ce que nous vénérons.

Le pasteur se tourna vers elle et rencontra son visage grave. Les années avaient creusé de profonds sillons de part et d'autre de sa bouche. Autour de ses yeux, la peau était grise et flétrie. Mais dans le jour montant, elle rayonnait d'un feu intérieur. Si lui-même s'enflammait comme l'écorce du bouleau, elle était la souche résineuse qui se consumait heure après heure dans la nuit d'hiver, et le voyageur grelottant qui se pelotonnait auprès d'elle avait la vie sauve.

– Il faut que j'aille à Kautokeino, décida le pasteur, je partirai dès que je pourrai. Mais il faut d'abord que je démasque le criminel. Il faut l'arrêter, il a pris goût à la violence. Le risque est grand qu'il recommence.

– Que Dieu nous vienne en aide, marmonna-t-elle.

Dans la maison, les cris et le tapage allaient croissant. Brita Kajsa se leva, arrangea sa jupe et rentra. Dès qu'elle eut franchi le seuil, les filles se turent.

III

Sous ton pinceau,
Les femmes s'offrent.
Tous les trésors
Sont pour ton coffre.
À l'art buvons,
Et l'on saura
Qui, du plus sot
Ou du plus fort,
À la potion
Résistera.

42

La froide pluie d'automne qui tombait à verse se transformait par moments en flocons. J'étais à moitié allongé dans le coin de la pièce, près de Tjalmo, endormie le dos contre ma cuisse. Arrivé en pleine nuit tandis que tous les autres sommeillaient, je m'étais faufilé et couché à ma place. Maintenant, le pasteur se tenait devant moi et me fixait :

– *Sieki täälä*, finit-il par articuler. Te voilà donc, Jussi.

Il ne chercha pas à savoir où je m'étais rendu, ni ce que j'avais pu y faire. Mais je lus le contentement dans son regard.

Le lendemain, nous étions tranquillement assis à table, heureux d'échapper à cet affreux temps. Une journée parfaite pour les travaux d'intérieur. J'eus beau assurer que ce n'était pas nécessaire, Brita Kajsa me resservit une louche de bouillie – c'était sa manière de me souhaiter la bienvenue. Les filles lancèrent en gloussant que je parlais différemment, presque comme un Norvégien. Je leur offris mon dernier morceau de morue séchée et les observai qui mâchaient, sentant le goût de l'océan envahir leurs bouches. Pendant ce temps, mon maître avalait son repas tout en feuilletant de vieux journaux qu'on lui avait envoyés de Stockholm. *Aftonbladet*, lus-je sur la première page. Peut-être cherchait-il matière à son sermon de dimanche.

Tout à coup, Tjalmo se leva. Des pas résonnèrent sur le perron, suivis de quelques coups francs. Nora ouvrit. Dans l'embrasure de la porte de la cuisine apparut un garçon ruisselant de pluie, aussi trempé que s'il eût nagé dans la rivière. Je ne le reconnus qu'une fois qu'il eut ôté son chapeau : c'était Heino, l'un des garçons de l'usine. Nora le fit entrer.

– Mets-toi au chaud, Heino, dit calmement le pasteur. Qu'on te serve de la bouillie avec une noix de beurre.

– Monsieur le pasteur doit venir, haleta le garçon, essoufflé de s'être dépêché dans les intempéries.

– Qu'est-ce qui presse autant ?

– Il vaut mieux que…

– Parle !

– Monsieur le pasteur connaît l'homme, ce peintre qui loge près de l'usine. Il s'est enfermé dans la maison. On a frappé à la fenêtre, mais il refuse d'ouvrir.

– Je te suis.

Heino hocha la tête d'un air soulagé. Il avait le front et les joues luisants, et le visage transi de froid. Il jeta un œil vers la cour, à travers les carreaux de fenêtre battus par la pluie. Le pasteur alla chercher son paletot, laissant sa gamelle à moitié remplie. Je me levai d'un bond et attrapai son sac, que j'enveloppai dans une toile de feutre pour le protéger de l'eau. Puis nous sortîmes.

Au bout de quelques minutes, nous étions déjà trempés. J'avais pourtant enduit de graisse mon sac à dos de cuir, mais je sentis que l'eau s'y infiltrait par les coutures. Le vent poussait la pluie vers nous, puissant comme le courant d'un fleuve. Les bourrasques de neige nous brouillaient la vue, formant de temps en temps comme une brume qui effaçait le paysage. Le pasteur voulut en savoir davantage sur ce qui s'était passé, mais n'obtint que des réponses vagues. Le garçon se contentait de presser le pas, si bien que nous eûmes du mal à le suivre. L'eau ruisselait le long de mes pantalons, pénétrait dans mes bottines, flip-flap, faisaient-elles à chaque enjambée. Je m'escrimais à protéger le sac du pasteur de mes doigts gelés, j'avais froid et je transpirais à la fois. Je revis les harassantes marches de mon enfance, quand nous nous déplacions dans la montagne, la tente roulée sur un traîneau, mon père qui me tirait en jurant, et moi par-derrière, mettant à grand-peine mes pas dans les siens. Je m'essuyai rapidement le visage du plat de la main, chassant un mélange de pluie et de sueur. Heino, tourné vers nous, semblait inquiet de notre lenteur. Heureusement, le hameau de la forge n'était pas si loin du presbytère, et nous vîmes bientôt le manoir se dresser au-dessus des prairies.

Nous nous hâtâmes vers la maisonnette où logeait Nils Gustaf. Une silhouette se pressait contre la façade sous le vent, celle que ne frappait pas la pluie. La servante brune que le pasteur avait déjà vue. Elle s'inclina à notre arrivée. Le pasteur lui répondit d'un signe de tête et se hissa sur la pointe des pieds pour atteindre la fenêtre. Les mains sur les côtés, il plongea le regard à travers les carreaux.

– Regarde, toi aussi, Jussi, me dit-il.

Je posai mon sac et fis ce qu'il me demandait. La pièce avait le même aspect que cette autre fois où j'y avais jeté un œil à la dérobée. Je vis le chevalet, les toiles mises à sécher ci et là. Dans un angle se trouvait le lit. Deux jambes habillées en dépassaient légèrement, comme si l'homme qui était couché là se fût préparé à en descendre. Malgré nos coups répétés à la porte, tout à l'intérieur semblait immobile.

Le pasteur s'approcha de la porte et examina la poignée. Il n'était pas possible de la forcer. Puis son regard se porta sur le verrou, du type forgé à Kengis.

– A-t-il l'habitude de fermer à clef ?

– Oui, quand il s'en va, dit Heino.

– Et la nuit ?

– La nuit aussi.

– Il y a une bouteille d'alcool sur la table, poursuivit le pasteur. Il est peut-être soûl, tout simplement ?

– C'est ce qu'on s'est dit. Mais il ne bouge pas. Il finirait quand même par se réveiller, non ?

Mon maître réfléchit rapidement.

– Va donc réveiller le maître de forges, dit-il.

– Il est parti pour Matarengi.

– Ah.

– La clef est restée dans la serrure à l'intérieur. On ne peut pas l'ouvrir du dehors.

Le pasteur se baissa pour regarder par le trou de la serrure, et constata que Heino disait vrai. Il cogna une fois encore à la porte, sans obtenir la moindre réaction.

– S'il n'y a pas moyen d'ouvrir la porte, il faut l'enfoncer.

– Mais…

– Nils Gustaf est peut-être malade. J'ai peur que ce ne soit grave.

On envoya la servante chercher ce qu'il fallait dans la remise à bois, un peu plus loin. Elle en revint aussitôt avec une hache à manche court, qu'elle tendit à Heino. Celui-ci hésita.

– J'en prends la responsabilité, déclara le pasteur.

Heino visa et frappa le chambranle. La porte elle-même était trop précieuse pour qu'on osât l'abîmer, mais son encadrement fut vite réduit en pièces, et la ferrure du verrou céda. La porte s'ouvrit en glissant. Une odeur aigrelette de térébenthine et de vieille laine vint à notre rencontre.

– Restez là, dit le pasteur. Toi aussi, Jussi.

Lui-même ôta ses bottes et se frotta soigneusement la plante des pieds pour en ôter les brins de paille mouillée. Puis il avança vers le lit en scrutant à chaque pas le sol où se posaient ses pieds nus. Je remarquai que son regard se promenait de droite et de gauche comme s'il eût cherché des plantes. Une fois auprès de Nils Gustaf, il se pencha et lui saisit le poignet. Pendant un long moment, il resta figé. Seuls ses doigts cherchaient à tâtons le pouls de l'artiste. Puis il se redressa avec un hochement de tête.

– Que Dieu le bénisse…

Un frisson me traversa le corps. Les gens du lieu échangèrent un regard.

– Nils Gustaf est… ?

Le pasteur sortit un mouchoir de sa poche, y toussa et s'essuya la bouche avant de replier le carré de toile.

– J'en suis navré, dit-il avec un effort manifeste pour garder la voix ferme. Les membres ont déjà raidi. Il faut envoyer chercher Michelsson et Brahe. Nous autres resterons ici pour surveiller.

La servante se précipita vers le manoir, les jupes en bataille.

– Jussi, donne-moi mon sac. Toi, Heino, mets-toi près de la porte, et ne laisse entrer personne, quoi qu'il arrive.

Je lui tendis son sac à travers l'ouverture de la porte. Il en sortit son crayon et ses feuilles, pendant que j'ôtais mes bottines. Dès que j'entrai, il me fit comprendre que je devais lui emboîter parfaitement le pas. Nous nous approchâmes du lit en silence.

Nils Gustaf était allongé sur le côté, le visage tourné vers le mur. Son visage faisait peine à voir. Ses lèvres étaient entrouvertes, comme déformées par un cri prolongé, ses joues et son menton maculés de taches cadavériques. Il était entièrement vêtu, chaussé de simples pantoufles de cuir. Les jambes tendues dépassaient le bord du lit. La main gauche était en partie introduite dans la bouche. On eût dit qu'il avait essayé d'en extraire sa langue. La droite agrippait le jeté de lit. Il avait dû mourir dans de grandes souffrances. Le pasteur déboutonna la chemise, posa la main sur la poitrine de Nils Gustaf, vérifiant qu'il n'y demeurait aucune trace de vie. Il tira prudemment sur l'une des jambes. Lorgnant vers Heino qui suivait avec attention nos agissements, il passa du finnois au same, et fit sa voix discrète :

– Il est raide et froid, Jussi. Il a dû mourir hier, déjà.

– Hmm.

Du bout des doigts, il effleura le dessous des pantoufles.

– Il a commencé à pleuvoir le soir. Si je me souviens bien, c'était vers six heures.

– Ce doit être ça.

– Les semelles sont mouillées. Et le paletot est humide. Il a dû sortir après le début de la pluie.

– Une promenade du soir ?

– Dans ce cas, il se serait mieux chaussé, objecta le pasteur. Et le paletot n'est pas bien boutonné. Il n'a dû faire qu'un tour rapide au-dehors. Peut-être est-il juste sorti uriner. Et quand il est rentré...

– Il a dû tomber malade brutalement, proposai-je. Il s'est senti mal et s'est couché.

– Continue, Jussi.

– Peut-être une attaque d'apoplexie. Ou bien le cœur ?

Le pasteur passa la main sur son menton râpeux.

– Pourquoi, dans ce cas, y a-t-il deux verres sur la table ? se demanda-t-il tout haut.

– Deux verres ?

– Note, Jussi. Il semblerait qu'il ait eu de la visite hier soir.

– De qui ?

– Le chevalet est en place. Peut-être le visiteur voulait-il un portrait ?

Il s'approcha. Une feuille était accrochée au chevalet, en position inclinée, couverte de traits exécutés au fusain. On y distinguait l'ébauche d'un buste.

Le pasteur passa ensuite à l'étude des verres vides. Il se pencha et les renifla comme l'eût fait un chien. Des toiles étaient mises à sécher sur un châssis posé sur une étagère, tout près du lit. Le pasteur les sortit l'une après l'autre et les détailla. Comme il s'attardait longuement sur l'une d'elles, je ne pus m'empêcher de regarder par-dessus son épaule.

C'était celle qui le représentait. Le pasteur était assis dans son jardin, près de son herbier. Il tenait entre deux doigts la petite plante qu'il venait d'observer. La lumière, venue du fond du tableau, entourait le personnage d'une nuée glorieuse. Je compris que l'artiste avait ainsi rendu, avec une stupéfiante habileté, la fumée de sa pipe. Mais le plus captivant était l'expression inattendue de ses traits. On y lisait une nostalgie profonde, quelque chose de fragile et de mélancolique. Nils Gustaf avait mis à nu un coin d'âme de son modèle. Ce qu'on trouvait dans son regard n'avait rien à voir avec le prédicateur caparaçonné qui en appelait au Jugement dernier. C'était un homme pétri de doute.

– Elle ne sera jamais achevée, murmura le pasteur.

Il semblait presque gêné.

– De quoi parliez-vous donc pendant les séances de pose ?

Il resta silencieux un instant, perdu dans ses pensées.

– Des femmes, dit-il enfin. Des femmes que nous avons connues.

– C'est une toile magnifique.

– Elle n'est pas terminée, répéta-t-il.

– Un portrait de ce genre n'est jamais terminé, fis-je remarquer. Il faut continuer de le peindre toute une vie. Et même après. Y ajouter les tableaux faits par tous ceux qui croient vous connaître. Couche sur couche, au fil du temps.

– Dieu me préserve, bougonna-t-il.

– Mais ce tableau-là… J'oserai dire… Celui de Nils Gustaf restera le meilleur.

– On ne l'accrochera pas dans la sacristie, répondit-il. Il n'est pas fini.

J'eus envie de le contredire, mais je me tus. Les autres toiles, plus conventionnelles à mes yeux, représentaient le maître de forges Sohlberg, le négociant Forsström et le bailli Hackzell. Celles-là semblaient achevées. Peut-être y manquait-il juste quelques couches de vernis. Le pasteur jeta un regard circulaire dans la pièce et me demanda de prendre des notes.

– Écris que la porte était verrouillée de l'intérieur. Et toutes les fenêtres crochetées.

Se tournant vers Heino, il repassa au finnois.

– Est-ce qu'il y a une cave avec des soupiraux, par où on aurait pu entrer ?

Heino hocha la tête.

– Ou une ouverture qui donne dans les combles ?

– Oui, dehors, dans le pignon.

– Mais je ne vois rien au plafond ? Est-ce qu'on peut entrer par là dans la pièce ?

– Non.

L'appareil à daguerréotypie était remisé tout au fond, dans un coin, vissé sur son pied et recouvert du feutre noir. La valise contenant tous les accessoires et les produits chimiques reposait ouverte à terre. Le pasteur s'accroupit. J'observai comme lui qu'on avait retiré de leurs emplacements et laissé pêle-mêle des récipients et des plaques de verre. L'air pensif, il regarda de plus près un compartiment latéral. Il paraissait un rien de travers. Le pasteur tira légèrement, et découvrit qu'il glissait de côté. Un autre compartiment apparut, caché sous le premier. Mais quand mon maître y plongea les doigts, il le trouva vide.

– Que penses-tu qu'on ait rangé là-dedans ?

– Je ne sais pas...

– Cet espace s'ouvre facilement dès qu'on appuie, et là, près de la fermeture, il y a une petite surface usée, vois-tu ? On dirait qu'on l'a ouvert et fermé bien des fois. Et le fond s'est légèrement coloré.

Le pasteur y pointa son grand nez, puis m'invita à l'imiter.

– Du métal, suggérai-je.

– Je suis d'accord. Ce dépôt verdâtre doit être du vert-de-gris. Mais pourquoi n'y en a-t-il qu'au fond et pas en remontant sur les côtés ?

Il me regardait avec insistance, mais j'avais beau réfléchir, je ne voyais pas d'explication :

– Dites-le-moi.

– Parce que les pièces de cuivre sonnantes et trébuchantes étaient au fond, recouvertes par les billets de banque.

– Naturellement ! m'exclamai-je, impressionné par sa perspicacité.

– C'est dans ce compartiment que Nils Gustaf conservait son argent. Je présume que la somme était importante, sans doute était-ce la raison pour laquelle il fermait la porte extérieure de la maison.

– Mais où est donc passé cet argent ? demandai-je.

Le pasteur tâta les vêtements du mort, sans succès.

– En tout cas, il ne l'a pas fourré dans ses poches.

– Peut-il l'avoir dissimulé autre part ?

– Tu as bien remarqué que le compartiment n'était pas totalement fermé. Le mécanisme a été abîmé. Je pense qu'on l'a forcé. Or il n'est guère probable que Nils Gustaf ait endommagé lui-même la cachette où il gardait ses sous. Il ne reste donc qu'une solution.

– Vous pensez que c'était... un voleur ?

– Un voleur. Et peut-être pire.

Il joignit le bout des doigts, comme il le faisait quelquefois durant ses prêches.

– Je pense que l'argent a été pris par la personne qui a assassiné Nils Gustaf.

– Assassiné ! m'écriai-je.

Même si nous parlions same, Heino s'était aperçu de mon émoi. Déconcerté, je baissai la voix et poursuivis dans un murmure :

– Mais… mais la porte était condamnée. De l'intérieur. Et la clef était encore dans la serrure…

– C'est indéniable.

– Aucun être humain ne peut voler de l'argent, tuer quelqu'un… et s'en aller alors que les portes et les fenêtres sont verrouillées de l'intérieur ?

– Continue, Jussi.

– Si ce n'est pas un homme qui l'a fait… ce doit être…

Je ne voulais pas dire son nom, mais fis de la main le signe lapon du Mauvais. Le pasteur me regarda d'un air songeur, puis tourna les yeux vers la lumière de la fenêtre. Ses pupilles soudain rétrécies s'étaient acérées comme la pointe d'une plume. De longs frissons me parcoururent l'échine. *Beargalat*. C'étaient à ces forces-là que nous avions affaire.

J'entendis bientôt un attelage rouler dans la cour. Le commissaire était arrivé. Comme à l'accoutumée, il entra dans la maison à grand fracas, suivi du garde champêtre. Il était visible que cette sortie sous la pluie les contrariait, et notre présence à tous deux n'arrangea pas leur humeur.

– Qu'est-ce que vous foutez ici ? gronda Brahe en nous bousculant sans l'ombre d'une politesse. Je compris à son haleine acide et ses yeux injectés qu'il cuvait encore l'alcool de la veille. Les deux hommes se mirent à piétiner en rond dans la pièce, dégoulinants de pluie et chaussés de souliers boueux, puis tâtèrent vaguement le corps rigide de Nils Gustaf.

– Bon sang de Dieu que ça pue ! tonna le commissaire, et il décrocheta la fenêtre, l'ouvrit en grand et s'appuya sur la tablette en haletant.

– Pourquoi Diable nous avez-vous fait venir ? s'exclama-t-il encore, en nous accusant du regard, avant de s'écrouler sur une chaise. Le pauvre bougre est mort dans son sommeil.

Heino regardait le pasteur du coin de l'œil. Mon maître sembla hésiter. Puis il se pencha vers le commissaire et lui dit calmement :

– Je crois que Nils Gustaf n'a pas eu une mort naturelle.

– Qu'est-ce que vous voulez dire ?

– Il y a des indices qui...

– Ne m'a-t-on pas dit que la pièce était fermée de l'intérieur et que toutes les fenêtres étaient crochetées ? C'est moi qui ai mal entendu, peut-être ?

– Non, c'est exact.

– Une maladie lui sera tombée dessus pendant la nuit. Une crise d'apoplexie, disons ?

Il envoya une œillade à Michelsson qui acquiesça avec empressement.

– Qu'on m'enterre le bonhomme au plus vite, le corps pourrait être contagieux, poursuivit Brahe.

– Et si on l'avait tué ?

– Il n'y avait personne quand vous êtes arrivé ?

– Certes. Mais il semblerait que Nils Gustaf ait eu de la visite hier.

Le commissaire desserra son col. Un instant, il sembla sur le point de se sentir mal. Avec une répugnance visible, il commença à déboutonner le manteau du peintre.

– Pas de blessures par là, si je ne me trompe. Pas de sang, aucun signe d'empoignade. Alors comment aurait-il pu être tué ? Par une créature qui passerait les murs d'une maison fermée à clef, et qui vous expédierait un homme dans l'autre monde sans qu'on puisse rien voir ? C'est ça, votre idée, monsieur le pasteur ?

Le commissaire promena autour de lui un regard sarcastique.

– Hi hi hi, pouffait Michelsson, flagorneur.

Heino, près de la porte, jeta un coup d'œil curieux vers le pasteur, dans l'attente d'une répartie cinglante. Cependant, Brahe passait en revue les toiles sans cadre entreposées dans le séchoir.

– Mais voyez quel maître il était ! s'exclama-t-il en tenant l'une d'elles à bout de bras.

L'ourse furibonde grondait, dressée sur ses pattes de derrière. Un personnage en uniforme, campé devant la bête, brandissait vaillamment son sabre. L'ourse semblait prête à sortir d'un bond du tableau. De sa gueule ouverte coulaient le sang et la salive, et le sabre du commissaire brillait comme l'éclair.

– Quel peintre habile !

Michelsson approuva. Mais soudain, Brahe avisa la bouteille de cognac posée sur la table. Il s'en empara et s'offrit une généreuse lampée. Le pasteur le fixait avec indignation. Un instant, je le sentis prêt à lui arracher le flacon des mains. Mais Brahe claquait de la langue avec délectation.

– Cette peinture a sa place dans notre local de service. N'est-ce pas, Michelsson ?

– Oui, monsieur le commissaire.

– Et maintenant, que tout le monde sorte de cette maison. Y compris le pasteur ! Michelsson et moi allons enquêter méthodiquement sur ce décès, et nous voudrions ne pas être dérangés.

– Puis-je emporter les verres ? demanda le pasteur.

– Les verres ?

– Ou souhaitez-vous les examiner le premier, monsieur le commissaire ?

Le commissaire eut un geste de dénégation, et le pasteur, avec un soin extrême, saisit les verres à travers son mouchoir, pour ne pas les toucher. Puis il les fourra dans son sac en position verticale. Il ne faisait pas l'ombre d'un doute que Brahe aspirait à pouvoir vider la bouteille en paix.

– Qu'est-ce que ce morveux de Lapon est en train d'écrire, là-bas ? éclata-t-il soudain.

Je tentai de dissimuler ma feuille, jetai un regard désespéré au pasteur, mais il était trop tard. Brahe m'arracha le papier et commença à lire. Je vis son front se froncer de gros plis.

– Du stupide charabia ! À quoi peut bien servir pareil tas de sornettes ?

– Jussi s'exerce à écrire, répondit calmement le pasteur.

– Avec des mots qui ne veulent rien dire ? Ça ne s'appelle pas écrire, ce galimatias que tu barbouilles là !

Il froissa la feuille en boule et l'envoya rouler dans un coin. Je pris ma mine la plus humble, la plus bête peut-être, pour aller la récupérer, pendant que le pasteur nous chassait de la main comme des mouches.

Je lissai le papier avant de le glisser dans ma poche. Le commissaire Brahe ne savait pas lire le same.

43

Quand nous fûmes de retour au presbytère, le pasteur me demanda de le suivre dans son cabinet de travail. Il ferma la porte et me fit signe de m'avancer jusqu'au bureau. Je m'assis sur un tabouret et me retrouvai la poitrine à hauteur du plateau. D'un geste lent, il sortit un morceau de papier plié en quatre, et l'ouvrit. Il contenait de petites pelures de bois, si légères que ma respiration risquait de les disperser.

– Qu'est-ce que tu vois ? me demanda-t-il.

Je regardai de plus près, et me souvins.

– Ça vient d'un crayon qu'on a taillé au couteau. Les copeaux laissés derrière lui par le meurtrier de Jolina ?

– Tout à fait, Jussi. Ceux qui se trouvaient sous les trembles où nous pensions qu'il s'était caché. Et maintenant, regarde.

Il prit un crayon dans sa poche et se mit à l'aiguiser au canif au-dessus d'un autre papier.

– Ils ont l'air semblables.

– Regarde attentivement.

Il me tendit une loupe. Je retins ma respiration en m'appliquant à centrer l'instrument sous mes yeux.

– Ça pourrait venir du même crayon.

– Je suis d'accord, Jussi. Ces copeaux doivent provenir du même genre de crayon. Et comme tu te rappelles sans doute, nous n'avons pas trouvé ce modèle dans la boutique de Henriksson.

– Non.

– Celui-ci, je l'ai pris dans le plumier du peintre, une des fois où j'ai posé pour lui.

– Vous l'avez volé ?

– Disons que je l'ai emprunté à des fins d'enquête.

– Mais alors, cela veut dire que... que Nils Gustaf était l'agresseur des deux filles ?

– Je l'en ai longtemps soupçonné. Ses bottes étaient enduites de la même sorte de graisse que celle retrouvée sur la robe de Jolina. Il avait chez lui des substances qui auraient pu empoisonner la chienne de Jolina. Et pourtant, j'avais des doutes.

– Pour quelle raison ?

– Sa tournure d'esprit. Pendant ces séances, il parlait volontiers des femmes. Il les adulait et les méprisait à la fois, et sans doute ne faisait-il pas grand cas de leur refus. Mais quant à les suivre pour s'en prendre à elles par la violence...

– Qui d'autre que lui aurait pu rester dans les bois, à dessiner ? Peut-être cachait-il un criminel au fond de lui ?

– Oui, c'est possible, Jussi. Il se pourrait que nous ayons tous en nous des abîmes de ce genre. Mais j'ai examiné le torse de Nils Gustaf, quand nous étions là-bas. Je n'ai pas vu de cicatrice. Ce n'était sans doute pas lui que Jolina a blessé avec son épingle en se défendant. Sors donc tes notes, Jussi, et redis-moi ce qu'il y avait sur sa table.

– Deux verres vides, avec des traces de cognac. La bouteille était posée à côté et remplie au tiers. Un cahier, un carnet de reçus...

– Quelle espèce de cahier ?

– Il y avait dedans des commandes de tableaux. Les noms des gens, et les sommes sur lesquelles ils s'étaient mis d'accord.

– Sautons les évidences, m'interrompit le pasteur. Je voudrais juste savoir : as-tu observé que la page où était inscrite la dernière commande était arrachée ?

– Elle l'était ?

– Tu te souviens de l'esquisse, sur le chevalet ? On pourrait imaginer qu'une personne soit venue voir Nils Gustaf en prétendant désirer un portrait. La commande aura été notée dans le cahier, et signée. L'homme aura versé une certaine somme, que Nils Gustaf aura rangée dans le compartiment prévu à cet effet. Après quoi il aura sorti une bouteille de cognac et ils auront trinqué pour fêter l'affaire.

– Et donc, la page arrachée… ?

– Nils Gustaf y avait écrit le nom de la personne en question. Le visiteur doit l'avoir arrachée avant de partir.

– Mais pourquoi ?

– Tu ne comprends donc pas ? Le meurtre était prémédité.

– Pourquoi n'avez-vous rien dit au commissaire Brahe ?

– J'ai essayé, Jussi. Tu as bien vu que j'ai essayé, n'est-ce pas ? J'aurais bien voulu examiner de plus près le cahier et le carnet de reçus.

– Où voulez-vous en venir ?

– La pression du crayon laisse d'ordinaire une marque sur la feuille du dessous. Attends, je vais te montrer.

Le pasteur prit deux feuilles et les superposa. Sans me laisser regarder, il écrivit quelque chose sur celle du dessus. Puis il me tendit l'autre.

– Crayonne en passant doucement la mine sur la surface, juste une ombre.

J'obéis. Peu à peu, comme par magie, le texte jusqu'alors invisible commença à apparaître.

– On doit pouvoir trouver le nom de l'assassin dans le cahier.

– Mais puisque la porte était fermée ?

– Que lis-tu, Jussi ? Qu'est-ce que j'ai écrit ?

Le gros nez du pasteur vibrait, les narines humides comme la truffe d'un vieux chien qui flaire la nourriture. Son regard semblait brouillé sous les sourcils froncés d'où émergeaient quelques poils raides, comme souvent chez les hommes vieillissants. Je le vis soudain entouré de ténèbres, cerné de dangers au fin fond d'une forêt. Et il me vint l'inspiration de le sauver avant qu'il ne fût trop tard. Ma main eut envie de l'attraper par sa redingote usée, de le tenir fermement, de le tirer au grand jour et de le ramener ici, dans son bureau. Bientôt, les choses tourneraient mal. Mieux valait ne pas s'attaquer à certaines forces. Tout cela me passa par l'esprit tandis que je déchiffrais les mots apparus sur la feuille :

Cette fois, nous tenons l'ours.

Il tourna vers moi un visage transformé, soudain si doux et amical que j'eus honte. Il me toucha le dessus de la tête, me caressa de la paume de sa main, comme son enfant.

44

J'emprunte souvent au pasteur un livre que j'ai déjà lu bien des fois. Il raconte l'histoire de Carl, un homme qui vit dans le péché, buveur et voleur, un homme indigne, qui fait pleurer sa mère, elle essaie vainement de le remettre dans le droit chemin. Son frère lui prête de l'argent. Au lieu de le rembourser, il dépense la somme en alcool et au jeu. Carl a déjà un pied au-dessus du précipice. Et l'inévitable finit par se produire. Un soir où il ne peut pas payer ses dettes de jeu, on le rosse, on lui prend ses vêtements, on l'abandonne nu et en sang dans le caniveau, et il croit voir venue sa dernière heure.

C'est alors que paraît une jeune mendiante. Elle se saisit de son unique bien, un sac de jute rempli de paille, et emmitoufle avec précaution le malheureux Carl pour le protéger du froid. Puis elle s'agenouille et prie pour lui à mi-voix, en demandant au Seigneur de guérir ses blessures. Et l'hémorragie s'arrête. Un policier qui passait par là lui vient bientôt en aide. Carl est emmené dans un foyer pour nécessiteux où on lui donne un lit et on lui prodigue les soins nécessaires.

Lorsqu'il se rétablit, longtemps après, il s'enquiert de savoir ce qu'est devenue la jeune fille qui l'a sauvé. Mais personne ne l'a vue ni ne sait rien d'elle. Alors il déambule dans la ville à sa recherche. Il interroge tous ceux qu'il rencontre, mais elle reste introuvable. À l'instant où il comprend qu'il ne reverra jamais celle à qui il doit d'avoir eu la vie sauve, une force le jette à terre et la grâce du Salut lui est donnée. À partir de ce jour, il consacre tout son temps aux pauvres.

La fin du livre décrit les bonnes actions de Carl, on le voit ouvrir un asile pour enfants abandonnés, prononcer des discours qui amènent les gens par milliers à se convertir, et pour finir, serrer fièrement la main au Président. L'épilogue assure que le récit est entièrement vrai, et que l'action s'est déroulée en réalité dans la ville américaine de Philadelphie.

J'aime beaucoup ce livre. Il y a dedans des passages que je connais par cœur. J'ai les scènes en tête comme si j'avais assisté à leur déroulement. J'ouvre le livre vers la fin, et je vois Carl obtenir le pardon de son frère sur son lit de mort, la lumière qui filtre par la fenêtre, les dernières sensations de Carl avant de mourir, le parfum d'une branche de sapin et le goût du lait. Puis je reviens au début de l'histoire, et le jeune Carl frappe à coups de bêche un certain Bob Holley qui tente de lui voler des provisions.

Malgré tous ses efforts, Carl ne découvre jamais qui est la fille miséreuse qui l'a sauvé. Et jamais il ne l'oublie.

Mais ce qu'il y a d'étrange, avec ce livre, c'est qu'on peut le lire à l'envers. Carl commence par être bon, puis il devient méchant. On peut aussi aller et venir dans un sens et dans l'autre, et alterner sans cesse entre bon, méchant, bon, méchant. C'est toute la longue vie d'un homme qui est enfermée dans cette reliure. J'ai l'impression de tenir le temps lui-même entre mes mains. Un temps qui peut avancer, faire un bond vers la fin, recommencer, reculer. Dans la vraie vie, le temps s'écoule toujours dans la même direction, mais dans un livre, il peut en aller autrement. C'est presque inquiétant. Sur les étagères du pasteur, les couvertures alignées sont toutes remplies de différentes sortes de temps. Celui qu'il a fallu pour écrire l'histoire, celui qu'elle décrit et celui qu'il faudra pour la lire. J'ai le vertige quand j'y réfléchis : à partir d'une certaine épaisseur de reliure, le livre doit contenir plus de temps que ne peut en couvrir une vie humaine. Aucune vie d'homme ne pourra jamais être assez longue pour qu'on y case toutes les choses vécues au fil des pages. Aucune tête ne verra jamais défiler toutes les pensées qu'on y a inscrites. Et même si l'on passait sa vie entière à lire un volume après l'autre, on finirait par se heurter à la limite du nombre de livres et de jours restants. L'idée qu'on puisse mettre dans une grande maison plus de livres qu'on ne réussirait jamais à en lire, cette idée-là me donne le tournis.

– Cela existe, me répondit le pasteur. Ça s'appelle une bibliothèque.

– Non… dis-je.

– Je suis allé dans ce genre d'endroits.

– Non…

– À Härnösand. À Uppsala. Il y a des bibliothèques un peu partout.

– Ça doit être terrible.

Mon maître me regarda sans comprendre.

– Tout ce temps, articulai-je. Personne ne pourra jamais tout lire.

– Non, sans doute pas.

– À part… Dieu.

– Oui, Dieu, bien sûr. C'est peut-être l'intérêt des bibliothèques, qu'on y ressente la grandeur de Dieu.

– Mais alors, s'il y a des bibliothèques, est-ce qu'on a besoin des églises ?

Le pasteur se tut. Je craignis de l'avoir fâché. Mais quand il tourna son regard vers moi, j'y vis autre chose. Quelque chose de passager et de vague. Qui ressemblait à la peur.

45

Le lendemain du jour où Nils Gustaf avait été retrouvé mort, le pasteur invita le garde champêtre Michelsson au presbytère. On lui précisa qu'on l'attendrait seul, sans la compagnie du commissaire Brahe. Mon maître me demanda d'être présent et il nous introduisit tous deux dans son bureau. Michelsson ôta poliment sa casquette dès qu'il eut franchi la porte, et passa une main énergique sur son crâne déplumé, comme pour peigner les cheveux qui ne s'y trouvaient pas.

– Asseyez-vous, asseyez-vous, lui dit le pasteur.

Nous nous assîmes chacun sur une chaise, tandis que mon maître prenait place à son bureau.

– Heureusement que le temps s'est arrangé, observa le pasteur pour alléger l'atmosphère. Comment se sont passés les foins ?

– Ma foi bien, mes parents ont rempli leurs greniers.

– Ils habitent loin d'ici ?

– Oui, à Pello. Mes frères aînés sont restés à la ferme.

– Vous êtes donc le plus jeune ?

– Le dernier de huit frères et sœurs.

– Et encore célibataire ?

– J'ai une… fiancée, à Pello. C'est ma mère qui me l'a trouvée, une fille pieuse, de bonne famille.

– Fort bien.

– Elle et moi avons tous deux été élèves de Juhani Raattamaa. C'est lui qui nous a appris à lire et écrire.

– Cela se voit.

– Un homme très avisé et bienveillant.

– Voilà qui fait plaisir à entendre, dit le pasteur en souriant. Et maintenant, vous êtes le garde champêtre de la commune. Vous devez avoir beaucoup de travaux d'écriture.

– Je contribue au fonctionnement de la commune en rédigeant des procès-verbaux à différentes occasions.

– J'ai entendu dire que vous étiez très apprécié pour la beauté de votre calligraphie.

– Ah oui ?

– Oui, c'est ce qu'on dit dans le village.

Le pasteur sortit soudain une feuille blanche.

– Ne voudriez-vous pas nous faire une démonstration ? Écrivez donc quelques lignes, vous me ferez plaisir.

Le garde champêtre eut un recul et sembla soudain gêné.

– Mais je…

– J'ai moi-même une écriture difficile à lire, regretta le pasteur. Jussi a beaucoup de mal à interpréter mes pattes de mouche, n'est-ce pas ? Allez-y, juste quelques mots !

Michelsson se contorsionna sur son siège, mais finit par s'avancer vers le bureau en fouillant les poches de son manteau. Il en sortit un crayon et se pencha au-dessus de la feuille.

– Un instant, dit le pasteur, je vais vous le tailler.

Il lui prit le crayon des mains et en affûta la pointe avec son canif. Puis il regroupa en un petit tas les copeaux tombés sur la table. Michelsson récupéra son crayon et écrivit. On voyait à quel point l'opération lui était familière, sa main décrivait d'élégantes courbes. J'avais bien compris qu'il s'agissait là d'une mise à l'épreuve, mais nous n'avions pas tardé à constater tous deux qu'il écrivait de la main droite. Le pasteur prit la feuille, et lut :

– *Notre Père qui êtes aux cieux, que Votre Nom soit sanctifié*. En effet, je ne peux qu'abonder dans le sens de votre réputation, j'ai rarement vu une écriture à la fois aussi lisible et qui ait autant de style. Mais je vois que vous avez aussi un crayon de la meilleure qualité. Où vous l'êtes-vous procuré ?

Michelsson fourra le crayon dans sa poche intérieure et sembla un peu embarrassé de tous ces compliments.

– C'est le commissaire qui les achète.

– Ah vraiment, le commissaire Brahe !

– Il en a une boîte pleine. Je crois qu'il les trouve à Haparanda.

Le pasteur enveloppa les copeaux de bois dans un bout de papier, et me lança un regard. Je remarquai que l'excitation le gagnait et qu'il s'efforçait de se contenir.

– Et comment se passe votre travail aux côtés de notre commissaire ?

– C'est un homme très expérimenté, répondit prudemment Michelsson.

– Mais il est un peu trop porté sur la bouteille.

– Je sais bien que l'abus de boisson vous déplaît, monsieur le pasteur.

– L'alcool est un poison qui trouble le regard et entrave la pensée. Mais je me réjouis que vous-même soyez abstinent. Vous ferez un jour un commissaire très compétent.

– Oh… merci, monsieur le pasteur.

– Chaque chose en son temps, bien entendu. Mais je sais repérer le sens de l'initiative, les qualités intérieures font sur moi plus d'impression que l'uniforme. C'est toujours ce que je dis aux personnes d'influence que j'ai l'occasion de rencontrer.

Je lorgnais avec étonnement vers le pasteur, car jamais auparavant je ne l'avais entendu flatter de la sorte. J'observai l'effet de ces louanges sur Michelsson, un mélange de fierté et de malaise.

– Et maintenant, dites-nous un peu ce que vous pensez du décès tragique de Nils Gustaf.

– Oui, eh bien… La maison était fermée à clef, et donc le commissaire a conclu…

– Ce ne sont pas les conclusions du commissaire qui m'intéressent, je les devine aisément. Voyons plutôt ce que vous-même avez observé.

– Oui… Le bonhomme était tout habillé sur son lit. La mort a dû survenir brutalement.

– Mais encore ?

– Il y avait des toiles qui séchaient. Une esquisse entamée sur le chevalet. Et sur la table, une bouteille de cognac et des verres.

– Combien de verres ?

– Un seul, je crois.

– Un seul ?

– Je ne me souviens pas très bien.

– Il y avait deux verres, rectifia le pasteur. N'est-ce pas, Jussi ?

Je m'emparai de mes notes.

– Oui, c'est cela, deux verres.

– Vous ne prenez pas de notes, monsieur Michelsson, durant vos enquêtes policières ?

– Si, mais plus tard… balbutia Michelsson. Une fois à mon bureau, je m'efforce de me remémorer l'essentiel.

– La mémoire peut être trompeuse, objecta le pasteur. À l'avenir, il pourrait être judicieux de jeter immédiatement sur le papier toutes vos observations. Tous les détails possibles et imaginables. Même ceux qui, au premier coup d'œil, paraissent anodins peuvent s'avérer par la suite de la plus grande importance. Continue de lire, Jussi.

– Sur la table, il y avait aussi un carnet de reçus et un cahier, poursuivis-je. Et sur le chevalet, une feuille avec l'esquisse d'un portrait.

– Cela, je l'ai dit, fit remarquer Michelsson.

– Puisque vous savez maintenant qu'il y avait deux verres, qu'est-ce que cela vous inspire ?

– Peut-être… peut-être y avait-il eu un visiteur.

– Un visiteur qui aurait amené le peintre à exécuter une esquisse et sortir son carnet de reçus. Le visiteur en question aurait pu venir pour passer commande d'un portrait.

– Mais qui cela pourrait-il être ?

Le garde champêtre avait l'air perplexe. Le pasteur se grattait le menton.

– Permettez-moi de passer du coq à l'âne. Le commissaire Brahe s'est bien rendu en montagne au début de l'été, il me semble ?

– À Kvikkjokk, confirma Michelsson.

– Un endroit magnifique. Mon frère Petrus et moi y avons habité plusieurs années, chez notre aîné

Carl Erik. Peut-on vous demander ce que le commissaire est allé faire à Kvikkjokk ?

– Il devait enquêter sur des vols de rennes.

– Donc une mission qui nécessitait des marches en altitude à travers les landes ?

– Naturellement.

Le pasteur fit apparaître un végétal séché qu'il brandit devant son interlocuteur.

– Savez-vous ce qu'est ceci, monsieur Michelsson ? Soyez aimable de ne pas y toucher.

Michelsson se pencha pour mieux voir.

– Une herbe, dit-il.

Le pasteur sourit.

– De l'herbe, assurément non. C'est une cassiope. *Cassiope tetragona*. Une plante de montagne des plus courantes, qui pousse souvent dans les landes dépourvues d'arbres.

– Je ne suis pas aussi versé que vous dans la botanique, monsieur le pasteur.

– Je n'en demande pas tant, soyez-en certain. Mais ce qu'il y a de curieux, c'est que cette plante n'existe pas dans nos contrées.

– Ah non ?

– Expliquez-moi par conséquent comment j'ai pu la retrouver dans le foin de la grange où Hilda Fredriksdotter Alatalo a subi une agression.

– C'est un ours qui l'a tuée.

– Non, Jussi et moi ne croyons pas à cette thèse. Nous avons trouvé du sang dans le foin, ainsi que la mèche de cheveux arrachée à la victime. La pauvre fille a dû être attirée à l'intérieur de la grange par un homme qui lui a fait violence, et elle s'est débattue pendant qu'on l'étranglait.

– Mais le commissaire a bien versé la récompense à ceux qui ont capturé l'ourse ?

– Puis-je vous demander de jeter un coup d'œil à ceci, l'interrompit le pasteur, en lui montrant une enveloppe. Ce sont les rognures d'un crayon qu'on a taillé avec un couteau. Nous les avons trouvées à l'endroit où a été tuée Jolina Eliasdotter.

– Que voulez-vous dire par « tuée » ? Elle s'est pendue, le reprit Michelsson.

Fixant le pasteur, il se leva à demi de son siège. Mon maître ne le lâchait pas du regard.

– Comparez-les donc à celles qui viennent de tomber de votre propre crayon.

Michelsson se pencha, prit de ses doigts tremblants quelques débris de bois et les considéra intensément.

– Le crayon que m'a donné le commissaire ?

Un silence pesant se fit dans la pièce. L'air était devenu si épais qu'on pouvait à peine s'y mouvoir.

– Monsieur le pasteur, vous insinuez… marmonna le garde champêtre.

– Le commissaire Brahe s'est rendu en juin dans la région où pousse la cassiope, ainsi que vous venez de me le raconter vous-même. Il détient des crayons du même genre que celui dont nous avons retrouvé des chutes sur le lieu du crime. Il fait aussi preuve, comme vous ne pouvez manquer de l'avoir observé, d'un intérêt appuyé pour les jeunes femmes…

– Jamais je ne pourrai croire que Brahe…

– Il y avait sur la jupe de Jolina des taches de graisse, de la graisse à souliers que le commissaire utilise pour ses bottes. Et elle a indiqué que son agresseur était un *herrasmies*, un monsieur.

– Elle refusait pourtant de parler ?

– Uniquement en présence de Brahe. Elle l'avait probablement reconnu, même s'il était masqué au moment du viol. Peut-être est-ce la raison pour laquelle il s'est cru obligé de l'étrangler plus tard en déguisant son meurtre en suicide.

– Non, ce n'est pas possible !

– Brahe vous a-t-il paru nerveux ou tendu durant cette période ? Aurait-il par hasard acheté une corde semblable à celle qui a servi à pendre Jolina ? Nous avons aussi appris de la bouche de la malheureuse qu'elle avait réussi à blesser le criminel à l'épaule gauche avec une épingle à cheveux. À l'occasion, si vous pouviez trouver moyen de jeter un coup d'œil. Dans le sauna, par exemple, essayez donc de repérer si Brahe ne porte pas la trace d'une plaie de ce type...

Michelsson se leva. Il semblait sur le point de se sentir mal et prit appui sur le bureau en soufflant bruyamment.

– Monsieur le pasteur, vous devriez vous faire engager comme commissaire, parvint-il à dire.

– L'exploration des indices sur un lieu de crime n'est pas sans similitude avec la recherche des plantes, répondit mon maître. Il faut savoir repérer ce qui s'écarte de la norme. Mais Jussi m'a été d'un grand secours.

Le garde champêtre me lança un regard torve. Le pasteur se leva et lui serra la main. Michelsson murmura une formule de politesse et se retira.

Le pasteur replia soigneusement les enveloppes et les rangea dans son tiroir.

– Eh bien, qu'en penses-tu, Jussi ?

– Pourquoi avez-vous fait cela ? demandai-je.

– Quoi donc ?

– Vous lui avez dévoilé… tout !

– En poussant le renard à l'intérieur de sa tanière, on peut parfois le forcer à déguerpir.

– Et quand il en sort ?

– On lui tombe dessus.

– Un commissaire ? dis-je, sceptique. Comment peut-on prendre au piège un commissaire ?

Le pasteur alluma sa plus grosse pipe et en tira d'avides bouffées, les joues creusées.

– Au moins, il prendra sans doute peur quand il aura vent de nos soupçons. Peut-être pouvons-nous éviter qu'il s'attaque à d'autres femmes.

Ses narines se dilatèrent de bien-être. Deux gros rubans de fumée en jaillirent, se transformèrent en spirales tournoyantes, puis en nuage parfumé. Je constatai qu'il était de fort bonne humeur. Il me demanda une tisane, et je m'en fus dans la cuisine lui préparer une décoction fumante d'épilobe. Quand je la lui rapportai, il avait enfilé un curieux bonnet muni de bords et relevé frileusement son col. Son profil aigu traduisait une profonde concentration. Je posai la tasse et m'éloignai sans rien dire.

46

Mon aimée. Où était-elle donc passée ? Le soir, une fois couché sur mon sac de foin, je la revoyais en pensée, planant dans sa robe rouge. Mon inquiétude grandissait. Lui était-il arrivé quelque chose ? Pendant que le presbytère se préparait pour la nuit, je m'enfuis discrètement vers la ferme où elle habitait, en marchant à couvert, à la lisière de la forêt. En cette fin d'été, le crépuscule tombait avec une lenteur extrême, comme si la lumière se fût échappée par un minuscule déversoir percé à l'horizon. Je pensai au sablier de la chaire, au petit jet de sable blanc qui filait doucement, tandis que la partie supérieure du récipient de verre devenait sombre et brillant.

Je me blottis dans les hautes herbes en marge de la prairie, comme un chat, les oreilles pointées, le bout du nez tendu et délicat. Les moustiques me harcelaient, me piquaient la nuque, je la protégeai de mon col, écrasai des fleurs de tanaisies et frottai mes poignets et mon cou de cet onguent jaune à l'odeur épicée, aussi efficace que le lédon. Mais quelques-unes de ces bestioles de malheur réussirent quand même à s'introduire dans mes oreilles, ou à s'empêtrer dans le bord mouillé de mes paupières. La journée achevée, le village glissait dans le silence, les chiens cessaient leurs sempiternels aboiements, et les vaches, le pis vidé, ne meuglaient plus. Une souris courait quelque part sur le tapis végétal, par petits à-coups pressés et froufroutants, puis elle s'arrêtait, la moustache frémissante, toujours sur ses gardes, toujours menacée par les dents du renard et les serres de la chouette. Au loin bouillonnaient les rapides, un bruit continu, semblable au bourdonnement du sang que l'on entend au fond de l'oreille quand on pose la joue contre le pelage d'un renne. Le tremblement d'un millier de poils de renne, voilà à quoi ressemblait parfois la chanson de l'eau. Nul son n'était plus beau.

Et soudain, elle sortit dans la cour. Des petits pas rapides de femme, l'étoffe de sa jupe qu'elle soulevait pour ne pas tremper de rosée son ourlet, l'image entraperçue de ses chevilles. Il fallait que je lui parle, je le savais. Je courus à travers la prairie en lui faisant signe de la main. Elle s'arrêta brusquement et ses yeux s'agrandirent. Ils étaient noirs de peur, le cri était tout près de retentir, mais elle restait plus belle que tous les anges du ciel. Je vis ses joues si lisses, ses sourcils arqués, ses lèvres de velours qui se tendaient, la pointe rose de sa langue. Puis elle me reconnut, et la peur disparut. Je m'aperçus que quelque chose avait changé, les nuances de son teint étaient peut-être plus fortes, ou était-ce sa façon de marcher, comme si ses pieds avaient allongé ?

– Maria… chuchotai-je.

– Va-t'en, me dit-elle sans ambages.

J'avançai le bras, il fallait que je la touche. Mais elle se déroba et je ne sentis qu'un tissu rêche.

– Maria, tu te souviens de l'autre jour, quand nous avons dansé ? Nous pourrions marcher un peu dans les bois, nous asseoir dans la mousse. Personne ne nous verra.

Je lui attrapai le poignet, bien qu'elle s'en défendît. Il était si souple et si doux, la peau à l'intérieur de son avant-bras, si fine, d'une blancheur étincelante. Elle se détourna. Sa bouche se crispa.

– Il est mort, chuchota-t-elle si bas que j'entendis à peine.

– Oui...

Mes semelles me brûlaient, je ne tenais pas en place, piétinais involontairement et serrais son poignet plus fort qu'il n'eût fallu.

– Maria, tu es plus belle que tous les anges du ciel...

– Tu ne comprends pas, Jussi ! coupa-t-elle.

Je tentai de l'enlacer, mais elle s'arracha à mes bras, d'un mouvement si brusque que je trébuchai. Elle se précipitait vers les latrines, mais il était trop tard. Je la vis se plier en deux comme une vieille Lapone, avancer encore de quelques pas maladroits et repousser ses tresses. Puis une cascade lui jaillit de la bouche dans l'herbe, plusieurs flots chauds et jaunes, d'où monta une odeur aigre. Elle cracha violemment, se racla la gorge, toussota pour se nettoyer la bouche, frotta ses lèvres du plat de la main. Puis elle se ressaisit et s'aperçut que j'étais toujours là.

– Va-t'en !

Je restai.

– Rentre chez toi, Jussi. C'est comme ça et c'est tout.

Je ne bougeai pas. Elle ouvrit le couvercle du puits, remonta l'eau gelée du fond et se rinça le visage. Dans l'ombre de plus en plus opaque, ses mains étaient parfaitement blanches, blanches comme le ventre des poissons. Soyeuses et lisses comme le corps des brochets.

47

Mon cœur battait si fort que je respirais mal. Je suivais le tracé cahoteux du chemin entre chien et loup, et mes pensées se bousculaient. Partir, partir d'ici. Tout quitter pour me lancer sur les routes du vaste monde, disparaître, loin vers le nord, sur les bords de la mer de Glace.

« Tu ne comprends pas, Jussi. »

J'entendis approcher des voix, des sabots de chevaux. Une charrette arrivait dans le crépuscule, chargée de deux hommes ivres qui vociféraient. Je me faufilai dans les buissons pour ne pas être vu. L'essieu grinçait et le cheval s'ébroua, laissant au passage un effluve d'écurie. Les passagers se querellaient, une histoire d'argent, de dette et de jeu de cartes. Ils étaient prêts à tomber du banc. Je restai immobile sous la demi-lune, je n'avais envie de parler à personne, je ne voulais pas avoir à saluer.

Mais un aboiement retentit, venu du fond de la charrette. Une bête grosse comme un loup se dressait à présent en grondant, bondissait au sol sur ses hautes pattes, se précipitait à la poursuite de mon odeur. Je m'enfuis aussi vite que je pus, trébuchai dans les broussailles. Terrorisé, je me hissai dans un sapin. Mais il était trop tard. La gueule du chien avait happé la jambe de mon pantalon, je sentis ses dents me lacérer la peau le long du tibia, tentai de me débarrasser à coups de pied de l'animal qui se balança en grondant, pendu à ma cheville comme les fers d'un bagnard.

– *Mikä saatana !* s'écrièrent les hommes.

– *Olen ihminen*, répondis-je à pleins poumons. Je suis un homme !

Ils arrêtèrent le cheval, qui piaffa nerveusement sur place. Je les entendis approcher à travers les fourrés.

– Ne bouge pas ou je te tue, cria le cocher. Je vais te tuer, Satan !

– Éloignez le chien ! fis-je.

Comme la bête mordillait pour assurer sa prise, je réussis à me dégager. Un filet chaud me coulait le long de la jambe. Le cocher balançait son couteau d'avant en arrière et le chien tressautait entre les arbres.

– Éloignez-le ! Éloignez-le !

Je sentis qu'on m'attrapait par la ceinture, le cocher m'arracha au tronc du sapin et je dégringolai dans la mousse. La gueule du chien s'abattit vers mon visage, je me protégeai d'un bras et sentis les crocs s'enfoncer dans mon muscle.

– Lâche, Seppo, lâche !

Je reconnus Roope. Le molosse refusait de lâcher prise, malgré l'effort de son maître qui le tirait par une patte arrière. Il ne desserra les mâchoires qu'une fois suspendu dans les airs. Roope l'envoya rouler dans l'herbe où il atterrit avec un hurlement, tandis que je geignais à terre.

– Qui est-ce, bougre de Dieu ?

Roope me saisit par le col. Il était soûl au point de baver.

– Mais bon sang, c'est le p'tit noaidi. Qu'est-ce que tu fabriques dehors, en pleine nuit ?

– Tu vas devoir débourser, articulai-je, hors d'haleine. Mes habits sont déchirés.

– Débourser, ricana-t-il. Voyez-vous ça, je vais devoir débourser. Tu devrais être content de ne pas avoir les boyaux en charpie.

– C'est qui ? cria l'autre homme.

– Le p'tit noaidi, il se cachait, le foutu gamin !

– Il se cachait pourquoi donc ?

Roope se retourna vers moi.

– Oui, hein, pourquoi est-ce que tu te cachais, sale noaidi ? Qu'est-ce que tu faisais là, dans les buissons ?

– Mais tu ne comprends pas, c'est lui !

– Qui ça ?

– Celui qui a violé Jolina. C'est forcément lui !

– Le porc !

– Nom de Dieu, il était là, à guetter les femmes. Cette fois, on le tient !

Roope me regarda en plissant les yeux.

– Tu sais ce qu'on fait à ceux de ton espèce ? Hein, tu le sais ?

Il y alla au poing. Mon visage éclata, le coup avait frappé mes lèvres, j'entendis le bruit de mes dents qui se brisaient et le sang m'emplit la bouche. Je soulevai le bout recourbé de mes bottines et ruai aussi fort que je pus, touchant Roope au bas-ventre. Il mugit comme un bœuf et frappa de nouveau, plus fort encore, me laissant pantelant. Mais voilà qu'il ramassait quelque chose, une pierre, une lourde pierre, il la levait, visait, prêt à m'écraser… Je réussis à tourner la tête de côté et la pierre s'abattit au-dessus de l'oreille, je crus que mes yeux s'exorbitaient, tandis que le chien revenait à l'assaut et s'acharnait à me dépecer. La pierre me heurta une seconde fois et je vis le ciel s'illuminer, à présent j'étais incapable de bouger.

– Il faut le châtrer, ce porc, bon Dieu. On va lui écrabouiller les couilles.

Ils jetèrent un coup d'œil vers la route. Une troisième silhouette approchait, le visage dissimulé par un foulard. L'homme devait être avec eux dans la charrette. Je le vis sortir un instrument tranchant. Un coup violent m'atteignit à l'épaule gauche, la pointe s'enfonça, et tandis que la lame fouillait dans la plaie, le ciel s'écroula sur moi.

Puis ce fut le néant.

48

Je reviens à moi dans un bouillonnement de torrent. La douleur sourde chantonne et crie tour à tour. Je m'aperçois que mon visage est couvert de mouches, il grouille de tout un essaim vrombissant. Elles se promènent partout, et quand je soulève la tête, s'envolent en formant une étoffe aux reflets moirés. Ma respiration peine affreusement, bute sur des membranes et des caillots. Je crache, mais ils restent accrochés. Entre deux sanglots, je bascule sur le côté. Mes bras ne se tiennent plus, je commence par les croire cassés. Puis je vois mes muscles bleuis, noircis par les coups, les entailles laissées par les dents du chien.

Ils ont baissé mes pantalons jusqu'aux genoux. Et entre mes jambes — non, je ne veux pas savoir. Je me retourne sur le dos, haletant, tandis que les mouches se posent de nouveau sur le sang coagulé. Un long moment, je reste incapable de bouger. Mon état est grave, je m'en rends compte. Très grave. Quelque chose est abîmé et a coulé entre mes cuisses. Une bouillie. Une incision. Mais le membre y est, il est toujours là. Je fais un effort pour me redresser et tente de regarder. Ils ont fait quelque chose plus bas. Il n'y a plus rien. Ils m'ont écrasé, ils m'ont broyé. Est-ce que le chien s'en est repu ? Je remonte le pantalon, mais le tissu s'entortille et le monde se remplit d'éclairs blancs aux sombres fulgurances.

Quand je me réveille pour la deuxième fois, j'ai besoin d'uriner. Je reste longtemps immobile, tentant de réprimer encore ce qui ne peut manquer d'arriver. Enfin, je ne me retiens plus. Un jet de venin fuse à travers la chair et les muqueuses, je hurle, mes cuisses se détachent de mon tronc et retombent comme des pièces de viande avariée promises aux bêtes sauvages.

La troisième fois que je reprends conscience, c'est à cause de la soif. Une soif brûlante qui pénètre mon corps couvert de croûtes. Le soleil a dépassé le firmament, le jour se fatigue déjà. Je rêve : il pleut, une averse diluvienne me remplit la bouche comme le cours continu d'une rivière. Je n'en finis plus d'avaler, rivière après rivière, mais rien ne peut me désaltérer. La soif est le pire des tourments, le dernier que l'on ressente avant que l'obscurité ne se fasse. De nouveau, j'entends à distance le bruit du torrent. Il gronde au loin, là-bas, passe les rochers, des trombes d'eau que je sens écumer vers mon visage. Il faut que je retrouve l'eau, une fois encore. Je contrains mon corps à se mettre à quatre pattes, renâcle comme une vache. J'agrippe un jeune pin, m'arc-boute sur mes genoux, me redresse, vacillant. Je ne vois pas la route, je ne sais pas où je suis. Mais le bouillonnement me guide. D'une main, je m'appuie aux troncs d'arbres, de l'autre je tiens mon pantalon. Doucement, je me force à avancer.

Je ne peux pas. Mes genoux se dérobent et je m'affale de tout mon long dans les plants de myrtilles.

J'ignore combien de temps je reste là. Le soir arrive. C'est alors qu'une silhouette se profile sur le ciel vespéral. C'est alors que j'entends sa voix.

– Jussi ? Jussi, c'est bien toi ?

Il est là. Te voilà, bon Samaritain.

49

Je me réveillai entre des draps blancs, mais ne compris où je me trouvais qu'en découvrant les étagères chargées de livres. J'étais alité dans le cabinet du pasteur. Des souvenirs flous m'habitaient, les secousses d'une civière, une bouteille d'eau qu'on tenait contre mes lèvres, des mains prudentes qui s'affairaient à m'ôter mes hardes et laver le sang, la brûlure de feu du vinaigre.

– Jussi… ?

Le pasteur, armé d'une bassine et d'un linge, mouilla soigneusement mes lambeaux de peau, les couvrit de bandelettes de tissu propre et les pansa.

– Aah… Ooh…

Un roulement de tambour me parcourait le corps, frappant jusqu'à menacer de le faire éclater.

– As-tu faim, Jussi ? Attends, je vais te chercher quelque chose.

Non, je n'avais pas faim. Mais mon maître se hâtait déjà vers la cuisine. Il y trouva une écuelle, en écrasa le contenu et y mélangea du beurre.

– Mange, Jussi. Ce sont des pommes de terre nouvelles. Tu arriveras à mâcher ?

De violents élancements traversèrent mes gencives écorchées. Comme si l'on y enfonçait à grands coups de marteau les clous des fers à cheval. Quand j'eus réussi à prendre mon mal en patience, vint pourtant la douceur. Celle du beurre, et celle de ce délice nommé pomme de terre. J'aspirai la purée et lui ménageai une place tout au fond de ma bouche, à l'endroit le plus chaud et le plus large de ma langue, là où la douleur était moins vive. En gémissant, je la façonnai en pâte, l'étalai, la pétris peu à peu, pénétré d'une lueur à chaque battement de mon pouls. Mes joues blessées se mirent à rougeoyer de l'intérieur, dans la clarté apparaissaient des veines et des dents, il eût fallu arrêter le temps. Mais mon corps avide exigeait d'avaler cette gadoue bénie, elle descendait et j'eus envie de chanter. Ma poitrine se soulevait, mon ventre se serrait autour de cette perle nourricière, prêt à la rejeter aussitôt. Mais la seconde lueur vint tenir compagnie à la première. La douleur se réveilla, tout en me faisant monter aux yeux des larmes de soulagement. À la troisième bouchée, mon corps comprit qu'il vivrait. Une fois de plus, je ressusciterais d'entre les morts.

Assis autour de mon lit, ils priaient. Je vis Brita Kajsa, Nora, Selma. Une main se posa sur mon front, si fraîche. J'entendis dire que j'avais de la fièvre. Ma peau était tout humide de sueur, mais peut-être étaient-ce mes plaies qui suintaient. Quand j'eus besoin d'uriner, ils me soulevèrent une hanche et glissèrent sous moi un récipient, je lâchai mon eau en criant, je souhaitai mourir tant j'avais mal. Je sentais cette blessure qu'on m'avait infligée en bas, mais en évinçai l'idée. Je ne voulais pas y penser. Ne pas penser du tout… Je roulai sur ma couche en geignant, je devais puer la pourriture. Ils m'enlevèrent ma chemise de nuit trempée, jamais je n'en avais porté auparavant, et avec précaution m'en enfilèrent une autre. Puis ils me laissèrent. Je tournai la tête, fermai les paupières. Ce qui restait de moi s'évanouit dans la lumière d'un ciel ensanglanté.

Je me réveillai le lendemain à une heure invraisemblable, alors que le jour n'avait pas encore de nom. Mon ventre se contractait, je me forçai à me lever. Mes jambes avaient beau refuser de me porter, il fallait que je sorte. Penché en avant comme un vieillard, je me hâtai vers les latrines. Mon corps se vida avec violence, devant Tjalmo effrayée, qui recula sur des pattes raides, repoussé par mon odeur. Je remplis au puits une bassine d'obscurité glacée, et entrai à pas chancelants dans le sauna froid. En grelottant, je m'appliquai à rincer mes furoncles et mes ecchymoses, mes côtes qui me torturaient à chaque respiration. Puis je m'accroupis, jambes écartées, tout entier parcouru de frissons. Je me séchai à mains nues, chassant les gouttes vers les poils de mon bas-ventre, sans oser me toucher entre les jambes. Je levai les bras au-dessus de ma tête, un V, un appel, et restai longtemps figé dans cette posture, tremblant de la tête aux pieds. Venez me prendre, pensais-je. Venez donc, je suis prêt. Comme un enfant. Comme l'agneau du sacrifice.

Quand le hameau se réveilla, j'étais sur le perron. Des vaches meuglaient, réclamant la traite. Un chien donnait de la voix, d'autres lui répondaient. Je vis un renard traverser la prairie, comme un joyau rouge roulerait dans l'herbe. Puis les humains commencèrent à se manifester. De la fumée montait des cheminées, des portes grinçaient, des seaux de fer-blanc s'entrechoquaient dans la poigne des trayeuses.

Bientôt, j'entendis des voix à l'intérieur du presbytère, Brita Kajsa sortit en se brossant les cheveux et termina l'opération en jetant une touffe grise.

– Un jour de plus, dit-elle.

– Hmm…

Elle me tâta le front pour voir si j'étais fébrile.

– Te sens-tu mieux, Jussi ?

– C'est mon ventre…

– Il reste de la soupe d'hier. Du bouillon froid. Tu réussirais à en avaler ?

Je la suivis à l'intérieur et elle m'en versa une tasse. Des yeux de graisse figés flottaient à la surface. Je bus du bout de la lèvre supérieure, en lapant les gorgées l'une après l'autre. La douleur qui me taraudait la gencive enfla jusqu'au vertige. Alors elle me donna un morceau de pain. Je le trempai dans le liquide et aspirai de côté, dans la joue, c'était mieux. Je recommençai, trempai, aspirai, en m'efforçant de ne pas être trop bruyant. Les filles évitaient de me regarder, mon visage n'avait plus rien d'humain. Mais elles voulaient se montrer charitables, me demandaient si j'en voulais encore, si elles devaient remplir d'eau ma louche. En buvant par le coin de la bouche, je fus pris d'un hoquet et rendis sur ma chemise. Le pasteur, qui observait la scène, sauva l'ustensile avant qu'il n'allât rebondir sur le sol.

– Qui t'a frappé, Jussi ?

Les nausées augmentaient. Il me saisit le bras.

– Le monstre, je pourrais l'abattre ! éclata-t-il. Le mettre en pièces ! C'était l'un de ces garçons, tu as bien dû le reconnaître ?

– Je… je ne me souviens pas.

– Mais si, tu te souviens, Jussi. Dis-moi simplement qui c'était !

Sans rien dire, je pointai du doigt vers ma bouche. Vers le débris de porcelaine sanglant de mon incisive.

– Laisse-moi voir, me dit-il.

Il me guida dans la cour baignée de lumière matinale, me plaça dans un rayon de soleil et me demanda d'ouvrir la bouche. Du bout sectionné d'un brin de paille, il écarta les caillots jusqu'à dégager la dent. Puis il entortilla le nerf à vif, et je criai.

– Il faut aller chez le médecin, conclut-il.

Je secouai la tête. Me dirigeai d'un pas chancelant vers la remise à bois et l'établi de menuiserie installé dans un coin. Au mur était accrochée une pince en fer forgé aux fines mâchoires. Je la lui tendis, la lui mis de force dans la main, mais il se déroba.

– Je ne peux pas faire ça, dit-il.

Il le fallait. Je n'abandonnai pas. Quand il tourna les talons vers le presbytère, je le suivis. Il finit par prendre la pince avec un soupir. Je m'assis par terre et ouvris la bouche, puis changeai de position et m'allongeai. De nouveau, le pasteur soupira en s'installant au-dessus de moi, à califourchon.

– Tu es vraiment sûr, Jussi ?

J'acquiesçai d'un signe de tête, fermai fort les yeux, ouvris grand la bouche et levai le menton vers les nuages. Je sentis le fer empoigner ma dent en crissant. Ce simple contact me fit trembler et rentrer les épaules. Il essaya de tirer, mais le courage lui manqua. La dent tenait trop bien, il lâcha prise et ne parvint qu'à me frapper la lèvre.

– Pardon, Jussi, mais ce n'est pas possible.

Je fermai les yeux plus fort, ouvris la bouche plus grand encore. Du sang me dégoulinait dans la gorge, je toussai, l'odeur était détestable. Le pasteur changea de méthode. Au lieu de tirer sur la dent, il entreprit de la faire bouger d'avant en arrière. Comme le battant d'une cloche d'église, elle cognait lourdement et chacun de ces coups n'en finissait pas de mourir. Du métal, du sang, du fer rouillé. Je sentis des gouttes sur mon visage. C'étaient les larmes du pasteur. Il pleurait en forçant sur la dent, et soudain, avec un craquement mouillé, les longues racines cédèrent enfin. Je perdis connaissance, tout s'assombrit un moment. Je me retrouvai couché sur le côté, toussant comme un perdu en éclaboussant l'herbe de rouge. Le pasteur me glissa un objet tranchant dans la main. Puis il s'en alla à grands pas, en s'essuyant la figure dans la manche de sa chemise. J'entendis un bruit d'eau du côté du puits, il rinçait la pince. Puis la porte de la remise à bois claqua, il remettait l'outil en place. Je ramassai ma dent, toute blanche dans le soleil. Je passai le doigt sur ses arêtes émaillées. Je sentais ma bouche béante comme une chaussure vide, vide et ratatinée. Comme si tout s'en fût échappé. Ne restait plus qu'un soulagement tonitruant comme l'écho à l'intérieur d'une cloche. Il m'aspirait à lui, et je disparus…

Un imposant bâtiment se dressait devant moi. Le portail s'ouvrit et il en sortit un flot de gens. Ils se rendaient dans une maisonnette des environs où dansait un personnage aux genoux cornus. Il les fit tous entrer dans la danse. Mais le bal prit soudain fin. La foule forma alors une longue chaîne et le meneur les conduisit vers un gouffre en flammes où tous furent précipités, les pères, les mères et jusqu'aux enfants qu'elles tenaient dans leurs bras. Moi-même, il me traîna jusqu'au bord de l'abîme. C'est alors qu'apparut un magnifique jeune homme, qui me demanda mon nom.

« Jussi », répondis-je.

« Je suis Jehova », me dit-il.

Il prit un livre.

« Je vais écrire ici ton nom. Et tu mangeras ceci. »

Il me tendit une petite boîte contenant de la nourriture.

« À présent, va-t'en raconter à tous les hommes combien la mer est dangereuse quand la tempête souffle, m'ordonna-t-il. Sinon, tous sombreront dans les profondeurs où la souffrance n'en finit pas… »

50

Je retrouvai mes esprits dans le foin de l'étable. Un groin de sang coagulé me recouvrait la bouche. Je perçai un trou dans la croûte et tentai de cracher, puis effleurai prudemment l'emplacement creusé de mon incisive. La brûlure n'était plus aussi insupportable.

À petits pas, je gagnai le bord de la rivière. Mes jambes m'obéissaient, à condition de ne pas appuyer sur les talons. Je m'accroupis près d'un rocher, plongeai les mains dans le courant et me rinçai le visage jusqu'à ce que l'eau cessât d'en être rougie. Des rubans de sang de moins en moins denses s'enfuirent en tournoyant, et je ne vis bientôt plus que l'onde. Je restai longtemps assis sur cette grève, laissant le torrent m'emplir les oreilles de son cantique. Je le trouvai semblable au murmure d'une multitude de voix, et me dis que c'étaient des prières. La plainte de l'humanité tout entière portée par la force de l'eau. Tel était peut-être le son qu'en percevait Dieu, un chœur dissonant qui jamais ne se taisait. De temps à autre, le Seigneur trempait un doigt dans les flots, au plus loin de la rive, y puisait une goutte et l'observait longuement avant de la poser sur le bout de sa langue. Au même instant, quelque part ici-bas, un miracle se produisait. Quelque part, un homme était consolé.

Je retournai au presbytère à grand-peine, en trébuchant sur mes jambes écartées. Une fillette venait à ma rencontre sur le sentier. Elle ferma les yeux de terreur à la vue de ma piètre figure. Bouche bée, elle rebroussa chemin en martelant précipitamment la terre de ses petons nus. Arrivé dans la cour, je m'approchai de Tjalmo, qui recula sur son arrière-train avec des aboiements de mise en garde.

– Mais c'est moi... Moi, Jussi...

À cette heure, la maison était vide. Je trouvai la caisse à écriture abandonnée sur la table de la cuisine, sans doute l'une des filles s'en était-elle servie. Je me laissai choir sur un tabouret, devant la surface de sable soigneusement lissée, et sentis une étrange agitation m'envahir. D'une main tremblante, je m'emparai du bâtonnet de bois, me penchai. J'écrivis le premier mot qui me vînt. *Piru*. Le nom finnois du Diable. Je l'effaçai, traçai à la place *Saatana*, effaçai de nouveau. Suivirent *vittu, kulli*. Con, queue. *Perkele*, démon. *Helvetti*, Enfer. Tous les mots imprononçables y passèrent, l'un après l'autre, et je les faisais disparaître à mesure. Puis je regardai le sable vierge, doux et doré comme un rayon de soleil. Sans une salissure. Sans trace de méchanceté ni de laideur, juste du sable clair attendant l'écriture.

Peut-être en allait-il de même de la vie. On se vautrait dans sa propre fange, la médisance et le juron à la bouche, le cœur plein de mensonges, le souffle éructant d'infâmes chiures, la verge éjectant sa liqueur libidineuse dans la mouillure des girons. Puis Dieu passait la planchette à effacer sur la glèbe, aplanissait jusqu'à la dernière les crevasses qui s'y étaient inscrites, n'y laissant plus que du sable plat. Que disait cette image du monde ? Que dans ses tréfonds, loin sous la surface de toutes les guerres et les cruautés, il était bon, malgré tout ?

Je contemplai longtemps la douceur du sable. L'inquiétude montait, une sorte de malaise croissait en moi. À quoi bon vivre si le temps effaçait tout ? Si mon existence était oubliée au moment même où mon corps devait être porté en terre ? Comme celle de tous les humains qui m'entouraient, de tous les vaillants habitants du village, de la délicieuse femme de mes pensées, et même celle de mon maître vénéré ? Si nous devions tous être radiés du monde et disparaître, pourquoi rester assis sur ce tabouret taillé à la hache, la bouche endolorie baignée d'un goût de sang ? Pourquoi ne pas se rendre sur-le-champ jusqu'à Kengis, et s'y laisser emporter par les rapides ?

Je me saisis du bâtonnet et pris une profonde inspiration. La pointe s'enfonça entre les grains de sable du dessus, creusant un sillon, un petit vallon.

Je, lus-je. Puis apparut *suis*. La suite me demanda une longue réflexion, mais je finis par écrire *un homme*.

Je suis un homme.

Et aussitôt, d'autres mots se pressèrent :

Je viens de la montagne.
J'ai une sœur.
Elle s'appelle Anne Maaret.

Après chaque phrase, le cadre une fois rempli, la place manquait. Je regardai fixement les lettres un instant, fermai les yeux et m'aperçus qu'elles me restaient en tête. Je les supprimai et recommençai :

Notre mère ne voulait pas de nous.

C'était sinistre à écrire, mais vrai. Je le savais, elle n'avait jamais voulu de nous. Ni du Lapereau, ni du Diable que j'étais.

J'écrivis, effaçai, constatant que les mots perduraient en moi. J'avais beau les avoir sécrétés, ils restaient accrochés là. Tel était l'étrange comportement des lettres. Alors je continuai. Page après page. Je commençai un récit de ma vie, la vie qui était la mienne dans ce corps. La vie comme elle était, comme je la sentais. Et je pensai que ce que j'étais en train de faire, ces mots que j'écrivais — on en ferait un jour un livre.

Ce qui est curieux, avec l'écriture, c'est qu'elle s'insinue dans l'âme. On regarde une marmite au contenu trouble, on y plonge une grande cuillère et on commence à remuer en dessinant des ronds et en grattant. Quelque chose de clair remonte, surnage sur le mélange sombre, un navet, peut-être. Ou un morceau de viande attaché à son bout d'os pointu et noueux. Ou bien encore une feuille de cette plante que cultive Brita Kajsa, la livèche au goût de cuir et de résine. D'où vient toute cette nourriture ? Qui l'a mise là ? Est-ce moi-même ?

L'écriture angoisse, elle rend presque malade. Mais on n'en continue pas moins de fouiller le fond du bouillon. Voici qu'apparaît un visage enfantin aux lèvres noires, toutes tailladées par la morsure de ses quenottes. Et puis : un chiot lapon au pelage entièrement brun, sauf deux taches blanches sur le front, comme une paire d'yeux supplémentaires. Le chiot est maigre, à deux doigts de mourir, ce sont des choses qui arrivent au plus petit d'une portée. Mais si on imite la sorcière, en recrachant des restes dans sa gueule, des tendons brûlés, un peu de graisse puisée au fond du pot, l'animal avalera tout. Il n'en finit plus d'avaler, et bientôt se ravigote. Sa petite queue se balance de joie quand il retrouve la corbeille de brindilles qui lui sert de couche. On y a étalé de la mousse, pour qu'elle soit chaude et douce, et la nuit, quand la sorcière ne regarde pas, on fait dormir le chiot avec soi, son souffle dans le creux d'un bras.

Mais un jour, en rentrant, on le retrouve avec une patte raide. Il la traîne curieusement derrière lui, et quand on essaie de la remettre en place, il pousse des cris de souris. Il lui est arrivé quelque chose. Anne Maaret dit que c'est la sorcière. Qu'elle a lancé un objet, une bûche, peut-être. On espère que la petite patte puisse se raffermir et guérir, mais on s'aperçoit bientôt que la cage thoracique aussi est abîmée. Le chiot met plusieurs jours à mourir, presque une semaine. La dernière nuit, sa fièvre monte, il respire vite, très vite, puis, vers l'aube, de plus en plus lentement. J'aurais dû l'emmener. Pourquoi l'ai-je laissé ici tout seul ? Je l'avais baptisé *Lihkku*. Ce qui veut dire bonheur.

À présent, j'écris ce nom dans le sable. C'est la première fois qu'il prend la forme de lettres, personne n'avait encore raconté la vie ni la mort de Lihkku. Maintenant, il existe. Exactement comme moi, dans le registre du pasteur. Si l'on a écrit votre nom, vous ne tomberez pas dans l'oubli.

Je caresse le sable jusqu'à le rendre à nouveau lisse et brillant comme le papier. Les mots ont disparu. Peut-être les registres du pasteur disparaîtront-ils aussi, un jour. Tous les textes finissent par s'effacer sur des pages effritées par l'usure. Mais ce qu'on y a noté survivra quand même. Je le sais, je le sens. Tout ce qu'on a écrit demeure à jamais. C'est le merveilleux pouvoir des lettres.

La porte claqua, Selma était de retour. Elle me demanda ce que je faisais, et je feignis de ne pas entendre la question. Alors elle se pencha, attrapa le bâtonnet qui devait avoir gardé la chaleur de ma main. Ses nattes balançaient pendant qu'elle griffonnait un message taquin à l'intention de son père. Un commentaire sur la lenteur de sa démarche, alors qu'elle-même était arrivée depuis longtemps à la maison.

– Ne regarde pas, me dit-elle avec une bourrade.

Mais ce que j'essayais de lire, ce n'étaient pas ses mots. C'étaient les miens, ceux que je venais d'écrire sur le même sable. Ils y étaient encore, tout y était.

51

Brita Kajsa me fit baisser la tête vers le plateau de la table, bouche ouverte. Elle posa la casserole à côté de moi, en remua le contenu avec une spatule.

– Ouvre plus grand, me dit-elle.

J'ouvris à me décrocher la mâchoire. Elle introduisit dans le trou laissé par mon incisive l'extrémité d'une baguette de bois, garnie d'un tampon d'étoffe. À la brûlure s'ajouta l'odeur suffocante de la résine mêlée à de la livèche, du camphre, du plantain, de la rouille, de la bistorte et de je ne sais quels autres ingrédients inénarrables dénichés sur ses étagères.

– Reste tranquille, m'ordonna-t-elle, alors que je mâchouillais convulsivement la tige.

Elle trempa de nouveau le tampon dans la casserole et recommença. Le nettoyage de la plaie devait se faire en trois fois. Des taches m'apparurent devant les yeux, ma vue se brouillait. Les filles, dégoûtées, quittèrent la pièce. Elles savaient qu'il m'arrivait de crier, que je ne parvenais pas à m'en empêcher, et mon cri, c'était bien le pire, sonnait comme un vomissement dans une cloche d'église.

Puis elle baissa mes pantalons. Je détournai le regard. Elle s'y prenait avec précaution, humectait à l'eau tiède les pansements collés pour les détacher. Je me mordis le bras pour détourner la douleur.

– Imagine que tu es un poisson, me suggéra-t-elle pour m'apaiser. Un poisson au fond de la rivière, totalement immobile dans le courant... Reste sage... Voilà...

Ma gencive noircit, peut-être à cause du goudron. La plaie infligée à mon entrejambe me faisait l'effet d'un con découpé dans ma chair. Une bouche profonde et sanglante. Je m'écroulai dans un coin et ne bougeai plus, la colonne vertébrale comme en équilibre sur une pointe tranchante. Je planais, crucifié au-dessus du sol. La pointe devait se trouver juste au-dessous de la vertèbre du milieu, le point le plus dur du corps humain, le seul qui pût encore me soutenir.

52

Le lendemain matin, le soleil brillait sur le pays de Kengis. J'avais décidé de dormir dans la grange, pour ne pas perturber par mes gémissements le sommeil des autres. Les douleurs m'empêchaient de me tenir tranquille, je passai la nuit à me tortiller comme un ver de terre sur le sac rempli de foin qui me tenait lieu de matelas. Alors que le matin était déjà avancé, je me forçai à me lever, tout étourdi de n'avoir pas fermé l'œil. À petits pas titubants, je gagnai le presbytère et entrai. Il y avait de la visite, je le compris à l'odeur. Une forte odeur de sueur masculine, qui vint à ma rencontre, doublée de l'écho grossier d'une voix bien connue.

Le commissaire Brahe, attablé jambes écartées dans la cuisine, avalait goulûment la soupe réchauffée par Brita Kajsa. Michelsson, assis en bout de table, lui tenait compagnie. Les deux hommes tournèrent la tête vers moi sans me saluer et recommencèrent à manger. Le pasteur, mal à l'aise, allait et venait les mains dans le dos, en jetant de temps à autre un regard par la fenêtre.

– Quel montant… aviez-vous versé ? interrogea le commissaire en mastiquant.

– Malheureusement, c'était une somme rondelette, reconnut le pasteur, avec une hésitation visible.

– Prise sur vos fonds privés ?

– Oui. J'ai d'abord payé des arrhes à la commande. Plus tard, une fois la toile commencée, une somme plus importante. Et j'ai versé le dernier acompte un certain temps avant le décès du peintre.

Les deux hommes échangèrent des coups d'œil sceptiques. Brahe se racla la gorge.

– Pour que les choses soient bien claires : s'agissait-il de l'argent de l'église ?

– Non, c'étaient mes économies, certifia le pasteur d'une voix mal assurée.

Brita Kajsa avait les mâchoires serrées et les mains prêtes à frapper. En me voyant entrer, elle se retourna vivement et fit mine de ranger ses étagères, les doigts fébrilement affairés jusqu'à ce qu'elle eût trouvé un ustensile à essuyer.

– Vous n'étiez pas le seul à avoir avancé des sous. Le peintre pourrait bien avoir reçu des sommes conséquentes pour tous les tableaux auxquels il travaillait.

– Oui, vraisemblablement.

– Mais où est cet argent ? Nous avons fouillé son domicile, sans résultat.

– Il le cachait sans doute ?

– Oui, mais où ?

Le pasteur m'adressa un coup d'œil en coin, hésita.

– Dans la valise, dit-il enfin. Celle où il conservait les produits chimiques qui lui servaient pour ses daguerréotypes. Elle comportait un compartiment secret, comme vous l'avez sûrement constaté, monsieur le commissaire.

– Un compartiment secret ?

– C'est probablement là qu'il gardait ses émoluments. Mais quand nous sommes entrés dans la maison, il avait été ouvert, et nous l'avons trouvé vide.

– Pourquoi ne m'en avez-vous pas parlé avant ?

– Vous nous avez chassés avant que j'ai eu le temps de vous le montrer.

Brahe retint son souffle un instant, le rouge lui montait au visage.

– Donc, monsieur le pasteur, vous arrivez le premier sur place, vous entrez dans la maison et vous y passez un bon moment. Quelles étaient au juste vos intentions ?

– J'ai prié pour l'âme du défunt.

– Et ensuite, vous avez farfouillé. Je me trompe ? Avouez que vous avez examiné cette valise et que vous avez eu le temps de découvrir ce compartiment, avec les économies du peintre !

– Est-ce que vous affirmeriez... ?

Brahe ne répondit pas tout de suite. Avec l'ongle de son index, il décrocha un bout de viande resté coincé entre ses dents, l'ingurgita en sifflant de la langue. Il avait le regard noir, un regard de poisson.

– Je n'affirme rien à ce stade, je me contente de penser tout haut. Vous étiez bien avec... celui-là ?

Le commissaire se leva et s'approcha lentement de moi. Michelsson fit aussitôt de même, deux pas en arrière. La peur me saisit, je sentis s'agiter dans mon ventre un brochet à la peau glaciale.

– Crénom, tu t'es fait rosser ? s'étonna-t-il en m'attrapant de sa grosse pogne. Tu as peut-être croisé l'ours ?

Michelsson, posté dans mon dos, abattit son bras contre ma gorge, et le commissaire souleva brutalement ma chemise, me découvrant le torse. Puis il se pencha et appuya le doigt sur la plaie rouge et purulente de mon épaule gauche.

– Regardez donc, monsieur le pasteur. Cette blessure. N'aviez-vous pas dit que Jolina Eliasdotter Ylivainio avait piqué son agresseur à l'épaule ?

– Si, avec une épingle à cheveux. Cette plaie-là est trop large.

– Des épingles à cheveux, il y en a de toutes les tailles.

– Certes, mais cette blessure est toute fraîche. Elle remonte forcément à très peu de temps.

– Vous le défendez ? Vous défendez ce satané vaurien ?

Le commissaire me repoussa au moment même où Michelsson relâchait sa prise. Dans l'état de faiblesse où je me trouvais, j'étais incapable de garder l'équilibre. Je trébuchai et tombai de tout mon long. Mon abdomen explosa de douleur, je me renversai sur le côté en souillant de salive les lames du parquet. Les deux hommes me regardèrent ramper pitoyablement, le commissaire esquissait déjà un coup de pied.

– Où as-tu caché le magot ?

Le pasteur tenta de s'interposer, mais fut écarté sans ménagement.

– Bien, nous allons fouiller la maison, décida Brahe. Où est-ce que le gamin garde ses affaires ?

– Laissez ce garçon tranquille ! cria Brita Kajsa.

Le pasteur, qui luttait pour conserver son calme, lança au commissaire un regard sévère.

– Nous allons bien entendu collaborer. Le sac à dos de Jussi se trouve là-bas. Mais je veux un ordre de perquisition écrit.

Brahe sortit un crayon de sa poche intérieure. Le pasteur lui tendit son canif pour qu'il en affûtât la mine. Entre-temps, Michelsson avait extrait de son porte-documents de service une feuille où le commissaire gribouilla quelques lignes à la hâte. Pendant que Michelsson remettait le papier au pasteur, Brahe entreprit de vider mon sac à dos de son maigre contenu, qui se répandit sur le plancher. Il était évident qu'il ne recelait pas d'argent. Le commissaire passa alors à la fouille corporelle. D'une main brutale, il visita toutes mes poches et vérifia qu'on n'avait pas cousu de billets dans les doublures. N'ayant rien trouvé, il promena autour de lui un regard soupçonneux.

– Vous ne toucherez pas à mon bureau, avertit le pasteur d'un ton ferme.

Et s'emparant de son bâton de marche d'un geste machinal, il le brandit devant lui. Sa petite taille eût été facile à maîtriser, mais l'expression de son visage avait de quoi dissuader les deux policiers. Ils préférèrent sortir dans la cour et s'attaquer aux dépendances. Je les entendis mettre sens dessus dessous la grange, déplacer des récipients sonores, traîner péniblement une échelle pour grimper dans le grenier. Brita Kajsa et le pasteur me menèrent jusqu'à la banquette. Ma vue s'était obscurcie et mes jambes ne me portaient plus.

– Je n'ai pas… volé… réussis-je à articuler.

– On le sait bien, Jussi.

– Cette blessure, c'est ceux de l'autre jour… avec un clou…

– On les laisse simplement faire, murmura le pasteur. Ils reviendront bredouilles.

Brita Kajsa lança à son mari un regard dubitatif. Comme elle s'apprêtait à desservir la table, mon maître l'arrêta et, sous nos yeux étonnés, se mit à examiner la vaisselle de porcelaine et les reliefs du repas. Nous le vîmes plonger des doigts précautionneux dans les deux verres tout juste vidés, les soulever de cette manière malcommode, sans en toucher la paroi extérieure. Il les porta prudemment jusqu'à la cheminée et les y déposa. Puis il balaya un peu de cendre fine, en remplit la paume de sa main et souffla dessus. La poudre de cendre s'envola avant de retomber dans le foyer. Mon maître saisit alors les verres de la même étrange façon et nous les montra à la lumière.

– Tu vois, Jussi ?

Il tenait tout près de mes yeux leur surface bombée. La poudre de cendre mettait en évidence les traces de doigts graisseuses des deux convives.

– On voit les marques des doigts.

– Regarde bien, Jussi.

– Il y a des lignes, tout au bout. Des dessins arrondis.

– Exactement. Et si tu les observes, tu verras que ces dessins sont tous différents. On peut les distinguer. L'empreinte laissée par le pouce du commissaire n'est pas du tout la même que celle du garde champêtre, tu vois ?

– Oui… Oui, je vois…

Après un moment de réflexion, il déchira deux bandelettes de papier, écrivit « Brahe » sur l'une, « Michelsson » sur l'autre, et les glissa à l'intérieur des verres. Puis il se rendit dans son bureau, en revint avec deux autres objets emballés dans des mouchoirs et les posa à côté des premiers. Je les reconnus immédiatement.

– Ce sont les verres de Nils Gustaf ?

– C'est bien ça.

– Un des deux est devenu bleu !

Le pasteur opina. Les gouttes de cognac restantes brillaient d'un magnifique éclat bleu.

– On appelle cette couleur le bleu de Prusse. Je me suis livré à une petite expérience. Mais il est trop tôt pour en dire plus.

Brita Kajsa ouvrit son armoire de cuisine et fouina parmi ses plantes médicinales.

– Essaie de te reposer, Jussi. Je vais préparer une infusion d'écorce d'aulne. C'est amer, mais ça te fera du bien.

Pendant qu'elle s'affairait à sa décoction, un bruit de respiration montant du sol nous parvint aux oreilles. Je tournai péniblement la tête. Le pasteur se tenait agenouillé au beau milieu de la pièce. Je crus d'abord qu'il priait. Mais je m'aperçus qu'il était occupé à ramasser délicatement quelque chose, entre deux doigts, comme s'il eût découvert sur ce plancher des fleurs extraordinaires. Puis je compris. Ce qu'il recueillait ainsi au creux de sa paume, c'étaient les copeaux du crayon que venait de tailler le commissaire.

53

Mon corps se remet lentement. Les plaies se referment. Puis les croûtes tombent, laissant des cicatrices blanches. Quand j'y passe le bout des doigts, je constate que la peau est devenue plus dure, presque insensible. Mes côtes mettent beaucoup de temps à guérir. Nuit après nuit, je suis réveillé par la douleur qui cogne, pour m'être imprudemment retourné en dormant. Petit à petit, je réussis quand même à inspirer une bouffée d'air sans souffrir. Le pire, c'est ma bouche. Les cratères se remplissent, mais leurs bords sont toujours noirs. Le goût de sang a beau disparaitre, il reste cette acidité.

Chaque fois que je respire vers lui, mon maître se détourne, je me rends bien compte que je pue. Alors j'essaie de garder la bouche fermée. Quand je vais au magasin, je mets la main devant les lèvres au moment de me faire servir. Sans mes incisives, j'ai l'air d'un vieillard, me dis-je. Les femmes regardent ailleurs si j'oublie de cacher ma bouche édentée. J'ai compris que je ne pourrai jamais les approcher. Je suis obligé de mâcher les quignons de pain sur le côté, avec les molaires, de ronger comme un chat. Le son S est devenu presque impossible à prononcer, on entendait *fff* jusqu'à ce que j'aie l'idée de placer la langue plus près des canines. Le résultat est plus clair, mais ce n'est toujours pas comme il faudrait. Jamais je ne pourrai me présenter côte à côte avec le pasteur pour lire sa prédication, comme le fait Raattamaa. L'assemblée se moquerait de moi. Je m'entraîne obstinément à parler pour que ma voix porte mieux. Que je puisse au moins me faire comprendre. Je m'efforce d'articuler sans ouvrir les lèvres, pour ne plus être forcé de garder la main devant la bouche.

Il m'arrive souvent de penser que, même après ma mort, je serai encore de ce monde. J'ignore d'où me vient cette idée. Peut-être a-t-elle quelque chose à voir avec les lettres. Mes ancêtres ne savaient pas écrire. Ils vivaient quand ils vivaient, se livraient à leurs occupations, puis disparaissaient. Je sais que ma grand-mère maternelle s'appelait Anne Maaret, le nom qu'on a donné à ma sœur. Et que sa mère à elle s'appelait Stina Inghilda. Mais je n'en sais pas plus. De cette grand-mère, rencontrée à Kvikkjokk, je n'ai qu'un pâle souvenir. Nous dormions dehors, c'était l'été, je me rappelle le feu fumant allumé pour chasser les moustiques. Elle avant tant de rides qu'elle ressemblait à une planche tailladée à force d'avoir servi à découper la viande. Ses mains étaient froides et sèches comme des bouts de bois. Je devais avoir quatre ans. Je la vois manger quelque chose, mâcher longuement entre ses gencives nues, puis se pencher et me recracher dans la bouche une bouillie élastique. La mixture, légèrement sucrée par sa salive, avait une couleur brune qui faisait penser à de l'écorce. Je compris que ce n'était pas mangeable, que c'était quelque chose de mort. De longs fils me collaient dans la gorge, j'avais beau avaler, ils n'en finissaient pas de s'allonger. J'allais finir par étouffer. Autour de moi, assis sur les peaux de rennes, ils étaient tous pliés en deux de rire, ils s'esclaffaient et buvaient, et je me souviens qu'ils continuèrent de boire jusqu'à tomber et ne plus ressembler qu'à des déchets de boucherie dans leurs vêtements de cuir crasseux.

Je crois qu'ensuite, elle est morte. Ma mère n'a jamais voulu nous en parler, mais nous ne sommes plus jamais retournés la voir. Alors j'en déduis qu'elle n'est plus, cette bonne femme. Ma grand-mère nommée Anne Maaret. Il ne reste plus rien d'elle en ce monde. À part quelques habits qu'elle aurait pu coudre, des bottes en peau, qui se promènent peut-être encore quelque part. Ou un beau ruban de laçage tissé par ses soins. Mais personne ne sait qu'il lui a un jour appartenu. Ni que ce sont ses doigts durs et glacés qui l'ont fabriqué. Elle ne s'en souciait pas, elle n'a pas ressenti le besoin de rester. Ses ancêtres non plus, aucune de ces ombres qui ont rejoint l'obscurité. Ils ont vécu, puis ont disparu, vivre, disparaître, comme des vagues sur un lac de montagne battu par les vents, qui déferlent sur les graviers. On entrevoit un instant l'enveloppe de l'eau, liante, brillante, offrant son miroir au ciel. Puis tout s'efface sous l'écume de la vague suivante.

Je ressens un malaise en y pensant. En me disant que je vais devoir, moi aussi, m'enfuir comme l'eau, sans laisser la moindre trace. Peut-être suis-je le premier de mon peuple à connaître ce sentiment, peut-être est-ce une idée nouvelle pour nous ? L'envie de rester. Non pas au Ciel, mais en laissant quelque chose à la postérité. Comme le pasteur. L'envie d'être présent sous forme de tableau au Salon de Paris. De lancer un mouvement qui change le mode de pensée des gens. De donner son nom à une plante nouvellement découverte. D'écrire un livre.

Tout cela, mon maître y est parvenu. Tandis que moi, je ne suis arrivé à rien. J'ai vécu comme mes aïeux, rien de plus. J'ai piétiné sur leurs traces. Comme un renne qui trottine en suivant le précédent à travers la neige. Mais aujourd'hui, je sens que cela ne me contente pas. Il est arrivé quelque chose au monde, il n'est plus comme autrefois. À partir de ce jour, l'homme doit vivre non à travers les autres, mais par lui-même.

Ainsi allaient mes pensées. Elles m'étaient un tourment, tant j'avais conscience de ne rien valoir de bon. Je n'étais pas même capable de toucher le cœur de la femme que j'aimais, alors comment toucher avec des mots l'esprit de personnes inconnues ?

Je tentai d'en parler au pasteur.

– Est-ce que ce désir qu'on se souvienne de moi m'est inspiré par le Diable ?

Il me regarda gravement.

– Tes péchés te sont pardonnés. Au nom du Christ et par son sang.

– Ça ne suffit pas, dis-je.

Je crus un instant qu'il allait me gifler.

– Ou alors, faut-il être comme tous les autres ? poursuivis-je à voix basse.

– Qu'en penses-tu toi-même ?

Je ne répondis pas.

– Dis-moi : qui t'a frappé, Jussi ? Qui t'a frappé au point de te laisser plus mort que vif ?

– Roope, dis-je. Roope et un autre type.

– Ils étaient donc deux ?

– Il en est arrivé un troisième, qui portait un masque. Il ne voulait pas que je le reconnaisse. C'est lui qui m'a planté le clou dans l'épaule.

– Le commissaire Brahe et Michelsson avaient l'air au courant de cette blessure.

– Oui, répondis-je. C'est ce que je me suis dit, moi aussi.

– Il faut porter plainte contre Roope !

– Ça peut attendre, dis-je.

– Tu ne dois pas avoir peur de lui.

– Je disparaîtrai bientôt, de toute façon.

– Pardon ?

– Non, rien, maître. Rien.

54

Les récoltes passées, le temps était venu de réparer les outils. N'étant capable que de menus travaux, je fus chargé des râteaux à foin. Comme il m'était impossible de m'asseoir normalement, à cause de mes douleurs, je me mettais à genoux, le postérieur légèrement appuyé sur les talons, et je taillais au couteau des pièces de dimension parfaite pour remplacer les dents trop usées ou endommagées des râteaux. C'était un travail de vieillard, le genre de tâche qu'on confiait à ceux qui ne supportaient plus le labeur quotidien. Je sentais peser sur moi le regard apitoyé de la servante et des filles de la maison. J'étais devenu un barbon malgré mon jeune âge, mon dos était courbé, mes pas courts et mal assurés. Je ressemblais à mon maître. Mais lui pouvait s'enorgueillir d'une vie pleine de combats, de victoires et de louanges, quand la mienne avait fini avant d'avoir commencé. Je n'avais rien accompli qui vaille. Je pensais à ma sœur, restée là-haut pour s'occuper des vieux. Saison après saison, j'avais supplié Anne Maaret de me suivre, de fuir les immondices et la puanteur de la tente, la toux colérique des ivrognes dessoûlés. En vain. À peine sortie de l'enfance, elle était devenue maternelle. Elle savait que sans elle ils seraient perdus. Quand j'allais la voir, je refusais de dormir dans ce bouge, et m'installais dehors, près du feu. Plutôt l'odeur de l'urine de renard que leurs loques pouilleuses.

J'étais plongé si profond dans mes pensées que je n'avais pas vu arriver les visiteuses, et ne levai les yeux qu'en entendant le chien aboyer. Deux silhouettes approchaient, vêtues de noir comme pour se rendre à un enterrement. Elles venaient droit vers le presbytère, deux femmes, quelque chose dans leur allure fit battre mon cœur. Je me réfugiai à la hâte dans les carrés potagers du pasteur, derrière le mur vert et gorgé de sucs des fameuses pommes de terre. J'avais abandonné mon râteau dans l'herbe, peut-être allaient-elles ralentir le pas, me chercher des yeux ? Non, manifestement, leurs préoccupations étaient tout autres. Celle qui marchait devant avait une forte carrure, une femme d'âge mûr, enveloppée de multiples couches d'étoffe, des tricots superposés, des jupes gonflées de jupons, la tête couverte d'un fichu, et enroulé par-dessus le manteau, un châle, épais comme du feutre. Seule émergeait de tout ce tissu une main serrant un mouchoir à la blancheur éclatante. Elle le portait de temps en temps au coin de ses yeux, pour sécher de possibles larmes, puis il s'agitait de nouveau comme un signal énigmatique, décrivant en l'air des circonvolutions où je lus des lettres, un U, un N, puis un Z, un message blanc dans la grisaille laineuse de l'automne.

La matrone était suivie d'une silhouette plus jeune. Elle aussi était habillée de noir, le foulard enfoncé sur le front, comme pour dissimuler son visage. Pourtant, ma respiration se fit lourde, j'avalai ma salive, l'envie me prit de me précipiter hors de ma cachette pour la toucher. Je l'avais reconnue, une chaleur soudaine m'envahit. Je ne distinguais pas ses traits, mais ce ne pouvait être qu'elle. Cette façon de bouger, ce balancement de ses hanches quand elle portait les seaux de lait, l'arrondi de ses épaules, l'inclinaison de sa nuque, la légèreté de ses pas, quand elle dansait dans l'atelier du peintre, ou ce soir-là, au bal, quand nous étions si près l'un de l'autre.

Mais quelque chose avait changé. Quelque chose lui était arrivé, je lui trouvai une raideur, une lourdeur inconnue. Je n'avais jamais rencontré cette femme qui la précédait, était-ce sa mère ? J'ignorais même de quel hameau venait Maria. Il était pourtant clair que la vieille menait la jeune, qu'elle avait une affaire à régler. Cette marche faisait penser à une procession rituelle, le va-et-vient du mouchoir blanc sur le ciel gris, cet air qu'elles avaient toutes deux de se détourner du monde, cette froideur entre elles. Elles entrèrent dans la cour, et je vis Maria explorer les lieux du regard. Je me couchai à plat ventre et me traînai au plus près du parterre. Quand elles eurent franchi le seuil, je les suivis, entrouvrant la porte d'une main tremblante. Elles avaient laissé derrière elle un sillage odorant, la plus vieille sentait le grenier à foin, Maria embaumait comme la floraison mousseuse de la reine-des-prés. Toutes deux se tenaient près de la cuisine. J'entendis le pasteur s'épancher en propos banals sur les travaux des champs, pour les mettre à l'aise. Sans un bruit, je me glissai dans l'antre de mon maître et cherchai fébrilement où me cacher, balayant des yeux les étagères, le bureau, le coffre et le pupitre où reposait l'énorme herbier. La voix du pasteur approchait, la porte s'ouvrit et les trois arrivants restèrent interdits en me découvrant au pupitre, le nez entre les pages d'un livre.

– Pardon, murmurai-je, en affectant la surprise.

– Te voilà bien absorbé, Jussi ! s'écria-t-il.

Son ton était exagérément enjoué, sans doute cherchait-il à alléger l'humeur sombre des deux visiteuses.

– J'ai été pris d'une envie de lire, répondis-je en guise d'excuse, et je me levai gauchement.

– *Loca parallela plantarum*, nota le pasteur avec un sourire malicieux. Ce latin-là n'est pas trop obscur à ton goût ?

M'étant dépêché de refermer l'ouvrage, je jetai un coup d'œil sur la page de garde. Ce livre, c'était le pasteur qui l'avait écrit.

– Si, admis-je du bout des lèvres.

– Il faudra nous y remettre, Jussi. Le latin sera notre prochain voyage.

Les deux femmes me fixaient. Le visage de la vieille respirait la défiance, elle pressait le mouchoir au coin sa bouche, comme pour repousser ce qui lui montait aux lèvres. Maria, elle, m'adressait un regard si implorant, presque désespéré, que je détournai les yeux.

– Et quel est l'objet de votre visite, mesdames ? reprit le pasteur en leur présentant à chacune une chaise, avant de s'asseoir lui-même à son bureau, près de la fenêtre.

– Ce noaidi, là, on ne veut pas que… lâcha la vieille avec un coup de tête dans ma direction, avant de déplacer le mouchoir d'un coin à l'autre de sa bouche. Quand elle parlait, ses lèvres fines et blanches ressemblaient à des faux.

L'atmosphère s'était encore épaissie, devenant irrespirable. Je m'en allai sans répondre, m'appliquai à fermer la porte derrière moi. Brita Kajsa était dans la cuisine, occupée à préparer des champignons et nettoyer des tubercules avec un couteau à courte lame. Un fumet délicieux emplissait la pièce, saindoux fondant et fines herbes, boisson de malt fermentant dans sa jatte, moût et beurre fraîchement baratté où rissolaient des oignons hachés.

– Les fleurs qu'on coupe fanent bien vite, dit-elle en désignant d'une mine entendue les visiteuses.

– Quoi ? fis-je, comme si je n'avais pas entendu.

– Quoi ? répéta Johanna, en se cachant à demi derrière une main pour m'imiter. Quoi, quoi, quoi ?

Je sortis en toute hâte. Les derniers insectes tourbillonnaient dans la lumière automnale. Personne ne prêta attention à moi quand je rasai l'angle de la maison et me faufilai accroupi sous la fenêtre du bureau. Je sortis mon couteau et entrepris de me soigner et me curer les ongles, d'en tailler les bords et de polir consciencieusement angles et effilochures. Tout en vaquant à cette tâche, j'appliquai une oreille contre le mur. Les voix des visiteuses me parvinrent tout droit à travers l'épaisseur des rondins. Je ne saisissais pas un mot, mais en sentais les vibrations. La vieille avait dû lâcher son mouchoir, car elle déversait à présent un flot de paroles. Le pasteur se taisait, évitant de l'interrompre. Il leur proposerait bientôt de prier ensemble, mais il était encore trop tôt. La voix de Maria était si faible que je la devinais à peine de temps à autre, quand le débit de la mégère s'arrêtait avant de reprendre de plus belle. Il me semblait voir les deux femmes descendre un escalier de plus en plus raide vers l'abîme en flammes. Et le pasteur les laissait faire. Il les laissait goûter à l'odeur du soufre, au spectacle des damnés criant dans les bas-fonds. Leurs tourments étaient indicibles, des serpents assoiffés de sang leur rampaient sur la peau, la rongeaient, s'y glissaient. C'était leur cœur que Satan voulait atteindre, le plus dur, au plus profond du bois dont ils étaient faits. Le pasteur jugeait bon qu'il en fût ainsi, et se gardait d'offrir une consolation. Il était trop tôt encore. Il laissait une peur croissante s'emparer des deux femmes. Attendait que leur carapace se fendille. Que cèdent la fierté, l'autosatisfaction, la complaisance envers soi-même.

Cette fois, la vieille flambait. La destruction était à l'œuvre. J'entendis des hurlements à travers le mur, grossiers comme ceux que pourrait proférer un homme, de plus en plus fort, et je compris même des mots.

– Putain, fille perdue…

Elle vociférait sans fin, puis les cris se muèrent en un sinistre gargouillis, tandis que retentissait la voix du pasteur, puissante comme le tonnerre :

– Hors d'ici, Satan !

Je crus sentir trembler le presbytère tout entier, comme si une force souterraine avait soudain surgi, la tête d'un gigantesque serpent qui roulait et frappait. Et voici que montait une autre voix, acérée comme une dague, le cri d'argent d'un rapace qui se précipitait à terre, les ailes battantes, tandis que des corps se jetaient sur lui, le maintenaient, pressaient l'espace comme on écraserait des reliures de livres. Il me sembla voir de la fumée traverser l'encadrement de la fenêtre, je sentis une odeur de feu, de plumes calcinées, ou peut-être de dents qu'on brûle.

Les hurlements firent place aux sanglots. J'imaginai mon maître en prière près des deux femmes, tous trois tombés à genoux. Le pasteur invoquait Dieu, le suppliait de prendre pitié d'eux. Dieu qui pouvait punir, Dieu qui pouvait broyer. Qui, d'une chiquenaude, pouvait tous les faire culbuter dans les flammes. Les pécheurs marchaient en équilibre sur le bord de l'Enfer. Seuls seraient sauvés ceux qui dévoilaient sincèrement leur cœur. Ceux qui s'avançaient en tenant à deux mains la nudité palpitante de l'existence.

Tes péchés te sont pardonnés. Au nom du Christ et par Son sang.

Tel était le rite. Je repoussai l'idée de jeter un coup d'œil par la fenêtre, effrayé de ce que je pourrais découvrir. Le mur de rondins, dans mon dos, était à présent silencieux. Je m'échappai discrètement, retournai sur le perron et attendis. Il faisait frais. Le soleil approchait de l'orée de la forêt, je le distinguais à travers les branchages des sapins, une tache rouge qui devenait d'un vert rageur quand je plissais les paupières. Comme ils parlaient longtemps ! Peut-être étaient-ils déjà dans la cuisine, en train de manger ? Non, à travers les carreaux, je voyais Brita Kajsa postée près de la cheminée. Elle aussi avait l'air d'attendre. Elle s'occupait les mains en effeuillant des plantes séchées au-dessus de son tablier. Brita Kajsa ne savait pas se reposer, jamais elle ne s'asseyait pour regarder simplement au-dehors. Il lui fallait tirer parti de chaque instant.

Mais voici qu'elle se levait. Elle avait dû entendre la porte du bureau, et à présent demandait sans doute aux visiteuses si elles désiraient dîner. Pas un trait de son visage ne trahissait ce qu'elle pensait des criailleries qui venaient de lui parvenir aux oreilles. Le pasteur apparut dans le halo de lumière, de toute évidence les deux femmes voulaient rentrer chez elles. Je me saisis du balai pour ne pas rester bras ballants. La porte s'ouvrit, je cessai de balayer et m'inclinai devant la vieille qui passa devant moi rapidement. Son visage gonflé flamboyait. Le mouchoir avait disparu, un morceau de papier avait pris sa place. Il y en avait toujours de semblables sur le bureau du pasteur, de ces petits papiers où il y griffonnait les citations bibliques qu'il destinait à ceux qui venaient le trouver en confession. Un effluve de sueur âcre entourait la bonne dame, filtrant à travers les couches successives de vêtements. Là-dessous, elle devait être en nage.

Maria arrivait par-derrière, dissimulant sa bouche entre ses mains. Ses épaules étaient secouées de pleurs silencieux qu'elle ne maîtrisait pas, lourds de désespoir. Elle avançait en chancelant et, une fois arrivée sur le perron, eut du mal à garder l'équilibre. D'instinct, je tendis le bras pour la soutenir. En me découvrant défiguré, elle eut peur, je vis bien qu'elle sursautait. Puis elle se pencha vers moi. Le temps d'un éclair, son visage approcha le mien, ses yeux étaient parfaitement secs. Mais ils étaient cernés de taches bleues, comme si on l'eût battue, et j'y lus une rage qui me fit reculer. Elle pressa sa joue contre la mienne et chuchota :

– J'irai où tu voudras, Jussi.

La vieille se retourna, mais Maria l'avait déjà rejointe, plongeait de nouveau son visage entre ses mains. Elles quittèrent la cour, je les vis s'engager sur la grand'route, puis disparaître. Mes narines étaient encore emplies du parfum de ses cheveux. *Filipendula ulmaria*, la reine-des-prés. Avec une touche d'oignon. Et de soufre. Je dus m'appuyer à la rampe du perron.

J'irai où tu voudras.

Sa joue contre la mienne. À jamais.

55

Selma sortit de la maison en annonçant que le repas était prêt. Je lui répondis promptement que je me sentais mal, que mon ventre me travaillait. Et j'allai me réfugier dans l'étable. Debout dans le noir, j'attendis que ma fièvre retombe. Les vaches qu'on venait de traire me considéraient calmement, en actionnant sans fin leurs mandibules. Je caressai l'os dur de leur museau, posai le bout des doigts sur l'arrondi de leurs bourgeons de cornes, tâtai combien est douce leur robe quand on les flatte dans le sens du poil. Leurs grands yeux me fixaient, ils étaient entourés de tendons, sur leur nez glabre se dressaient quelques chaumes raides. La vache leva la queue, déféqua, l'odeur était bonne et forte, la bouse tomba à terre avec un claquement. Je m'emparai du racloir et la poussai dans la rigole, elle était si chaude qu'elle fumait. Les brins d'herbe devenaient de la bouse ou du lait. Certains finissaient dans une rigole à fumier, d'autres étaient servis dans un joli pot sur une nappe blanche. Il n'en allait pas autrement de l'humanité.

J'entendis des pas venant de la maison, sans doute Johanna, sortie pour jeter l'eau de vaisselle. Le repas était donc fini. J'attendis encore un peu. D'ordinaire, le pasteur s'attelait à une dernière séance de travail avant l'heure du coucher, pour mettre la dernière main à sa correspondance, ou jeter un coup d'œil aux comptes. Rassasié et un peu somnolent, il se détendait, et faisait parfois un brin de conversation. Sans doute avait-il encore cette visite en tête. Les cris de la vieille, la résistance opiniâtre de la jeune fille. Peut-être ressentirait-il le besoin de partager ses pensées ?

Tel était mon espoir en rentrant dans le presbytère. Brita Kajsa s'affairait à alimenter la grande cheminée maçonnée, qui emmagasinerait la chaleur pour la nuit. Je passai comme une ombre, m'avançai à pas de loup jusqu'au bureau. La porte était entrebâillée, je l'ouvris davantage sans un craquement. À l'intérieur régnait un silence inquiétant.

Je trouvai mon maître penché en avant, le front contre le bois de la table. L'espace d'un terrible instant, je crus qu'il nous avait quittés. Une attaque, une quelconque hémorragie avait eu raison de lui, et la montagne s'était écroulée.

Puis je m'aperçus qu'il était en prière. Ses yeux réduits à des fentes semblaient contempler un autre monde. Je m'agenouillai sur le plancher nu tout près de lui, sans oser le toucher. Du jus brun de tabac avait dégouliné de sa bouche sur la feuille posée devant lui, dessinant la lettre U. Peut-être essayait-il de lever le bras ou la main sans que son corps voulût lui répondre. On eût dit qu'il dormait. Je pensai à un petit lièvre suspendu entre les serres d'un aigle. Son regard était celui d'un être qu'on emporte pour le dévorer.

Assis là, j'attendais. Je pris un livre, et le lus sans comprendre. Mes genoux me faisaient mal, je changeai prudemment de position, tandis que sur nous tombait le crépuscule, et que nous nous enfoncions tous deux dans l'encre de plus en plus épaisse des soirs d'automne.

Une vague lui parcourut soudain les vertèbres. Il se redressa comme un fantôme. Son buste s'inclina en arrière, rencontra le dossier de la chaise et s'y appuya.

– Tiens, c'est Jussi.

Je me levai, raide et apeuré. Il était revenu à lui, et semblait encore mal réveillé. Puis réapparut son sourire en coin.

– Alors, Jussi, qu'as-tu entendu en espionnant dehors ?

Je pâlis.

– Ri… rien, monsieur.

– Qui d'autre que toi aurait pu être assis là, contre le mur ? L'herbe était toute tassée sous la fenêtre, et de plus, tu as perdu quelque chose.

Malgré moi, je palpai ma ceinture, à la recherche de mon couteau. Il était toujours là.

Le pasteur tenait un objet invisible entre le pouce et l'index. De l'autre main, il m'attrapa la tignasse et tira.

– Ta mèche s'est accrochée aux rondins quand tu appuyais l'oreille contre la paroi. Je constate que la couleur et la longueur coïncident.

– Pardonnez-moi, murmurai-je.

Il laissa choir la mèche.

– Qu'as-tu réussi à comprendre ?

– Je regrette vraiment.

– Dis-moi simplement ce que tu as entendu.

– Putain, chuchotai-je, la voix tremblante. Elle a traité Maria de putain.

– Et alors, a-t-elle raison ?

– Maria… non, jamais de la vie. Non, pas Maria.

– Tu es entiché d'elle.

– Je ne sais pas.

– C'est bien pour ça que tu espionnais. Car je suppose que tu n'as pas pour habitude de te cacher là chaque fois que j'entends quelqu'un en confession ?

– Non, non.

– Alors permets que j'aille droit au but. As-tu approché Maria ?

– Nous avons... dansé.

– Je te parle de l'acte de chair. Si c'est le cas, je veux le savoir.

Mes pensées se mirent à tourbillonner comme dans un vertige. Puis je me rappelai ce soudain malaise qui l'avait prise, là-bas, dans le jardin.

– J'ai... Je n'aurais pas demandé mieux.

– Alors, qu'est-ce qui t'en a empêché ?

Je ne sus que répondre. Si seulement j'avais osé lui faire ma demande. Si elle m'avait permis de porter ses seaux. Si je n'avais pas été un noaidi...

Le pasteur allumait sa plus belle pipe, une pipe énorme, au foyer gros comme une tête d'enfant. Il souffla la fumée par les narines, en poussant de petits soupirs flûtés.

– Il faut que tu réfléchisses, dit-il enfin. Maria n'est pas celle que tu crois.

– Que voulez-vous dire ?

– Je dois respecter le secret de la confession. Mais je suis inquiet, Jussi. Ou plutôt, j'ai peur.

– Pas de Maria ?

J'irai où tu voudras. Où tu voudras, Jussi. Jusqu'à ce que la mort nous sépare...

De nouveau, ses yeux mi-clos n'étaient plus que des fentes. Incapable de le regarder davantage, j'allai à la fenêtre. Le ciel s'assombrissait, les nuages s'amoncelaient, promettant la pluie. Comme je ne répondais pas, il se secoua, se frotta comme pour se débarrasser d'une toile d'araignée invisible. Puis il changea de position, faisant gémir la chaise sous son poids. D'une main tremblante, il alluma la lampe à huile posée sur le bureau. J'examinai son profil à la lumière de la flamme, ce nez grossier, en forme de pomme de terre, dont avaient hérité plusieurs de ses enfants.

– L'automne arrive, murmura-t-il.

– Hmm.

– Un automne froid après cet été lugubre.

– C'était un été difficile, confirmai-je.

– Paix à Hilda et Jolina. Paix à Nils Gustaf. Et à toi, Jussi, pour tes affreuses blessures. N'aurais-je pas dû être capable de faire barrage à tout ce mal ?

– Vous avez fait votre possible.

– Est-ce que je n'aurais pas dû mieux sentir la présence du Diable, moi, le pasteur, et être le premier à le démasquer ?

– La ruse du Démon est sans limites.

– C'est vrai.

– Il sait trouver nos points faibles.

– Oui, malheureusement, approuva-t-il. Cela tient à notre constitution interne, c'est la loi de la psychologie. Chez moi aussi, qui me crois si solide, ces faiblesses existent. N'importe quelle forteresse a des meurtrières, une porte de derrière qu'on ne verrouille pas, un soupirail qu'on aura oublié de fermer. Pendant que le paysan se régale, les bandits guettent en attendant la tombée de la nuit.

– Nous ne sommes jamais que des hommes.

– Oui, mais encore ? En quoi suis-je un homme, où se trouve la principale de mes failles ? C'est cela que je me demande.

Il tira une bouffée, puis me tendit la tige de sa pipe, mais je refusai d'un hochement de tête.

– L'orgueil, poursuivit-il d'un ton coupant. Mon satané orgueil.

La violence des mots me fit sursauter. Il essuya une coulée de jus de tabac au coin de sa bouche et se sécha la main sur les cuisses.

– Tout le monde est orgueilleux, répondis-je d'une voix à peine audible.

– Je me suis imaginé qu'on accrocherait mon portrait dans la sacristie. Que je serais le premier d'une galerie de tableaux qui représenteraient tous les pasteurs à venir. J'aurais trôné là comme une sorte d'Abraham pour les futurs habitants de Pajala.

En exprimant ses regrets, il souriait, découvrant des dents jaunes et tachées.

– On mettra sûrement la main sur le meurtrier de Nils Gustaf un jour ou l'autre, dis-je.

– J'ai bien peur que tu ne te trompes, répondit-il songeur. Je crains que tout cela ne prenne une tournure pire encore.

– Pire ?

– Et si la cause de toutes ces souffrances, au fond, c'était notre Éveil chrétien ? La force même qui l'habite ? Il se pourrait que le mal que nous avons affronté jusqu'ici ne soit qu'un avant-goût des ténèbres.

Frappé par ce propos, je le regardai. Il était effrayant à voir, les orbites profondément enfoncées dans le crâne, les pupilles d'un noir de charbon, comme tout droit extraites de la terre. Ces yeux avaient tout vu. J'eus l'intuition de l'apparence qu'il revêtirait une fois mort, et je me vis debout près de la couche où il reposerait, tenant sa main glacée dans la mienne. Je frissonnai et chassai cette image de mon esprit, mais le malaise se prolongea. Baissant la voix, il me dit sur un ton où vibrait l'angoisse :

– Dorénavant, reste à la maison, Jussi. Cesse de vagabonder en secret. Le vent pourrait tourner à la tempête.

56

La nuit passa aussi lentement qu'un rêve. Le point du jour arriva presque imperceptiblement, les dernières brumes dispersèrent leurs voiles sur les terres. Ma bien-aimée parut sur le perron, vêtue pour aller à l'étable. Je vis tout de suite qu'elle ne se ressemblait pas. Ses pas étaient moins souples, elle se balançait comme une truie. En m'avançant sans bruit, je distinguai son visage enflé par les larmes. J'arrivai avant elle à l'étable. Elle me fixa comme si j'étais un fantôme. Je me faufilai aussitôt à l'intérieur, pour ne pas risquer d'être aperçu de la maison, elle me suivit et la porte se referma en grinçant. L'odeur des bêtes était forte et douce, l'air réchauffé par leurs grands corps, je les entendis piétiner et se cogner dans leurs stalles en sentant ma présence étrangère. Les pis aux veines gonflées attendaient les doigts habiles de Maria.

– Maria… chuchotai-je, la main devant ma vilaine bouche blessée.

Elle évita mon regard. Je m'approchai timidement, mon coude effleura le sien. Et dans un soudain sursaut, elle m'entoura de ses bras. Un élancement douloureux me transperça les côtes.

– Tu es quand même venu, chuchota-t-elle.

– J'ai attendu dehors, toute la nuit.

– Pourquoi ?

J'hésitai. Qu'il était donc difficile de parler. Mais il le fallait.

– Ce que tu m'as dit, là... Je partirai avec toi, Maria. Où tu voudras.

– Non, tu n'as pas compris, Jussi.

– Si... Je pourrai dire que l'enfant est de moi, murmurai-je.

Elle me repoussa durement. Me regarda avec de la frayeur dans les yeux.

– Comment sais-tu... ?

– On pourrait se marier, dis-je dans un souffle.

Elle voyait ma bouche. Mon horrible gueule édentée.

– Te marier avec une putain, répondit-elle tout bas.

– Tu n'es pas une putain.

– Il avait promis... Il avait dit qu'il m'épouserait.

– Qui ?

– Ça n'a plus d'importance.

– Je pourrai me marier avec toi, chuchotai-je encore. Je le voudrais, Maria.

Elle m'enlaça prudemment. Sa douce joue contre la mienne, bleuie, meurtrie. Je n'osai plus bouger.

– Où est-ce qu'on irait ?

– Vers le Nord. Vers la Norvège.

– La Norvège ? Mais quand ?

– On peut partir maintenant.

– Non, c'est impossible.

– Ce soir, alors ? Après la traite, tu fais semblant d'aller au lit. Quand tout le monde à la ferme sera allé se coucher, je t'attendrai dehors.

– Ce soir, déjà ?

– Si on marche toute la nuit, personne n'arrivera à nous rattraper.

– Mais tu es blessé, Jussi. On t'a battu.
– Avec toi, je marcherais jusqu'au pays de Canaan.
– Tu crois que toi et moi... ?
– Et même jusqu'à Bethléem, s'il le fallait.

Elle me lâcha, l'air un peu étourdie. Déglutit et secoua vivement la tête.

– Ce soir, fit-elle.

Et elle passa le bout de ses doigts si tendres sous mon menton, là où la peau était sensible. Puis elle jeta un regard rapide autour d'elle et tendit le bras vers le tabouret au bois blanchi par l'usure.

57

Je rentrai au plus vite au presbytère. Ma peau gardait le souvenir de ses effleurements, j'emportais sa chaleur, son parfum. Le village émergeait du sommeil. Des portes s'ouvraient, des outils frappaient, de la fumée montait des maisons et des étables où chauffaient déjà les marmites. Sans avoir rencontré aucun obstacle, j'arrivai devant la remise à bois du pasteur, me faufilai à l'intérieur et m'assis lourdement sur le billot. Puis je détachai un morceau d'écorce de bouleau bien blanche, en arrangeai les bords au couteau, et puisai dans ma poche mon bout de crayon.

Je suis un homme, griffonnai-je laborieusement dans la pénombre.

Je m'appliquai à tracer des lettres minuscules pour écrire le plus de mots possible.

Je viens de la montagne. La vie était dure. Ma sœur est restée là-bas...

Je peinais, ma vue se brouillait. Je me séchai le visage de la paume et levai un regard timide. Des pas sonnaient dans la cour, j'eus tout juste le temps de cacher le morceau d'écorce sous ma chemise. Je le sentais, anguleux et coupant contre ma peau, quand la porte s'ouvrit.

C'était Brita Kajsa. Elle recula avec un petit cri apeuré.

– Oh, c'est toi, Jussi.

Je confirmai d'un signe de tête et ramassai une brassée de bois que j'installai en équilibre sur mon avant-bras.

– Porte-le dans la maison me dit-elle en approuvant du chef. Et si tu as faim, il y a de la bouillie.

Je rentrai docilement avec mon fardeau. Cette fois, le voyage avait vraiment commencé, me dis-je. J'avais derrière moi les premiers pas d'un très long périple. Il deviendrait un jour un livre.

Tout en faisant semblant de manger ma bouillie, j'en mis une partie de côté dans une petite boîte. Suivirent quelques morceaux de poisson séché que je glissai dans mon sac. Ils résistaient sous la dent, mais je les ferais tremper plus tard. En économisant la nourriture, nous réussirions à tenir deux jours, peut-être trois. Ensuite, on verrait. J'emballai un briquet à silex et une bobine de ficelle. Avec mon couteau, je me taillerais en chemin une canne à pêche et une aiguille de genévrier bien pointue pour y accrocher un ver. L'hameçon se mettrait en travers quand le poisson mordrait, et je pourrais aisément le tirer jusqu'à la rive. Au soir tombant, on le ferait griller sur le feu. Le sachet de sel suffirait bien pour quelques mois, on en retrouverait sans mal en Norvège. Quant aux baies, il y en avait encore plein les forêts. Je décidai d'emporter une vieille couverture. Moi, je dormirais dans mes vêtements de la journée, mais Maria aurait besoin d'être protégée du froid nocturne. Je veillerais pour entretenir le feu, là-bas, au fond des bois, je resterais éveillé toute la nuit, pendant que la lueur des flammes jouerait sur ses joues roses. Nul doute qu'on nous chercherait, il nous faudrait être prudents. Nous appeler par de faux noms, inventer pour prétexte du voyage une visite à des parents sur la côte de la mer de Glace.

Je dissimulai mon sac à dos dans le grenier de l'étable. Puis je soignai celles de mes blessures qui n'avaient pas encore cicatrisé. À la lumière du jour, elles paraissaient plus graves, le pus suintait, et la douleur sourde me fit grimacer. J'attrapai quelques toiles d'araignées et m'en fis un pansement, comme me l'avaient appris les vieilles de chez nous, crachai dessus et récitai une incantation. Si la douleur venait à empirer, je n'aurais d'autre solution que de cautériser les plaies en y appliquant la lame de mon couteau chauffée à blanc. J'avais toujours dans la bouche le goût aigre de mes chicots. Et mon entrejambe était fort mal en point. Mais j'y arriverais quand même. Il le fallait. Ils nous chercheraient sur les routes du Sud, alors que nous marcherions vers le nord, à la rencontre du froid. À présent, je devais dormir. Prendre des forces. D'ici quelques heures, quelques toutes petites heures, je lui prendrais la main. Et plus jamais je ne la lâcherais.

58

Le soir tomba et le calme se fit dans le presbytère. Je me forçai à agir comme à l'accoutumée, me lavai le visage au puits, avant de me pelotonner sur mon matelas de foin installé près de la porte. Je feignais déjà de dormir quand le pasteur lut la prière du soir. La dernière lampe s'éteignit. Je restai longtemps immobile, attendant que personne ne se retournât plus sur sa couche et que le souffle des dormeurs fût devenu lourd et régulier. Je me levai comme une ombre, ramassai mes souliers et les gardai à la main. Je gagnai l'entrée en silence. Tjalmo, croyant que je sortais pour uriner, s'étira en bâillant, j'aperçus ses canines blanches dans le noir, puis elle se remit en boule dans son coin, près du seuil. J'allai chercher mon sac dans le grenier de l'étable et me mis en chemin sur la grand'route, me fondant dans l'obscurité comme si je n'avais jamais existé.

Le ciel était clair et froid, piqueté d'étoiles, un croissant de lune pendait à l'horizon, seule lumière qui me guidât. Je tâchai d'éviter les fondrières, mon corps me faisait mal à chaque écart. Mais je gardai quand même la cadence. Chacun de ces pas me rapprochait de ma bien-aimée. Nous marcherions côte à côte toute la nuit. Aussi longtemps que nous en aurions la force. Au point du jour, à l'abri sous un sapin, nous nous coucherions enfin l'un contre l'autre. J'osais à peine y croire.

Je discernai bientôt entre les arbres la ferme où elle travaillait. Je me postai à l'orée de la forêt, selon mon habitude, craignant qu'un chien ne vînt à aboyer. La cour semblait vide. Peut-être Maria était-elle déjà là, dans le noir ? Je m'accroupis dans l'herbe humide de rosée, relevai la tête comme un chat et forçai ma vue à s'aiguiser. Les fenêtres de la maison étaient éteintes et ne laissaient passer aucun bruit. Je décidai d'attendre. Portant toujours mon sac sur les épaules, je m'assis plus confortablement. Le croissant de lune naviguait doucement au-dessus des bois, j'entendais bouillonner là-bas les chutes de Kengis. Un son mouvant, qui enflait puis désenflait un peu, comme une respiration lointaine. Un animal approchait. Je suivis le bruissement des broussailles, puis il flaira ma présence et s'arrêta net. Je portai à mes lèvres le dos de ma main et aspirai la peau, produisant un petit couinement de souris. La vieille ruse fit son effet, un renardeau pointa le museau, plein d'espoir, mais repéra aussitôt les contours de ma personne et disparut dans l'ombre.

J'entendis soudain qu'on ouvrait la porte. Quelqu'un était sorti sur le perron. Une silhouette avançait dans la cour, s'arrêtait, semblait hésiter. Qui était-ce ? Je ne pouvais la reconnaître, il faisait trop sombre, et je n'osais appeler. J'entrepris de me rapprocher à pas de loup. C'était bien une femme. Mon cœur se mit à cogner. La silhouette regardait autour d'elle, indécise. C'était forcément Maria. Je me dépêchai, levant les bras pour me protéger des rameaux qui me fouettaient le visage. L'idée me vint de siffler pour attirer son attention. Mais le risque était grand de réveiller les gens de la ferme. Je la vis qui scrutait les alentours, j'eus l'impression qu'elle chuchotait quelque chose. Était-ce mon nom ? La voilà qui faisait demi-tour, revenait à grands pas vers la maison. Non, elle tournait, se dirigeait vers l'étable. Elle entrouvrit la porte et glissa dans l'obscurité. J'attendis pour m'assurer que personne ne la suivait. Non, rien ne bougeait. Prenant une profonde inspiration, je sortis de ma cachette dans la cour, filai en direction de la grange. Une dernière fois, je balayai du regard les parages. Personne à proximité, la porte bâillait. Je saisis en silence la poignée et tirai le lourd panneau de bois.

Elle était là. Je distinguais la forme de son corps, elle venait au-devant de moi.

– Mon amour, chuchotai-je. Ma si douce...

Ses bras m'enlacèrent. Mais ils étaient durs et musclés, ils serraient si fort que je gémis de douleur.

– Je le tiens !

Une voix d'homme, une odeur d'homme, une joue que je sentis râpeuse en essayant de me dégager. La porte de la grange s'ouvrit tout grand et des pas lourds s'approchèrent, la lumière vacillante d'une lanterne. Des mains puissantes s'emparèrent de moi et me précipitèrent au sol. On m'arrachait mon sac, on me pliait le bras en arrière.

– Le porc, nous l'avons eu !

Je ne connaissais que trop bien cette voix. Le commissaire Brahe. Dans le halo de la lanterne, je devinai plusieurs garçons de ferme, le paysan y était, ses deux fils aussi, armés chacun d'une hache. Et contre moi, vêtu de la jupe et de la blouse de Maria, se tenait le garde champêtre Michelsson. Il m'écrasait, je finis par gémir, un rictus triomphant lui déformait le visage.

– Jussi, Jussi, cette fois, tu es fait comme un rat !

J'entendis un bruit métallique, un cliquetis de chaînes. Au même moment, quelqu'un sortit de son fourreau le couteau pendu à ma ceinture.

– Au nom de la loi, je t'arrête, Jussi, déclara Brahe, en dissimulant mal son excitation. Nous te tenons enfin, salaud de violeur.

– Préparez la voiture, lança Michelsson.

Le maître des lieux courut atteler le cheval. Son fils aîné s'approcha, la hache tremblait dangereusement entre ses mains.

– *Voi saatanan*… murmurait-il sans relâche. *Voi saatanan piru*…

– Qu'avez-vous fait de Maria ? chuchotai-je.

Le coup de pied me toucha à l'omoplate. Suivirent un crachat railleur puis une douleur fulgurante, on me tordait les bras dans le dos.

La nuit serait longue.

IV

Notre pasteur
Prie dans le chœur.
Tant Dieu il craint,
Qu'il ne voit rien.
Face au Seigneur,
Inclinons-nous,
Et le pécheur
Sera absous.

59

Les gens du Nord, voilà mon peuple. C'est pour eux que je prêche. Eux, si peu nombreux et si éparpillés. Quand le citadin est un poids de balance, l'homme du Nord représente le vent. Il ne pèse rien. Il se déplace sans bruit, sans laisser de traces. Jetez une pincée de sable, et les grains disparaissent. Ils sont bien là, mais on ne les voit plus. Tels sont les gens du Nord. Pour qu'ils se rassemblent, il leur faut des auspices favorables : l'arrivée du saumon, la maturation des baies, la roue du grand tétras dans les clairières et la parade amoureuse des coqs de bruyère. Alors, ils se réunissent et puisent dans les surplus de la nature jusqu'à ce qu'il soit l'heure de se remettre en route. Leurs maisons viennent de la forêt, de son squelette et de son cœur, elles sont faites de bois et de cuir, de pierres disposées autour d'un foyer, qui réchauffent longtemps les corps fatigués, même une fois le feu du soir éteint. Les gens du Nord marchent à travers les landes et les marais, ils descendent les cours d'eau sinueux, glissent sur leurs skis plus vite qu'une calèche, prêts à tout affronter armés de leurs couteaux et de leurs écuelles. Ils détiennent les secrets de la survie humaine en hiver. Ils connaissent la mort, savent qu'elle attend dès que le marcheur fait halte, qu'une coupure, une fracture, une quinte de toux sont autant de signes de la fin. Ils connaissent le deuil. Derrière chaque vivant se cachent une dizaine de défunts, chaque enfant est guetté vingt fois par la Faucheuse, ils ne l'ignorent pas, ni que bien souvent ce sont les nourrissons chétifs qui s'en sortent quand les plus replets lâchent prise dès le sevrage. Ils savent que le bonheur est un filet tout juste sorti de l'eau, débordant de poissons. Un seau rempli de baies fraîches, une peau de renne bien tannée, le couinement d'un chiot, un os à moelle qui garde encore la chaleur de l'animal abattu. Ils savent que l'amour, c'est pouvoir s'allonger avec un compagnon près du feu. Tourner le dos à l'obscurité. Se serrer l'un contre l'autre et se raconter des histoires pour faire passer l'interminable hiver. La plus belle manière qu'aient les hommes de se tenir chaud.

Un jour, au cours de mon service à Karesuando, je reçus la visite de deux messieurs entêtés. Ils frappèrent à la porte du presbytère dans l'espoir d'obtenir mon aide pour se procurer des crânes de Lapons. Ils étaient jeunes et ambitieux, vêtus de vêtements de marche qui paraissaient encore neufs après leur long voyage – sans doute avaient-ils quelques habits de rechange dans les malles qu'avaient déposées leurs porteurs à bout de souffle. De véritables crânes lapons. L'un des deux, qui se disait professeur, portait des lunettes malgré son jeune âge, et il avait les mains d'une aristocrate : lisses, glabres, le bout des doigts effilé. Durant ses recherches à l'université de Copenhague, il avait examiné d'authentiques crânes de nègres, tâté les arcades sourcilières en saillie et étudié la structure plate du cartilage nasal. Il avait pris des mesures et les avait soigneusement notées dans son journal. À présent, il était en quête d'un point de comparaison. Les lèvres des Lapons n'étaient-elles pas morphologiquement apparentées à la race noire ? Certains spécimens ne présentaient-ils pas une pigmentation méridionale ? Son assistant, de quelques années plus âgé, avait le sommet du crâne dégarni et luisant. Il parlait d'une voix rauque en moulinant sans cesse du bras, comme pour faire sonner un orgue de Barbarie récalcitrant. Il affirma avoir essayé un jour de nettoyer le visage d'un petit Lapon, tandis que celui-ci se gavait de confiseries, et avoir découvert, sous une épaisse couche de gras et de suie, une carnation de type africain.

Je suggérai alors l'idée que l'enfant en question passait ses journées à s'amuser dehors, au lieu de rester enfermé dans une salle de classe, le nez plongé dans les livres. Les deux hommes m'observèrent un long moment sans broncher, avant de croire à une plaisanterie et de pousser l'un de ces rires cérémonieux propres aux universitaires, évitant soigneusement de montrer les dents.

Des crânes lapons… Le temps pressait et mon aide serait généreusement récompensée, soulignèrent-ils. Existait-il un endroit, quelque part en pleine nature, où l'on pourrait exhumer le corps d'un mort d'origine lapone ? Je leur expliquai que, depuis la christianisation, les Lapons étaient enterrés au cimetière, comme tout le monde. Ces messieurs furent embarrassés par ma réponse, leur malaise était perceptible. Dans ce cas, n'y avait-il pas des corps non identifiés, à la carcasse déchiquetée par tel ou tel animal sauvage, mais dont le crâne eût été préservé ? Certes, répondis-je, ce genre d'accidents se produisait, mais tôt ou tard la victime finissait par être retrouvée par ses proches, identifiée grâce à ses vêtements et sa sacoche, puis enterrée dans la tombe familiale.

Un criminel, dans ce cas ? Il devait bien arriver que des Lapons commettent des actes de violence, d'affreux crimes punis par la mort ? Peut-être pourrait-on voir auprès du bourreau quand le prochain condamné serait conduit à l'échafaud ? Entrer d'avance en relation avec les autorités, afin d'obtenir que la dépouille soit léguée à la science ? Du moins la tête, en priorité.

Je répliquai que, dans nos contrées, la fréquence des assassinats était des plus imprévisible, et que je n'avais pas connaissance qu'un tel procès dût avoir lieu prochainement. Ne pouvaient-ils consulter eux-mêmes les instances judiciaires et leur fournir, à cet effet, une caisse remplie de sel, adaptée au transport ?

Les deux hommes poussèrent l'audace jusqu'à se rendre à un enterrement. Comme le voulait l'usage, le cercueil était ouvert et ces élégants messieurs se faufilèrent à l'avant pour s'incliner respectueusement tout en notant avec enthousiasme que le défunt, un vieux nomade éleveur de rennes, paré de son costume de fête, présentait un type lapon prononcé. Je les vis s'approcher de la veuve, entourée de ses enfants et des proches de la famille. Les chercheurs lui prirent la main, geste dont cette femme n'avait pas l'habitude, et elle n'eut pas non plus l'air de comprendre les aimables condoléances que traduisait le sacristain. J'ignore comment ils comptaient poursuivre, mais face aux regards étonnés des parents et des proches rassemblés en grand nombre, ils finirent par se retirer.

Leur déception était grande. Je les aidai à collecter toutes sortes d'objets utilitaires, entre autres des ustensiles en bouleau loupeux ou en bois de renne, témoins du magnifique artisanat dont s'entourent les Lapons. Je leur expliquai en détail la mythologie same, qui avait précédé l'arrivée du christianisme et qui ne manquait pas de marquer encore les esprits. Ces messieurs apprirent l'existence d'un lieu de sacrifice situé le long d'une route migratoire. Ils la détériorèrent en y creusant de larges trous à coups de pelle. Peut-être espéraient-ils y trouver un trésor en argent – alors que les offrandes traditionnellement déposées à cet endroit se limitaient à des bois et des sabots de rennes.

Je finis par les emmener à Markkina. L'ancienne église, démolie une dizaine d'années plus tôt, avait été déplacée. Si l'endroit était abandonné, le cimetière, lui, n'avait pas bougé. Quand les deux savants réalisèrent ce qu'ils avaient sous les yeux, ils furent pris d'une exaltation à peine descriptible. Ils se saisirent de leurs pelles en tremblant littéralement d'espoir. Après quelques regards furtifs pour s'assurer que personne ne les épiait, ils choisirent une tombe dont la terre était affaissée, et se mirent à creuser. Ils atteignirent rapidement le bois pourri et, avec la plus grande précaution, commencèrent à déterrer leur trouvaille : un traîneau abritant le corps d'un petit homme, couché sur le dos et les mains jointes en prière. Il s'agissait d'un Lapon nomade, comme l'indiquaient le traîneau et les vêtements de peau. Dès que la fosse fut assez large, les chercheurs s'y précipitèrent pour continuer de creuser à l'aide de brosses et de petites pelles. Et lorsque enfin ils purent soulever le linge qui couvrait le visage du défunt, un soupir d'extase leur échappa.

C'était un beau spécimen, bien préservé. Les tissus mous s'étaient désagrégés, ainsi que les globes oculaires et les joues, mais le reste était intact, jusqu'aux sourcils. La mâchoire pendante dévoilait des dents saines et bien conservées, ce qui donnait à penser que l'homme était mort relativement jeune. Il portait une coiffe de cuir same, soigneusement brossée et cousue, que les deux larrons tentèrent en vain de retirer pour estimer l'état du crâne. Ils réussirent finalement à l'enlever en tournant et tiraillant à petits coups, et examinèrent leur découverte d'un air enchanté. Un crâne indemne. Ni fractures ni déformations dues à la pression de la terre. Cependant, cette bonne conservation n'avait pas que des avantages : la tête, bien attachée par des ligaments tenaces, fut difficile à détacher du tronc. Des fragments de colonne vertébrale suivaient nécessairement. À l'aide d'une hachette, ils parvinrent à arracher la cage thoracique qui céda avec un grand craquement. Une odeur de chair et de moelle pourrie monta de la fosse. Je me mis en retrait pour les laisser finir leur travail. Ils chargèrent leur trésor dans un sac de toile épaisse qu'ils marquèrent d'une étiquette, après y avoir joint une timbale en bois et d'autres reliques. Quant à moi, je descendis le sentier menant jusqu'à la rivière de Könkämä pour me laver les mains et me rafraîchir. J'effleurai l'arrière de mon crâne, palpant sa forme et son poids, et j'eus le sentiment qu'il était détaché de ma nuque, que seuls mes poings empêchaient ma tête de rouler à terre.

À mon retour, les deux hommes de science avaient commencé à fouiller une autre tombe où ils espéraient découvrir un sujet féminin, précieux élément de comparaison. Je les regardais faire, songeant au jour du Jugement dernier. À cet instant où le Christ nous ressusciterait tous, selon le credo que je récitais si souvent. Je voyais d'ici les tombeaux s'ouvrir et les morts se lever, les corps sans tête tituber jusqu'à Lund ou Uppsala pour retrouver leur intégrité.

Je reçus comme promis une généreuse récompense à notre retour au presbytère. Trente pièces d'argent, dont je fis don aux œuvres de la paroisse.

Il en vient parfois aussi à Kengis, de ces gens, des hommes, toujours des hommes que le Nord a envoûtés. Leurs yeux pétillent. Ils veulent admirer le soleil de minuit et de vastes panoramas, voir des animaux rares comme les lynx et les gloutons. Écouter les tambours et les joiks, entendre les récits de chasse, l'histoire d'ours abattus à la lance, de troupeaux de loups assiégeant des villages entiers, et à la fin de la journée, siroter du cognac en compagnie de maîtres de forges et d'intendants, et attirer les filles de ferme au sauna. Le Norrland est leurs Indes. Ils viennent jusqu'ici accomplir des exploits, contempler le bout du monde du haut des falaises noires du cap Nord, peindre des scènes dramatiques qui seront exposées à Londres ou à Paris, s'enorgueillir de découvertes révolutionnaires, de préférence à la suite de dures épreuves physiques. À leurs yeux, le Norrland est un pays païen, qui n'existait pas avant leur arrivée. Les humains n'y sont pas des hommes, du moins pas autant qu'eux-mêmes. Ils ont une prédilection pour les sommets les plus hauts. Ils mesurent un peu tout à l'aide de sextants, de baromètres, de lunettes et des chronomètres, collectionnent les études en latin et rédigent des récits de voyages illustrés de magnifiques planches imprimées sur du papier coûteux. Tous se disputent l'honneur d'avoir vu les lieux les premiers, d'être allés plus loin que les autres, d'en avoir découvert plus. Jamais, en revanche, ils ne se vantent de ce qu'ils ont porté sur leurs épaules : pour cela, ils ont les gens d'ici. De petits êtres sans nom, qui souffrent, mille après mille, sous leur chargement, traînant les instruments de leurs maîtres et leurs bouteilles de punch jusqu'à la halte suivante, résistant aux douleurs articulaires et maux de dos, en échange des quelques menues monnaies qu'on leur accorde, une fois atteintes les rives de la mer de Glace.

La grandeur sauvage du Nord. Voilà ce que tous recherchaient. Des montagnes à briser, de puissantes chutes d'eau, tout ce qui, un jour, leur vaudrait peut-être une décoration des mains du Roi. Mais jamais la vie des petits n'arrêtait leur regard. Ils passaient leur chemin devant les nourrissons malades, les poitrinaires et les épileptiques, devant toutes les mains tendues des démunis. Les cultures qui tournaient court, les famines, le combat contre la mort mené dans chaque abri misérable. Et l'alcool, ce venin, cette pisse corrosive qui embrase les foyers pour ne laisser derrière elle que des huttes en cendres et des enfants abandonnés.

Moi-même, n'étais-je pas de ces hommes ? Avec mes collections, mes herbiers, mes taxinomies des sols et des marécages, ma manie des classifications ? Oui, le démon de l'ambition m'a tenté, moi aussi. La joie de découvrir une nouvelle plante, d'explorer les flores, feuilleter les anthologies pour constater que l'espèce n'a jamais été décrite, que l'on est le premier. Cette ardeur peut faire de n'importe qui l'esclave de passions funestes. Une chose, pourtant, me différenciait des autres. J'étais né ici. Ma mère était d'ascendance lapone, du sang lapon coulait dans mes veines. Dans ces montagnes, décor de mon enfance, je n'étais pas un badaud de passage. Un jour, mon corps reposerait dans les terres du Norrland. Ici se trouvaient mon peuple, mon pays, mon foyer à jamais.

60

Cinquante-deux ans, l'automne de ma vie. L'âge a surgi si brusquement. Ma vue baisse, mes yeux sont cernés de rides. Autrefois, je lisais à la lumière d'une chandelle, à présent il m'en faut deux. Jeune homme, je pouvais manger jusqu'à voir mon estomac gonfler comme une voile dans la tempête. Désormais, je suis rassasié au bout de quelques bouchées, et mon ventre ne se relâche que tous les trois jours. Mes mains, qui savaient dessiner les moindres nervures d'une plante sur une planche botanique, tremblent maintenant dès que je trempe ma plume dans l'encre. Quand je crois me tenir droit, mes enfants me disent que j'ai l'air d'affronter le vent, tant j'ai le dos voûté. Parfois, je ne trouve pas mes mots, je me fige régulièrement pour chercher le nom d'une paroissienne, je le connais, mais il ne me revient pas. Le travail me prend plus de temps, les tâches les plus simples me fatiguent. Le fil de mon existence est sur le déclin. L'humus s'approche. La vie s'est écoulée trop vite, bien trop vite. Encore tout récemment, je marchais à grands pas vifs à travers les marais du Västerbotten, ma boîte de botaniste pleine de plantes rares. L'immensité s'offrait à moi d'un plateau à l'autre, des richesses qui n'attendaient que moi. J'étais sans femme, sans enfants, mû par ma seule ambition. Le soir, je me résolvais à peine à me reposer, mes jambes continuaient de s'agiter dans mon sommeil. Mes pensées n'avaient pour objet que ma propre personne, les victoires que je savourerais bientôt, j'en étais persuadé, mon triomphe scientifique, la douceur des honneurs que les instances académiques m'attribueraient. J'en ai goûté certains, mais d'une toute autre sorte. L'université a couronné d'autres candidats, plus conciliants que moi, je suis devenu celui qui devait toucher le cœur des hommes.

Puis ce fut le désert. À vingt-huit ans, je serrais dans mes bras le corps sans vie de ma fille. Emma Maria n'avait vécu qu'une semaine. Un reste de chaleur s'attardait sur sa peau, et sous ses paupières mi-closes, brillait encore une lumière qu'on eût dite intérieure. Assis en silence, Brita Kajsa et moi sentions le petit corps se raidir tandis que s'envolait l'âme du nourrisson. Dans ces moments, garder la foi est difficile. Nora, conçue dans le péché avant notre mariage, est toujours en vie et plus robuste que jamais. Emma Maria, la plus innocente de tous, celle qui n'avait péché ni en pensées, ni en gestes, ni en paroles, nous a été reprise.

Moi-même, j'ai échappé de peu au couperet. Il y a dix ans, en plein été, mon cher frère Petrus succombait à une hémorragie pulmonaire. La toux et la fièvre qui me frappèrent à mon tour furent si violentes que je crus à la phtisie. J'étais persuadé que mes jours étaient comptés. Ma vie avait été vaine, me disais-je, insignifiante. Je n'avais pas su faire fructifier mon talent, mon temps sur terre n'avait été voué qu'à satisfaire au démon de l'ambition, cependant que je négligeais de nourrir mon être spirituel. Comme il est commode de s'accrocher aux délices concrètes du monde, de flatter l'échine de confrères en habit et de convoiter des médailles et des couronnes de laurier. Mais le succès ne rassasie jamais, l'ambitieux en veut toujours davantage. J'aurais pu aisément devenir l'un de ces collectionneurs de plantes cloués à leur bureau, qui ne vivent que dans l'espoir de voir leur nom immortalisé dans des registres de botanique.

Le cours de la maladie s'inversa pourtant. Au bout de quelques mois, sentant enfin mes forces renaître, je pus sortir de mon lit. Mais je ne retrouvai pas la joie de vivre. Le monde manquait de couleurs à mes yeux. Je m'efforçais d'échapper aux idées noires qui me hantaient et me procurai un exemplaire du *Guide de santé de Monsieur Tout-le-Monde* de Carl Nordblad. Il y est prescrit une marche quotidienne d'une heure. J'entrepris donc de suivre cette ordonnance. Chaque jour, je faisais le tour de l'église, piétinant en rond autour du sanctuaire jusqu'à ce qu'il s'y formât un sentier. L'herbe se tassait sous mes pas, si bien qu'un chemin brunâtre finit par cerner l'église. Cet effort physique me faisait un bien fou. Même si mes pensées demeuraient graves, l'exercice me vivifiait. Au grand air, mes poumons guérirent. Je songeais à tous les citadins de notre pays, ces sédentaires à qui l'exercice eût été bénéfique. Les villageois, à l'inverse, ces filles et gars des fermes qui portaient et marchaient deux fois plus que moi au cours de la journée, me dévisageaient, croyant sans doute que j'avais perdu l'esprit. Derrière mon dos, on me surnommait Lars-la-promenade.

Je méditais sans relâche. Qu'en était-il de mon salut ? Certes, je croyais en Dieu. Je rabâchais le credo devant les assemblées dominicales, et j'accordais le pardon des péchés comme on eût négocié le prix d'un pain de sucre. Les pécheurs venaient à l'église pour trouver consolation et une main prête à leur tapoter le crâne. Mais ensuite, chacun rentrait chez soi et continuait de boire, de forniquer et voler, tout en se prétendant chrétien. On prenait un petit verre, on pelotait les filles, on ajoutait quelques menus sous aux factures. Les ivrognes momentanément sobres, les séducteurs vertueux, les voleurs honnêtes, tous autant qu'ils étaient, pouvaient-ils se dire croyants ?

C'est à cette époque que je me rendis à Åsele. Et que Dieu me tira de ma somnolence. Il vint à ma rencontre, me parla à travers une voix de femme. Il mit sur mon chemin Milla Clementsdotter, cette sainte mère de Dieu qui me prit en son sein, embrassa mon cuir desséché et me redonna vie.

Mon travail dans les vignes du Seigneur touche à son terme. J'ai encore devant moi quelques années, mais combien ? Vingt ? Seulement dix, peut-être ? L'automne approche, et avec lui, le froid que je sens déjà chaque nuit. Un jour d'hiver, ma vie s'éteindra, mon corps sera enseveli dans les terres du Nord. Tout compte fait, j'ai sans doute accompli un peu de bien, je veux le croire. Après tout, je laisserai derrière moi certains articles, des livres et mon grand herbier. Mais dans cent ans, tout sera oublié. Peut-être quelque vieille fermière aura-t-elle gardé à l'esprit des bribes de mes prêches, trois mots sur l'ordre du salut. Pas grand-chose de plus. Seule restera une plante insignifiante portant mon nom, unique témoin de ma vie et de mon œuvre. Je serai une espèce d'herbe, sur le versant sud d'une montagne des terres lapones de la Tornédalie.

Je baisse la tête pour faire tomber sur mon front le voile sombre de mes cheveux et joins mes mains tachées de nicotine. Mais personne ne me répond. Comment affronter la souffrance du monde ? Où trouver la force et la grâce ? Le ciel est froid au-dessus des paysages du Norrland, tel l'œil vide d'un géant. Ce soir, pas une étoile ne brille.

61

Brita Kajsa me réveilla au petit matin. Elle avait les yeux écarquillés et se tenait le cœur. Une peur paralysante m'envahit – mon épouse était souffrante, elle avait besoin de mon aide. Je tentai tant bien que mal de me lever, mais elle m'attrapa par les épaules et me serra à me faire mal.

– Ils l'ont arrêté, haleta-t-elle.

– Qui ?

– La servante des voisins est venue m'avertir. Jussi a été pris en flagrant délit !

– Notre Jussi ?

– Il a violenté une fille. Mais cette fois, ils l'ont attrapé et le mènent au cachot.

Je vis bien qu'elle essayait en vain d'ajouter quelque chose. Son menton en galoche était tout fripé. Désarmé, je la pris dans mes bras. Le rêve dont elle m'avait tiré m'habitait toujours : j'avais rencontré Linné en personne. Il m'avait permis de feuilleter son herbier, où j'avais trouvé une plante inconnue de la science, une espèce totalement inédite, aux feuilles de type *Taraxacum* et aux fleurs évoquant la *Dryas.* Mais à présent, mon bonheur se glaçait.

Les événements de la nuit furent bientôt sur toutes les lèvres. C'était donc le petit noaidi du pasteur qui avait agressé ces pauvres filles. Le monstre ! Beaucoup affirmaient avoir soupçonné Jussi depuis le début, on le disait étrange. Il était de famille lapone, se montrait farouche et fuyant. On avait remarqué qu'il évitait de regarder les gens dans les yeux, qu'il marmonnait comme s'il avait quelque chose à cacher. Et qu'à l'église il lorgnait de l'autre côté de la nef, vers les femmes. Que de frissons elles avaient sentis sous son regard lubrique ! Il ne faisait pas de doute qu'au fond de lui ce garçon portait des instincts maléfiques. Grâce au flair de son chien, Roope l'avait même surpris rôdant le long de la grand'route, alors que lui-même passait par hasard en charrette. Il avait donné à Jussi une bonne leçon. Ce soir-là, au moins, une fille avait eu la vie sauve.

Je me rendis à la prison de Pajala, mais l'accès à sa cellule me fut interdit. Le commissaire m'expliqua que Michelsson et lui avaient interrogé le prisonnier toute la nuit, et qu'aucun tiers ne devait les déranger. Le temps de la confession religieuse viendrait une fois les aveux obtenus et consignés par écrit, ce qui prendrait un peu de temps. Bon gré mal gré, il accepta que lui fût confié un morceau de papier où j'avais griffonné quelques phrases bibliques. J'avais choisi le livre d'Isaïe, chapitre 51, verset 14.

Bientôt, celui qui courbe sous les fers sera délivré ; il ne mourra pas dans la fosse.

Brahe plia négligemment le billet et m'assura qu'il le remettrait à Jussi, le moment venu. Puis il me mit à la porte. Sitôt le portail refermé, j'entendis la clef claquer dans la serrure.

En me retournant, je rencontrai les regards des curieux du village. Tous savaient que Jussi avait logé au presbytère. Comment avais-je pu ne rien remarquer ?

Une bonne femme larmoyante me demanda de dire quelques mots de consolation en cette heure difficile où le Diable en personne était enfermé au village. Je répondis évasivement, mais quand la vieille s'agrippa à ma redingote, je fus sur le point de la rosser. Je me ressaisis au dernier instant. Lisant la rage dans mes yeux, elle me lâcha, l'air effrayé.

De retour à la maison, je me mis à mon bureau pour écrire le sermon du dimanche et tenter de calmer la tempête de mon for intérieur.

Si toi, le bon Samaritain, ne tends pas la main à l'homme misérable qui gît à demi mort au bord du chemin, il mourra sans nul doute, pour l'éternité. Il sera à la merci des crocs des chiens et de tous les animaux sauvages. Les trolls et les démons des forêts ne se sentiront plus de joie...

Jussi, mon Jussi... Pauvre garçon que j'avais trouvé sur le bord d'un chemin. Comme un fragile roseau, je l'avais cueilli, extirpé avec ses racines, et lui avais fait une place dans mon herbier, petite plante fanée arrachée à sa terre natale. Peut-être était-ce une erreur ? Peut-être eût-il été plus heureux s'il avait pu rester enraciné dans son pauvre sol gelé ? J'avais appris au gamin à lire et à écrire, mais que lui avait apporté d'autre la vie auprès de moi ? Ni femme, ni ami. Qui sait si je n'avais pas moi-même effarouché tout ce qui eût pu lui être bénéfique ? Les gens de son âge avaient peur de l'affreux pasteur. Ils évitaient mon regard critique, mes paroles acerbes, l'agitation de mes pensées. Les gens sentaient que Jussi était différent d'eux. C'est pour cette raison qu'on l'avait battu. On lui avait écrasé l'entrejambe pour s'assurer qu'aucun autre de son espèce ne puisse voir le jour.

Jussi, mon Jussi… Mon pauvre gosse, toi que j'ai tiré du fossé non pas une, mais deux fois, toi que j'ai serré contre mon torse comme un fils. Aurais-tu laissé le Diable habiter ton pauvre cœur ?

Je songeai aux nombreuses fois où Jussi avait disparu. Sans dire un mot, il partait et ne revenait jamais avant des semaines, comme attiré par des forces extérieures. J'avais moi-même remarqué ses regards insistants du côté des femmes à l'église. Nul doute, il était en proie aux désirs de la chair, c'était un jeune homme, après tout. De plus, il souffrait de sa timidité et de sa maladresse. Pour ma part, je n'avais jamais ressenti d'embarras envers le beau sexe, j'avais toujours su plaisanter avec les filles. Mais quand un homme de la trempe de Jussi éprouvait un fort désir et parvenait à peine à prononcer trois mots, quand on était démuni face aux femmes, à la longue, le tourment devenait trop violent. Un feu intérieur qui dévorait tout jusqu'à ce qu'il faille s'exprimer sous forme de rage. Ces mécanismes psychologiques avaient-ils transformé un garçon sans malice en assassin ?

Je dus laisser mon sermon de côté un moment. Désespéré, je me penchai sur mon bureau, les mains jointes. Mais je n'arrivais pas à réfléchir, la raison me faisait faux bond. J'étais devenu un récipient vide. De toutes parts, des pensées m'envahissaient comme des mauvaises herbes, se faufilaient en moi. Ce nœud à l'estomac refusait de se desserrer, une lumière intense et persistante inondait ma poitrine.

Au bout d'un long moment, mon esprit s'apaisa peu à peu. Et soudain, je la sentis. Elle me traversait comme un fleuve. Le long fleuve Torne déferlait en moi. Les rapides écumants de Kengis me nettoyaient, emportaient la fange et la vase sur leur passage. Poussières, parasites, crasse et impuretés. Et il ne resta qu'un miroir d'eau, l'embouchure ronde et scintillante du fleuve. Un O ruisselant d'éternité.

Je n'existais pas. J'ignore combien de temps le phénomène dura. Un état impossible à décrire, puisque j'étais absent.

Et sans m'en affoler, je compris que c'était la mort. C'était donc à cela qu'elle ressemblait.

62

Je me dépêchai de me rendre sur les lieux de l'arrestation. Bien des curieux s'étaient déjà rassemblés dans la cour pour prendre part aux commérages. Le maître des lieux se tenait au milieu de la foule et montrait du doigt l'orée du bois, d'où l'agresseur avait surgi. Lui-même et ses fils, cachés dans la maison plongée dans le noir, guettaient à la fenêtre en compagnie du commissaire Brahe. Ils avaient attendu la tombée de la nuit pour faire signe à Michelsson, déguisé en femme, de se rendre à l'étable. Ils avaient alors vu une silhouette sortir de la forêt et se diriger vers l'étable, où le criminel s'était jeté sur celui qu'il pensait être Maria, se précipitant dans les bras du garde champêtre. Aussitôt, Brahe et les gens de la ferme avaient accouru pour lui prêter main-forte.

Je m'approchai de la porte en question pour examiner le sol.

– C'est donc par ici que Michelsson a ceinturé Jussi ?

Le fermier mima le corps à corps et les efforts du prisonnier pour se libérer. Une vraie bête sauvage.

– Le garçon a donc résisté brutalement ? demandai-je.

Il avait même tenté de trancher la gorge de Michelsson, expliquèrent les fils. Mais au dernier instant, on avait réussi à faire tomber le couteau.

– Comment avez-vous pu voir le couteau dans le noir ?

Les témoins doutèrent un instant, mais s'accordèrent sur le fait que la lame brillait au clair de lune. Leur rapidité d'action avait, en tout cas, évité un bain de sang. Aussi forts fussent-ils, ils avaient eu grand-peine à maîtriser le prisonnier, qui se débattait comme un forcené. Ce dernier n'avait abandonné qu'après avoir reçu de quoi lui remettre les idées en place.

J'ouvris la porte de l'étable pour faire entrer la lumière. Le sol était fait de planches épaisses sciées à la main. Je me penchai pour observer la paroi de la stalle la plus proche.

– L'un d'entre vous a-t-il été blessé ? repris-je.

Ils hochèrent la tête en signe de dénégation. De longues éclaboussures de sang brun dessinaient un arc de cercle sur le bois.

– Jussi est tombé là par terre ?

– Oui, la tête de ce côté, m'indiqua l'un des fils.

J'étais accroupi devant ses vieux bottillons, dont l'empeigne était souillée de taches rougeâtres. Il avait manifestement assené au pauvre Jussi des coups de pied jusqu'à faire gicler le sang. En regardant de plus près le plancher, je découvris des cheveux collés à un lambeau de peau. Sans doute lui avait-on cogné la tête par terre quand il était couché là.

– Et ensuite, vous l'avez emmené dans la cour ? Il s'est laissé faire ?

– Non, on a dû le traîner.

La foule des curieux avait piétiné l'herbe de la cour. Il était impossible d'y voir la moindre trace. Cependant, à l'entrée de l'étable, je repérai des petits grumeaux grisâtres. En me baissant, je perçus une odeur familière qui me rappelait la maison, mais de quoi pouvait-il bien s'agir ?

– Vous avez immobilisé Jussi à terre ?

– Oui, on l'a tenu pour le surveiller pendant que père allait chercher le cheval et l'attelait à la charrette. Ce qui a pris un moment.

– Vous avez grignoté quelque chose en attendant ?

Je ramassai un peu de cette chose grise, la leur montrai. Les hommes n'eurent pas l'air de comprendre. Je léchai prudemment du bout de la langue. Le goût ne m'était pas étranger, mais je n'arrivai toujours pas à le situer.

– Du pain, peut-être ?

– Non, rien. Mais on a bu un coup. Le commissaire avait apporté une bouteille.

Un mouvement passa dans la foule – tout le monde connaissait mon aversion pour l'eau-de-vie. Mais je continuai de goûter, pensif. C'était bien quelque chose de chez nous. La bouillie que Brita Kajsa nous servait le matin.

– C'est de la bouillie, dis-je.

Cette fois, le fils se rappelait :

– Ah oui, on a fouillé son sac et on y a trouvé une boîte en écorce. On pensait dénicher quelques pièces, mais ça dégoulinait de bouillie.

– Il avait un sac sur le dos ?

– Oui, un vieux *laukku* en sale état.

– Qui contenait de la bouillie ?

– Oui, et quelques bricoles : un briquet, une couverture usée, une poche de sel et du poisson séché.

– Et où se trouve le sac, à présent ?

– Le commissaire Brahe l'a confisqué.

Je réfléchis un moment sans bouger, puis me retournai et me dirigeai vers la maison, les bras en l'air pour me frayer un chemin à travers la foule. Les gens s'écartèrent, et j'entrai sans frapper dans la grande bâtisse. Je crus d'abord qu'elle était vide, mais il me sembla soudain entendre des pas précipités.

– Il y a quelqu'un ?

Pas de réponse. Je continuai vers la chambre. La porte était fermée et quand je tentai de l'ouvrir, elle me parut verrouillée. Mais un léger bruit trahissait la présence, à l'intérieur, de quelqu'un qui en bloquait le mouvement. D'un coup d'épaule, je la forçai à s'entrouvrir. J'appuyai davantage, et elle céda lentement.

En pénétrant dans la pièce, je trouvai la jeune fille dos tourné, le visage enfoui dans son tablier. Ses épaules tremblaient. D'une main hésitante, je lui touchai le bras. Aussitôt, elle se plia en deux comme un canif, la poitrine contre les cuisses.

– Maria ?

Elle pleurait en silence. Le jour où elle était venue au presbytère sous l'escorte enragée de sa mère, elle s'était montrée obstinée et fermée. Cette fois, je découvrais un autre visage.

– Raconte-moi, Maria. Que s'est-il passé ?

Elle secoua fébrilement la tête. Je remontai la main le long de sa nuque, vers ses cheveux soigneusement tressés.

– Jussi avait pris son sac, dis-je. En pleine nuit, il est parti avec des provisions, une couverture et quelques outils. N'est-ce pas étrange ?

– Je sais pas, me répondit-elle d'une petite voix.

– Vous deviez vous retrouver ? Jussi et toi, vous aviez prévu de dormir ensemble, peut-être ?

– Je sais pas.

– Pourquoi le commissaire Brahe faisait-il le guet ? Quelqu'un a dû le faire venir, le prévenir que Jussi était en chemin.

– Je sais pas, je sais pas.

– C'est toi, Maria ?

Tout son corps se tordit de douleur, comme pendu à un crochet. Je haussai le ton, donnai à ma voix une sonorité plus tranchante :

– Jussi est accusé d'avoir tenté de t'agresser. Si tu expliques que vous vous étiez donné rendez-vous, il sera libéré.

Elle plaqua les mains sur ses oreilles pour ne plus m'entendre, hochant la tête si résolument que ses nattes oscillèrent d'un côté à l'autre de son visage. Un sentiment d'impuissance me gagnait. Je lui saisis les poignets et lui écartai les bras de force. Maria se raidit, se retourna et plongea son regard dans le mien. Elle avait les yeux secs et vides d'un ange.

– Je sais pas.

Nous nous observâmes l'un l'autre, comme plantés sur deux corps célestes différents. Elle braquait sur moi ses yeux clairs, une boucle s'enroulait autour de son oreille, elle était d'une saisissante beauté.

– Il tient beaucoup à toi, Maria. Tu peux le sauver. Un mot de ta part et il sera libre.

Mais elle semblait ailleurs. Peut-être cherchait-elle à protéger l'être qui n'était pas encore né, la petite flamme qui brûlait dans son ventre, l'enfant qui n'avait pas de père.

– Je sais pas, murmura-t-elle encore.

– *Vade retro !* grondai-je en retour. Au nom du Christ notre Sauveur, arrière, sur-le-champ !

Le visage de Maria s'assombrit, elle semblait sur le point de vomir. Il ondulait dans ses entrailles, agitait ses pieds palmés et sa langue tortueuse, il n'allait pas tarder à pousser des cris par la bouche de l'infortunée et à me tailler en pièces.

Des pas retentirent soudain, quelqu'un montait lourdement le perron. Je la lâchai et me retournai, la gorge prise d'aigreurs.

Quand le maître de maison entra, il me trouva dans la cuisine, buvant au gobelet. Je louai la qualité de l'eau et fus informé que le puits avait été creusé autrefois par son grand-père. L'homme était tombé sur une source qui ne tarissait pas, même dans les derniers jours d'hiver.

J'émis également quelques commentaires sur l'excellent état de la maison, ce qui flatta son humeur. Dans la famille, en effet, on maîtrisait l'art de la construction. On avait cela dans le sang, m'expliqua-t-il, le travail du bois nécessitait patience et précision. Mais pour ne pas paraître trop orgueilleux, il me montra quelques imperfections minimes en attente de réparation, et nous tombâmes d'accord sur le fait que quiconque possédait une maison ne manquait jamais d'occupation.

Amenant ensuite la conversation sur les événements de la veille, j'appris que le commissaire Brahe était arrivé en début de soirée, accompagné de Michelsson. Le paysan ignorait qui avait pu les convoquer, ils avaient simplement surgi chez lui. Ils étaient là pour tendre un piège au malfaiteur, avait indiqué le commissaire, et les gens de la maison lui avaient obéi. On avait éteint les lumières, comme si tout le monde était couché, puis le garde champêtre s'était déguisé en fille de ferme. Et il n'y avait alors plus eu qu'à patienter.

– Que faisait Maria pendant ce temps ?

– On l'a priée d'attendre dans la chambre des servantes.

– Dans quel état d'esprit se trouvait-elle ?

– Le commissaire lui a demandé de rester calme.

– On la sentait donc nerveuse ?

– Dame, ce n'était pas bien plaisant pour elle.

– Les policiers savaient que Jussi allait se montrer. Auraient-ils été prévenus par Maria ?

Le fermier haussa les épaules.

– En tout cas, on a arrêté ce monstre.

Je jetai un œil vers la chambre. La porte était bien fermée, mais je baissai la voix pour ne pas risquer que Maria m'entendît :

– Et si Jussi avait été berné ? C'est peut-être Maria qui l'avait fait venir.

– Je n'en sais rien.

– Depuis combien de temps est-elle à votre service ?

– Depuis le printemps. Mais elle s'en ira bientôt.

– Vraiment ?

– Sa mère ne veut pas qu'elle reste ici, et nous non plus, d'ailleurs. Elle prétend qu'un des hommes de la maison a mis la main sur sa fille.

– Et vous en pensez quoi ?

– Non et non. Ni moi ni les garçons, je pourrais jurer sur la Bible…

– C'est une belle enfant.

– Elle pourra rester jusqu'à la fin des travaux d'automne. Mais après, il faudra qu'elle parte, avant que son état ne soit trop visible.

– Je comprends.

– Monsieur le pasteur n'ignore pas qu'elle a couru tout le village. Elle s'est fait faire le portrait, et tout et tout. Elle-même ne sait pas qui est le père du rejeton.

– À moins qu'elle ne refuse de le dire.

– En tout cas, ça n'a rien à voir avec mes gars. Ils étaient aussi furieux que moi quand la mère est venue avec ses insinuations.

Je songeai au godillot souillé de sang. Aux éclaboussures sur le mur. Cet été, combien de fois avaient-ils vu Jussi rôder par ici à la nuit tombée ?

63

Il fallut deux jours à Brahe et Michelsson pour faire avouer Jussi. Alors seulement, on m'ouvrit le réduit misérable qui servait de geôle. Jussi était allongé à plat ventre sur une couchette dépourvue de matelas, faite d'un assemblage d'épaisses planches de bois non rabotées. Il avait les mains et les chevilles enchaînées, la peau écorchée par les fers. On lui avait retiré ses vêtements et enfilé une chemise qui empestait, coupée comme un sac. J'entendis Michelsson refermer la porte derrière moi, tourner la clef dans la serrure. Il s'attardait certainement de l'autre côté pour nous écouter. J'observai Jussi, épouvanté. Il semblait endormi, mais son corps était secoué de violents frissons. Je me dépêchai d'ôter ma redingote et l'en couvris. Quand je lui caressai prudemment les cheveux, quelques amas de crasse se détachèrent de ses mèches.

– C'est moi, Jussi... Le pasteur.

Il ne répondit rien. Était-il inconscient ?

– Comment vas-tu ? Tu n'as pas droit à une couverture ?

Je lui pris doucement l'épaule et le fis basculer sur le dos. Il lâcha un gémissement. À la vue des plaies de son visage, je reculai. Ses yeux étaient de nouveau tout enflés, tant ils avaient frappé.

– Tu m'entends, Jussi ? C'est le pasteur.

Ses lèvres s'entrouvrirent et laissèrent échapper un murmure :

– De l'eau.

J'aperçus un pot renversé au pied de sa couchette. Il y restait quelques gouttes dont je lui arrosai les lèvres. Il ouvrit plus grand la bouche pour que je puisse verser les toutes dernières droit dans son gosier.

– Jussi, est-il vrai que tu aies reconnu les faits ?

Il souleva légèrement les paupières, découvrant des yeux luisants.

– Ils… ils me tenaient la main.

– Comment ça ?

– Ils la maintenaient sur le papier.

– Ils t'ont forcé à écrire, Jussi ?

– Maria et moi, on devait… Elle sait…

– Je suis allé la voir et l'ai interrogée.

– Elle a bien dit… ? On devait se retrouver.

Il tremblait plus encore. En lui tâtant le front, je sentis sa fièvre m'envahir.

– De l'eau ! lançai-je dans un rugissement de colère.

Michelsson actionna le loquet. La porte s'entrebâilla en grinçant.

– Qu'on apporte de l'eau, répétai-je. Et des couvertures, le garçon meurt de froid.

– Le commissaire a ordonné qu'on l'installe à la dure et sans literie, répondit le garde champêtre. C'est d'usage dans ce genre d'affaires.

– Vous l'avez roué de coups !

– Il a résisté lors de l'arrestation.

– Est-ce vrai, Jussi ? Dit-il la vérité ?

– Nous avons des témoins, souligna Michelsson calmement.

– Allez au moins chercher de l'eau, pour l'amour du Ciel.

– Le détenu a renversé le pot lui-même. Comme souvent, quand un criminel reconnaît sa faute. En général, ils sont si abattus qu'ils refusent de boire et de manger. Mais au bout de quelques jours, ils se montrent plus conciliants.

– Comment pouvez-vous être certains de sa culpabilité ?

Michelsson se redressa et se gratta le menton.

– Il s'est jeté sur moi. J'étais déguisé en fille de ferme le soir où nous lui avons tendu le piège. Dans le noir, il m'a pris pour une femme. Et puis, nous avons des aveux signés de sa main.

– Des aveux écrits ?

– Où il reconnaît avoir tenté de s'en prendre à Maria, la fille de ferme. De même qu'il reconnaît s'être attaqué à Hilda Fredriksdotter…

– Vous affirmiez pourtant que Hilda avait été tuée par un ours !

– … et avoir violenté et assassiné Jolina Eliasdotter.

– Le commissaire Brahe affirmait qu'elle s'était donné la mort !

– Le commissaire Brahe a changé d'avis.

– Et comment cela se fait-il ?

– Le suspect a tout reconnu. C'en est fini de ce fléau, le coupable a avoué ses crimes.

Michelsson jeta un œil vers Jussi, toujours inerte.

– Et le peintre ? Qui l'a tué ?

– Le docteur Sederin pense qu'il est mort d'une attaque.

– Donc, vous laissez courir cet assassin-là !

Le garde champêtre m'adressa une mine désolée.

– Puis-je voir ces aveux ? repris-je.

– Le document est sous la garde du commissaire. Qui se repose, en ce moment, l'interrogatoire a été fatigant. Et puis…

Michelsson se pencha sur Jussi et retira le manteau que je venais d'étendre. Il tira sur la chemise crasseuse pour dégager l'épaule du garçon, au milieu de laquelle apparaissait une plaie nette.

– Cette blessure est bien trop fraîche ! protestai-je. Elle ne peut lui avoir été infligée par Jolina, c'est Roope qui la lui a faite, le jour où il l'a rossé.

Michelsson haussa les épaules, l'air indifférent. Je lui tendis le pot à eau vide, mais il secoua la tête et me fit sortir de la cellule.

– On ne prolonge pas les visites. Ordre du commissaire Brahe.

Le garde champêtre me regardait de ses yeux bleu glacé, inexpressifs. Je tentai de retourner vers Jussi, mais il se posta en travers de mon chemin. Puis il sortit de sa ceinture une matraque en bois d'un pied de long, surmontée d'une boule en métal. Je posai rageusement le pot sur le sol.

– Je reviendrai, Jussi ! Tu m'entends ? Tu ne seras pas abandonné à ton sort.

– Vous oubliez quelque chose, marmonna Michelsson tandis que je me retournais.

Et il me lança ma redingote.

– Le pauvre garçon meurt de froid !

– C'est le règlement, déclara-t-il sèchement. Monsieur le pasteur doit comprendre qu'ici des lois s'imposent.

Je jetai le vêtement sur mes épaules et me hâtai de sortir du bâtiment. On claqua et verrouilla dans mon dos la lourde porte en bois. Tout bouillant d'amertume que je fusse, je m'efforçai de garder les idées claires. Jussi avait-il vraiment eu l'intention de faire violence à Maria, la femme qu'il aimait ? Bien des éléments dans cette histoire me semblaient incompréhensibles.

De retour au presbytère, je me dépêchai de rassembler tous les indices que j'avais collectés avec Jussi durant l'été. La plante des montagnes trouvée dans la grange, le cheveu de Hilda, les copeaux de bois, la graisse à bottes et l'ensemble de nos notes. J'examinai longuement les verres marqués de traces de doigts, découverts chez Nils Gustaf, sur la table de la cuisine. Enfin, j'emballai le tout avec précaution dans un sac en cuir que je portai dans la remise. Il s'agissait de trouver un endroit où les souris ne viendraient pas fouiner. Personne ne me vit grimper sur une échelle et fourrer le sac derrière l'une des poutres, tout en haut du pignon. On ne l'y trouverait pas.

64

Au milieu de tous ces événements, je vaquais à mes obligations quotidiennes. Je me rendis au chevet de la vieille Wanhainen qui vivait avec son fils simple d'esprit, dans une modeste petite ferme au bord de la rivière. La vieille, qui souffrait fort de difficultés respiratoires, arrivait à peine à sortir de son lit. Mais elle refusait de faire venir un médecin, car cela coûtait des sous qu'elle n'avait pas. Ce qu'elle voulait, c'était discuter de son fils. Plus elle croyait la fin proche, plus son angoisse s'intensifiait : elle s'inquiétait de l'avenir du pauvre innocent, une fois qu'il devrait se débrouiller seul. Tout au long de notre conversation, celui-ci nous fixa bouche bée, le regard embué. Sa mère eut beau lui dire de fermer la bouche, elle se rouvrait aussitôt, laissant échapper des filets de salive qui lui dégoulinaient lentement sur le plastron.

Je ne pus faire grand-chose d'autre que prêter l'oreille aux confidences de la vieille femme et lui administrer l'onction. Les yeux ruisselants de larmes, elle reconnut ses péchés – elle estimait avoir été trop dure envers son fils, ne pas s'être montrée suffisamment patiente. Je voyais bien que son repentir était sincère et lui accordai, selon le rituel, la rémission des péchés. Puis je sortis de ma sacoche l'hostie et le calice, et lui donnai la communion. Ses lèvres gercées mastiquèrent le pain consacré, aspirèrent le vin, et elle eut l'air de s'apaiser un instant.

Lorsque je m'apprêtais à partir, son fils voulut m'accompagner. Je lui dis qu'il devait rester auprès de sa mère, mais il s'agrippait à mon manteau et refusa de me lâcher. Il errait derrière moi, pieds nus, m'obligeant à faire demi-tour. Je compris qu'il avait faim. La vieille m'assura qu'ils venaient de manger, mais je ne voyais dans la pièce ni assiettes ni cuillères. Je lui fis boire un peu d'eau, puis tentai de me remettre en route. Mais il m'emboîta le pas.

– Il va falloir que vous l'attachiez, m'expliqua la vieille d'une voix lasse en me montrant une corde laissée près de la porte.

Ce que j'avais pris pour la laisse d'un chien s'avérait destiné au garçon. La mère me conseilla d'en nouer le bout à la banquette où elle était alitée, et d'enrouler l'autre extrémité autour de la poitrine de son fils. En serrant le nœud dans le dos, je réussirais à partir sans qu'il me voie et avant qu'il ne puisse se libérer.

Je n'eus d'autre choix que de m'exécuter. Le garçon se débattit, cette pratique ne lui était que trop familière, mais grâce à ma force d'adulte, je parvins à nouer la corde. Je souhaitai la paix à mes hôtes et me dépêchai de sortir.

Quand j'arrivai au presbytère, Brita Kajsa m'attendait dans la cour. Elle était indignée, au point que les mots lui manquaient.

– Ils… ils ont tout retourné. Tes papiers, tes affaires.

– Qui donc ?

– J'ai voulu les en empêcher, mais ils m'ont rétorqué qu'ils avaient la loi de leur côté.

– Mais qui, Brita Kajsa ?

– Le commissaire, bien sûr. Et ce rouquin qui le suit à la trace.

– Michelsson, le garde champêtre.

– Ils ont pris tes notes personnelles. J'étais censé signer, mais j'ai refusé.

Sa voix tremblait de fureur. Je hochai la tête, pensif.

– Je m'y attendais.

– De quoi est-ce qu'ils t'accusent ?

– C'est après Jussi qu'ils en ont. Ils nous ont vus rassembler des indices. Ont-ils fouillé mon bureau ?

– Toute la maison ! Ils ont vidé les tiroirs, les coffres et les banquettes, et même fouiné dans notre linge de lit.

– Et maintenant, sont-ils partis ?

Brita Kajsa opina. Je la priai de m'attendre à l'intérieur, tandis que je filais vers la remise. Je tâtai derrière les poutres. Le sac de cuir contenant les précieux indices était toujours là.

65

Le lendemain, je retournai voir Jussi dans son cachot. Épuisé par les mauvais traitements qu'on lui infligeait, il reposait toujours sur son châlit, les yeux clos. Michelsson resta planté près de moi, en faisant cliqueter son trousseau de clefs. Je lui expliquai que, cette fois, je venais en ma qualité de pasteur et souhaitais m'entretenir seul à seul avec le détenu.

– Le commissaire a donné l'ordre…

– Tout prisonnier a droit à la confession, l'interrompis-je brutalement.

À mon ton de voix, il sortit sans demander son reste, et verrouilla la porte derrière lui.

– Jussi, il va y avoir un procès.

Il hocha la tête. Des sécrétions avaient séché au coin de ses lèvres. La plaie de sa bouche n'avait pas encore cicatrisé.

– Je voudrais t'aider, Jussi.

– Pourquoi… ? fit-il d'une voix aiguë, sans force.

Je tâtai son front brûlant. De toute évidence, il avait de la fièvre.

– Parce que je t'ai trahi. Parce que je n'ai pas su te protéger.

– Mais, maître…

– Seulement, Jussi, il y a une chose que je dois savoir. Me répondras-tu honnêtement ?

– Oui.

– Était-ce toi ? As-tu attaqué ces filles ?

Il me fixa, fit un effort pour se redresser. Mais je le maintins couché.

– Était-ce toi, Jussi ? As-tu suivi Maria et Nils Gustaf le soir du bal de Kenttä ? J'ai vu l'empreinte de tes pas, la trace de tes petites bottes pointues, derrière le chablis où tu t'étais caché pour les épier. Comme toi, le suspect était gaucher, Jussi, et il avait de petits pieds. À ces empreintes, j'ai reconnu ta démarche que j'ai pu observer pendant nos excursions. Et puis, tu as broyé du lédon des marais et t'en es bouchonné, comme tu en as l'habitude pour te protéger des moustiques. Il restait quelques feuilles par terre et l'odeur imprégnait encore tes cheveux le lendemain.

– Mais…

– Qu'est-ce que tu fabriquais là, Jussi ?

– Ils… Je les ai regardés coucher ensemble.

– Maria et Nils Gustaf ?

– Mmh.

– Pénible spectacle, Jussi. Toi qui n'avais que Maria en tête. J'y ai beaucoup réfléchi. Est-ce à ce moment-là que tu as décidé de tuer Nils Gustaf ? Tu es ensuite allé le voir et tu as versé du poison dans son eau-de-vie ?

Jussi secoua mollement la tête.

– Tu devais être fou de rage, Jussi. Et brûlant de concupiscence à la fois. Un loup affamé à l'affût de chair fraîche, n'est-ce pas ainsi que tu te sentais ? Tu t'es caché un peu plus loin, et en attendant, tu as sorti un crayon, tu l'as taillé, et tu t'es mis à écrire. À écrire quoi, Jussi ? Des poèmes, peut-être ? Des petites strophes sur la femme de tes pensées, la fourbe, la traîtresse qui se donnait à un autre. Et puis soudain, une fille est apparue au bout du sentier. Tu te rongeais de colère et de chagrin, et tu avais bu. Elle était seule, elle s'approchait de ta tanière sans se douter du danger. Tu as sorti un mouchoir, et tu t'en es couvert le visage.

Je me tus, l'abandonnant à son tourment. Il avait les yeux brillants de fièvre. Ses fers protestèrent lorsqu'il tenta de se relever.

– Jussi, je sais que tu as rôdé dans les parages tout l'été. Malgré mes avertissements, tu t'es rendu par là-bas pour attendre Maria. En pleine nuit, Jussi. Voilà qui est bien suspect.

– Je... Je voulais juste...

– Tu avais emporté ton sac. Pourquoi donc ? Tu avais pris de la nourriture, la bouillie de Brita Kajsa que tu avais dû mettre de côté le matin. Une couverture, un allume-feu et d'autres bricoles dont on se sert en excursion. Tu comptais fuir, c'est ce que je pense.

Il ferma les yeux et acquiesça.

– Tu voulais lui faire tes adieux, Jussi ? Sentir une dernière fois sa chaleur à son corps défendant ? La saisir à la gorge et la serrer de plus en plus fort ? Elle serait tombée à tes pieds. Et pour toi, c'en eût été fini. De tout. De Maria, de Kengis, de ton vieil idiot de maître. Tu aurais disparu, tout seul, pour ne plus jamais revenir.

– Non... gémit Jussi.

– N'est-ce pas ce qui s'est passé ?

– Non, répéta-t-il. Non, tous les deux... Maria et moi, on...

– Quoi donc ?

– On devait partir ensemble... vers le nord...

Jussi voulut m'attraper la main, mais les chaînes l'en empêchèrent.

– Maître, croyez-moi... Je n'ai pas touché un cheveu de ces femmes !

– Pourquoi ne m'as-tu pas dit que tu comptais me quitter, Jussi ? Tu pensais partir sans un mot ? Tu ne me faisais donc pas confiance ?

– Si.

– J'aurais pu vous marier, Jussi. Vous inscrire dans les registres comme mari et femme. Tu es un fils pour moi, rien ne m'eût fait plus plaisir.

Les larmes lui montaient aux yeux, il se détourna.

– Jussi, mon cher Jussi.

– J'espérais... J'aurais dit à tout le monde que l'enfant était de moi.

– Où comptiez-vous aller ?

– En Norvège.

– Maria t'a berné, Jussi.

– Non...

– Il n'a jamais été question que tu lui appartiennes. Le commissaire était au courant de tout, il t'a attiré dans un piège avec Maria comme appât. Cette fille est possédée du démon, Jussi, elle savait ce qui t'attendait.

– Non, non !

Son corps fut pris de secousses silencieuses. Au même moment, du bruit retentit à l'extérieur de la cellule. Je saisis ma sacoche et commençai à en extraire le ciboire et le calice.

– Vite, Jussi. J'ai du pain préparé par Brita Kajsa. Le corps du Christ... Mange avant qu'ils n'arrivent !

Je rompis le pain en petits morceaux, que je lui fourrai dans la bouche, tout en récitant le Notre Père, pour le cas où Michelsson serait derrière la porte. Puis j'ouvris le calice rempli à ras bord de lait bien gras, et le lui fis boire jusqu'à la dernière goutte.

– Le sang du Christ…

– Aaaah…

– Aie foi en notre Sauveur, Jussi. Il te délivrera.

Jussi avala, puis tourna vers moi son visage ardent.

– Il n'y a pas de Sauveur, murmura-t-il.

– Mais si.

– Je n'ai jamais réussi à y croire.

– Nous avons pourtant prié ensemble, Jussi. J'ai vu couler tes larmes pendant l'office, j'ai vu ton cœur s'ouvrir !

– J'ai essayé, maître. Mais il n'y a rien.

– Il y a Jésus !

– On l'a tué. Et il est mort.

– Si Dieu était mort, nous les hommes, nous ne serions rien de plus que des bêtes sauvages. Tu es sur la voie de l'Enfer, Jussi ! Renonce à ton orgueil !

– Ce n'est pas de l'orgueil, maître.

– Qu'est-ce que c'est d'autre ?

– C'est juste moi.

– « Moi », Jussi ?

– Le moi qui reste. Qui y est encore, même s'ils ont failli me tuer.

– Pour l'amour de Dieu, Jussi ! Est-ce ainsi que les hommes doivent affronter les épreuves de la vie ? Avec leur « moi » ?

– Pardonnez-moi, maître. J'ai essayé. J'aurais tant voulu devenir votre fils.

66

Le tribunal du district de Pajala se réunit dans l'un des corps de logis les plus spacieux de la commune. Le juge Ragnarsson, qui présidait la cour, était un homme maigre à la silhouette de rapace, avec un nez dont la forme ressemblait à celle d'une poignée de porte. Assis la tête penchée en avant, comme s'il souffrait de la nuque, il mâchait une pastille. Lorsque nous nous saluâmes, il m'expliqua qu'il venait de cesser de fumer et que ces confiseries lui servaient à remplacer la sensation de la pipe. Sa forte consommation de tabac lui avait valu force vertiges et aigreurs d'estomac, ce qui expliquait qu'il eût, avec le soutien de son épouse, surmonté son angoisse et sauté ce pas difficile.

– Pour ma part, je trouve le tabac salutaire à bien des égards, déclarai-je. Les Indiens d'Amérique l'utilisent même comme plante médicinale.

Je vis aussitôt que l'envie de fumer s'emparait de sa personne, et regrettai cette remarque malvenue. Je saluai alors Malmsten, le corpulent secrétaire de séance, qui se leva tant bien que mal de derrière son pupitre. Il avait attrapé un coup de froid, reniflait sans arrêt, et se séchait le nez dans un mouchoir douteux. Tout au long de l'audience, nous aurions à subir les accès d'une mauvaise toux, évoquant les grognements d'une truie en train de bâfrer. Contrairement à Ragnarsson, qui venait de la côte, Malmsten était bilingue. Je leur rappelai que les témoins et la partie civile s'exprimeraient avant tout en finnois. Il fut donc convenu que le secrétaire Malmsten jouerait le rôle de l'interprète chaque fois que cela s'avérerait nécessaire.

Anders Petrini, le procureur, était un homme brun, vêtu d'une longue robe et d'onéreux gants en cuir de porc. Il me donna malgré tout une froide poignée de main. Il ne semblait pas remis des vicissitudes de son voyage, et supportait visiblement mal la misère du Norrland. La nourriture qu'on lui avait servie à l'auberge était non pas insipide, mais franchement mauvaise, se plaignit-il. N'avait-on pas encore découvert le poivre, sous ces latitudes ? Je l'invitai à venir dîner au presbytère, mais il déclina la proposition dès qu'il eut compris que je m'apprêtais à endosser le rôle de l'avocat.

– L'affaire sera vite résolue, dit-il avec optimisme, impatient de quitter la région.

Une assistance nombreuse afflua dans la salle. Compte tenu du grand intérêt suscité par l'événement, on avait fait installer des bancs supplémentaires. Une odeur de boules antimites se répandit, quelques bourgeois ayant revêtu leurs jaquettes et leurs pantalons ajustés, dans l'espoir d'être présentés aux invités de marque. J'avais enfilé pour ma part ma soutane de pasteur, dont j'avais retiré le col amidonné pour marquer qu'à cette occasion je ne représentais pas l'Église. Le commissaire Brahe fit son entrée dans le style tonitruant dont il était coutumier, saluant de droite et de gauche, en veillant à exhiber toute son importance. Le criminel n'avait-il pas été arrêté par ses soins, et grâce à sa grande expérience ? Les gens du public, guère familiers de ce genre d'assemblées, se serrèrent sur les bancs pour se réchauffer, en frottant leurs godillots sur le parquet comme s'ils étaient à l'office. Dans la chaleur du poêle d'angle en fonte qui fut rapidement nourri, ils ne tardèrent pas à dénouer leurs cravates et à élargir leurs cols de chemises. L'épouse d'un commerçant sortit un éventail à jours espagnol et s'éventa ostensiblement, indiquant ainsi à son entourage qu'elle était la première femme de Tornédalie à s'être rendue à Compostelle sur les traces de sainte Brigitte.

Le bruit des fers retentit soudain du côté de la porte. On introduisit l'accusé, poings et pieds liés, encadré, d'un côté, du garde champêtre, et de l'autre, d'un imposant gardien de prison. On le traîna plus qu'on ne l'escorta jusqu'au banc des accusés. Quand on le libéra de ses liens, j'aperçus de vilaines écorchures sur ses poignets. Il était convenu que Jussi devrait rester debout durant l'audience, mais j'invoquai la faiblesse de son état pour qu'il fût autorisé à s'asseoir. On apporta un tabouret creusé par l'usure sur lequel Jussi, les jambes flageolantes, finit par prendre place. Les mauvais traitements avaient laissé sur lui leur empreinte et entamé un peu plus son corps déjà si maigre. Ses yeux enfoncés dans leurs orbites lui donnaient l'air d'un animal farouche. Par malheur, l'affliction le faisait ressembler au monstre humain que l'assistance s'était imaginé. Un loup ébouriffé et soumis, à présent qu'on lui avait arraché les crocs.

Avant d'ouvrir l'audience, Ragnarsson passa plusieurs fois un doigt sur son nez proéminent, comme pour l'affûter. Johan Sieppinen, dit « Jussi », était inculpé pour le meurtre de Hilda Fredriksdotter et de Jolina Eliasdotter. Il était de plus accusé d'avoir tenté de violenter une autre jeune fille, et d'avoir volé de l'argent au défunt peintre Nils Gustaf, au domicile de ce dernier, dans le périmètre des forges de Kengis. Ragnarsson commença par donner la parole au procureur Petrini, qui se leva et saisit le revers de son col. Dans un silence éloquent, il fixa Jussi, qui évita son regard. Puis il se racla solennellement la gorge, brandit un papier et se mit à prononcer son réquisitoire.

Jussi y était présenté comme un criminel rusé, qui n'avait jamais vécu qu'isolé, se tenant à l'écart des gens de son âge pour mieux dissimuler sa véritable personnalité. Sous des dehors timides se cachait un homme dangereux qui ne pouvait contenir ses pulsions meurtrières. Un fort appétit sexuel, combiné à une violence intérieure effrénée, l'avait amené à guetter, le long des sentiers, les femmes qui circulaient seules. Dans l'ombre de la forêt, il avait libéré son instinct en faisant violence à la vachère Hilda, avant de l'étrangler et de cacher le corps. Le soir du bal estival de Kenttä, il s'en était pris à Jolina Eliasdotter qui, par miracle, avait réussi à se sauver. Mais quelque temps plus tard, il l'avait étranglée à son tour, de peur qu'elle ne le dénonçât. Il s'était enfin attaqué à une troisième personne qu'il croyait être la fille de ferme Maria, en réalité le garde champêtre Michelsson travesti en femme. L'intervention de ce dernier et celle du commissaire Brahe avaient permis d'éviter un meurtre supplémentaire, et de jeter le criminel derrière les barreaux.

Pendant le discours du procureur, j'observai Jussi. Il ne bronchait pas, le regard rivé sur ses genoux, comme s'il se fût trouvé dans un autre monde. Je ne le vis secouer très légèrement la tête que lorsque Petrini se fut tu et rassis. Ragnarsson se tourna vers moi et s'enquit de notre position vis-à-vis des chefs d'accusation. Je répondis que la défense plaidait non coupable. J'ajoutai que, selon les précédentes conclusions du commissaire Brahe, la première victime avait été tuée par un ours, quand la seconde avait elle-même mis fin à ses jours. On prit acte de mes déclarations, sur quoi la bataille proprement dite put commencer.

Lamentable spectacle. Le procureur appela à la barre différents témoins qui confirmèrent les manières étranges de Jussi et sa façon de lorgner les femmes à l'église. On rapporta avec insistance qu'il s'était imposé à Maria le soir du bal de Kenttä. Le dénommé Roope, ouvrier aux forges, fut appelé à son tour et expliqua que Jussi Sieppinen importunait Maria depuis bien plus longtemps.

– Un jour, elle a croisé Jussi sur la grand'route. Je l'ai surpris à essayer de lui chiper son seau de poissons.

– Où étiez-vous ?

– Un peu plus loin sur le chemin. J'ai vu qu'il tiraillait sur le bras de Maria. Il était déchaîné, un fou. Maria a lâché son seau et s'est mise à crier. J'ai défait ma ceinture, l'ai menacé et il a fini par reculer. Dieu sait ce qui serait arrivé si je n'avais pas été là.

Le moment venu de réfuter les accusations, je soulevai certains faits qui devaient susciter le doute : aucun témoin n'avait vu Jussi commettre ces actes, et aucune preuve n'avait été retrouvée sur les lieux des crimes en question – le commissaire Brahe avait lui-même commencé par estimer qu'un ours sévissait dans les parages. À l'inverse, d'autres éléments portaient à croire à la culpabilité d'un autre homme. Il y avait de fortes chances que le véritable assassin fût toujours en liberté.

M'armant du sac en cuir que j'avais caché dans la remise, je poursuivis :

– Après l'agression de Jolina Eliasdotter, j'ai examiné les traces qu'avait laissées le criminel derrière un arbre où il se cachait. J'y ai trouvé de minuscules copeaux de bois qui, d'après mon analyse, provenaient d'un crayon taillé au couteau.

Je sortis de mon sac un papier plié que je montrai à l'assistance.

– Ces copeaux correspondent à un modèle de crayon que l'on ne trouve dans aucune échoppe de Pajala ni de ses environs. En revanche, j'ai découvert qu'ils se vendaient à Haparanda. Le commissaire Brahe est l'une des rares personnes de la région qui en possèdent.

Brahe regarda nerveusement autour de lui. Il tenta de me déstabiliser par une grimace moqueuse, mais je poursuivis :

– Par ailleurs, j'ai repéré sur les vêtements de Jolina Eliasdotter une tache de ce qui ressemblait à de la graisse à bottes. L'odeur en est très caractéristique et on n'en trouve que dans certaines boutiques. C'est un article onéreux, que seules peuvent s'offrir des personnes aux moyens conséquents. Or, la jeune fille a affirmé que l'homme qui l'avait attaquée était un monsieur.

Je déployai un mouchoir et invitai mon entourage à renifler l'odeur de la graisse à bottes.

– Je voudrais également mentionner le travail d'un ancien camarade d'études d'Uppsala, le docteur

Emanuel Sundberg, auteur d'une découverte remarquable qui, à l'avenir, devrait être d'un grand secours dans le cadre des enquêtes de police. Puis-je demander à ces messieurs-dames de l'assistance d'observer le bout de leurs doigts.

Le procureur voulut m'interrompre, mais Ragnarsson me laissa continuer :

– Vous y discernez sans doute un motif que l'on pourrait comparer à une succession de minuscules chaînes de montagnes. Il s'agit de « lignes papillaires », c'est ainsi que les a baptisées Sundberg. Chaque fois que l'on touche une surface lisse, ces lignes laissent une empreinte invisible à l'œil nu, mais qui révèle son motif une fois badigeonnée d'une poudre très fine, par exemple de cendre.

J'attrapai un petit étui, l'ouvris et en sortis prudemment le verre en plaquant mes doigts écartés à l'intérieur. Je le présentai à l'assistance de cette manière inaccoutumée, sans en effleurer la surface externe.

– Les travaux du docteur Emanuel Sundberg tendent jusqu'à présent à montrer que chaque être humain serait pourvu d'une empreinte particulière. Si l'on comparait les traces présentes sur ce verre avec les empreintes d'un suspect, le coupable pourrait être démasqué. Cet objet était posé sur la table de la cuisine, chez Nils Gustaf, le matin où il a été retrouvé mort. La dernière personne à lui avoir rendu visite y a bu, et à l'aide desdits motifs papillaires, j'ai pu identifier cet individu.

– En quoi cela concerne-t-il notre affaire ? s'exclama Petrini.

– L'inculpé est accusé d'avoir volé de l'argent au peintre. Il faut donc que l'assemblée sache que ces empreintes ne correspondent pas à celles de Jussi Sieppinen. Laissez-moi vous montrer autre chose…

Une fois encore, je fouillai dans mon sac de cuir. J'en extirpai une boîte en carton, l'ouvris délicatement, et en sortis une plaque de verre.

– J'aimerais présenter à la cour cet objet, que l'on appelle un daguerréotype. Le peintre Nils Gustaf possédait un appareil qui lui permettait de portraiturer ses modèles sous l'effet direct de la lumière. Grâce à un dispositif optique opérant une diffraction lumineuse, et au moyen de certains produits chimiques, il est en effet possible de capturer une image, sous une forme dont je tiens un exemple en mains. Le portrait, retrouvé dans l'appareil du défunt, a sans aucun doute été pris le soir de sa mort. Cependant, l'image n'avait pas été développée. Or Nils Gustaf m'avait expliqué ce procédé. En exposant les plaques à des vapeurs de cuivre, j'ai réussi à faire apparaître le portrait de l'homme qui a rendu visite au peintre ce soir-là.

Sans pouvoir réprimer une mine de léger triomphe, je tendis à bout de bras la plaque de verre.

– Qui est-ce donc ? Qui est-ce qu'on y voit ? firent quelques voix dans la salle, tandis que les gens se levaient pour regarder.

– Le portrait est très ressemblant, mais si petit qu'il faut une lentille grossissante pour l'interpréter. Si monsieur le juge souhaite regarder l'image de plus près, j'ai apporté…

De ma poche intérieure, je sortis la loupe dont je me servais d'ordinaire pour compter le nombre d'étamines que présentait une plante.

Soudain, Petrini s'écria :

– Des papilles et des images lumineuses ! Que nous réservez-vous pour la suite ? Quelque apparition céleste ?

Dans l'assistance, certains opposants à l'Éveil éclatèrent de rire, tandis que l'incompréhension se lisait sur d'autres visages. Le commissaire Brahe tenta de m'arracher la plaque des mains, mais je la rangeai *in extremis* dans ma poche. En revanche, je ne parvins pas à sauver le verre, qui me fut arraché et passa de mains en mains à travers les rangs, subissant par là même un barbouillage irrémédiable.

Après s'être retirée pour délibérer, la cour fit de nouveau son entrée. Ragnarsson demanda le silence. Les gens se pressèrent sur les bancs étroits et le brouhaha s'éteignit.

D'un ton ferme, Ragnarsson déclara avoir pris en considération les arguments de la défense. Le recours à des méthodes scientifiques lors d'investigations policières était certes possible, estima-t-il. Mais encore fallait-il que les procédés en question fussent entrés dans les mœurs. Or, à sa connaissance, jamais aucun procès ne s'était fondé jusqu'à présent sur des motifs papillaires ni des images lumineuses. La cour ne pouvait donc retenir ces arguments. Les pièces à conviction invoquées ne seraient pas mentionnées dans le procès-verbal, et ne devraient en aucune manière influer sur le jugement.

L'accusé Jussi Sieppinen, effondré, ploya l'échine, révélant les tendons de sa nuque. Dans les premiers rangs, on crut l'entendre marmonner d'effrayantes incantations en same. Je me levai d'un bond, ressortis le portrait et le brandis aux yeux de tous, afin que chacun pût distinguer la silhouette sombre qui apparaissait au milieu. J'exposai l'objet en silence, avant de le ranger dans un mouchoir et de balayer la salle des yeux. L'amertume de mon regard imprima un frisson à l'assistance. Au même instant, on entendit du bruit venant de la porte. Le public, intrigué, se retourna : une vieille femme vêtue de noir jouait des coudes pour se frayer un chemin.

– C'est un miracle du Ciel ! clama-t-elle d'une voix stridente. Il m'a guérie, alléluia ! Il m'a prise dans ses bras et m'a redonné la vie, il m'a fait sortir des ravins de la mort…

La vieille s'avança jusqu'à la tribune, non pas en direction du pasteur, mais de l'accusé Jussi Sieppinen. Elle se prosterna à ses pieds et eut tout juste le temps de frotter son visage larmoyant contre sa cuisse, avant que les gardes ne surgissent pour l'arrêter. Elle se débattit sauvagement.

– Jussi m'a redonné la vie ! brailla-t-elle encore tandis qu'ils l'emmenaient. Il m'a apporté le miracle du repentir, alléluia…

Les gens échangèrent des regards. Tout le monde avait en mémoire ce jour, après l'office, où Jussi avait porté sur le perron de l'église cette vieille femme qui crachait le sang. Personne n'avait alors douté qu'elle était mourante. Des sortilèges de noaidi, murmura-t-on, en biglant avec effroi vers le garçon malingre, avachi sur son tabouret, les yeux mi-clos.

Le commissaire Brahe tenta de dissiper d'un rire la tension qui s'était subitement emparée de la salle, entraînant Michelsson dans un gloussement forcé :

– Hu hu hu hu…

– Que Dieu nous vienne en aide, marmonnai-je en finnois à Jussi.

Malmsten, le secrétaire, ne se donna pas la peine de traduire.

67

Je quittai la salle d'audience exaspéré. D'aucuns se mirent en travers de mon chemin pour me livrer leur sentiment sur l'affaire, mais je me dégageai de l'attroupement. Les fers, détachés le temps des débats, furent vite remis à Jussi, avant que les gardiens de prison ne l'emmènent. Je lui adressai un sourire encourageant, qui dut lui évoquer le rictus d'une tête de mort.

Le jugement serait prononcé d'ici peu. L'issue était incertaine, je le comprenais bien. Par moments, Jussi avait tremblé de faim et de douleur sur son tabouret, ce que l'assistance avait pu interpréter comme un signe de peur et de culpabilité. Il avait réfuté les accusations, mais évité de croiser les regards. Avec ses plaies mal cicatrisées, ses contusions et cette bouche édentée qu'il dissimulait en parlant, il avait l'air d'un va-nu-pieds peu recommandable. Un gosse lapon abandonné, qui s'était révélé incapable de maîtriser ses actes et cédait aux pulsions d'une nature avide. Mes vaines tentatives pour réveiller la logique du raisonnement étaient tombées à plat.

Alors que je pensais rentrer chez moi, mes pas semblèrent vouloir me mener ailleurs. Je me saisis de mon col amidonné, le remis en place autour de mon cou, et me hâtai à l'opposé du presbytère. J'eus l'impression désagréable d'être suivi, mais quand je me retournai, je ne vis personne sur le chemin. La ferme ne tarda pas à apparaître. Je traversai la cour. La porte s'ouvrit, et la maîtresse de maison jeta un œil au-dehors.

– Ils... Ils sont tous au procès, articula-t-elle.

– Je sais.

– Mon mari et nos fils, on leur a demandé de témoigner.

– J'aurais aimé que Maria en fît autant, répliquai-je. Mais elle ne s'est pas montrée.

– Elle est malade, malheureusement.

– Malade ?

La femme esquissa un geste vers la chambre, dont la porte était entrouverte pour laisser entrer la chaleur de la cuisine. À l'intérieur, il faisait noir.

– J'ai calfeutré la fenêtre, comme elle ne supporte pas la lumière.

Je me postai discrètement à l'entrée de la pièce et tendis l'oreille. Pas un bruit, pas même un souffle.

– C'est le pasteur, dis-je à mi-voix.

Je perçus un mouvement, elle ne dormait donc pas. Il flottait entre ces murs une odeur à la fois fade et aigre de renfermé, qui me fit penser à l'air ambiant des tanneries, où l'on trempe longuement les peaux charnues dans des bains d'acide et de graisse. Je refermai doucement la porte derrière moi, afin que la maîtresse de maison n'entendît pas notre conversation. Je laissai mes yeux s'habituer à l'obscurité. Une lueur grisâtre filtrait à travers la couverture qui obturait la fenêtre.

– C'est le pasteur, répétai-je. Je reviens tout juste de l'audience.

Maria ne répondit pas. En quelques enjambées, j'allai vers la croisée et arrachai la couverture. L'éclat du jour jaillit à travers les carreaux. Ses grandes pupilles braquées sur moi se contractèrent aussitôt en deux pointes d'aiguilles. Elle avait le teint différent, comme terni. Le visage gris et enflé, et les yeux alourdis de poches. L'idée me vint que là, dans son lit, elle attendait quelqu'un d'autre que moi.

– J'ai si mal à la tête, gémit-elle en se détournant du torrent de lumière.

Ses vêtements de travail étaient posés sur un tabouret. Je les déplaçai et m'assis tout près d'elle. Elle souffrait de la luminosité, comme les punaises qu'on découvre sous un drap. Nul doute qu'elle fût mal en point.

– Jussi va être condamné, dis-je.

– Qui ?

– Jussi, l'homme que tu as trahi.

– Je ne peux pas…

Sa voix était confuse, presque pâteuse. Un instant, je crus qu'elle avait bu. Mais c'était l'effet de la migraine, elle respirait si faiblement que l'air manquait à ses cordes vocales.

– La chose est grave, Maria. Tu pouvais le sauver. Il suffisait que tu parles pour qu'il soit libéré.

– Je ne comprends pas…

J'eus envie de l'attraper à pleines mains et de la secouer de toutes mes forces, comme une tirelire dont on veut extraire les pièces une à une.

– Ce soir-là, vous aviez prévu de vous retrouver, Jussi et toi. Tu lui as fait croire que vous alliez vous enfuir ensemble. Pourquoi refuses-tu de dire la vérité ?

Son buste se mit à tanguer comme si elle était sur le point de se briser en mille morceaux. Je la tins fermement, sortis mon sobre crucifix de bois et l'appuyai contre son front.

– Au nom du Christ, reconnais la vérité. Tu as raconté au commissaire Brahe que Jussi s'apprêtait à te rejoindre !

Prise d'un hoquet, elle tenta de repousser la croix. La nausée montait. Le Christ tourmentait les démons qui l'habitaient, en conclus-je, et j'écartai violemment ses bras agités.

– Chasse le Diable, Maria. Tu es le dernier espoir de Jussi. Il prendra soin de l'enfant, Maria, pour toi il est prêt à tout !

Avec une force que je ne soupçonnais pas chez elle, elle se libéra. Le crucifix m'échappa des mains, tomba sur le lit. Elle s'en saisit et le lança à la volée. Je le ramassai, l'époussetai contre ma soutane. Observant une vilaine fissure au-dessus de la couronne d'épines, je le rangeai, dépité, dans ma poche de poitrine. Puis je m'agenouillai et joignis les mains :

– Arrière, Satan. Quitte le corps de cette femme, au nom du Père, du Fils et du Saint-Esprit…

Elle ferma ses yeux bleu ciel, sembla prise d'un haut-le-cœur, puis secoua la tête en grimaçant.

– C'est trop tard.

– Il n'est jamais trop tard pour Notre Seigneur, déclarai-je de ma voix de pasteur la plus puissante, comme tant d'autres fois au long des années de mon ministère. Dieu garde toujours les bras ouverts, Il est prêt à te serrer contre Son sein. Mais c'est à toi qu'il revient de faire le dernier pas. Essaie, Maria, essaie d'expulser le mal.

Son corps se contracta, elle redressa le buste, releva les cuisses et poussa un cri terrifiant, une lame surgie à travers nos tympans pour venir transpercer toute chose sacrée. Le Christ en croix se consumait dans ma poche, une odeur de sang et d'excréments se répandit sous la couverture, et je vis soudain s'échapper et glisser comme l'éclair sous le lit une masse noire, sinueuse, une queue-de-rat, un cul de lézard. Pendant ce temps, je priais, couvrant le cri guttural du démon, le chassant à l'aide de serments divins jusqu'à ce qu'il se tût et que la jeune fille eût recouvré la paix.

L'expression de son visage se transforma. Un instant, je crus qu'elle était guérie. Qu'elle était prête, désormais, à sauver Jussi du supplice, que le Saint-Esprit avait opéré son miracle.

– Merci, murmurai-je, merci Dieu tout-puissant…

Mais lorsque je lui tendis le Saint Sacrement, elle me frappa si fort la main que l'hostie retomba en miettes sur le lit.

– Allez-vous-en, cracha-t-elle.

Elle se tourna vers le mur et enfouit son visage dans les draps.

68

Lucifer. L'ange déchu, précipité des hauteurs de la lumière universelle, l'inimaginable blancheur du Royaume des Cieux. Un éclat comparable, peut-être, aux rayons du soleil sur la neige durcie de la fin mars, la clarté la plus vive qu'il soit jamais donné de voir à l'homme du Norrland. Un scintillement immense qui élève le voyageur une aune au-dessus de la terre, sur une pellicule craquante, si immaculée que même des skis ne peuvent y laisser de traces, leurs pointes noires effleurant cette feuille de neige éblouissante, couchée sur l'infini étincelant, animé du seul crépitement des cristaux.

À présent, il erre parmi nous, dans l'ombre des sentiers d'automne. Lucifer, le rejeté. Lui qui veut éteindre la lumière de l'Éveil. Il me suit à la trace, je sens sa présence dans mon dos. Mais quand je me retourne, il se met à l'abri et je ne vois frémir que les branches sous le souffle joueur du vent.

– Jésus-Christ… Agneau de Dieu…

L'obscurité automnale s'épaississait à la cime des arbres, une fine bruine estompait tout contour. Je tenais à la main le sac en cuir qui contenait mes indices, tout le fruit de mes efforts intellectuels. Tout cela ne valait rien. Je n'avais pas réussi à sauver Jussi, cruelle évidence. Et le véritable meurtrier courait toujours.

Au lieu de retourner au presbytère, je marchai jusqu'à la fière église de Kengis. Avec son toit de bardeaux dégouttant lentement de pluie, on eût dit que l'édifice était en pleurs. Je longeai les murs, humant la faible odeur du goudron que les paysans avaient appliqué sur le toit au cours de l'été. Les boiseries murales avaient été sciées à la main, les clous forgés ici même, à l'usine, et les rondins transportés à la force des chevaux de trait depuis les vastes forêts. Tout l'édifice était fait de bois et de fer de la contrée environnante. Les mains robustes des ouvriers l'avaient bâtie à coups de hache et de marteau. À présent, elle nous entourait comme les bras d'une mère. Une poitrine protectrice où venaient se blottir les cœurs des fidèles. Je fis le tour du bâtiment, caressai à plusieurs reprises les murs de bois. Une douce chaleur semblait se diffuser dans ma paume. Une fois devant la porte, je sortis la grande clef et la tournai dans la serrure. Les gonds grincèrent lorsque je pénétrai dans l'obscurité du porche. J'entrai dans la nef plongée dans la pénombre. Sous la lumière voilée de la fin d'après-midi qui tombait des fenêtres, les bancs ressemblaient à la membrure d'un bateau. Je marchai lentement vers l'autel, me recueillant dans le silence absolu. Aucun fidèle n'était là, qui eût raclé ses semelles, toussé, reniflé, chuchoté ou sermonné sa progéniture. Aucune cloche ne sonnait. Il me sembla pourtant entendre une voix. Non pas des mots, mais le simple écho du réconfort. Je posai mon front sur le linge d'autel, sentant contre ma peau les reliefs du motif brodé à la main, et reconnus le parfum de l'avoine odorante, *Hierochloe hirta*, dont il s'était imbibé dans l'armoire.

Lentement, je me mis à genoux, tête baissée et mains jointes. La prière ne me venait pas, mais je restai ainsi, dans le néant. Les yeux clos, j'affrontai mes ténèbres. Voici donc où je me trouvais : dans les ravins de la mort. Impuissant, abandonné comme un enfant. Même les larmes refusaient de couler. J'avais fait de mon mieux, mais c'était trop peu encore. Je ne ressentais que l'automne, l'immense obscurité qui me cernait.

Puis l'obscurité disparut à son tour.

Le temps s'immobilisa, tout se figea.

Sauf une souris.

Une souris qui courait sous les voûtes de l'église, petit chuchotis dérangeant.

Je regardai de côté.

Puis levai légèrement la tête. Le bruit venait de là.

Au même instant, le monde se fracassa dans un éclat jaune d'or.

Jaune d'or, éclat mordoré d'aurore, d'or, d'or, d'or. Un son bourdonnait au fond de mon corps. Semblable au tumulte de l'eau perçu sous la surface. Éclaboussures d'or, éclaboussement d'eau. Et la douleur suivit, insoutenable. Je m'effondrai sur le flanc. Au-dessus de moi vacilla toute l'église.

Le deuxième coup me frappa en plein sur l'omoplate, que je sentis exploser et fondre à la fois. J'allais vomir de douleur, mais Il était là. Je me retrouvai sans défense sur le dos, agitant les membres comme un scarabée pour tenter de m'accrocher à quelque chose, et ne rencontrant que le vide. Un fantôme se jeta sur moi, planta son genou sur ma poitrine, tira sur ma soutane et se mit à fouiller mes poches.

– Je savais que c'était toi, maudit démon, grondai-je.

Un poing me frappa violemment à la bouche, mes lèvres en sang s'écrasèrent sur mes dents, un goût fade m'envahit le gosier. Des mains vigoureuses arrachèrent enfin l'objet de ma poche, déplièrent le bout de carton, brandirent triomphalement la plaque de verre.

– Tu as laissé bien trop de traces, dis-je.

Le fantôme, penché sur moi, m'observait des deux trous noirs qui constituaient ses yeux.

– Silence, satané prêcheur.

La voix du garde champêtre Michelsson vibrait de haine.

Malgré son genou qui me plaquait au sol, je relevai la tête et tentai de remplir l'espace de paroles :

– Qui pouvait te soupçonner ? Maintenant qu'on a appris à se connaître, je peux bien te tutoyer, non ? Un fonctionnaire irréprochable à la calligraphie admirable, un homme si courtois, si correct. Mais nous avons tous une faille, une faiblesse, nous les hommes. La tienne t'a mené à ta perte.

– Que voulez-vous dire ?

Le ton était toujours tranchant, mais j'avais éveillé son intérêt. Il ne me battrait pas à mort. Pas pour l'instant, du moins. J'opinai du chef en fourrant discrètement les doigts dans l'autre poche.

– L'amour, Michelsson. L'amour, ses ravages et ses désespoirs. Qu'est-ce qui t'effraie donc tant chez les femmes ?

– Silence !

– Tu voulais les approcher, mais quelque chose t'en empêchait. Cet été, quand tu es revenu des montagnes où tu avais enquêté avec le commissaire sur une affaire de rennes volés, le désir t'a conduit en enfer. Tu t'es rendu dans la forêt, tu as violenté Hilda Fredriksdotter et l'as assassinée. Une fois ton instinct réveillé, il était plus irrésistible encore. Peu après, tu t'en es pris à Jolina Eliasdotter, qui a réussi à t'échapper et à te blesser. Tu craignais qu'elle ne t'ait reconnu malgré ton masque, alors tu l'as étranglée. Mais pendant tout ce temps, tu n'avais d'yeux que pour la plus belle, Maria.

– Elle n'a rien à voir là-dedans.

– Avec elle, c'était différent : tu voulais *être* avec Maria. Il te fallait un prétexte pour l'aborder en ta qualité de garde champêtre. Donc, tu as prétendu avoir découvert qui était le meurtrier, qui était ce monstre qui agressait les femmes. N'est-ce pas ?

– Tous les gens du coin soupçonnaient Jussi.

– Lors d'une de vos rencontres, Maria a mentionné la fortune de Nils Gustaf. Quand elle posait pour lui, elle avait vu où il cachait l'argent. Ce renseignement a excité ton avidité, tu ne pensais plus qu'au trésor. Et tu as fini par te procurer un puissant poison.

Michelsson hocha la tête.

– Vous oubliez que la maison était fermée de l'intérieur !

– C'est vrai. Cette énigme m'a donné du fil à retordre. On savait que le dernier soir, Nils Gustaf avait eu de la visite. J'ai trouvé chez lui deux verres à cognac couverts de traces de doigts, et je les ai emportés. Plus tard, quand Brahe et toi êtes venus au presbytère, j'ai comparé les motifs papillaires que vous aviez laissés sur vos verres. Il n'y avait aucun doute : les empreintes trouvées chez Nils Gustaf étaient identiques aux tiennes. De plus, j'ai réussi à faire apparaître ta signature sur le carnet de factures du peintre. Tu avais dû prétexter le souhait qu'il fasse ton portrait. Le moment venu, dès qu'il a eu le dos tourné, quand il est sorti vider sa vessie, tu t'es rempli les poches. Une somme rondelette, très certainement. Tu te doutais bien que tu serais suspecté quand le vol serait découvert. Mais tu avais anticipé ce problème.

– Personne ne pourrait en témoigner !

– Tandis que vous buviez tous deux, Nils Gustaf a sorti son appareil à daguerréotype. Il l'a monté et t'a prié de poser sans bouger. Mais tu n'as jamais su ce qu'il voulait te montrer, tu n'as pas compris que ton visage pouvait être saisi sur une plaque de verre. Entre-temps, tu avais versé discrètement de l'acide prussique dans sa boisson.

– Balivernes !

– Durant mes années d'études à Uppsala, j'ai fait la connaissance d'un chimiste, un grand admirateur de Carl Wilhelm Scheele, un précurseur dans ce domaine, à qui l'on doit la découverte de cette substance. Cet ami m'a appris comment la faire apparaître à l'aide de sels de fer. À leur contact, il se forme un composé d'une couleur magnifique, appelé bleu de Prusse. Il restait un fond d'eau-de-vie dans les verres et j'ai détecté le poison dans l'un d'eux. J'ai ainsi compris avec horreur que Nils Gustaf avait été assassiné.

– Mais tu n'en as jamais rien dit à Brahe !

– Non, parce que j'ai longtemps pensé que le criminel, c'était lui. Il m'a fallu un long travail de réflexion avant que les pièces ne se mettent en place. Mais revenons à la soirée chez Nils Gustaf. Avant qu'il n'ait eu le temps de développer la plaque de verre, tu t'es dépêché de prendre congé, les poches pleines de billets. Comme à son habitude, le peintre a fermé sa maison à clef pour la nuit, puis, sans se douter de rien, il a fini son verre. Il n'a pas tardé à se sentir mal et s'est couché pour se reposer. Le lendemain, il a été retrouvé mort dans sa petite maison verrouillée de l'intérieur. Et toi, Michelsson, tu t'es cru l'auteur d'un crime parfait.

Le garde champêtre blêmit, sous son masque d'une pâleur mortelle apparurent les os de son crâne. Puis ses veines se mirent à enfler, sa peau à brunir sous l'effet d'une vague de sang jaillie du plus profond de lui. Il se pencha sur moi, un borborygme lui monta aux lèvres, un grognement brutal, terrifiante métamorphose. Ce qu'il y avait d'humain chez lui s'était soudain effacé, j'avais devant moi une créature sortie d'un autre monde, ardente comme le feu et exhalant une pestilence de soufre. Je devinai des ombres tournoyant au plafond de l'église, queues battantes et gueules béantes, j'entendis le cri de Belzébuth s'échapper de mille gosiers. Entre ses mains devenues des griffes, Michelsson me saisit à la gorge. Tandis que je me débattais comme un Diable, il me serrait, la mâchoire crispée, les crocs à nu, la bouche suintante de bave. Je basculai les hanches pour tenter de me retourner, mais il me maintenait au sol de tout son poids, concentrant sa force dans ses pouces dont les ongles s'enfonçaient dans ma peau. Je cherchai en vain à rencontrer son regard, aussi vide que les yeux d'un brochet. Dans ces eaux noires cernées des flammes de l'Enfer, je l'observais comme avaient dû le faire ses victimes avant que ne s'éteignent leurs prunelles. Il était bien trop vigoureux. Je ne m'en sortirais pas. Malgré l'insupportable tension, je résistais. Une chose me différenciait des femmes auxquelles il s'était attaqué : mon col empesé bien accroché autour de ma nuque, assez large et rigide pour me laisser un peu d'air.

Soudain, ma main trouva la tige métallique du canif enfoui dans ma poche. Du bout du pouce, je l'ouvris, et le plantai violemment dans l'avant-bras de mon agresseur. La lame acérée s'enfonça dans sa chair, entre radius et cubitus. Il resta interdit, sans comprendre ce qui lui arrivait, et relâcha la prise. Je sentis ses doigts glisser de ma gorge, le poids de son corps chavirer sur le côté. D'un mouvement furieux, je parvins à le renverser. Avec mes jambes courtaudes que tant de milles avaient rendues souples et musclées, je lui assenai de grands coups de pied. Comme un lynx, je visai son ventre. Il roula en arrière contre la clôture d'autel, chercha une arme du regard. Devant lui se dressait une massive croix en bois, qu'il saisit et précipita vers moi. Je reculai à la dernière seconde, sentant l'air siffler contre mon visage. Je me retrouvai contre les fonts baptismaux. Dans le socle de bois était enchâssée une coupe d'argent, j'en attrapai désespérément le bord et parvins tant bien que mal à la soulever. Je la brandis comme un bouclier pour me protéger du second coup. La croix la percuta avec un son de cloche.

– Jééésus ! hurlai-je. JÉÉÉÉSSUSSSS…

Dix fois répété d'une voix puissante, mon appel implorant roulait vers la porte de l'église, dévalait la butte, traversait les prairies et ne pouvait manquer de parvenir jusqu'aux oreilles des ouvriers des forges et des filles de ferme. N'y avait-il donc personne qui m'entendît ? À l'aide de la coupe, je parai une autre attaque, serrant toujours mon canif dans l'autre main.

– JÉÉÉÉSSSUUUSSSS....

Michelsson avait le bras en sang. D'un coup de pied agile, il fit voler la coquille de baptême, qui fusa en tintant dans la pénombre. Je vacillai en arrière, et le vit prendre son élan pour le prochain assaut, de côté cette fois. Il visait ma tête. Je rampai pour tenter de lui échapper, mais ne réussis pas à me relever à temps. Déjà, il s'élançait, pied levé, et me frappait de toutes ses forces. Je tentai en vain de me dégager, j'étais bien trop lent. Désespéré, je levai les bras en l'air et fermai les yeux, attendant que le Ciel s'écrasât sur moi.

C'est alors que retentit un bruit sourd. Le bruit du bois que l'on fend. Michelsson s'abattit sur moi, le corps désarticulé, roula sur le flanc. Le deuxième coup tomba. Au milieu de l'église flottait le lourd crucifix de l'autel portant le doux regard du Christ. Un instant, la lumière du soir irradia le visage du Sauveur, la croix rayonna comme de l'or avant de heurter une troisième fois le garde champêtre. Il mugit de douleur et de peur mêlées. Puis, tel un Diable vêtu de noir, il se redressa et fila en boitant entre les travées.

Jésus s'éleva une nouvelle fois, tourna son visage vers moi. La traverse s'était rompue, mais le Christ étendait toujours les bras comme s'il s'apprêtait à voler, à planer vers le ciel, le Ciel qui était sien. Quand il vint se réinstaller doucement sur l'autel, je vis qu'il était porté par une femme : Milla Clementsdotter. Une petite femme maigre, vêtue d'une vieille robe lapone. Toute haletante, elle me regardait qui gisais là, gémissant dans mon délire.

– Milla, tu m'as sauvé... Milla, chère Milla.

Ses lèvres s'entrouvrirent, sans laisser échapper aucun mot. Elle leva la main, esquissa le signe de croix, puis se retourna et fila à pas feutrés dans ses bottines à bouts pointus. Le tout dans un merveilleux silence. Elle avait tout d'un rêve.

Je me relevai péniblement, étourdi de douleur. Un morceau de bois était resté sur le sol – la traverse brisée du crucifix. Je la posai sur l'autel, peut-être pourrait-on la recoller. Et je sortis clopin-clopant de l'église, en m'appuyant aux dossiers des bancs.

69

La condamnation de Jussi Sieppinen tomba par un matin froid et pluvieux. L'inculpé était déclaré coupable du meurtre de Hilda Fredriksdotter, de la tentative de viol sur Jolina Eliasdotter et de son meurtre, d'une tentative d'agression sur une fille de ferme, ainsi que d'un vol d'espèces. Les preuves fournies par le procureur et les aveux écrits de l'inculpé avaient été estimés suffisants pour juger de l'affaire. La peine de mort prononcée serait infligée par décapitation.

J'appris la nouvelle alors que je me trouvais chez moi, alité sur la banquette réchauffée d'une fourrure à la senteur d'écorce et de fourmilière : la peau fraîchement tannée de l'ourse, dont les paysans m'avaient fait présent en guise de dîme, lorsqu'ils avaient entendu dire que j'étais souffrant. Car ils lui prêtaient des vertus curatives.

– Celui qui couche sur une peau d'ours ne meurt jamais, m'avaient-ils assuré.

La nouvelle du verdict me paralysa. Brita Kajsa, assise à mon chevet, me caressait délicatement le front. Je m'efforçais de rester tranquille, encore tout endolori par la volée de coups que j'avais reçue. Par miracle, aucun os n'avait été brisé, mais je sentais mes incisives branlantes dans la gencive, et me doutais qu'elles ne retrouveraient jamais leur solidité d'antan.

– La décapitation, répétai-je avec désespoir.

– Tu as fait de ton mieux, cher époux.

– Je n'ai pas été capable de sauver Jussi. Il aurait pu être notre fils, Brita Kajsa !

– Tu t'es battu comme un lion.

– Donne-moi du papier, il faut faire appel. Va chercher l'encrier !

Alors que je rassemblais mes forces pour me redresser, elle posa sa paume sur ma poitrine.

– Plus tard, dit-elle d'un ton ferme.

Puis elle massa prudemment mes côtes blessées.

– Est-ce vraiment Michelsson qui t'a mis dans cet état ?

– Lui et personne d'autre.

– Et c'est lui aussi qui s'en est pris à toutes ces filles ?

– Je l'avais déjà soupçonné auparavant, mais je savais que le meurtrier était gaucher et j'avais remarqué que Michelsson écrivait de la main droite. Longtemps, je n'ai pas fait le lien. Et puis je me suis rappelé ce que Juhani Raattamaa m'avait raconté.

– Quoi donc ?

– Cet été, quand il est passé, Raattamaa m'a expliqué qu'à l'époque il forçait ses élèves gauchers à écrire de la main droite. Or Michelsson l'a eu comme instituteur. C'est pour cette raison qu'il écrit d'une drôle de manière, le poing gauche serré dans le dos.

Brita Kajsa hocha la tête d'un air sévère.

– Il faut le dénoncer.

– À qui ? Je ne fais pas confiance au commissaire Brahe.

– Tu as blessé Michelsson au bras.

– J'aurais dû tendre la joue gauche ?

– Je veux simplement dire que c'est une preuve qu'il a porté la main sur toi.

– Il pourra toujours prétendre que je l'ai agressé le premier, et s'être défendu de bon droit. Sa parole contre la mienne.

– Tu comptes laisser courir ce monstre ? Michelsson est un carnassier, l'ours tueur qui a pris goût à la chair des femmes.

– Il a peur de moi, à présent. Il est probable qu'il décampe bientôt.

– Pour commettre d'autres crimes ailleurs !

Mon épouse voyait juste, elle, si futée. Mais que pouvais-je y faire ? Maintenant qu'on avait condamné Jussi, Michelsson ne pourrait être arrêté.

– Il paraît qu'hier il a rendu visite à Maria, m'apprit-elle.

– Ils prévoient de s'enfuir ensemble, tous les deux. Je pense que c'est elle qui lui a soufflé où Nils Gustaf cachait son magot. Et c'est ainsi qu'a germé chez lui l'idée de l'assassiner.

– Il faut que ce soit le Diable en personne, commenta Brita Kajsa.

– C'est bien ce que je pense.

– Il a essayé de te tuer !

– Il n'aurait pas tué l'Éveil. Même si j'étais tombé raide mort devant l'autel, le mouvement aurait continué de vivre après moi. L'Éveil, lui, ne sera jamais décapité.

Brita Kajsa me serra la main en silence.

– Nous n'en sommes pas encore au dernier acte, murmura-t-elle au bout d'un moment.

– À quoi penses-tu ?

– J'ai peur que les choses ne s'aggravent. Je sens monter quelque chose d'épouvantable.

– Ce ne peut être aussi terrible que tu l'imagines.

– J'ai rêvé de sang. De sang et de bâtiments en feu. Et de toi. Tu assistais à la scène, mais n'arrivais pas à les arrêter.

– Qui donc ?

– Des gens normaux qui se faisaient passer pour des anges. Ils avaient le visage blanc comme la craie, l'air d'avoir été frappés par la foudre.

– Tu penses à Kauto… murmurai-je.

Elle posa aussitôt le doigt sur mes lèvres tuméfiées et l'y maintint, tout en jetant un œil par-dessus son épaule. Il n'y avait personne.

Peu de temps après l'annonce du jugement, on emmena le condamné enchaîné dans le fourgon qui devait le transporter jusqu'à la prison d'Umeå. Je ne pus lui faire mes adieux. Il avait laissé derrière lui la bible que je lui avais prêtée. Je regrettai qu'il ne l'eût pas gardée. Enfermé dans son cachot, il eût pu parcourir des yeux la Parole divine, toucher le livre que j'avais moi-même eu tant de fois entre les mains, et où j'avais cherché consolation.

Étendu sur ma couche de malade, je feuilletais tristement la bible de Jussi, en quête d'un mot qui pût me réconforter en ces sombres heures. L'Ecclésiaste : *tout est vanité et poursuite du vent.* C'était incontestable, mais fort éloigné de ce que je désirais entendre ce jour-là.

Tandis que je tournais l'une après l'autre les fines pages, je sentis soudain d'étranges reliefs dans la marge. Je m'arrêtai, caressai le papier du bout des doigts, le sentis marqué de petits plis. On avait dû manipuler ce volume sans ménagement. Peut-être pourrais-je y remédier en le mettant sous presse ? Quelques pages plus loin, je remarquai la même chose, et mon agacement s'accrut. À qui imputer pareille négligence ? J'avais toujours pris grand soin de mes livres. Très tôt, j'avais appris à Jussi à les manier avec précaution, c'était la condition même pour qu'il pût approcher de ma bibliothèque. Étaient-ce les gardiens de prison qui avaient chiffonné ma bible de leurs pattes grossières, en fouillant le prisonnier ? Alors que je m'apprêtais à feuilleter encore, je restai pétrifié, fixant le papier.

– Selma, apporte-moi de quoi écrire, lançai-je.

La plus jeune de mes filles apparut avec l'encrier.

– Non, un crayon tendre, précisai-je. Celui qui est sur mon bureau.

Elle ne tarda pas à revenir. J'examinai la page et hésitai une seconde, réticent à l'idée de souiller la Parole de Dieu. Mais je me résolus à poser la mine sur le papier, et commençai à colorier soigneusement la surface abîmée. Peu à peu, les vilains plis se transformèrent en petits signes blancs.

Ma loupe me confirma qu'il s'agissait de lettres. Une succession de lettres formant des mots. Écrits en same, par mesure de précaution. Jussi s'était rappelé l'astuce que je lui avais montrée, et il avait trouvé un objet pointu pour griffonner, peut-être une aiguille.

Je passai la soirée au lit à déchiffrer le texte, prenant à peine le temps de dîner. Quand Brita Kajsa m'adressait la parole, elle me trouvait plongé dans un autre monde. Jussi avait écrit. Sur son existence. Sur son enfance, sur les temps sombres qu'il avait vécus avant que je ne croise son chemin. Sur Anne Maaret, sa sœur, surnommée le Lapereau, avec son derrière écorché. Elle qui était restée tandis qu'il avait fui.

Je posai la loupe et me frottai les yeux. Je n'avais jamais rien lu de tel. C'était le début d'un roman. Un tableau de la réalité telle que nous la connaissions ici, dans le Nord, loin des salles de classe et des amphithéâtres.

Si ce garçon du petit peuple, un Lapon, y était arrivé, d'autres suivraient. Paysans, éleveurs de rennes, chasseurs, pêcheurs, servantes et bûcherons. Un jour, tous pourraient raconter leurs vies par eux-mêmes. Au lieu de dépenser leur argent en bouteilles d'eau-de-vie, ils achèteraient des livres, et se réuniraient le soir pour parler de la lumière du ciel, des fleurs des champs, et de tout ce que signifie être un homme.

Lorsque je me recroquevillai sous la couverture, ma femme dormait à poings fermés. Dehors régnait l'obscurité, quelques étoiles dardaient le bout de leurs branches à travers le plafond céleste. Il ne fallait pas qu'ils puissent tuer Jussi. Telle fut ma pensée, au fond de mon lit. D'une manière ou d'une autre, je devais le sauver.

70

L'hiver approchait. De puissants vents du nord poussaient sur nos contrées d'épais bancs de nuages et des pluies incessantes. Quoiqu'il m'en coûtât dans ma chair contusionnée, je me forçai à sortir par un temps épouvantable, et remontai la route mouillée et verglacée de Pajala. J'approchai du grand corps de ferme qui abritait la chambre de garde du commissaire et son bureau, frappai à la porte et entrai.

Le garde champêtre Michelsson était à ses écritures. En me voyant, il leva du papier sa plume d'acier. La bouche contractée sur les dents, il sécha l'encre à l'aide d'un buvard et me lança un regard impénétrable.

– Je cherche le commissaire, dis-je.

– Il est en voyage.

Le poêle répandait dans la pièce une chaleur dévorante. Je soulevai ma sacoche, retirai le tissu trempé dont je l'avais enveloppée, puis l'ouvris.

– J'ai apporté notre requête : Jussi Sieppinen fait appel de sa condamnation auprès du tribunal du Haut-Norrland. J'aimerais remettre ce document en mains propres au commissaire afin qu'il le transmette.

– En l'absence du commissaire, je suis en charge des formalités.

Il y avait dans sa voix de la retenue et un enrouement léger. Il m'observait de ses yeux d'un bleu d'encre, sans laisser paraître la moindre émotion à la vue de mes blessures. Mes lèvres avaient commencé à cicatriser, mes ecchymoses viraient au jaune.

– Dans ce cas, je voudrais un reçu.

Je posai la lettre sur la table. De l'un des tiroirs, il sortit une liasse de feuilles, s'arma de sa plume et remplit de la main droite le reçu, gardant la gauche derrière le dos, comme lui avait jadis appris à le faire son maître Raattamaa. Entre ses doigts effilés, la plume grattait le papier, formant comme toujours de belles lettres soignées. Il avait une écriture bien plus élégante que la mienne. Il posa le buvard et passa prestement un rouleau sur le papier, avant de me le tendre. J'esquissai le mouvement attendu, mais au lieu de prendre le document, lui agrippai d'un coup le poignet et le vrillai d'un quart de tour. Un bref cri retentit dans la pièce. Il tira sur sa main prisonnière en me frappant le poing de l'autre.

– Tiens donc, aurait-on mal, Michelsson ? Aurait-on par hasard une blessure au bras ?

Il se leva, prêt à repartir à l'assaut. Je lâchai prise.

– Je ne vois pas à quoi vous faites allusion !

– Peut-être à notre... controverse, disons, concernant une certaine image en ma possession. L'autre jour, dans l'église de Kengis, si mes souvenirs sont bons.

– Vous faites erreur, monsieur le pasteur.

Il avait opté pour un ton courtois. Cette correction, alliée à sa position de garde champêtre, le rendrait très convaincant dans une salle d'audience.

– J'ai naturellement raconté à mon épouse votre offensive contre ma personne. Elle est disposée à témoigner contre vous.

– J'ignore de quoi vous voulez parler. L'auteur des crimes commis cet été a été arrêté et condamné. Il sera bientôt décapité. Si monsieur le pasteur venait à répandre des calomnies sur mon compte, il faudrait qu'il s'attende à une plainte pour faux témoignage.

N'avais-je pas entraperçu un sourire sur son visage, une fissure où perçait la raillerie ?

– Vous tuerez de nouveau, constatai-je. Vous y avez pris goût.

– Je prie monsieur le pasteur de bien vouloir nous laisser en paix, ma future femme et moi.

– Votre femme ? Vous voulez dire Maria ?

Michelsson acquiesça vivement.

– Nous estimons que vous n'êtes pas l'ecclésiastique le plus à même de célébrer notre union, et nous irons donc bientôt nous installer ailleurs.

– Avec l'argent dérobé à Nils Gustaf.

– Ayez l'amabilité de prendre congé, j'ai beaucoup à faire, rétorqua-t-il avec un geste inamical vers la porte.

– Vous saignez, fis-je remarquer.

J'avais dû rouvrir la plaie de son avant-bras. L'étoffe de sa manche était devenue plus foncée, une goutte rouge s'écrasa sur la table.

– Du tout, répondit-il.

D'un geste familier, il attrapa le buvard et le pressa contre la table. La goutte de sang disparut. Puis il jeta le buvard dans le poêle et regarda les flammes le dévorer, tandis que je boutonnais lentement mon manteau. Je sortis en silence sous la pluie battante.

Comme je rentrais, trempé et grelottant, dans la chaleur de la maison, Brita Kajsa vint à ma rencontre dans le vestibule et m'annonça à voix basse :

– Le pasteur a de la visite.

Quelque chose dans son ton suscita ma méfiance. J'entrai dans la maison et souhaitai la paix à la visiteuse, une jeune Lapone, toute fluette sur son tabouret. Elle posa son regard sur moi sans rien répondre. Je m'arrêtai net. Milla, pensai-je. Milla Clementsdotter…

Mais ce n'était pas Milla, réalisai-je aussitôt. J'avais croisé cette femme tout récemment, dans un passé bien plus frais que mon passage à Åsele.

– Je l'ai trouvée dans l'étable, me murmura Brita Kajsa à l'oreille. Elle se cachait dans le foin, mais j'ai bien vu que les bêtes étaient agitées.

– Dans l'étable ?

– Je pense qu'elle a trait nos vaches et bu leur lait. On dirait bien qu'elle est là depuis plusieurs jours. J'ai essayé de l'interroger, mais elle refuse de parler, je n'ai pas réussi à lui soutirer un mot.

Je m'approchai prudemment de la jeune femme. Sa robe, très usée, semblait faite de vieux chiffons raboutés. Je pris sa main glaciale dans la mienne.

– Que la paix du Seigneur soit avec toi, dis-je de nouveau, cette fois en same.

Elle ne paraissait pas m'entendre, mais me serra la main avec une force insoupçonnable. Ses doigts me pinçaient à faire craquer mes cartilages. Je voulus me dégager, en vain, elle ne me lâchait pas, ses doigts griffus comme plantés dans ma peau. Sa mine était transie à faire peur. Avec son petit nez en forme de museau et ses sourcils arqués, elle m'évoquait un animal.

– Je t'ai d'abord prise pour Milla d'Åsele, dis-je d'un ton aussi bienveillant que possible.

Elle hocha brièvement la tête.

– Mais je te reconnais, maintenant. C'est toi qui m'as défendu dans l'église, c'est toi qui m'as sauvé la vie.

Tout doucement, je la pris comme un bloc de glace entre mes bras et la laissai se réchauffer contre moi. Poussant un gémissement de souris, elle lâcha enfin prise. Je la sentis s'animer et reprendre son souffle.

– *Mun lea… lea*, balbutia-t-elle d'une voix étonnamment rauque.

À croire qu'elle s'était blessé les cordes vocales à force de crier.

– Je sais qui tu es, murmurai-je. Anne Maaret, la sœur de Jussi.

Elle sentait fort la sueur et les marécages, elle avait dû marcher des milles et des milles.

– Elle n'a rien voulu manger, reprit Brita Kajsa sur un ton de quasi-reproche.

– Maintenant, elle se laissera faire. N'est-ce pas, Anne Maaret ? Tu mangeras bien quelque chose ?

Je la menai vers la table de la cuisine. Brita Kajsa lui apporta un bol de bouillie et une cuillère. Je m'assis sur la chaise à côté, et regardai la jeune femme se pencher et flairer la nourriture comme un renard. Elle attrapa gauchement la cuillère entre le pouce et l'index, la dressa devant elle et étudia son reflet déformé dans le métal luisant. Avec lenteur et maladresse, elle découpa la bouillie du dos de l'ustensile puis avança la bouche contre le rebord du bol pour gober les morceaux. On eût dit un nourrisson qui s'aventure à manger tout seul. Peut-être avait-elle froid aux mains.

Je me tournai vers mon épouse. Elle semblait incommodée. Elle me vit masser les articulations de mes doigts que notre invitée avait endoloris de sa poigne de fer.

– C'est la sœur de Jussi, précisai-je. Anne Maaret.

Brita Kajsa la regardait dévorer goulûment la bouillie.

– Encore ? lui demanda-t-elle. Tu en veux plus ?

Oui, Anne Maaret en voulait davantage. Pendant que je puisais dans la marmite pour remplir son bol de bouillie, Brita Kajsa commença à lui arranger un lit sur le sol. À l'endroit même où Jussi avait trouvé sa place.

Quand je me levai le lendemain matin, Anne Maaret avait disparu. Je me repliai dans mon bureau, pensif, et la trouvai par terre, au pied de la bibliothèque. Elle avait posé un livre ouvert devant elle, et remuait doucement les lèvres sans émettre aucun son. Personne, dans cette maison, n'osait pénétrer ainsi dans la pièce. Personne à part Jussi.

Lorsque je m'assis sur ma chaise, Anne Maaret ne leva pas les yeux, on eût dit que c'était moi qui faisais intrusion dans son univers. Je connaissais bien l'ouvrage qu'elle avait choisi : l'autobiographie de l'évêque Sundell, un ouvrage, selon moi, aux qualités littéraires assez médiocres.

– Tu sais donc lire ?

Elle opina.

– Aurais-tu été instruite par Juhani Raattamaa ? Ou par l'un de mes catéchistes ?

– C'est mon frère qui m'a appris.

Je tressaillis.

– Jussi ? Quand aurait-il trouvé le temps de t'apprendre ?

– Quand il venait me voir.

Alors je pensai aux longues périodes durant lesquelles Jussi s'était éclipsé. Des semaines durant, parfois des mois, il s'absentait pour revenir du jour au lendemain, aussi abruptement qu'il avait disparu.

– Comment s'y prenait-il ? demandai-je.

– Il dessinait dans la terre.

– Il traçait les lettres et les prononçait ?

Petit hochement de tête. Je les imaginai tous deux, un garçon et une fille descendant vers la rivière. Là, près du gazouillis de l'eau, un petit banc de terre glaise les attend. Jussi attrape un bâton et se met à dessiner des signes en zigzag.

– A, dit-il. Aaaaa…

– Aaa, répète-t-elle.

– Aannnneee… énonce-t-il, le bâton pointé sur les étranges fioritures.

– Aaannne… Anne !

– Jussi aurait été un bon catéchiste, marmonnai-je à moitié pour moi-même.

– Mmh.

– Qu'est-ce que tu faisais là-haut, Anne Maaret ?

– Je m'occupais du père et de la mère.

– Jussi ne m'a jamais parlé d'eux. Je le croyais orphelin.

– Ils sont morts, maintenant. Depuis cet été.

– Voilà qui est bien triste.

– Ils buvaient, ajouta-t-elle d'une voix fragile où ne passait qu'un filet d'air.

Je ressentis pour elle un profond élan de tendresse, j'aurais voulu l'embrasser de nouveau.

– Mon père aussi s'adonnait à la boisson…

J'avais beau avoir écrit sur le sujet dans un article du *Cri dans le désert*[1], l'évoquer m'était difficile. Les rugissements d'ivrogne de mon père à la moindre

1. *Ens Ropandes Röst i Öknen*, journal publié par Laestadius entre 1852 et 1854.

contrariété domestique. Ma mère qui, des mois durant, devait se débrouiller seule avec nous, pendant qu'il faisait affaire sur la côte. Petrus et moi qui entendions les coups à son retour, voilà le pire, l'entendre la battre sans pouvoir aider la pauvre femme, nous cacher sous la table de la cuisine comme des chiots apeurés.

– Es-tu venue lui annoncer leur mort ?

– Il est déjà au courant.

Un instant, elle ferma les yeux.

– Je suis venue le chercher.

– Mais il… Tu ne sais donc pas ? Il a été condamné pour viol.

– Il n'est pas coupable.

– Je sais, m'empressai-je d'ajouter. J'étais son avocat au procès, mais le tribunal ne m'a pas écouté.

– Où est mon frère ?

– On… on l'a emmené à Umeå. Le jugement est en appel, il reste l'espoir qu'il soit gracié.

– Gracié ?

– Gracié… Jussi a été condamné à la décapitation. Que Dieu nous pardonne.

Elle me fixa d'un œil vide.

– Il ne peut pas avoir fait ça, reprit-elle. C'est forcément quelqu'un d'autre.

– Oui, confirmai-je faiblement.

– Celui qui vous a frappé dans l'église. C'est lui.

Ses pupilles ressemblaient à deux boutons noirs. Le long de son col rampait une bestiole ventrue – un gros pou d'étable.

– Mais comment faire tomber cet homme ? Comment emprisonne-t-on un garde champêtre ?

– C'est lui qui doit être décapité, pas mon frère.

– Tu aimerais peut-être te laver, l'interrompis-je en lançant un regard à Brita Kajsa. Je vais demander à la servante de chauffer le sauna.

Elle dégageait une odeur forte qui emplissait la pièce, lichens détrempés, gras de viande rance. Le genre de senteurs qu'on préfère éviter entre quatre murs.

– Nous avons aussi des vêtements propres, continuai-je. Nous nettoierons les tiens, et les poux iront griller sur les pierres du sauna.

Elle chercha ma main, essaya de nouveau de me pincer. Mais cette fois, je la pinçai en retour.

– Les poux sont comme les péchés, déclarai-je. Ils nous contaminent de temps à autre, tous autant que nous sommes.

Cette nuit-là, je rêvai de Milla Clementsdotter. Elle se tenait devant une église. C'était l'hiver et une foule de gens se pressait là, des paroissiens qui attendaient d'entrer pour l'office. J'avançai jusqu'à la porte, trousseau en main, et glissai la clef dans la serrure. Mais elle était trop petite. J'essayai avec une autre, trop grande cette fois. Sentant la nervosité monter, j'enfonçai les clefs les unes après les autres, essayai toutes celles que comptait le grand trousseau, mais aucune ne fonctionnait. Les gens commençaient à se plaindre, ils m'accusaient de fourberie. De les avoir trompés en les faisant venir. L'église était en piètre état, me montrèrent-ils, et je ne pus que constater qu'ils disaient vrai : les murs pourrissaient, le toit risquait de s'effondrer, des carreaux étaient cassés çà et là. Je reculai, effrayé, priai l'assemblée de se mettre à l'abri. Mais personne ne m'écoutait, ils s'approchèrent, s'armèrent d'objets menaçants, bûches, pierres, et l'un d'eux brandit son couteau. C'en est fini de moi, pensais-je déjà, quand une voix claire et pénétrante se fit entendre, perçant le tumulte. Tout le monde se retourna. C'était Milla, montée sur un banc d'église que quelqu'un avait apporté. Elle s'adressa à la foule. Lorsque je m'assis près d'elle, je m'aperçus qu'elle était bien plus grande que moi, et à mesure qu'elle parlait, elle grandissait encore, jusqu'à se muer en géante. Elle prêchait d'une voix forte à faire trembler l'église, exprimait une rage céleste à laquelle je n'avais jamais été confronté. La foule, saisie par ses paroles, serrait les poings, hommes et femmes hurlaient comme des loups, et bien loin de s'en prendre à elle, tous se rangeaient de son côté. Comme elle, ces petites gens commencèrent à grandir, à se transformer en géants. J'étais le seul à garder ma taille normale, et le pasteur fut bientôt devenu le nain de la paroisse. Soudain retentit un grondement de tonnerre. Je me retournai. L'église vacillait sur ses fondations. Elle s'écroula dans un interminable fracas.

71

Le lendemain matin, Anne Maaret était partie. On l'avait vue déposer les habits propres dans le sauna, puis disparaître, m'apprit-on.

– Je n'ai pas l'impression qu'elle ait dormi ici cette nuit, remarqua Brita Kajsa. Son lit n'a pas été défait.

L'inquiétude montait et je ne savais que répondre. Ma femme me servit un morceau de poisson bouilli de la veille. Une chair blanche et tendre que je pinçai pour en libérer les arêtes.

– De quoi mon cher pasteur a-t-il rêvé ? me demanda-t-elle.

– De quoi j'ai rêvé ?

– Tu faisais tanguer le lit chaque fois que tu te retournais. Et tu parlais.

– Vraiment ?

– Milla, répétais-tu. Milla, Milla.

– J'ai rêvé de l'Éveil.

– Ah oui ?

– Mais peut-être ne s'agissait-il pas de cela. Il y avait une force au sein du peuple. Une force grandissante, je sentais la rage de ces pauvres gens qui cherchait à se déverser.

– Et que s'est-il passé ?

– Je ne me rappelle pas.

– Mais si, tu te souviens parfaitement.

Comme souvent, Brita Kajsa semblait lire dans mes pensées. Je tentai un rire qui sonna comme une quinte de toux.

– L'église s'est écroulée, murmurai-je.

– Détruite ?

– Elle était déjà toute vermoulue. Et elle s'est effondrée.

Je léchai le bout de mes doigts luisants du gras de poisson et inspirai :

– À ton avis, ma tendre épouse, l'Éveil touche-t-il les femmes plus profondément que les hommes ?

– C'est ce que je me dis bien souvent.

– Mais pourquoi ? Les femmes seraient-elles plus proches de Dieu ?

– Les hommes ont davantage à perdre.

– Comment se fait-il que nous convainquions plus de pauvres que de riches ?

– Les riches ont davantage à perdre.

– Les riches et les hommes ont autant à gagner, protestai-je. N'aspirons-nous pas tous à la vie éternelle ?

– Serait-ce encore un de tes fameux jours de doute ? me lança-t-elle d'un ton faussement rude.

– Je me demande juste si le monde sera réellement meilleur le jour où les opprimés commenceront à se dresser et à élever la voix.

– Tu veux dire que les femmes ne devraient plus se taire dans les assemblées ? Tu devrais apprendre à l'une d'elles à prêcher.

– Les hommes écouteront-ils une femme ?

– Mon cher époux a bien écouté Milla d'Åsele. C'est sa parole qui a inspiré l'Éveil, il me semble !

– Oui.

– La parole d'une femme.

– Je me dis simplement… que l'humanité pourrait bien affronter des temps difficiles. Un monstre s'est réveillé, au fond de sa grotte.

– Tu ne crois tout de même pas aux Dragons ?

– Les Dragons de l'alcool, du vol et de l'orgueil. Quelle époque vivront les générations à venir, nos pauvres petits-enfants, nos arrière-petits-enfants ?

– Celle qu'on appellera vingtième siècle.

– 1900… Quel drôle de chiffre. Un et neuf, le plus élevé et le plus bas côte à côte.

– Comme dans la vie.

– Comme dans la guerre.

Brita Kajsa ne répondit rien. Je vis à l'expression de son visage que j'avais réveillé son angoisse. Elle avait fini son assiette, quand j'avais à peine commencé. J'aurais voulu atténuer mes propos, lui répéter que j'avais mal dormi, mais elle s'était levée de table et s'affairait déjà à ses activités matinales. Ma main tremblait, des aigreurs me montaient à la gorge.

72

Les hauts murs de la prison d'Umeå ruisselaient sous la pluie automnale. Le directeur Thorstensson, assis à son bureau, parcourait son courrier. Pour l'essentiel, des commandes à passer avant l'hiver – céréales, chaussures, uniformes pour détenus – mais aussi une lettre rédigée de la main d'un professeur d'université, qui avait appris l'exécution prochaine d'un jeune Lapon et se disait très intéressé par le crâne. Afin qu'on le lui fît parvenir, il avait joint une caisse remplie de sel, libellée à son adresse.

L'un des gardes entra, goutte au nez. Il s'appelait Holmlund, un blondinet de Sävar qui avait toujours peur de mal faire. Ne voulant prendre la parole sans y être invité, il resta planté là, à racler ses brodequins, puis retira sa casquette et la plaqua contre sa poitrine.

– Oui ? marmonna Thorstensson.

– La revoilà. La sœur du condamné à mort.

– La Lapone ?

– Elle lui a apporté de la nourriture.

– Quel genre de nourriture ?

– Du pain et du beurre.

Thorstensson jeta un œil par la fenêtre garnie de barreaux en fer, comme celles des cellules des prisonniers. La pluie battait le carreau.

– Le condamné s'est-il bien conduit ?

– Rien à signaler, répondit Holmlund.

– Il est bien séparé des autres détenus ?

– Comme le souhaitait monsieur le directeur.

– Bien, alors accordons-lui cette visite. Mais fouillez ces provisions, que la fille n'y ait rien caché.

– Naturellement, monsieur le directeur.

– Elle vient donc tous les jours ?

– Sans exception. Mais elle... Je crains qu'elle n'ait volé ces denrées en ville.

– En êtes-vous sûr, Holmlund ?

– Elle est si pauvrement vêtue. Comment une Lapone misérable aurait-elle de quoi s'offrir du beurre ?

– Je vous félicite pour votre vigilance, Holmlund. Vous pouvez disposer !

Le gardien exécuta le salut militaire et retourna à sa guérite, près du deuxième mur d'enceinte. La fille l'y attendait, avec son balluchon, vêtue de sa robe en loques. Elle avait le visage crasseux et dégageait une odeur piquante de brûlé. La mine sévère, Holmlund renversa la miche sur la table et la réduisit en miettes. Il hésita à s'attaquer au morceau de beurre, mais finit par l'attraper à pleines mains et l'écrasa, faisant jaillir la graisse jaune entre ses doigts. Puis il flanqua la bouillie obtenue dans le torchon douteux de la fille et s'y essuya la main.

– Monsieur le directeur vous accorde une visite, déclara-t-il sèchement.

– Merci, murmura-t-elle avec une révérence.

Il l'escorta jusqu'à la cellule du condamné à mort Jussi Sieppinen et ouvrit la porte. Le prisonnier, aussi maigre que sa sœur, était assis en boule sur sa couchette, les jambes recroquevillées. Holmlund les dépassait tous les deux d'une tête.

– Menottes !

Jussi tendit les mains, le regard suppliant.

– Pas trop serré, pria-t-il. Par pitié, Holmlund, pas trop serré.

Entre-temps, Anne Maaret avait pétri les miettes en une grosse boulette, qu'elle tartina généreusement de beurre avant de la présenter à Holmlund. Ce dernier saisit les fers, accrocha l'une des extrémités au mur du cachot et fixa l'autre, sans trop serrer, au poignet de Jussi. Puis il accepta avec un plaisir visible le don de la visiteuse, et se posta à l'entrée de la cellule, où il savoura religieusement le morceau de pain de campagne. De l'extérieur, il entendait le frère et la sœur discuter en lapon, cette langue bestiale qui faisait frissonner tous les chrétiens. Les chaînes se mirent à cliqueter, signe que le garçon commençait à manger. À quoi bon lui faire ce genre de faveurs, pensa-t-il, puisque le pauvre gamin n'aurait bientôt plus de tête.

Dans la cellule, hors de la vue du gardien, Anne Maaret avait pris l'avant-bras de son frère, et enduisait soigneusement son maigre poignet de beurre, des deux côtés des menottes, afin que sa peau fût huileuse et glissante.

Lorsque Holmlund rouvrit la porte et annonça que la visite était finie, la fille sanglotait désespérément, le visage enfoui dans les mains. Son frère, toujours prostré sur sa couchette, semblait prier. Il avait la face déformée, les cheveux lui tombaient sur le visage. Au coin de ses lèvres s'écoulait de la salive. Le gardien décida de laisser le prisonnier enchaîné jusqu'à ce qu'il retrouvât son calme. Il claqua la porte, la verrouilla à double tour, secoua par précaution la poignée. Puis il raccompagna la Lapone en pleurs le long des couloirs de pierre. Ils passèrent le premier porche, puis le second. Quand il tenta de lui parler, elle ne répondit que d'un hochement de tête fébrile. Non sans soulagement, il regarda s'éloigner ses souliers à bouts recourbés sur le pavé trempé de la rue. Volé ou non, ce beurre était un régal, du bon beurre des campagnes de Botnie occidentale.

73

Un matin de la fin du mois d'octobre, la paysanne Elina Mukka cheminait le long de la route cahoteuse menant de Kengis à Pajala. Le gel nocturne des derniers jours avait rendu le terrain glissant, et ses bottines à semelles lisses ne cessaient de déraper entre les nids-de-poule. Il serait sans doute plus commode, se dit-elle, de longer les ornières en marchant à couvert du bois. Ainsi fit-elle. Et c'est alors qu'elle découvrit le corps, presque invisible dans les taillis. Le bras droit tendu comme pour embrasser la terre, le gauche plié derrière le dos. Les doigts écartés dans l'herbe gelée étaient d'une pâleur bleuâtre. Mais Elina fut par-dessus tout épouvantée par la tête, qui gisait à quelque distance, arrachée au tronc. Au milieu de l'entaille, la trachée béante s'ouvrait telle une bouche cernée de caillots. Le crâne, privé de la casquette qu'elle aperçut un peu plus loin, était dégarni, presque chauve. À l'arrière apparaissait un cratère où se mêlaient des débris d'os et de membranes.

– *Jumalan autao*... gémit la paysanne, le rabat de son tablier contre la bouche.

Elle connaissait l'homme. Derrière ses paupières mi-closes, ses iris semblaient recouverts d'une fine pellicule brillante.

C'était le garde champêtre. Le garde champêtre Michelsson.

J'appris la nouvelle de l'un des fils de cette femme. Même si l'hiver approchait, le gamin accourut pieds nus, avec la rapidité d'une belette, et dès qu'il m'en eut informé, il détala vers la ferme voisine. Je me dépêchai d'enfiler mes bottes et mon paletot, puis me dirigeai vers les lieux de cette funeste découverte. Une douzaine de fermiers des environs les plus proches y étaient déjà rassemblés. Ils ôtèrent leurs casquettes et s'inclinèrent. Je me frayai un chemin à travers l'attroupement pour observer le mort. Le corps avait été déplacé, installé sur le dos, les mains jointes tant bien que mal sur la poitrine et la tête remise à sa place, le visage dissimulé sous la casquette. En le soulevant, je constatai qu'il avait fallu bien des efforts pour venir à bout de la gorge, en plus d'une profonde blessure infligée à l'arrière du crâne. Le meurtre avait été commis au moyen d'une hache, et le coup sur la partie postérieure de la tête probablement porté alors que le garde champêtre passait par là, sans se douter de rien. L'angle d'attaque indiquait que le criminel était plus petit que sa victime.

– Le commissaire Brahe a-t-il été prévenu ?

– Il est en route.

Dans la terre abondamment piétinée, je pus suivre les traces de sang montrant que le corps avait été traîné depuis la route vers les bosquets. À en juger d'après la quantité de couleur rouge, la victime avait été décapitée par ici, sous les arbres. Un instant plus tard, je découvris les branches derrière lesquelles le criminel s'était tenu en embuscade. La mousse y était écrasée, et à gauche d'un sapin se devinait dans la terre la marque longue et fine d'un objet pesant, formant les contours d'une tête de hache. Le meurtrier avait attendu en tenant son arme de la main gauche, appuyé contre le tronc. Lorsque j'aperçus les traces des petites bottes pointues à semelles lisses, mon estomac se noua.

Je m'empressai de fouiller les poches de Michelsson : un mouchoir sale, quelques pièces de monnaie, ainsi qu'une montre au bout de sa chaîne en laiton. L'assassin n'était donc pas à la recherche d'objets de valeur. Dans le manteau, je trouvai un crayon et quelques feuilles de papier que je dépliai aussitôt. Je reconnus les belles lettres soignées dont il avait le secret. Elles étaient assemblées en vers concis – manifestement, le garde champêtre aimait à rimailler. Ses mots exhalaient une haleine de prédateur qui me hérissa les cheveux dans la nuque. Chaque poème traitait de l'une des victimes.

Je me redressai et considérai l'assistance.

– Il n'y a plus rien à faire, déclarai-je d'un ton ferme.

Et je m'apprêtai à partir, tête baissée.

– Mais... monsieur le pasteur ne prie pas pour le défunt ?

– Si, marmonnai-je. Si, bien entendu.

J'exécutai mes rituels sacrés, puis me hâtai de partir avant l'arrivée du commissaire Brahe.

Le silence régnait au presbytère, on n'entendait que le murmure des rapides. Les gens de la maison ne se montraient pas. J'allai vers le bûcher, hésitai un instant, avant de me résoudre à entrer. La hache de Kengis marquée à mes initiales était à sa place, appuyée contre le billot. En examinant la tête de si belle facture, j'y distinguai des taches brunes. À première vue, on eût pu croire à des traces de rouille. Mais en y regardant de plus près, j'aperçus de petites touffes de cheveux collés. Je restai immobile un instant, respirant profondément. Puis j'emportai l'objet dans le sauna et le frottai à la brosse jusqu'à ce que toutes les traces aient disparu.

Les funérailles du garde champêtre Michelsson furent célébrées sous ma conduite à l'église de Kengis. Sa mère, une femme grande et maigre au visage gris de chagrin, avait fait le voyage depuis Pello et insisté pour que le fameux pasteur du village officiât.

– Mon fils parlait de monsieur le pasteur en si bons termes. Il envisageait même d'étudier lui aussi la théologie.

– Sa fiancée viendra-t-elle de Pello ? m'enquis-je, me rappelant soudain certains propos du défunt.

– Non, mon pauvre fils n'en a jamais eu. Il était très timide avec les femmes, vous comprenez. Un garçon si bien, si sensible, fit-elle d'une voix qui se brisa.

Et elle s'effondra en pleurs secs, désespérés. Mon homélie porta sur le juge tout-puissant que nous affronterions tous un jour. Qui passerait au crible nos actes quand nous nous tiendrions devant lui, transparents comme le verre, une fois mises à nu toutes nos turpitudes. Je puisai ensuite trois mesures d'humus et envoyai feu Michelsson aux Enfers, où il avait sa place. Le commissaire Brahe, quant à lui, prononça un éloge funèbre plein de sentiments en la mémoire de son collègue tombé au service de la communauté, soulignant les difficultés d'un métier qui s'attirait si facilement des ennemis. Personne, jamais, ne ferait vaciller le courage ni le sens du devoir des fonctionnaires de police. C'était à des hommes fidèles et dévoués comme le garde champêtre que l'on devait que le criminel de cet été fût aujourd'hui emprisonné à Umeå. L'assassin de Michelsson serait bientôt attrapé à son tour, promit Brahe d'une voix où éclatait l'émotion.

Puis on porta le cercueil au cimetière et on l'ensevelit dans la froide terre d'automne. Il eût fallu s'emparer du crâne, me dis-je. Le faire bouillir et l'envoyer à quelque musée de Stockholm.

De retour au presbytère, je chassai les gluantes civilités échangées avec des commissaires et des cabaretiers, en me lavant soigneusement les mains.

74

Au matin du 18 novembre 1852, quelques dizaines de Lapons investissent le village de Kautokeino, tout au nord de la Norvège. Une ardente fureur anime le groupe. Ses membres se réclament du mouvement d'Éveil commencé par le pasteur Lars Levi Laestadius. Proférant des mots d'ordre chrétiens aux accents guerriers, ils dételIent les rennes, s'arment de pieux arrachés à une clôture, puis se dirigent vers la maison du marchand Carl Johan Ruth. Le cortège se presse dans la cour avec des cris stridents. Ruth se trouve justement là, en compagnie du commissaire Lars Johan Bucht. Aslak Haetta, le meneur, s'élance vers ce dernier et l'invective :

– Convertis-toi !

Sans attendre de réponse, il le frappe de son gourdin. Bucht tente désespérément de se défendre. Un corps à corps violent éclate entre les deux hommes. Haetta se rapproche suffisamment pour mordre son adversaire au visage, lui sectionnant le nez. Bucht tente de brandir son couteau, mais Haetta se saisit de l'arme et la lui enfonce profondément au creux de l'aisselle. D'autres assaillants surgissent, dont Ellen Skum. Ils rouent de coups le commissaire, qui s'effondre à terre mais parvient à se relever, et fuit en titubant vers le logis des domestiques. Aslak Haetta l'y rattrape. Des bras maintiennent le commissaire pendant que Haetta lui plante son couteau dans le dos, juste sous l'omoplate.

Pendant ce temps, Ruth a cherché à porter secours à son ami, avec un bâton arraché à l'une des femmes. Mais il est vite maîtrisé, brutalement malmené, et tombe à la renverse. Plusieurs Lapones, Ellen, Kristen Spein, Berit Gaup et Marit Sara, frappent l'homme qui gît bientôt à terre, la boîte crânienne fendue, la nuque rompue, des éclats d'os plantés dans la cervelle. Thomas Eira achève l'œuvre en abattant son couteau dans la poitrine du marchand, puis, avec l'aide d'Ole Somby, plonge la lame dans le cœur jusqu'à la garde.

Malgré ses blessures, Bucht est parvenu à se réfugier dans la maison. Il chancelle dans les escaliers, s'enferme à l'étage dans la chambre des invités, s'écroule d'épuisement sur le lit. Mons Somby monte à son tour, et défonce la porte à coups de hache. Le combat continue, sans pitié.

– Il a encore les yeux qui bougent ! lance l'agresseur à ses camarades restés en bas.

Hommes et femmes se précipitent pour frapper le corps sans défense du commissaire. Aslak Haetta lui plante son couteau dans le thorax, la lame est arrêtée par le sternum. Lars, frère d'Aslak, se sert d'une bûche pour l'enfoncer jusqu'au manche. Le sang gicle, tandis que s'éteint la dernière étincelle de vie du malheureux.

Dès les premiers moments de l'attaque, la femme du marchand s'est enfuie, emportant dans ses bras sa benjamine. Elle fait irruption au presbytère :

– Ils sont en train d'assassiner Ruth !

Le pasteur Fredrik Waldemar Hvoslef vole à son secours. Mais il trouve le corps sans vie du marchand au milieu de la cour. Autour de lui, des créatures vêtues de peaux, qui ressemblent davantage à des bêtes féroces qu'à des hommes, s'acharnent encore sur le cadavre. Ils ne tardent pas à repérer Hvoslef et à le frapper à son tour. Celui-ci retire vite ses lunettes pour protéger ses yeux des éclats de verre. Des femmes, des hommes et même des enfants rossent le pasteur. Ils lui crachent au visage, déchirent sa chemise en lin. Aslak Rist se poste devant lui et gronde :

– Fais pénitence, enfant du Diable, assassin des âmes !

Ils tentent d'exorciser Hvoslef, usant de force brutalités et malédictions. Puis ils le ramènent au presbytère, dont les habitants se sont barricadés. Les assaillants brisent les fenêtres et s'introduisent dans la maison. La violence se déchaîne. Des heures durant, plusieurs de ceux qui avaient cru trouver ici refuge sont ligotés, traînés à terre et insultés. Tandis qu'Aslak Rist monte la garde, les femmes maltraitent leurs victimes : assises à califourchon sur leur ventre, elles les frappent au visage jusqu'à les défigurer. Certains perdent connaissance. Pendant tout ce temps, le pasteur prie à voix haute, répétant le nom de Jésus, qui semble adoucir un peu l'ardeur des tortionnaires.

Au bout d'un moment, une vive lumière venue de l'extérieur apparaît sur le mur de la cuisine. Aslak Rist entraîne Hvoslef sur le perron : la maison du marchand Ruth est en feu.

– Vois comment les pécheurs impénitents brûlent en enfer, commente Aslak.

Plusieurs des émeutiers se précipitent vers le magasin pour le piller avant que tout ne s'embrase. Hvoslef profite de ce bref moment de répit pour tenter d'apaiser les blessés. Il constate avec admiration que la femme de Ruth, tenant toujours sa fillette dans les bras, semble garder son calme, bien qu'elle vienne d'assister au meurtre de son époux. Mais les bourreaux ne tardent pas à revenir, et les coups reprennent de plus belle.

Il est presque quatre heures de l'après-midi quand est enfin lancée la contre-attaque. Plusieurs Lapons des environs ont rejoint le camp de la défense, dont Ole Thuri, Johannes et Isak Haetta. Ils passent à l'offensive à coups de pieux. Les rebelles Ole Somby et Marit Spein, grièvement blessés, mourront peu après. Les autres malfrats sont assommés.

La révolte de Kautokeino prend fin.

Trente-trois personnes sont inculpées pour meurtre, incendie criminel, coups et blessures, vol et menaces. Aslak Haetta et Mons Somby, condamnés à mort, seront décapités. D'autres purgeront de longues peines de prison. À la suite de ce bain de sang insensé, nombreux sont ceux qui prêtent une responsabilité particulière à un homme, estimant qu'il mériterait d'être jugé. Le fondateur du mouvement religieux dont se sont inspirés les rebelles. Le pasteur de Kengis.

Pour les partisans de l'Éveil, la chute est proche.

75

On réveilla Jussi Sieppinen à l'aube dans sa cellule de la prison d'Umeå. On lui offrit une tasse de café et une tranche de pain, mais il ne voulut rien avaler, visiblement tendu à l'idée de ce qui l'attendait. Le barbier coupa les longues mèches qui lui tombaient dans la nuque, pour la dégager en vue de l'exécution. Puis le condamné fut emmené, enchaîné, par deux gardiens. Dans la lumière grumeleuse du petit matin, quelques hommes à l'expression formelle et compassée s'étaient rassemblés dans la cour de l'établissement, près du billot. Le directeur Thorstensson sortit ses lunettes en métal d'un étui nacré, les posa tout au bout de son nez. D'un ton maussade, il lut à voix haute le jugement de la cour d'appel, puis la lettre rejetant la demande de grâce auprès de sa Majesté.

L'aumônier esquissa un pas en avant. D'une voix solennelle, il récita le Notre Père, avant d'évoquer avec une solennité empesée la grandeur de Dieu et le pardon des péchés. Même le pire des criminels, s'il reconnaissait humblement sa faute, aurait droit au repos dans le sein du Père. Une dernière chance était donc donnée au condamné, de soulager son cœur devant ces messieurs ici réunis, pour aller ensuite, l'âme purifiée, à la rencontre du Créateur. Jussi Sieppinen avait-il quelque chose à déclarer avant que l'on procédât ?

Le jeune Lapon les fusilla du regard sous sa longue frange.

– Je suis femme, dit-il dans son suédois maladroit.

Les hommes échangèrent des regards, ne sachant comment réagir. Malgré ses fers, le condamné parvint à agripper son pantalon d'uniforme et à le baisser. À première vue, en effet, le garçon semblait ne pas avoir de verge.

L'espace d'un instant, Thorstensson sembla statufié. Puis il se racla la gorge et ordonna au médecin de la prison de palper le détenu. Dans un silence embarrassé, ce dernier s'accroupit et, après examen, murmura au directeur que le condamné était dépourvu d'attributs virils. En revanche, il présentait sur le buste de petits seins emmaillotés.

– Comment Diable… ?! s'exclama Thorstensson.

Des murmures d'indignation parcoururent l'assistance. L'ambiance cérémonieuse que ces hommes s'étaient efforcés d'installer avait volé en éclats. Le bourreau, qui se cachait jusque-là derrière la porte la plus proche, jeta un coup d'œil dans la cour pour voir ce qui se passait. Thorstensson, déconcerté, se tourna vers l'inculpé et lui demanda tout de go à qui il avait affaire.

– Je suis quelqu'un d'autre, se vit-il répondre.

– Tu n'es pas Jussi Sieppinen ?

– Plus maintenant.

– Qu'est-ce que cela veut dire ?

– Je me suis changé, transformé.

– Cela ne se peut pas !

– Si, pour un noaidi.

L'un des deux gardiens, le fils de paysan de Sävar dénommé Holmlund, ayant mal interprété la situation, passait résolument à l'action. Comme on le lui avait demandé précédemment, il sortit un linge dont il banda les yeux du prisonnier. Y voyant un signal clair, le bourreau pénétra dans la cour, armé de sa lourde hache affûtée comme un rasoir. On aida les gardiens à renverser le détenu sur le billot, en veillant à bien placer le cou dans l'encoche prévue à cet effet. Mais Thorstensson ébauchait de la main quelques gestes confus, signifiant au bourreau de patienter, puis au pasteur, au médecin et aux témoins vêtus de noir de s'approcher. Ensemble, ils discutèrent de ce qui avait pu se produire. Était-il concevable que l'on eût incarcéré la mauvaise personne ? Les gardiens assurèrent qu'il n'y avait pas erreur : cet individu était bien celui qui avait séjourné dans le cachot de la mort. Du reste, à l'heure présente, aucun autre condamné à la peine capitale n'était retenu entre ces murs. Tous observaient ce personnage de si petite taille, sans pouvoir jurer de ce qu'ils avaient sous les yeux. De longs cheveux raides et ternes, un duvet peu fourni, comme souvent chez les Lapons. Pour qui n'était pas des leurs, les hommes et femmes de cette peuplade avaient une apparence incroyablement similaire. Il eût été bien fâcheux que cette affaire s'ébruitât, surtout à la suite des récents événements de Kautokeino. De quoi auraient-ils eu l'air, si l'on apprenait qu'un dangereux Lapon avait dupé l'institution pénale ? Peut-être valait-il mieux... laisser le bourreau mettre un terme... ?

Soudain retentirent des sons gutturaux provenant de la bouche du détenu à genoux. Un cri, un lugubre bourdon montant de l'Enfer. Une mélopée impie qui donna la chair de poule à l'assistance, on eût dit une plainte bestiale, une longue incantation maléfique :

– *Nooo-noo-aan-nnooaa-noo…*

Le pasteur entreprit de prier à voix haute pour couvrir le chant païen. Les gardiens se bouchèrent les oreilles, tandis que le bourreau se mettait en position et brandissait son effroyable hache. Thorstensson se tourna résolument vers le médecin, qui, hésitant, regardait du coin de l'œil le pasteur.

Que devait-on faire ?

Que Diable devait-on faire des Lapons ?

76

La neige tombe doucement. Les traces de nos pas sont noires et mouillées le long des chemins. Chaque jour, nous marchons aussi loin que nous portent nos jambes. Si la chance est avec nous, nous trouvons à nous abriter dans une grange à foin. Sinon, nous nous blottissons ensemble sous un sapin bien fourni, et la chaleur de nos corps nous fait vivre l'un l'autre.

J'irai où tu voudras.

Ainsi tourna le vent.

La veille de notre départ, nous nous rendîmes de nuit au presbytère. Nous restâmes longtemps silencieux face au pasteur, nos mains dans les siennes.

– Quels yeux as-tu pour cet enfant, Jussi ? me demanda-t-il.

– Nous nous en occuperons, répondis-je.

– Même s'il n'est pas de toi ?

– Il l'est, maintenant.

Le pasteur regarda Maria, dont le ventre saillait sous la blouse de ferme. Elle n'avait pas eu le temps d'enfiler de plus beaux habits.

– Tu pensais pourtant épouser Michelsson…

Maria baissa les paupières.

– C'étaient les démons. Je ne les écoute plus. Je ne veux personne d'autre que Jussi.

Le pasteur s'humecta les lèvres.

– N'oubliez pas : jusqu'à nouvel ordre, Jussi Sieppinen est toujours emprisonné à Umeå. L'homme qui se tient à tes côtés doit porter un autre nom.

Il m'observa d'un air pressant.

– Écrivez « Josef », maître, dis-je.

– Josef Sieppinen ?

– Josef tout court. C'est bien suffisant. Ça ira bien avec Maria.

Le pasteur se pencha et rectifia le nom.

– Vous vous prenez donc mutuellement pour époux ?

– Oui, murmura Maria. Oui, pour sûr.

D'un geste grave, il trempa sa plume dans l'encrier et marqua nos noms sur le registre des mariages. Tout près l'un de l'autre.

– Où comptez-vous aller ? poursuivit-il d'une voix tremblante.

– Vers le nord, indiquai-je. Jusqu'aux plages de la mer de Glace.

– « Les époux déclarent s'installer en Norvège », nota-t-il.

Puis il reposa sa plume en poussant un profond soupir. Soudain, il m'attrapa le bras gauche et inspecta la manche de mon vêtement.

– Tu l'as lavée.

– Oui, reconnus-je.

– La manche gauche, mais pas la droite ?

Que répondre. Il fourra son gros nez contre l'étoffe, inspira avec insistance.

– L'ours, marmonna-t-il. L'odeur de l'ours.

Je me dégageai timidement. Il attrapa une bible sur son bureau, celle-là même qu'il m'avait prêtée en prison, et me la tendit. En la feuilletant, je constatai qu'il avait découvert mon texte caché.

– Continue d'écrire, m'enjoignit-il.

– Merci, murmurai-je. Merci, je continuerai, mon cher maître.

Il me prit dans ses bras, avec l'air de vouloir ajouter quelque chose. Je sentis son menton trémuler contre mon épaule. Puis il s'écarta et s'essuya les mains sur son pantalon, comme si elles étaient mouillées. Comme s'il venait de les rincer.

– Nous nous reverrons, n'est-ce pas ? dis-je d'un ton mal assuré.

Il croisa mon regard. Sa joue grise luisait de larmes.

– Sans doute pas en ce monde.

– Merci malgré tout. Merci de m'avoir inscrit dans le livre. Si vous ne l'aviez pas fait, je n'aurais jamais existé, père…

Tel fut le dernier mot qu'il entendit de ma bouche. Mon maître. Mon pasteur. L'homme qui était devenu mon père. Je compris que je ne le reverrais jamais.

Nous nous glissâmes en silence dans la nuit noire. Dès que j'eus fermé la porte du presbytère, Maria se serra contre moi. Nous restâmes là, muets, dans le froid. Elle que les gens du village appelaient la putain. Et moi, l'assassin.

Sous le tissu tendu de sa jupe, son ventre était gros. J'enlaçai doucement cette femme, la mienne désormais. Dans sa poche tintèrent des pièces de monnaie. Je murmurai un pardon, en cachant de la main ma bouche délabrée.

– Ce sont les sous de Nils Gustaf, chuchota-t-elle. Mais maintenant, ils sont à moi.

Prudemment, elle repoussa ma main. Regarda tout droit ma laideur. Puis elle s'appuya contre mon épaule, mon cœur s'accéléra, délicieuse ivresse, et elle me donna un baiser. Mon épouse adorée. Maria, que je suivrais le reste de mes jours. La peau soyeuse de son cou, le bout de ma langue contre la sienne. Un amour fou à traverser les ombres du Norrland.

Nous savons qu'ils nous poursuivent, qu'ils ne cesseront jamais de chercher. Chaque jour, nous avançons un peu plus haut. Nous rencontrons le froid, la bise, le noir toujours plus dense. Comme des animaux, nous nous fondons dans le silence hivernal.

Et la neige recouvre nos empreintes.

ÉPILOGUE

Il existe plusieurs portraits du pasteur Lars Levi Laestadius, exécutés à divers moments de sa vie. Une huile sur toile de François-Auguste Biard le représente en pleine prédication face à des Sames, vêtu d'une peau de loup et d'un chapeau haut de forme entre des congères, dans un décor boréal fantaisiste. La toile fut exposée au Salon de Paris en 1841. Plus célèbre est le croquis au fusain, décliné en différentes versions, de l'artiste français Charles Giraud. Laestadius y porte, épinglée sur la poitrine, la Légion d'honneur que les Français lui ont décernée en remerciement pour l'aide apportée durant leurs expéditions géographiques. L'esquisse évoquée dans le roman n'a, en revanche, jamais été retrouvée. L'existence d'une photographie du pasteur est restée ignorée jusqu'au cours de l'été 2016, date à laquelle une plaque de verre a été retrouvée entre des poutres, au cours des travaux de rénovation de l'ancien presbytère de Pajala. Surprenante découverte. Au bout de tant d'années, le cliché s'est avéré remarquablement préservé. On y voit la silhouette d'un homme vêtu de noir, qui fixe droit l'objectif, assis sur le seuil de l'église de Kengis – un bâtiment dont il ne subsiste rien depuis bien longtemps.

Aux alentours de 1890, fut publié dans l'extrême nord de la Norvège un récit autobiographique intitulé

Mu eallin. Il s'agit de l'un des documents en langue same les plus anciens connus, décrivant de l'intérieur la culture locale. L'ouvrage a largement inspiré ce roman. Son auteur demeure anonyme.

Les registres d'église dans lesquels le pasteur avait consigné l'ensemble des naissances et mariages de sa paroisse ont longtemps été conservés à Pajala. Jusqu'à ce 21 février 1940 où la guerre fit une irruption inattendue au-dessus du village. Des avions soviétiques pénétrèrent dans l'espace aérien suédois, leurs pilotes ayant confondu Pajala avec Rovaniemi, en Finlande. Ils déversèrent une pluie de quarante-huit bombes explosives et de centaines de bombes incendiaires. L'une s'écrasa dans le cimetière, à seulement quelques mètres de la tombe du pasteur et de Brita Kajsa, d'autres creusèrent des cratères autour de l'église et détruisirent plusieurs bâtiments. Par miracle, tous les habitants en réchappèrent. On n'eut à déplorer que la mort d'un cheval. Les registres en sortirent intacts, mais l'événement suscita une vive inquiétude. Afin de mieux protéger d'aussi précieux documents, on transféra les archives plus au nord, à Muodoslompolo. Mais un an plus tard, le 24 novembre 1941, le presbytère de Muodoslompolo fut ravagé par un incendie. Les registres dans lesquels Laestadius avait soigneusement noté de sa main les noms des paroissiens disparurent pour toujours dans les flammes.

L'auteur de ce roman a grandi à deux pas de l'ancien presbytère de Pajala, où Lars Levi Laestadius a vécu avec sa famille jusqu'à sa mort, en février 1861, à l'âge de soixante et un ans. On raconte qu'il rendit l'âme couché sur une peau d'ours.

Cet ouvrage a été composé
par Belle Page
et achevé d'imprimer
par Grafica Veneta à Trebaseleghe
pour le compte des Éditions Stock
21, rue du Montparnasse, 75006 Paris
en avril 2021

PAPIER À BASE DE FIBRES CERTIFIÉES

Stock s'engage pour l'environnement en réduisant l'empreinte carbone de ses livres. Celle de cet exemplaire est de :
1,7 kg éq. CO_2
Rendez-vous sur www.editions-stock-durable.fr

Imprimé en Italie

Dépôt légal : mai 2021
N° d'édition 01
29-08-8675/8